I. Chiru-

PE CĂILE PROFEȚILOR

Paul Editions

Descrierea CIP a Bibliotecii Naționale a României
Chiru-Nanov, I.
PE CĂILE PROFEȚILOR/ I. Chiru-Nanov – Bucureşti:
Paul Editions, 2021

ISBN 978-606-9703-34-2

Redactare: *Mihaela Enache*
Tehnoredactare: *Monoran Nicoleta*
Coperta: *Lucian Enache*

Paul Editions

Șos. Ștefan cel Mare nr. 15, Sector 2, București
www.pauleditions.ro
e-mail: pauleditions@gmail.com, office@pauleditions.ro,
vanzari@pauleditions.ro, nicoleta.petcu@pauleditions.ro,
mihaela.enache@pauleditions.ro
tel: 0730.660.427; 0731.884.583

Tipar: ARTPRINT
E-mail: office@artprint.ro

I. Chiru-Nanov

PE CĂILE PROFEȚILOR

Paul Editions

În loc de „Prefață”

Raportul lui Barbu Delavrancea către Academia Română privitor la premierea lucrării:

I. Chiru-Nanov – Pe căile profeților

Pe căile Profeților este opera unui prozator de talent. Ea se citește cu plăcere și cu folos. Cu plăcere, fiindcă ne înfățișează impresiile unei naturi de elită în trei vaste tablouri: „Stambulul”, „Palestina” și „Valea Nilului”. Cu folos, căci ne împrospătează cunoștințele despre trecutul acestor ținuturi, datele geografice și etnografice, luptele seculare petrecute în aceste locuri sfinte și ne reînvie atâtea popoare dispărute în negura vremilor nemiloase.

D-l I. Chiru-Nanov este un bun cunoscător al limbii românești și va fi un stilist de prima ordine: Bogăția lui te farmecă, și rar, foarte rar, i se întâmplă să forțeze cuvintele și să transfigureze limba într-un chip nefiresc, ca de pildă: „Fără lâna-de-aur, nu! *țintui cuvântul* Iason”, „Un șarpe! *prinse graiul* și Orfeu...” Asemenea greșeli voite, căutate, i se întâmplă câteodată în legătura dialogurilor. Și nu este rezultatul neștiinței, ci al virtuozității sale de tânăr care se răsfață uneori. Dar ce înseamnă asemenea constatări? Pe un tablou încântător pot fi și câteva picățele de muscă.

Pe *Căile Profeților* este călătoria unui om cult, unui observator minuțios, unui artist care dă viață la tot ce întâlnește, la toate câte știe. Impresiile lui curg abundente ca o mare cascadă.

E pe puntea de comandă a vaporului „Turnu-Severin” de 3.500 de tone. A pornit. S-a depărtat de țărm. „Constanța se mai desluşeşte ca o sprinceană ştearsă de lumină, care se înneacă în întuneric cu fiecare milă gonită de vapor. Din soare-apune de abia răzbat până la noi clipirile somnoroase ale farului de la Tuzla". „O gură de iad parcă stă căscată împrejurul nostru şi un pustiu nesfârşit ne încinge de toate părţile". „În goana vaporului se trezeşte un vântuleţ ascuţit, care retează obrazul ca o limbă de brici".

Târziu, se culcă, adoarme, în vis i s-arată aidoma, ca şi cum s-ar petrece sub ochii lui, Iason, pe o corabie cu „pânzele vezi", „despicând volbura de lumină", în vreme ce s-aude „un cântec prelung". Iason a pornit din Argos cu „ceata celor cincizeci şi patru de viteji să găsească lâna cea sfântă de aur, în palatul puternicului rege Aiete, din ţara Colchilor". Cu Iason e cântăreţul Orfeu, cel care domoleşte fiarele sălbatice, cu sunetele sale, e şi Hercule „cu barba ca un stuf". Şi au pornit „din ordinul oracolului de la Delfi".

În adevăr, nu se putea o prefaţă mai potrivită la această călătorie din ţările luminii, ale legendei şi ale eternului vis în care omenirea a plutit atâtea zecimi de secole, vis pe care-l mai torc încă copţii şi beduinii, pe meleagurile lor fermecătoare.

În povestirea acestei legende autorul se ridică la înălţimea stilului epic.

Au ajuns. Au tras la ţărm. Iason, Hercule şi Orfeu săriră din caicul lor minunat şi pornesc înainte. „Călătorii îşi conteniră pasul". „Din postaţa merilor domneşti, vine legănându-se încet un car cu totul şi cu totul de aur, tras de doi roibi, îmbrăcaţi în cioltare de mătase". Iason, Hercule şi Orfeu, tresăriră. „În mijloc stă Aiete, alb colilie, din creştet până în tălpi cu haine ţesute numai în fir de aur. Coroana-i de pe cap e soare aprins, iar sceptrul, din mână, fulger de pe cer". La dreapta şi la stânga, cele două fete ale lui. Bălana Chalciope cu ochii ca două cicori şi tragica Medee cu „uitătura adâncă", vestita fermecătoreasă, care îndată ce-l văzu pe Iason, se îndrăgosti de el şi Iason fu robit de ea. Iason, „nepotul lui Pelias, regele Tesaliei", spuse lui Aiete cam ce vânturi îi aduc în împărăţia lui. Vor „lâna de aur a berbecului răpit de Phrixus". Pentru ea au „colindat apele şi au îndurat nevoile". Aiete le făgăduieşte, dacă-i vor împlini poruncile. Şi cu „mâinile pâlnie", aduse la gură, strigă pe „faurul

Vulcan, un șchiop, cu umeri ca de stâncă, cu barba încâlcită și cu un ciocan uriaș în mână". Iason văzându-l își făcu curaj și, „ca să spună ceva", întrebă pe faur dacă lucrează ușor cu așa namilă de ciocan. Vulcan, „cu glasul răgușit," îi răspunse: — Vezi bine!, și învârti ciocanul „ca pe o nuia". Copacii se plecară până la pământ de vântul pe care-l stârni vâjâitul ciocanului. „Trântit cu stânga, urlă văile cale de nouă zile; cu dreapta, se hâțână toartele cerului, iar cu amândouă mâinile, se despică pământul până la nouăzeci și nouă de stânjeni adâncime". Faurul e portarul care trage zăvorul gros al porții de bronz de la grădinile lui Aiete. Aiete îl poartă în lung și-n lat, în toată împărăția. Ei rămân uimiți de frumusețile pe care le văd. La urmă, le spune și poruncile. Care e vrednic? Să le îndeplinească, și vor putea lua „lâna-de-aur".

Grele porunci! Cu niște tauri neînvățați să tragă în jug, să brăzdeze un pământ piros. Și ce tauri! „Când mugiră, urlă văzduhul ca de tunet; când trântiră copitele arămuite în pământ, sări spuză de scântei, iar pe nări vărsară flăcări de foc".

Apoi să semene niște colți de balaur, din care avea să crească niște „uriași înfiorători, căpcăuni cu două guri"... Iason luă asupră-i aceste porunci. Medea, cu farmecele ei, îl ajută pe Iason, și Iason ieși biruitor. Să crape de necaz bătrânul Aiete! Să dea, el, berbecul cu lâna de aur? Mai degrabă să urzească ceva împotriva acestor musafiri nepoftiți. Ordin, în taină, faurului Vulcan. Mai nainte de a se crăpa de ziuă, să zguduie coloanele de sub palat, să surpe și să prăbușească toate încăperile peste Iason, Hercule și Orfeu. Așa ar fi fost, dacă nu se amesteca dragostea la mijloc. Medea s-a aprins ca o nebună după Iason. Și bălaia de Chalciope nu mai poate după Hercule. Medea prinde de veste de planurile tatălui ei. Și înainte ca Vulcan să-și împlinească porunca nelegiuită, Medea trezește pe toți, ia berbecul cu lâna de aur, și-o tulesc spre corobia cu „pânze verzi". Se aruncă în ea. Mâinile pe lopeți. Pânzele se umflă de vânt. Corabia alunecă. O! bietul Aiete! La glasul lui deznădăjduit s-adună norodul. Și corăbii pornesc pe urmele fugarilor argonauți. Se zăresc. Îi apropie. De spaimă, Chalciope „se lipise de Hercule!" Medea „și-a culcat capul pe pieptul dragului Iason", parcă n-ar fi în primejdie de moarte. Ea scoase o „bobușuară" din cutiuța cu farmece, și o aruncă înapoia corabiei. „Valurile se ridicară munți" în urma lor, și înaintea lor „se limpezește drumul". Corabia fugarilor „se duce ca vântul acum". Prigonitorii nu-i mai văd. Le-au pierdut urma...

Când ofițerul îi bate în ușă, „pe fereastra cabinei năpădise soarele". Se zărește Bosforul. De la vis, autorul trece în țările visului, ale farmecului, ale legendelor, ale frumuseților de neînchipuit, ale atâtor popoare în viață și ale atâtor popoare dispărute pentru totdeauna. Stilul său devine sprinten, ca al unui povestitor. Tablourile sunt plastice. Fiecare colț de pământ îl impresionează, îi răscolește amintirile și ne spune ce a fost în închipuirea fantastică a lumii străvechi și ce este astăzi. Profeții și religiile cu măreția lor trecută, zeii cei morți și Dumnezeu cel veșnic, stăpânitori autocrați și vestiți generali, ne apar pe rând într-așa lumină, că parcă i-am vedea aievea. Pe *At-Meidan, Hipodromul* de altădată, „s-a plimbat Teodora, curtezana și dansatoarea cea minunată a întregului Orient, fată săracă, fără obârșie hotărâtă, dragostea sufletului lui Justinian, după ce a ridicat minunea Sfintei Sofii. „Să se tragă clopotele și să se aprindă candelabrele... Dați veste în toate colțurile împărăției că Mireasa Domnului este gătită și Târnosirea va începe". „Tot norodul să se bucure și să se înfrățească întru Domnul"... „Mărire ție Puternicule!" Și „prin toate colțurile stăpânite de păgânism, se împrăștie duhul Mântuitorului și se duce ca o boare dulce și blajină... se duce lumina să spargă întunericul". Astăzi S-ta Sofie este încă moschee musulmană.

Și ne descrie în culori vii, ca un adevărat artist, mizeria și splendorile și bogățiile, de pe Bosfor și din Constantinopol, – Pașalele, – cadânele, odaliscele, arapii și eunucii, moscheele și minaretele, vechiul serai, apele dulci din Asia și din Europa, Cornul de aur, turnul Galata, Galata-Kulesi, „adică Turnul mare sau Buyuk-Kale" „Bazarul" unde forfăie mulțimea de oameni, reprezentând diferitele neamuri de pe pământ, căci „aici se găsesc toate articolele din lume, de la acul cu gămălie, până la colierul de zeci de mii de franci, de la bluza străvezie, până la blănurile siberiene și de la costumul european, croit după cel din urmă jurnal de modă până la șalvari turcești, cu crețuri multe și largi cât cinci perechi de pantaloni".

Și întrevezi nelegiuirile și crimele trecutului și cele actuale, de la cei 100.000 de creștini „batjocoriți și măcelăriți de crudul Mahomet al II-lea" și până mai deunăzi, când marele Vizir Mahmud Șefket Pașa fu asasinat, pe când venea în automobil la Sublima Poartă. Grinzile acelea din piața Baiazid sunt spânzurătorile celor care au „asasinat pe Șefket Pasa".

Și nu-ți vine să lași cartea din mână. Parcă tu ai călători, ai străbate Dardanelele, te-ai sui la Iaffa în drumul de fier și ai călători vreo cincizeci de kilometri până la Ierusalim. „Iată Valea Trandafirilor, sau Vadi-el-Vard, cum îi spun arabii; iată Katamun, unde a sălășluit bătrânul Simion, care l-a primit în brațe pe *Craiul nou născut,* strigând: „Și acum sloboade, Doamne, pe robul tău, căci ochii mei văzură mântuirea Israelului!". O! ce fior te cuprinde de evlavie și de durere, citind aceste impresiuni! „Pământ mănos și îndestulător în roade altădată, azi ești istovit și nu mai ai vlagă! Unde-ți sunt pădurile cu bătrânii cedri", Libanule, pe care i-a cântat „și David și Solomon? Azi rădăcinile trunchiurilor arată ici-colo urmele uriașilor copaci și pietre multe seamănă cărările". Lespezile presărate „par o turmă de oi albe".

De la „divinul prunc," ochii cercetători ai artistului se abat asupra unui pui de arab din brațele mamei sale, „Plodul țăcăni țâța și înghiți cu strănut, dându-i laptele pe nas".

Viața Mântuitorului e atât de dramatizată și așa de emoționant spusă, că parcă fiecare din noi am fi martori de pe acele vremuri. Și ne simțim mai pătrunși de puterea binelui și a îndurării, care se revarsă din cartea eternei Evanghelii creștinești. „Pe fruntea palidă, unde sta blajină pecetea dumnezeirii, îi puseră dușmanii cununa de spini, pe umeri îi îmbrăcară manta roșie, veștmântul împărăției, iar în mâna sa, care binecuvântase numai și în care Tatăl ceresc coborâse darul minunilor printre degetele subțiri și plăpânde, îi puseră trestie, apoi vrăjmașii îl duseră în mijlocul mulțimii, strigând în batjocură: — Bucură-te, împăratul Iudeilor! Atunci norodul dădu năvală și mai mult spre osândit; învălmășeala e mare; scuipatul vine din toate părțile și palmele netrebnicilor curg ropot pe obrazul ofilit. *Fiul Omului* stă neclintit, nici ochii nu-i clipesc. Cu surâsul pe buze primește chinul și batjocura celor care nu știu ce fac. Văzduhul întreg e tulburat, căci clipa de rătăcire omenească a sosit". Ș-apoi, pe greul drum al patimilor, ne suim pe „lespezi mari de piatră" și ne oprim din când în când la cele paisprezece popasuri pe care le-a făcut Domnul nostru Iisus Hristos purtându-și crucea de supliciu în spinare. „Și mie mi se îngreunează mersul, o sarcină parcă i se pune în spate și-mi încovoaie șira spinării într-un fel de tremurare sfântă". E drumul Golgotei, în limba ebraică *gulgolet*, adică rostogolire, căci de aici să prăvăleau la vale capetele celor osândiți la moarte". Am suit până la locul fatal. O clipă de îndoială: *„Eli, Eli, lama sabachtani!"* – Dumnezeul meu, Dumnezeul meu, căci m-ai lăsat!" Dar revenind la originea lui divină, Nazariteanul „își culcă obrazul pe piept" și înainte să-și dea duhul, grăi: „„Doamne, iartă-i pre ei, căci nu știu ce fac"!

D-l Chiru-Nanov ne conduce din Palestina, pe Valea Nilului până în vârful piramidei *Cheops*, descriindu-ne viața popoarelor de azi și a celor pierdute de demult. Amintindu-ne la fiece „minune a lumii" cine au fost stăpânitorii acelor ținuturi, care erau credințele, obiceiurile, năravurile lor, oricât de netrebnici au fost, bogăția sau sărăcia și cauzele lor, datele statistice privitoare la populație, la producție, la comerț, la forța reală sau aparentă.

Domnilor, citind „Pe căile Profeților", în mine, care cunosc aproape toate aceste locuri, s-a deșteptat din nou nostalgia depărtărilor, și vă mărturisesc că am rămas cu dorul acesta viu de a mai revedea ceea ce am văzut de atâtea ori.

CONSTANTINOPOL

Pe puntea de comandă

— Când o să ne vedem iarăși aici, domnule căpitan? întreb eu, urmărind mișcarea chibzuită de pe vapor.

Comandantul își trase mustața printre degete și zâmbi. Apoi suind câte două trepte, pe scara ce duce la puntea de comandă, azvârli vorbele:

— Noi... știm când plecăm; iar când ne înapoiem...

Își răsturnă capul pe ceafă și-mi arătă spre cer:

— Știe cel de sus!...

Nu mă înspăimântă orice, dar nu știu cum, în clipa aceea, îmi trecu un fior de gheață prin toate mădularele.

Comandantul s-a urcat pe puntea de comandă, își plimbă ochii cercetători pe coverta vaporului, peste stivele înalte de scânduri, prinse între stâlpi groși de stejar, și întrebă:

— Sunt coborâte toate bigele?

— Coborâte! răsună glasul marinarului, care era gata să prindă comanda.

— Sondele libere?

— Libere! dădu răspunsul roșcovanul, care ciocănea o pană în stiva din tribord.

Și căpitanul, purtând apoi privirile de la o latură la alta, cumpăni din ochi încărcătura de pe covertă și dădu din cap.

— Prea multe scânduri, afară!

— Patruzeci de vagoane, domnule comandant – prinse vorba ofițerul secund, ținând în mână foaia de încărcare – în magazii mai am nouăzeci, tot scânduri!...

Căpitanul încreți fruntea:

— Marfă păcătoasă! Ce facem, când ne-o luă vântul în coastă? Ne dă peste cap!...

Iarăși îmi trecu un furnicar prin trup și de rândul acesta îmi năzări în minte vedenia vapoarelor înecate, despre care citisem și auzisem. O scuturare însă, făcu să fugă toate gândurile urâte și clipa din urmă, pe care de-o lună o așteptam, cu nerăbdare, acum mi se păru și mai depărtată.

— Ai cercetat magaziile cu de-amănuntul? întrebă din nou comandantul pe ajutor.

— Da... Cele șase sute de tone făină, pentru Iaffa, le-am pus în magazia cea mică, să avem greutate la pupă, fiindcă la Beirut se descarcă jumătate din scânduri!...

— Bine!, încheie căpitanul...

Plecarea din port a unui cargobot, nu e totuna cu pornirea unui vapor de pasageri. Până se dă pas cargobotului, se cercetează și iar se cercetează. Marfa se rânduiește în magazii, sub ochii unui conducător, învechit în meseria aceasta. Lăzile, pachetele, totul trebuie așezat astfel, ca ce e mai greu, să fie la fund, și ce e mai ușor, deasupra. Și totuși să nu fie dedesubt mărfuri, cărora le vine mai întâi rândul la descărcare.

Apoi încărcătura trebuie înlănțuită cu temei și bine încătușată, ca în legănarea valurilor, să nu fugă pachetele de la o margine la alta, căci atunci vaporul va fi pregătit de răsturnare.

Aici se ciocănește, dincolo se încearcă șuruburi, de altă parte se ridică frânghii, se coboară, se trage puntea de trecer prinzând-o în cârlige de-a lungul copastiei, marinarii țes în dreapta și-n stânga, înfăptuind de zor poruncile, iar fumul izbucnește din ce în ce mai păcuriu și, parcă neliniștit, că nu se dă mai repede comanda din urmă, face rotocoale-rotocoale deasupra coșului.

— Ați împănat bine mușamalele de la gura magaziilor?, se auzi din nou graiul căpitanului.

— Împănat!, răspunse un stol de glasuri, rupte din cârdul voinicilor, așezați la pupă, împrejurul vinciului.

Apoi comandantul apăsă pe mânerul cadranului și după un clănțănit scurt, limba fugi pe cuvântul *atențiune*, ducând știrea până jos la mașini. Mai aruncând după aceea încă o privire pătrunzătoare peste laturile vaporului, căpitanul dădu comanda, cu glas hotărât:

— Vira parâma!...

Scripetele rupse odihna, învârtit de patru brațe vânjoase, iar frânghia groasă, cât fluerul piciorului, se descolăci de pe babala de fier, înfiptă ca o nicovală în digul cimentat, și începu să se cercuiască pe inima mosorului, cu dura de un metru și mai bine.

— Gata!, făcură marinarii, înfigând căpătâiul parâmei în osia scripetelui.

— Țârrr!, împlini știrea din urmă țignalul ofițerului, care rânduia în provă strângerea ancorei.

Căpitanul învârti iarăși mânerul, și arătătorul, de rândul acesta, se opri pe slovele: *înainte, încet.*

Timonierul și-a luat slujba în primire, cu mâna pe cârmă și cu urechea pregătită, să prindă comanda.

Românul când pornește la drum lung, își face cruce. Ca iubitor al datinelor strămoșești, aduc mâna și mă închin. În spatele surâsului, ce-mi flutură pe buze, se furișă o cută de umbră întunecoasă, întrupată de partea slabă a sufletului, care totdeauna pune întrebarea sfătuitoare: „fi-va bine ce fac?!".

Avântul însă îmi răscoli toată firea și din întregul trup îmi strigă ceva în minte: „Lasă curajul să lucreze!" Am ridicat șapca de pe cap și am început s-o flutur spre chei, de unde zburau glasuri: „Drum bun!... Să vă înapoiați sănătoși!... Să ne vedem cu bine!" de unde un stol de batiste fâlfâiau și câțiva ochi vărsau, peste obraz, dâre lungi de lacrimi.

Ne-am rupt de chei, dar așa de încet, că nici n-am simțit. Singurele semne c-am pornit, e malul, care se depărtează de noi și răbufneala greoaie a mașinilor, care vine până la puntea de comandă.

— Dreapta !... Puțin stânga!... Ține așa!... Drept înainte!

Astfel merge gura comandantului, pironit la mijlocul punții și cu ochii țintă în provă, pe când timonierul învârtește roata spițălată, întorcând cuvintele superiorului, drept încredințare c-a înfăptuit porunca.

Lăsăm în urmă silozurile, construcția de căpetenie a Constanței, apucăm de-a lungul digului mic, ieșim din port, iată-ne în dreptul farului, din capul digului cel mare, și apoi vaporul face cot, împușcând în miază-zi.

Ceasurile sunt cinci și jumătate. Soarele a asfințit într-o

pojghiță de ceață, lăsând să mai dăinue o dâră de jăratec, ce însângerează valurile.

S a învârtit mânerul cadranului pentru a treia oară, și acum limba ceasornicului stă neclintită pe cuvintele: *toată forța.*

Un brâu negru se destramă înapoi, aruncat de gura largă a coșului, mașina țăcăne des și repede, iar prova ogorește adânc apa, mușuruind movile de valuri în dreapta și-n stânga. Marea e liniștită ca o baltă. Destul, trei zile și trei nopți, cât a urlat, și a zvârlit cu furie munți de apă, peste coama digului. Acum, rar, se ridică ici-colo câte-o cărare spumoasă, pe care o supune vaporul numaidecât, mistuind-o sub pântecele năprasnic.

„Turnul-Severin", lung în trup, supt în coastele cărămizii, și încins cu șal negru pe sub șale, gonește ca un balaur, ducând fala și bogăția țării noastre, spre pământurile călduroase și secetoase ale răsăritului.

— Cât încarcă vaporul acesta, domnule căpitan?, l-am întrebat eu pe comandant, când îl văzui, că începe să răsucească țigara, stând liniștit.

— „Turnul-Severin", până la 3.500 de tone, și are o iuțeală de 10 mile pe ceas. Avem și două cargoboturi mari: Bucegii și Carpații, caii fac drumul la Roterdam și încarcă fiecare până la 7.000 de tone.

Șapte mii tone! m-am gândit eu. Sunt șapte sute de vagoane de tren!

— Și câte vapoare avem noi cu toate, domnule comandant?

— Douăsprezece: cinci poștale și șapte cargoboturi.

— Nu sunt prea puține?!...

Comandantul se grăbi să-mi ia vorba din gură:

— Puține, dar ia gândește-te, că la 1885, n-aveam decât trei corăbii cu pânză, care toate la un loc duceau cinci sute de tone! Astăzi vapoarele noastre transportă mărfuri anual până la 250 mii de tone. Întâia cursă făcută de România între Constanța-Constantinopol, a fost la 13 septembrie 1906, cu vaporul Meteor. Acum, după cum am spus, avem cinci pasagere, care pot sta alături, cu mândrie, de cele mai de seamă vapoare străine. Ba încă vasele noastre sunt foarte căutate, la Constantinopol, la Pireu, la Alexandria, și în toate porturile mari ni se cer, telegrafic chiar, să oprim cabine, fiindcă s-a dus faima despre curățenia și întreținerea lor. Și ceea ce-ți spun, nu sunt cuvintele mele, sunt spusele tuturor, care au călătorit cu pasagerele românești!

Apoi, comandantul sugând des din țigare, aruncă privirile în largul mării și urmă:

— Vapoarele noastre sunt lungi și subțiri, taie apa ca săgeata și se duc nălucă!... Pe linia Constantinopol-Alexandria am bătut multe societăți de navigație!...

S-a scufundat amurgul în mare, un văl cenușiu îi ia locul, se închide zarea din ce în ce, iar noaptea se lasă grea, ca un coviltir de plumb. Constanța a rămas departe, i se mai văd doar luminile, ca o salbă de luceferi, atârnată în haosul întunecos, iar la mijloc strălucește mai tare un împărătesc: sunt felinarele cazinoului, rânduit în poala apei.

Se aprind candele şi sus, dar lumina lor nu poate supune vălul neguros, ce sovonește chipul mării. Rotesc ochii în jurumi și nu deslușesc decât un câmp de catran, cu ridicături și coborâturi, cu movile și gorgane.

Grozavă mai este și Marea Neagră! Atunci când suflă crivățul, turbează, iar când se ostoește furtuna, varsă păcură cu venin din trupu-i! Nici dogoarea soarelui, n-o îmblânzește, nici taina nopții, n-o potolește. Veșnic încruntată și pornită pe rău. Gata parcă să lovească, să sfărâme, să înghită orice întâlnește în cale și să mistuie totul în otrava-i de pe fund, unde nu-i e îngăduit nici unei viețuitoare să trăiască.

Astfel este *Czarne-More,* cum îi spun rușii, și tot astfel va fi mereu, căci nu degeaba, lumea cea veche, a numit-o *Marea Turmentelor.*

Apă, ce-ți clocote sânul cu răutate, tu ești martoră a rânduri și rânduri de vremuri, scăpătate de mult, tu fosta-i părtașă la schimbarea feței pământului, stăpânit-ai odată până deasupra Carpaților și până la sora ta Mediterana, azi ești închisă între ziduri înalte, ca o răutate a firii. Pe spatele tău a brăzdat drum greu, dar cu stăruință, șirul lung al multor noroade, șterse azi de pe lume. Cale înfiorătoare, ai fost blestemată de-a pururea de oropsitul Ovidiu, pe al cărui suflet l-a sugrumat sânul tău de gheață. Acolo, la Tomis, în poala ta rece, pe vlăstarul blând al călduroasei și bătrânei Rome, opt ani de-a rândul, l-au bătut furtunile tale tăioase, topindu-i viața clipă cu clipă. Din nămeții tăi de gheață, scria plăpândul poet în țara florilor și a soarelui mult, își trimitea pe aripile călătoarelor, durerea, dorul și chinul, iar în iernile tale grozave, Ovidiu cânta:

Aici-i întuneric, tristețe necurmată!
În loc de flori, zăpadă... și marea-i înghețată!...

Bang, bang! sparse tăcerea clopotul de pe puntea de comandă. E știrea, că se schimbă timonierul. Slujba la cârmă se înlocuiește din ceas în ceas. Cârmaciul trebuie să stea neclintit, cu ochii în busolă și cu urechea ascuțită la porunca superiorului.

— Sud, treizeci și cinci grade est!, dă raportul timonierul.

Tovarășul ia locul în primire și repetă și el calea pe care duce vaporul, în auzul ofițerului de cart.

Constanța se mai deslușește ca o sprânceană ștearsă de lumină, care se îneacă în întuneric cu fiecare milă gonită de vapor. Din soare-apune de-abia răzbat până la noi clipirile somnoroase ale farului de la Tuzla. Ofițerul de cart se plimbă întruna pe puntea de comandă, cercetează calea pe fâșia de lumină, aruncată înaintea vaporului de felinarul catargului și lanterna roșie a babordului, apoi cumpănește și dă comanda: „treizeci și șase, est!”, iar brațele cârmaciului învârtesc roata cu multă îndemânare.

O gură de iad parcă stă căscată împrejurul nostru și un pustiu nesfârșit ne încinge de toate părțile. Dar nu pustiul codrului, ori al crângului sălbatic, ci pustiul groazei, care bagă fiorul în trup și zbârlește părul la fiecare zdruncinătură mai simțită.

Îmi rezem coatele de balustradă și cobor ochii în jos. O dungă alburie se cresteazӑ de-a lungul vaporului, în bătaia luminilor de pe covertă, și apoi se pierde în urmă, împletindu-se cu valurile, scormonite de elice. Țin mereu privirile în morișca apei, dar cu cât mă uit în jos, vaporul parcă se lasă de partea mea și din ce în ce se pleacă mai mult, tot mai mult, vin cu capul în jos, iată că se răstoarnă. Mă dau în lături. A trecut o boare de amețeală pe lângă mine...

Mă așez din nou pe *șez-longul* de pe punte, trag șapca pe ceafă, închei paltonul până sus, și vâr mâinile înmănușate în buzunar. S-a lăsat un ger, de țipă coteica: doar suntem în primele zile ale lui ianuarie.

În goana vaporului se trezește un vântuleț ascuțit, care retează obrazul ca o limbă de brici... Acum ne ducem în lin, lin de tot, doar o legănare ușoară tremură ca o adiere de vânt primăvăratic, iar vaporul mănâncă întruna din cale, scurtează drumul în provă și adaogă în pupă. Pe covertă nu se simte nici țipenie. Marinarii, cei din repaos, dorm liniștiți în cabine, nu-i ține nimic afară, sunt sătui de priveliștele acestei căi; cei de la posturi își împlinesc slujba cu multă cumpăneală în fiecare mișcare și cu mai multă ascultare și supunere către superiori. Numai clopotul schimbului bate la comandă și-atunci, ca niște umbre, ies de prin deschizături cei chemați.

Eu n-am somn. Îmi place învălmășagul acesta întunecos, aerul rece, care-mi bate obrazul și chiciura ce-mi îngheață deasupra buzei; îmi place tot ce e nou pentru mine, oricum ar fi. Și drumul acesta e nou, și l-am visat de mult, când încă nu cutezam să gândesc, că odată și odată porni-voi peste mări și țări...

Acum iată-mă plecat, departe, până unde?! Nu știu hotărât! Până unde voi putea și împrejurările îmi vor fi în ajutor... Iată-mă acum pe calea lungă a argonauților, pe unde au venit vitejii călători din Argos.

În opt rânduri a sunat batacul deasupra punții de comandă, două carturi s-au schimbat între ofițeri, iar ceasurile sunt două peste miezul nopții.

Mă cobor în cabină; vreau să adorm, ca a doua zi să mă trezesc în revărsatul zorilor.

— Noapte bună, domnule Cicioiu! făcui către simpaticul ofițer, cu barba mai neagră ca noaptea, căsnindu-se, cu binoclul, să prindă ceva din întuneric.

Ofițerul de rând întrerupse o clipă datoria și-mi întinse mâna cu căldură:

— Noapte bună și somn ușor!

— De!, îngânai eu zâmbind, numai să nu mă dea prea tare în tivic!...

— D-asta să nu te temi!, dădu din cap cunoscătorul apelor.

De acum avem vreme bună. Când e să se schimbe *dumneaei*, o cunosc eu! și-și aruncă ochii pe întinsul cătrănit.

— Cu bine!, îngânai eu încă o dată. Când s-ar crăpa de ziuă, va să zică?...

— Da, da!...

— Mulțumesc!...

Bogatul bogaților...

Vine din răsărit o corabie mare, cu pânzele verzi. Sparge valurile botul, despicând volbura de lumină, sparge și văzduhul un cântec prelung. Când se apropie, se desluşiră steaguri, brațe ridicate și se înțeleseră și vorbele:

— Ne pierdem urma degeaba !...

— Sunt luni de când am plecat!...

— Unde a rămas Argo!...

— Și în ce apă turbată am intrat!...

— Așa e, când te iei după câte unul, cu fumuri multe!...

La catarg stă rezemat un tânăr cu obrazul de copil, dar cu privirea stăpânitoare. E mai copilandru decât toți la chip, dar decât toți el se frământă mai mult, scoate brațele de sub toga-i de purpură, face semne, poruncește și îmbărbătează la drum. Coviltirind mâna, sfredeli ochii spre zarea strălucitoare:

— Acolo trebuie să fie, unde se adună soare mult... Așa e Hercule?!... Ia uită-te și tu!

Hercule, cu barba ca un stuf, răspunse tovarășului, mai mult în șoaptă:

— Știi, Iason, li s-a c-am urât cu drumul corăbierilor!

— Am ajuns de-acum, grăi conducătorul în gura mare, să fie auzit de toți. Castor, Polux, făcu către cei doi cârmaci, împușcați în cotul luminos... Tu Orfeu, mai cântă, să ne treacă de urât...

Caicul dădu teș în drum și croi valurile, purtând ceata celor cincizeci și patru de viteji, porniți din Argos, să găsească *lâna cea sfântă de aur*, în palatul puternicului rege Aiete, din țara Colchilor.

Se duce corabia ca o nălucă, nici vânt n-o pleacă, nici val

n-o calcă. Are în ea lemn sfânt, dăruit de zeița Athena din ștejarul profetic de la Dodona.

Se duc cercetătorii apelor spre ținuturile fluviului Oceanos, spre Istrul cel vestit, unde cresc păduri întinse, cu turme nenumărate de vite și herghelii de cai. Acolo curge belșugul gârlă, acolo e câmp mănos și roade multe.

Se duc în cântecele lui Orfeu...

Contenește corabia mersul, coboară pânzele și trage în adăpostul valurilor, sub poalele turnurilor poleite. Se dădură jos corăbierii și când se uitară peste pieptul dealului, rămaseră uimiți la vederea unei curți împărătești.

Multe țări au colindat și multe ape au vânturat, dar așa mândrețe de palat nici c-au mai întâlnit!... Șapte ziduri, fiecare de nouă stânjeni înalt, încing cetatea în brâu puternic.

Iason rupse din ceată doi tovarăși, pe Hercule și pe Orfeu, și porniră toți trei pe șoseaua strâmtă și boltită în copaci foioși.

— Așteptați aici, a grăit conducătorul către cei rămași.

Îi purtară șoseaua pe culmea dealului, tot urcând o bucată bună, până ajunseră la o poartă de aramă, cu creneluri de aur, deasupra căreia străjuia zeița Diana, stăpâna munților și spaima vânatului. Zeița privea în depărtare, cât zările cuprind, iar împrejuru-i revărsa lumină ca o văpaie de foc.

Bătură în poartă. Așteptară câteva clipe și apoi răsună un glas ca din străfund de mormânt:

— Cine-i acolo?...

— Oameni buni! răspunseră cei de afară.

Se răsuci țâțâna greoi, cu un scârțâit înăbușit, și poarta se crăpă, lăsând să se vadă un chip uriaș, cu barba peste genuchi și cu pletele până-n spate. Și Hercule, cât era el de năpraznic, se sfii la vederea unei așa făpturi omenești.

— Cine stăpânește aici?, întrebă Iason, cutezător.

— Regele Aiete! răspunse portarul, cu greutate în glas.

Apoi, săltând sprâncenele stufoase, urmă:

— Viteazul vitejilor și bogatul bogaților!...

Iason, curajos cum se pornise, își păstră cumpătul și grăi:

— Drumeți din țări depărtate, vor să-i vorbească.

Moșneagul deschise poarta, după care urmă o a doua, apoi a treia, și o ulicioară așternută cu marmură, se desfășură din prag până în interiorul umbros.

Coloane albe, împletite în brâie de aur, se înșiruie pe o parte și pe alta, sprijinind bolți de viță.

Cotiră șoseaua la dreapta și în mijlocul unei hori de stejari bătrâni, răsări palatul cu douăsprezece cupole, înmuiate toate în aur.

O altă șoseluță, tot de marmură, îi întâlni pe partea stângă. Călătorii își conteniră pasul. Din postata merilor domnești, vine, legănându-se încet, un car cu totul și cu totul de aur, tras de doi roibi, îmbrăcați în cioltare de mătase, cu fireturi scumpe.

— Înalt prea stăpânul nostru și cu tinerele domnițe!, șopti portarul...

În mijloc stă Aiete, alb colilie și înveșmântat din creștet până în tălpi cu haine țesute numai în fir de aur. Coroana-i de pe cap e soare aprins, iar sceptrul din mână, fulger de pe cer. De-a dreapta și de-a stânga, stau cele două fete: una cu ochii de cicoară, alta cu uitătura adâncă.

— Sunt nepotul lui Pelias, regele Tesaliei, și din ordinul oracolului de la Delfi, am pornit să caut *lâna-de-aur* a berbecului răpit de Phrixus, care, zice-se, se află pe împărăția Măriei-Voastre!

Astfel se înfățișă Iason înaintea avutului rege.

Aiete îl privi pe sub sprâncenele stufoase, își plimbă ochii și pe ceilalți doi, și apoi dădu din cap cu ironie:

— Toți sunt la voi așa voinicoși?!...

— Toți cu suflet, Măria-Voastră!, îi întoarse Iason cuvântul, cu o ținută bărbătească.

— Hei, hei, hei!, râse regele mai tare, și vreți *lâna-de-aur?!...*

— Pentru ea am colindat apele!, grăi și Hercule.

— Și-am îndurat nevoile!, împlini Orfeu.

— Și mai aveți de îndurat!, întoarse Aiete vorba.

După un timp, râzând iarăși în barbă, urmă:

— Fie cum ziceți voi, dar să împliniți mai întâi poruncile ce le voi da. Cine-și ia asupra sa!?

— Eu!, ieși Iason din grup.

— Tânăr și frumos, dar cam nevoiaș!, făcu regele. Bine...

Apoi, după câteva clipe de gândire, prinse a grăi:

— Și fiindcă sunteți din țară depărtată, nu vreți să dăm o raită prin meleagurile mele?!

— Cu voia Măriei-Voastre!, răspunse Iason.

Aiete sări jos ca un flăcău de optsprezece ani și întorcându-se spre cei doisprezece curteni voinici, care îl urmau, le porunci:

— Să pregătească carul de foc!

Iar ochii negri, din stânga, se înfipseră ca păcatul asupra tânărului frumos.

Pe dată sosiră patru telegari, negri corb, și ferecați numai în chingi nestimate.

Însuși Aiete prinse hățurile:

— Suiți, nu zăbovim mult!

Și în vreme ce se urcară cei trei călători din Argos, Medea, – că așa o chema pe fata fără astâmpăr, – îl mai sfredeli încă o dată pe flăcău cu privirea. De data aceasta li se încrucișară privirile, iar lui Iason parcă îi trecu un fier ars prin toate vinele.

Când plesni Aiete din bici, se cutremură toată curtea, iar negrii se năpustiră pe porțile deschise larg.

Colindă ogoare unde mii de pluguri răstoarnă brazde negre și mii de mâini azvârle sămânța roditoare. Trec peste lanuri rumene de grâu, clete de mohor cu spicul de-o șchioapă și ovăz în pămătuf, înalt până la piept. Cârduri de secerători se îndreaptă de mijloc, la trecerea carului regesc, șiruri de cosași stânjenesc munca și coviltiresc mâna; vin și tarlale de cânepă și in cu floarea albastră.

Aiete strânse frâiele și negrii conteniră pasul.

— Tot ce-ați văzut, sunt holdele supușilor mei Colchi! grăi stăpânitorul către oaspeți.

Apoi sumuțând cailor, zmeii își luară zborul. Acum nu mai ating roatele de pământ. Telegarii varsă flăcări pe nări și copitele scapără scântei. Gonesc livezi cu fânul de coasă, trec peste ape limpezi, izvoare proaspete, taie coline și lunci înflorite, suie munți cu creștetele în nori, întâlnesc turme de mioare, cirezi de vaci cu viței, și junci nedați în jug, apoi căprioare zbeguindu-se, cerbi cu arborele în creștet și vulturi crestând văzduhul.

O trâmbă de fulger lasă în urmă carul regesc.

— Să ne înapoiem, prinde vorba Aiete, am străbătut până acum cale de nouă zile...

La întoarcere intrară în curtea palatului pe altă poartă.

— Faure, Vulcan!, strigă stăpânitorul, făcându-și mâinile pâlnie.

— La porunca Măriei-Voastre! tună un glas răgușit, pornit parcă din fundul unei cripte adânci.

Îndată se ivi un șchiop, cu umerii ca de stâncă, cu barba încâlcită și cu un ciocan uriaș în mână. Hercule și cu Orfeu îl priviră sfioși: ăsta nu mai era om!... Iason tot cu curaj și ca să spună ceva, întrebă:

— Lucrezi ușor cu ciocanul acesta?!

— Cum se vede!, răspunse Vulcan, și ridicându-l, îl învârti deasupra capului ca pe o nuia. Iar vântul iscat de ciocan, plecă până la pământ copacii.

Apoi faurul dădu desluşiri:

— Trântit cu stânga, urlă văile cale de nouă zile, cu dreapta, se hâțână toartele cerului, iar cu amândouă mâinile, se despică pământul până la nouăzeci și nouă de stânjeni adâncime.

Lui Aiete îi râde mustața, trăgându-și întruna barba prin mână.

— Deschide și grădina!, porunci regele.

Vulcan trase zăvorul gros și-o ușă grea de bronz se dădu de-o parte, lăsând slobodă vederea unei guri de rai. Regele păși înainte cu ținuta-i falnică.

Își poartă oaspeții pe cărările de marmură, pe sub bolțile de corniță coaptă, cu rodul bobonat cât țâța vacii; îi plimbă în auzul a mii de păsări cântătoare, cu fel și chipuri de glasuri. Pomii de tot soiul închid cărările întortochiate; flori de toate neamurile și în toate culorile, se despică la pripirea dulce a soarelui; ape limpezi șerpuiesc printre lespezile de piatră, aici zvârlindu-se în avuzuri, aici sărind, de la înălțimi, în stropi de mărgăritar.

Schimbă potecile, cotesc cărările; iată stânci, tăiate în brâie împletite în câte douăsprezece șuvițe; colțari dăltuiți mărunt și tauri vânjoși, turnați în aramă. Se deschide cărarea brazilor și aici începe șirul frumuseților fără perechi: nimfe cu trupul spumă de lapte, Niobe, veșnic tristă de dorul copiilor răpuși, Prometeu, zvârlind focul, Diana cu săgeata întinsă, Helios cu cerc de sori încununat, Neptun cu furcelul care răscolește mările, tot neamul zeiesc, al duhurilor bune și rele. Iar peste toată grădina, stăpânesc două chipuri cioplite în marmură lustruită: al lui Jupiter și al Junonei, stăpânii cerului și ai pământului.

Porniră mai departe oaspeții, duși de rege, și dădură de o altă gură mai luminoasă. Din patru colțuri curg patru cișmele. Una aduce lapte gras, alta, vin profiria, din tămâioasa arăcită, a treia, vin cu mir, frumos și mirositor, și a patra, apa curată, încropită din două izvoare: cel de la asfințit, cald și cel dinspre soare-răsare, rece gheață. Aici se scaldă frumoasele domnițe, apoi își înmoaie trupul în fața albă a laptelui și-și astâmpără setea cu tămâioasă profirie, care înviorează și îmbujorează obrazul plăpând.

— Hei, vă place lucrul meșterului meu? făcu regele către oaspeți, și îl bătu pe Vulcan, pe umăr...

Apoi se întoarse spre Iason și, cu înfățișarea celui care știe că nu i se poate nimeni încumenta, îi spuse, dând glasului un ton de mândrie:

— Mai vrei, prietene, *lâna-de-aur*?...

— Cum nu!, răspunse căpetenia argonauților, fără să dea îndărăt la vederea atâtor puternicii, pentru *lâna-de-aur* am călcat țări și ape!...

— Prea bine!, făcu Aiete, să vedem atunci propunerile! și-și frecă mâinile, ca-n așteptarea unei petreceri.

La ieșirea din grădina raiului, oaspeții își încrucișară calea cu Medea, care se plimba pe cărarea răsurilor. Atât de aproape trecu fata, că-și atinse brațul de Iason. Un pumn de jăratec de i-ar fi aruncat pe piept flăcăului, și nu l-ar fi fript, cum îl fripse acum. O sorbi și el cu uitătura, de-o făcu văpaie la obraz.

— Vulcane!, strigă Aiete, în urmă, faurului său, scoate un plug de oțel, cu cormana de aramă.

Apoi către curtenii, cu mânecile sumese până la coate:

— Sloboziți doi juncani, din staulul râncacilor.

Hercule și Orfeu se uitară unul la altul. Iason așteaptă cu zâmbetul pe buze. Numai Medea, mai departe, rupând maci de pe cărare, încruntă sprâncenele la porunca tatălui ei.

Vulcanul aduse într-o mână plugul. Era atât de gros grindeiul, că nu-l puteau cuprinde doi inși în brațe.

— La țelina neumblată!, porunci regele și păși înainte.

Medea se șterse pe lângă Iason și, aprinsă tot mai mult, cu trupul și cu sufletul, îi șopti, fără să fie ochită de cineva:

— Să nu-ți fie teamă, de ce vei vedea!, și dădu fuga spre aripa stângă a palatului, intrând în iatacul, încins cu un cerc de sori aurii.

Se duseră în pârlogul neatins de fierul plugului. E un mare câmp, închis de jur-împrejur cu ziduri înalte. Aici se încerc taurii și armăsarii din ținutul regelui. Sus de tot, și cu fața spre soare-răsare, stă Tronul împărătesc, cu trei scaune nestimate.

Se dădu drumul taurilor neprinși până acum în jug și juncanii începură să alerge în oborul larg. Când mugiră, urlă văzduhul ca de tunet, când trântiră copitele arămuite în pământ, sări spuză de scântei, iar pe nări vărsară flăcări de foc. Puseră coarnele în pământ și spintecară pârlogul, lăsând brazdă de plug în urmă.

Aiete intră singur între tauri și întinzând brațele încordate în drug de fier, îi prinse de coarne, spunându-le:

— Ghial, ici!...

Și juncanii se supuseră, vârând cerbicea în jugul de ștejar, cu bulfeile de jugastru verde, copt în foc.

Apoi trosnind din pilul, cu sfârcul de mătase, prinse coarnele plugului în mână. Taurii se năpustiră în țelina piroasă și de-un stânjen înălțime, rămase brazda în urma cormenei. Ocoli tot câmpul și după ce dejugă, Aiete trânti câte un pumn în nasul juncanilor, de turbară dobitoacele, când scăpară de sub resteu.

Venind între oaspeți, grăi:

— Să facă și cel din țară depărtată, ce-am făcut eu și atunci, ne putem gândi la *lâna-de-aur*...

Hercule, care era cel mai voinic din toată ceata argonauților, se îngrozi de ce văzu. Orfeu se subțiase, ca instrumentele-i din tolba atârnată după gât. Nici unul însă nu cuteză să taie curajul căpitanului lor.

Regele se lăsă pe scaun între cele două fete și începu să-și răsfire barba peste pietrele scumpe, rânduite pe piept. Chalciope e gătită de sărbătoare mare, Medea poartă diadema cu sori pe cap, iar umerii obrazului îi sunt floare de mac. Când și când pipăie sub sân și stă gata parcă la ceva. Nimeni însă nu bagă de seamă înfățișarea asta, toți așteaptă nerăbdători cele ce-au să urmeze.

De-a dreapta și de-a stânga Tronului, se întinde șirul lung al curtenilor și al norodului adunat de prin împrejurimi. Cum are s-o scoată la capăt, nici Iason nu știe, totuși poartă veselia pe față și bărbăția în ținută.

Cuvintele Medeei și-acum îi răsună dulce în ureche, îi ține trupul înfierbântat și-i întărește sufletul.

Mai plimbă odată ochii peste mulțime și peste Tronul bogat; i se încrucișară din nou privirile cu ale domniței oacheșe, șoptindu-i parcă încă o dată, în uitătura ei adâncă: „să nu-ți fie teamă!”.

— Hei, prietene, aruncă-te!, rupse tăcerea regele, răsturnându-se pe speteaza scaunului.

Juncanii tocmai veneau cu viteză. Iason se repezi spre ei. Hercule și cu Orfeu își întoarseră fața, pătrunși de un fior rece din tălpi până în creștet. Curtenii au înlemnit, cu ochii țintă în obor, iar Medea a vârât mâna-n sân. Regele privește printre sprâncenele stufoase și-și greblează barba cu degetele. Bălaia Chalciope face fețe-fețe, când se gândește să fie sfâșiat așa trup frumos. Dar nu poate să deschidă gura, căci e lege sfântă și obiceiul locului: copilul să nu stăvilească cuvântul părintelui.

— Ce pasăre e aceea?, făcu Medea în mijlocul tăcerii, și cu atâta mirare în glas, că toate capetele se ridicară în sus.

În clipa asta domnița aruncă două foițe spre tauri și vârî degrabă ceva în sân.

— Prigorie, ce să fie!, răspunse regele, care făcuse mâna coviltir și se uita în sus, astea totdeauna aduc secetă...

Când plecară ochii, înmărmuriră. Iason ținea în dreapta un taur și în stânga altul, pironiți ca de farmec. Apoi îi puse în jug și trase, nu o brazdă, nici două, ori trei, ci patru iugere ară în țelină.

Curtenii și toată suflarea dimprejurul zidului, începură să bată din palme, aducând laude viteazului tânăr.

Medea deprinse crinul de la cingătoare și i-l aruncă. Regelui însă nu-i veni la socoteală învingerea asta și nici nu-i plăcu însuflețirea curtenilor. Întoarse capul la spate și-și plimbă ochii peste mulțime. Toți goniră bucuria de pe față, la vederea frunții încrețite. Hercule și cu Orfeu îl îmbrățișară pe Iason și rămaseră și ei uimiți. Nimeni însă nu băgase de seamă mișcarea Medeei.

Aiete coborî de pe Tron și, prefăcut că e bucuros de așa vitejie, îi strânse mâna:

— Să trăiești... Să vedem acum porunca a doua!... Mai odihnește-te puțin!, și regele plecă singur spre palat.

Chalciope se dădu jos și ea și-i întinse mâna flăcăului. Medea urmări pe tatăl ei cu privirea, fierbând de neastâmpăr și cu mâna strânsă în sân. Dar când văzu că regele nu se abate la iatacul de unde ea luase cutiuța cu farmece, răsuflă liniștită. Acum știe unde se duce. Se apropie și ea de Iason și-i strânse mâna. În clipa asta amândoi avură un roșu înaintea văzului. Apoi, domnița îi șopti încet, să nu fie auzită de nimeni:

— Știam, c-ai să învingi. Cât voi purta eu asta, întotdeauna ai să fii învingător!

Îi arată pe ascuns o cutiuță:

— Aici sunt farmece. Nimeni nu știe de ele. Prin ajutorul lor, vei fi puternic oricând; nici munții și nici apele nu-ți vor sta în cale...

Iason îi strânse mâna mai mult și zâmbetul îi săpă două gropițe în obraz:

— Și domnița e un farmec!

Și când îi scăpă de pe buze cuvântul acesta, întreg trupul i se aprinse, se simți mai puternic și mai curajos.

Medea apropiindu-se într-atât, că-și atinse sânul de brațul flăcăului, grăi și mai dulce:

— Voi face orice pentru tine!

— Să mergi soție și stăpână în Elada!, răspunse Iason, aruncându-i săgeți tăioase.

Crăiasa tresări de bucurie și se roși până în vârful urechilor.

În vreme ce Chalciope vorbește cu ceilalți doi oaspeți, Medea își aruncă privirea ochilor spre aripa palatului, unde se dusese regele, și apoi îl luă pe Iason deoparte. Șușuiră mai mult, dar numai atât se desluși:

— Când s-or ivi, tu aruncă asta!, și-i întinse o pietricică lucioasă.

Apoi îi mai spuse ceva, dar nu se putu prinde. Când se văzu Aiete venind grăbit, Medea se despărți repede, șoptind flăcăului:

— Ia seama, să faci cum ți-am spus!...

Norodul se pregăti, să vadă care va fi porunca a doua:

— Ține colții de balaur, îi întinse regele, lui Iason, un ceaun de aur, cu un fel de semințe în el, seamănă-i... Și a treia propunere: cu rodul fă ce te-o tăia capul!...

Curajosul din Argos zâmbi. Tovarășii lui rămaseră în așteptare.

Iason coborî în ogorul proaspăt și, înfigând mâna în ceaun, semănă toți dinții peste brazdele negre. Apoi se dădu de-o parte.

Nu trecu preț cât ai număra până la douăzeci și, deodată, din mușuroaele revărsate ale arăturii, începu să răsară capete de oameni. Și capetele astea cresc, se înalță, li se deslușesc gât, umeri, se încheagă trup omenesc, sunt uriași înfiorători, căpcăuni cu două guri.

Norodul s-a înspăimântat. Unii tremură, alții și-au ridicat mâinile la ochi, să nu mai vadă, iar cei mai slabi de înger, au rupt-o la fugă. Hercule și cu Orfeu se tot depărtează, iar regele privește cu sânge rece. Medea urmărește fiecare mișcare a celui încercat.

Când uriașii împănară ogorul și vrură să se năpustească spre sămănător, Iason, prefăcându-se c-a mai rămas ceva în ceaun, le zvârle în față pietricica dată de domniță. Doar cât ar fulgera, trecu, și bolovani de stânci răsăriră în calea căpcăunilor. Sălbaticii se bulucirǎ unii într-alții, neștiind ce să facă. Iason însă nu zăbovi sfatul dat din vreme și începu s-arunce cu pietroaie în gloată.

Zvârle unul, doi, zece, o ploaie de stânci cade pe capetele monștrilor. Se răzvrătesc uriașii între ei, crește învălmășeala, vin unii peste alții, se încaieră, se sfâșie. Acum au turbat, trag cu dinții unul de altul, curge sângele și carnea stropșită se încheagă cu stâncile zobite. Nu se mai uită dincotro vin pietrele, care cum e lovit se năpustește asupra vecinului și-l spintecă cu ce găsește. Iason adăpostit de după o stâncă, dă acum cu socoteală; nici un bolovan în vânt, fiecare în trup de uriaș și fiecare surpă unul. Un morman de pietroaie înroșite, scăfârlii retezate și trupuri terciuite, astfel e toată arătura.

Când Iason urcă scările, norodul izbucni în urale și bătu

din palme cu mai multă înflăcărare. Nici nu mai văzuse și nici nu auzise de un așa viteaz. Anevoie se liniști. Numai regele e fiert... Să-i dea *lâna-de-aur*?! Nici în ruptul capului!... Ea e rădăcina împărăției!... Când s-o urni *lâna-de-aur* din templu, pulberea s-alege de tot.

Apoi schimbându-și înfățișarea, regele se arătă bucuros și-i întinse mâna lui Iason:

— Mâine ți se va împlini dorința, iar astă seară, avem să petrecem în cinstea oaspeților dragi... Să se întindă mesele și să sune trâmbițele!, strigă Aiete către curtenii săi.

În sala de marmură s-au aprins toate lămpile, încinse în sori de aur. În capul mesei stă regele, de-a dreapta e cinstea musafirului sărbătorit, având lângă el pe Medea. De cealaltă mână a lui Aiete, stă Orfeu și cu Hercule, iar între ei Chalciope. De-o parte și de alta se întinde șirul lung al dregătorilor împărăției și al curtenilor de mâna întâi. Se-ntrec mâncărurile la masă. Vine tot ce rodește ținuturile bogatului bogaților. Doisprezece bucătari, toți în alb, schimbă tăvile de argint, panerele cu poame coapte și azimele rumenite.

Cântă trâmbițele, ciocnesc cupele înflorate în mărgăritare și gâlgâie ploscile de aur, pline ochi numai cu tămâioasă și corniță bălană.

Se aprinde vorba între meseni și Iason dă drumul graiului. Le spune de țara lui îndepărtată, de veșnicele ei primăveri, de câmpurile, de munții, de apele și roadele de acolo; apoi de plecarea lor, de calea rătăcită și de lupta cu valurile răzvrătite. Iason povestește frumos, are grai dulce, ochi lucitori, veșnic umezi, și înfățișare mândră, răpitoare.

Medea ascultă, îi soarbe vorbele și se duce, cu gândul, după spusele flăcăului drag... „Ce frumos o fi acolo! Altă lume... alte lucruri!... domniță, unde e numai primăvară!... ce bine... să-i spună ea lui tat'său... ba nu, să-i zică flăcăul întâi... c-așa stă și bine... I s-a urât aici... îi e dor de alte zări... și de dragostea lui...". Domnița ridică ochii și-l învălui cu privirea. Apoi întinse pe genunchi șervetul cu ciucuri de fir și, atingând mâna lui Iason pe dedesubt, o lăsă așa alături, să se aprindă și mai mult. „...Doamne, cum l-ar săruta, pe ochi, pe gură, pe obraz, pe tot chipul mândru și cu lipici!..."

Hercule s-a apropiat de Chalciope și șoptesc gură în gură. Numai Orfeu, visător ca-ntotdeauna, gândește singur. Toți beau și se înveselesc, dar regele nu prea-prea... Sub zâmbetul lui zace un gând.

— Oaspeți dragi și scumpi meseni, rupse Aiete moleșeala, fiind târziu și oboseala coborându-se între noi, eu vă zic noapte bună și mâine cu bine...

Toți mesenii se ridicară la graiul regelui și începură să iasă unul câte unul.

Stăpânitorul dădu apoi porunca:

— Oaspeților dragi, să li se rânduiască odăile din palatul albastru!...

Medea plecă și ea la odihnă, dar când să pășească pragul, se opri: „mai bine să-i spună de astă-seară tatălui ei!"

Cum rămase singur, Aiete îl chemă pe Vulcan și scăpărând din ochi, îi spuse, după ce privi împrejur:

— Noaptea asta trebuie să încheiem cu ei! Dar să nu se ridice mâna asupră-le și nici să bănuiască cineva!...

— Am înțeles, Măria-Voastră!, răspunse faurul scurt.

— Stai!, se plecă regele mai înspre el, știi unde l-am culcat?...

— Știu!

— Când vor fi două ceasuri până la ziuă, atunci când e somnul mai dulce, zguduie coloanele de sub palat și surpă totul pe ei... Nu e nimic, fac altul mai măreț!...

— Prea bine!

— Ascultă, încruntă fruntea regele, cu socoteală!...

— Lăsați pe mine!

— Nici pământul să nu te simtă, să se creadă c-a fost o întâmplare... Auzi?!...

— Da!

— Noapte bună...

— În zori toate vor fi după porunca Măriei-Voastre!, încheie faurul, plecând la datorie.

Când regele urcă scările spre odaia de culcare, de după perdea se trase un cap, și apoi năluci ca o umbră în lungul sălii, dar nici pământul n-o simți...

*

A bătut miezul nopții. În curtea palatului e liniște, numai în cele douăsprezece turnuri, rânduite pe zidurile cetății, se mai aud pașii greoi ai strajelor, iar plopii, cu foile lucioase în bătaia luminilor, își scutură foșnetul peste coama palatului albastru.

În trei odăi, una după alta, odihnesc cei trei argonauți. Iason încă nu a adormit. Atâtea bucurii au venit acum, una după alta, dar cea din urmă îl pune pe gânduri... „Mâine pleacă încărcat, îi duce țării lui cea mai scumpă avuție și cea mai mare fală... Da, și pe ea trebuie s-o ia!... Nici nu se poate altfel..."

Iason se răsuci în pat și strânse pleoapele, ca să adoarmă. Iarăși i se răscoli gândul: „Frumoasă e! Dimineață îi cere mâna... Cum să nu i-o dea regele?! Ce-i lipsește?!... Și cum îi ardea mânuța!..." Iason ridică capul: „parcă se simte cineva!..." Ascultă, nimic... Iar se culcă. N-apucă însă, să se așeze bine pe pernă, că din nou prinse zgomotul. Acum desluși ciocănituri în geam. Sări jos și merse la fereastră. Zări o umbră prin întunecimea răsfrântă de craca foioasă a stejarului din fața balconului. Se uită bine, când băgă de seamă, deschise geamul grăbit:

— Aici, domniță scumpă?...

Medea, învăluită într-o manta lungă, suise scara până la al doilea cat.

— Ssst!, șopti domnița tulburată și la chip și la grai. Nu mai stați!

— Ce-i ?! holbă ochii Iason.

— Tata a dat ordin să fiți omorâți până la ziuă!...

— Cum?!

— Haide să fugim!... Trezește-i și pe ceilalți!

Orfeu, din odaia de alături, a cărei ușă era întredeschisă, auzise totul și veni fuga.

— Spune-i și lui Hercule!, îl întâmpină Iason.

— Nu e aici! Pe la o vreme știu că s-a coborât jos și n-a mai venit!...

Se mirară și ei dar nu pierdură timpul.

În tufișul din dreptul cișmelei mișcară două umbre. Când se apropiară de banca ferită de lumină, Chalciope se desprinse sfioasă din brațele lui Hercule.

— Soră!, îi șopti Medea, dacă ții la dragoste și la viață, trebuie să fugim!

— Domniță, opri Iason pasul, unde e *lâna-de-aur*? Fără ea nu putem pleca!...

— În templul lui Marte. Tocmai în capăt.

— Haide acolo!, făcu Ianson hotărâtor.

Cele două surori porniră în urma lor, târâte de dragoste.

— Degeaba, grăi Medea, e păzită de balaur!...

Pe copacul gros, din fața porții zăvorite, stă încolăcit balaurul, cu douăzeci și patru de capete, iar coada îi atârnă de pământ. Douăsprezece perechi de ochi veghează și douăsprezece se odihnesc. Iason trase paloșul cu două tăiușuri și Hercule aduse ghioaga țintuită.

— Nu!, se puse Medea înaintea lor. Nu dați, e fermecat și nimic nu se apropie de el! De el și de Vulcan, nici chiar farmecele...

Vitejii opriră înaintarea. Domnița căută să-i depărteze:

— Să nu-l atingeți, că plesnește din coadă, și trezește toată împărăția... Haideți, să fugim!...

— Fără *lâna-de-aur*, nu!, țintui cuvântul Iason.

— Un șarpe!, prinse graiul și Orfeu... Cât să mai fie până la ziuă?

Iason roti ochii pe cer și măsură cu privirea. Rarița coborâse spre scăpătat:

— Cam patru ceasuri...

Medea îi luă vorba:

— Două mai sunt și...

— Dați-vă de-o parte și tăceți, tăie Orfeu graiul domniței, acum e rândul meu... Pentru astfel de descântece, sunt eu lecuitorul...

Și cântărețul, fără seamă șezu pe piatra din fața copacului bătrân. Vârî mâna-n tolbă și începu să aleagă. Nici lira, că-i pentru feți și logofeți; nici naiul cu glasuri multe, nici buciumul deșteptător și de lungă cale vestitor, ci scoase cavalul, lung în trup și-nflorat, pe la vrană fermecat și la glas mult fermecat.

Și-n tăcerea stăpânitoare a nopții, prinse grai acum cel care nu grăiește în vorbe, dar spune mai mult decât toate vorbele din lume.

Cavalul glăsuiește încet și pierdut, parcă vine de departe, de acolo de sus, din razele lunii pline, din calea lungă a robilor.

Și cântecul toarce, cum toarce un fus în mâini plăpânde de domniță, din fuior de mătase albă. Și glasul limpede, mai limpede ca o vinișoară de izvor, coboară încet, încet, tot mai încet, până se șterge cu pământul, până se face una cu amuțitul. Dar când firul e să se rupă, se smucește cântecul și pornește agale în sus, legănat, dulce; lungește glasul, îl îndoaie și desdoaie, îl întoarce și răstoarce, ș-apoi, teșit și tremurat, urcă aici lin, aici în covee, se înalță sus, sus, mai sus, până ce întregul văzduh tremură și toată firea ia grai... Cântă munții și stâncile; cântă văile și apele; cânt vâlcelele și izvoarele; și întreaga curte a lui Aiete murmură într-o vrajă adormitoare acum, până ce apoi totul se pierde într-o tăcere de pustiu.

Nimic nu se mai simte împrejur. Frunza a ațipit, vântul a amuțit... Numai balaurul se descolăcește încet, purtat parcă de-o mână vrăjită... Pică un cap, pică două, trei, zece... douăsprezece... Douăzeci și patru adorm și trupul, lung de nouă stânjeni, se întinde la pământ, într-o moleșeală blândă.

Orfeu vârî, degrabă, cavalul în tolbă și se apropie de tovarăși. Iason și cu Hercule înlemniseră pe lespedea de piatră, cu ochii întredeschiși; iar surorile dormeau de-a binelea pe brațele iubiților.

— Gata!, șopti cântărețul.

Bărbații săriră în sus. Domnițele se frecară la ochi, ca după un somn lung, și rămaseră nedumerite; încă nu-și dau seama, ce se întâmplase. Iason, când văzu balaurul lungit la picioare, puse mâna pe paloș:

— Să-l ciopârțesc!...

Orfeu îl opri:

— Ai uitat, că-i fermecat?!.. Numai cântecul l-adoarme. Poți să intri fără teamă... De aici doar razele soarelui îl trezesc, ele topesc și cântecul.

Hercule, a cărui putere nu era departe mult de a lui Vulcan, răsuci lacătul de nouă ocale în mână, încuietoarea plesni, şi deschise usa templului.

Le luară ochii strălucirea din capăt. Pe o masă înaltă, stă nemișcat un berbec, cu totul și cu totul de aur, iar lâna-i lungă până peste genuchi și creață inele-inele, e înțesată cu pietre scumpe.

— Lasă-mă pe mine!, grăi Hercule, și-l aruncă pe umeri.

Apoi luându-o pe Chalciope de mână, iar Iason pe Medea în brațe, ca pe un copil drag, porniră, cu toții, spre porțile cetății.

În cele douăsprezece turnuri nu se mai simte nici o strajă. Portarul s-a ghemuit într-un colț, cum l-a prins vraja, și sforăie, dus în alte lumi.

Ieșiră, lăsând toate porțile de perete.

Își găsiră tovarășii trezi și neliniștiți, neștiind ce se întâmplase cu ei, o zi și o noapte.

— Palatul încă doarme și până se crapă de ziuă mai e vreme!, glăsui Orfeu, după ce Iason spuse în câteva cuvinte toată întâmplarea.

— Haidem, cu toții!, făcură corăbierii într-un grai, și se năpustiră la avuțiile viteazului vitejilor, bogatului bogaților...

În revărsatul zorilor, corabia își umflă pânzele și porni pe valuri, ducând strânsura lui Aiete și sământa trupului lui, să rodească și pe alte pământuri...

*

Când s-a trezit curtea și-a dat cu ochii de jale, ne mai rămânând nimic de seamă în tot palatul; când s-au văzut odăile fetelor goale și templul lui Marte jefuit de ce avea mai scump, regele și-a prins capul între palme, și a plâns cu lacrimi, îngânând:

— Când pornește răul, merge până la sfârșit!...

Apoi, încruntându-se, zvârli din pumni, scăpărând de ciudă:

— Să plece în urmărirea lor chiar acum!... Să se dea sfoară în țară, că dușmani necunoscuți au prădat împărăția, și au necinstit curtea regească!...

Și repezindu-se afară, țipă ca un turbat:

— Mie, viteazul vitejilor!... Hm!... Că n-am știut!... După ei... Ferecați să mi-i aduceți...

Toți curtenii lui Aiete au pornit în urmărirea dușmanilor. N-a rămas supus în colibă, ori cioban la stână, care să nu fi dat ascultare buciumului de chemare.

Gonesc pe apă și pe uscat, sunt ca frunza și ca iarba, usucă totul în urma lor.

Se duce corabia argonauților, crestând valurile ca o săgeată, dar când bagă de seamă potopul din urmă și văd cum îi sosește clipă cu clipă, atunci o sfeclesc corăbierii și se înhamă, cu toții, la vâsle.

Fug înaintașii, gonesc însă cei dinapoi și mai dârji și mai cu ură... Fugăresc pe dușmani întruna, îi sosesc de pe urmă, uite-i sunt aproape, acum o să pună mâna pe ei; dar cu cât întârzie clipa din urmă, cu atât ura gonacilor e mai mare și necazul lui Aiete se va revărsa prin furia unui popor întreg, tălpășit de la rostul lui.

Toți tovarășii lui Iason au holbat ochii și, cu mânecile sumese, luptă de zor; dar așteaptă apropiata clipă, să fie înghițiți de turmele înfuriate. Numai Medea și-a culcat capul pe pieptul dragului Iason și privește în zarea depărtată, ca și cum nimic nu s-ar petrece în urma lor:

— Acolo, iubite, spre alte lumi vreau!... Mânați, mânați!...

Apoi, râzând cu hohote, îi spuse Chalciopei, care se lipise de Hercule și se uita sperioasă în urmă:

— Așa-i surioară, că-i mai bine aici?!... Și-i mai frumos unde mergem noi!...

Și prinzând între degete o bobușoară din cutiuța ascunsă în mână, o aruncă înapoia corăbiei:

— Mai veniți acum!...

De-abia sfârși vorba, și apa mugi, valurile se ridicară în munți, uscatul se cutremură, văile urlară și calea gonacilor se închise. Corabia se duce ca vântul. Se limpezește drumul înainte, și se face tot mai greu în urmă.

Se luptă trimișii regelui cu valurile, cad cu sutele, cu miile, și alții le iau locul, din șirul mare al norodului.

Urmăresc, urmăresc întruna, dar pe la o vreme le pierd urma fugarilor, și-acum în zadar mai gonesc, în zadar rătăcesc drumurile, căci nu mai știu încotro au apucat!...

Au trecut săptămâni, luni, ani și nu i-au mai găsit...

De Aiete, viteazul vitejilor și bogatul bogaților, s-a ales praf și pulbere. Au trecut de-atunci vremuri după vremuri, apele și-au mutat matca, pământul și-a schimbat fața și multe popoare s-au primenit. În ce colț de țară însă a dăinuit strălucitul palat al bogatului bogaților?! Nu s-a știut de nimeni hotărât, și totuși în multe locuri a fost pus.

Unul dintre cercetașii mai noi, harnicul Niculae Densușianu, răposat întru Domnul, printr-o muncă fără preget și după multele lui cercetări, presupune că împărăteștile curți ale lui Aiete, au fost aproape de gurile râului Saranges, care nu era altul decât Siretul de azi, unde se găsește și acum urma vechei cetăți, numită Țiglina, cu ziduri multe și cu drumuri și mai multe pe sub pământ.

De întrebăm bătrânii, spun c-odată au sălășluit aici uriași, iar de dăm ascultare poporului, ne cântă:

La gura Siretului
P'în postul Sâmpetrului
Ian, mări, că s-a ivit
Un caic lung, poleit
Cu postav verde'nvelit.
Dar în el cine-mi era?
Era Suliman Aga,
Cu cinci-zeci de Eniceri
Cari poartă'n brâu hangeri.
Ei veneau încet, încet,
De la Dunăre'n Siret,
Valurile străbătând,
Malurile cercetând

Și cântecul urmează înainte cu glas tărăgănat aceeași poveste, cu a bogatului bogaților:

Și Tudor avere avea
Avea turme, avea voinici...
Avea cirezi și glotași,
Avea lăzi de gălbinași,
Paispre-zece mori de vânt,
Și nouă pe sub pământ,
Cari macină argint.
Trei sute de moșioare
Și pe-atâtea sătișoare...
Și cinci mii de iepușoare
Pe sub poale rotogoale...
Curți de piatră, întărite
Cu podele poleite...

Cioc-cioc!... se auzi în ușă.. Se închise zarea și pieri tot ce țesusem. Crăpai ochii. Pe ferăstruia mică a cabinei năpădise soarele. Mi-aruncai privirea la ceasornic: zece. Dormisem binișor!

— Nu te-am trezit de dimineață, grăi ofițerul, fiindcă a fost o ceață, de nu se vedea nici în provă... Îți stricam somnul degeaba,... n-aveai ce vedea!...

— Mai bine! îngânai eu și mă frecai la ochi, căutând să-mi limpezesc vederea de frânturile rămase din somn...

— Acum poți veni sus, încheie ofițerul și ieși zorit, a început să se zărească Bosforul...

Prin cheia de aur

Ca o gură de pâlnie, deschisă larg, ne iese în cale Bosforul, curmat de două fălci uriașe: în dreapta Europa, în stânga Asia. Și cum stau față în față cele două continente, se privesc trufașe, unul mândru de fala trecutului, altul semeț, de avântul noilor vremuri.

Căpitanul a urcat puntea de comandă, și cercetează cu binoclul:

— Bine că s-a ridicat ceața! Dacă ținea cum începuse de dimineață, trebuia să așteptăm în larg!

Cu cât ne apropiem, cu atât se dau țărmurile în lături, făcând loc limbei de apă, să-și croiască drum printre culmile stâncoase. Din gingia valurilor ițește, în albeața spumii, un șir de stânci, deasupra cărora își scutură aripile mii de pescăruși albi, făcând rotocoale, rotocoale.

Iată-ne aproape. Stâncile se rup în două parcă, rămânâd un șir în dreapta și altul în stânga; iar vaporul brăzdează calea, mânând talazurile spre cele două porți, deschise larg. Steiurile ce se luptă cu valurile, sunt *Cianeele,* care deschid poarta azi, ca și în vechime, când li se spuneau *Symplegade* și când au slobozit trecerea corăbierilor din Argos. Căci spune povestea, cum că înainte vreme insulele acestea erau plutitoare, și de câte ori hordele barbare năvăleau din miază-noapte, ori miază-zi, *Symplegadele* se rânduiau în zid puternic și stăvileau trecerea. Numai când a sosit Iason, cu corăbierii lui, zeii au poruncit stâncilor, să se dea într-o parte și să deschidă drumul călătorilor. Deschis a rămas și până azi, iar *Cianeele* se luptă zi și noapte cu frământarea valurilor.

Un fluer lung și răgușit sparse tăcerea, ca glasul unui om

obosit, sărind răsunetul de pe un țărm pe altul. E semnalul c-am intrat, gândii eu, și vrusei să întreb, dar comandantul îmi tăie pornirea, deslușindu-mă:

— Trebuie să vină pilotul!... Așa e regula și dăm lira!...

— Cum adică?!, făcui eu.

— Orice vapor când intră în Bosfor, plătește douăzeci și cinci de franci pilotului!

Dinspre țărm taie valurile o barcă veche și apoi se alipi de vapor, mergând alături... De pe covertă se coborî o scară de frânghie și un tânăr oacheș, cu șapca dată pe ceafă, urcă degrabă la puntea de comandă, și luă locul în fața timonierului. Noul sosit cumpănește el drumul acum. E grec de naționalitate, dar cum limba cea mai ușoară, pe care o știu toți marinarii, e cea italiană, pilotul glăsuiește întruna:

— Destra, sinistra... Avanti... Cosi... Bene!...

Rămân în urmă, pe coasta Asiei, ruinele cetății *Riva,* care de douăzeci de veacuri și mai bine, privesc în largul Mării Negre, calea lungă a vapoarelor și luptele ce se dau de atâtea ori cu furia valurilor; iar deoparte și de alta, pe cele două țărmuri, teșite în dealuri și povârnite în stânci roșiatice, se ridică fortărețele *Rumeli-Fanar,* pe dreapta și *Anatoli-Fanar,* pe stânga. Aici, ochi negri de tun se uită crunt pe Marea Turmentelor, gata oricând să bubuie în fața celui care va îndrăzni să deschidă poarta pe furiș, ori să tragă zăvorul după amurg, sau înainte de răsăsăritul soarelui.

Ca o căpățână, năpustită în valuri, trece *Kum-Burnu,* vechiul promontoriu *Ancyracum,* cel din urmă popas al argonauților, înainte de a se avânta în marea cea năbădăioasă. Sub *Kum-Burnu,* se adăpostesc corăbiile cu pânze, când din întunecimile Mării Negre pornește șuier de balaur și urlet de iad.

Împreună cu ofițerul secund coborâi puntea de comandă, și trecui în față, la provă. De aici mi-e limpede toată calea. Ca un „drum al robilor" se aruncă înaintea noastră fâșia albăstruie de apă, cărărind, în dreapta și în stânga, două țărmuri prăbușite în pantă repede. Creștete ciumpăvite, râpe rostogolite până în bătaia apei, cărări încrucișate, luminișuri și adăposturi adumbrite, trec pe o parte și pe alta, gonite de alte priveliști, care fură ochii, pe coama dealului, mai departe, unde își scutură crăcile și mirodeniile mirtul și chiparosul, alămâii și dafinii.

Dar când privirile aleargă peste aceste frumuseți dumnezeiești, aici sălbatice, aici dulci, din răstimpuri în răstimpuri, răsar de după piepturile stâncoase, gurile reci de tun de la *Ișaret-Tabia, Fanarchi* și *Popaz-Burnu,* la poalele căruia, în vechime, se afla portul *Aphrodisium,* loc de adăpost pentru corăbiile marinarilor din *Ephes,* pornite în călătorie lungă, pe ape.

O limbă de piatră roșcată țâșnește din coasta Europei și plescăie în valuri. E stânca promontoriului *Caribdjei,* unde odinioară se înălța vechiul *Gypopolis,* sau *cetatea vulturilor.* Bat valurile în stânca colțuroasă și-o scobesc furioase, cum demult, ne spune povestea, că *Harpiile* sfâșiau, cu unghiile lor ascuțite, trupul lui *Phynea,* regele Traciei. Și tot mitul glăsuiește că acest rege crud a fost așa de mult ademenit de soția sa de a doua, încât a scos ochii copiilor, avuți cu nevasta dintâi. Pentru această faptă nelegiuită, zeii au luat vederea părintelui și l-au pironit pe stânca singuratică, trimițând monștrii, cu cap urât de femeie bătrână și cu trup de vultur, să-i ciugulească zi și noapte carnea și să-i otrăvească trupul, cu veninul lor. Multă vreme a îndurat *Phynea* muncile *Harpiilor,* până când Iason trecând pe aici, doi tovarăși de ai săi, *Calais* și *Zethias,* se înduioșează, văzând chinurile regelui, și-l slobozesc din ghearele monștrilor. *Phynea,* drept mulțumire și cinstită răsplată, arată argonauților drumul către țara Colchilor și către *lâna-de-aur.*

Azi, deasupra promontoriului veghează fortăreața cu guri de oțel, iar jos, pe stânca *Caribdjei* rotesc lăstuni de mare, al căror croncănit sparge văzduhul.

De la fortărețele: *Karibdge Kalesi,* pe coasta europeană și *Poiraz-Kale,* pe țărmul asiatic, Bosforul începe să-și strângă apele, îngustează calea și apropie malurile tot mai mult. De aici își croiește gât pâlnia, a cărei vrană rămâne în urmă la doi kilometri, deschisă larg ca niște brațe, ce stau întinse spre pântecele uriașe ale Mării Negre: înainte, mărețul Bosfor își sapă drum printre coamele umbroase, ce se aruncă unele peste altele, întrupând parapete de coline, tăpșane și vâlcele.

*

Când pusei condeiul întâia dată pe fila carnetului să însăilez din privileștea, ce mi se desfășura înaintea ochilor, tresării. Cum să încep zugrăvirea acestei minuni dumnezeiești, când atâția scriitori de frunte au pus stăvilar penei aici și s-au dat învinși în fața falnicei frumuseți, unde firea a pus tot ce-a avut mai desăvârșit, mai dulce și mai fioros, mai plăpând și mai viguros, tot ce-a avut mai măreț. Aici și-a presărat privirea, sățioasă de frumuseți, și-a adăpat sufletul cu mirodenii, neobositul cercetător, *Pierre Loti,* cel care a cântat viața oropsitelor cadâne și-a pătruns cu inima în cutele tainice ale haremurilor. Pe undele albastre ale Bosforului, s-a legănat în visul celor o mie și una de nopți: *Edmondo de Amicis, Gautier, La Croix* și *Tournefort* și mulți scriitori de seamă. Fiecare a zugrăvit cele mai frumoase icoane, rupte din belșugul frumuseții, dar nici unul n-a putut, și cine știe când se va naște acela, care să prindă, sub pana sa, toată podoaba mândră a Bosforului!...

Rămân în urmă căsuțele albe ale orășelului *Buyuk-Liman,* cuibărit în coasta europeană; rămâne pe costișe pârâul *Bacsevan-Dere,* care stropește cu răcoreală tarlale întinse de vii. Trec gurile de tun de la fortăreața *Fil-Burnu,* sau *Capul Elefantului,* de pe țărmul Asiei; trec stânci sfredelite de valuri, ca o horbotă zdrențuită; apoi „balaurul" își subțiază pântecele tot mai mult, limpezindu-și coama în talazuri albastre și după ce închide cea mai mare baie, numită *Kelsili,* lungă de aproape trei kilometri, Bosforul se poticnește de zidurile înalte ale celor două țărmuri, sumese în parapete puternice și împănate de țevile tunurilor.

Aici e cheia strâmtorii, care se îngustează până la 540 de metri, și-odată pătruns pe aici dușmanul, care ar veni din largul Mării Negre, apoi ușor și-ar deschide cale înainte, către inima împărăției musulmane. Aici este *Rumeli-Kavak* sau *Plopul din Europa,* cu turnul ruinat al vechei cetăți, zidită de Sultanul Murad al IV-lea, pe la veleatul 1628. Azi turcii au înfăptuit din gâtul strâmtorii punctul cel mai întărit de pe Bosfor, presărând tot țărmul din urmă, deșirat pe șapte kilometri, cu o sută șaptezeci și mai bine de tunuri.

Pe mâna dreaptă, aproape de undele nebunatice ale unui pârâiaș, ce se rostogolește din teșitura culmii, plutește deasupra valurilor o căciulă mare de sârmă. Până să cer eu deslușiri, ofițerul secund glăsui:

— E aparatul, care arată în ce ape se scaldă marea!... Când ies vapoarele din Bosfor, în căciula aceea țuguiată își aruncă ochii marinarii, și dacă e albă de spumă, atunci știu că i-au venit mării năbădăile...

Mi-adun privirile din bătaia provei, de pe șleaul încutat adânc și încrețit în falduri albastre, și apoi le revărs peste noianul de palate, colibe, boschete, peste culmile îmbrăcate în livezi și păduri tainice.

Câte vise nu s-au tors pe potecile adumbrite, câte basme nu s-au stins în clocotul valurilor, câte suspine n-au fost înăbușite de clincătul pârâielor și foșnetul codrului, veșnic verde, veșnic înflorit.

Deasupra, pe pieptul sumes de la *Rameli-Kavak* se înălța odată templul zeiței *Cybela,* mama lui Jupiter. Când Iason s-a întors teafăr din țara Colchilor, unde cucerise *lâna-de-aur* și inima prea frumoasei Medea, pe tăpșanul acesta a ridicat lăcaș de închinăciune, drept mulțumire purtată stăpânitorilor cerești. Tot aici își mai înălța creasta și templul *Serapeion,* urzit de vechiul norod al Bizanțului. Azi, povestea doar mai aduce aminte despre aceste sfinte morminte, cum tot povestea mai glăsuiește când și când despre turnul de piatră al lui Ovidiu, numit *Turri-Timaea,* în creștetul căruia un far puternic lumina calea Bosforului, până departe în Marea Turmentelor și până dincolo în Marmara, în cuibul Țarigradului.

Un șuierat prelung răsună iarăși. Mașina stopă și după o adăstare cam lungă, din coasta Asiei se rupse o barcă lungăreață, spărgând valurile spre noi. Călcăm pe locuri străine și aici trebuiesc cercetate actele vaporului și obținută foaia de liberă trecere. Slujbașii însă nu dau pe foc la împlinirea datoriei; umblă încet și fără grabă, își păstrează cu multă sfințenie obiceiul locului.

Țărmul asiatic își încovoaie trupul pe lângă brâul albastru și întinzându-și șoldul, dă brânci în apă capului *Hieron,* promontoriul tămâiat de vremurile sfinte, când aici dăinuia vestitul templu, ridicat în cinstea celor doisprezece zei.

— Acolo sunt ruinele vechiului castel genovez!, făcu

ofițerul secund, și-mi arătă măciulia unui turn, ce veghea deasupra muntelui *Hieron.*

Îndrept binoclul în culmea povârnită și ochianul aduce lângă mine cetatea harnicilor și iscusiților genovezi. Acolo au fost odinioară ornamente bogate, capiteluri, ogivale, porți crenelate și praguri de marmură; au fost viteji mulți și avuții și mai multe. Azi, zidurile s-au culcat la pământ, supuse de palma grea a vremii; curpenul și iedera își întind vrejurile cotropitoare, țesând hățiș deasupra măririi; azi doar turnul, cu creasta sfârticată de vechime și măcinată de ploi, mai dă glas când și când trecutului.

Din costișul *Hieronului* pornesc coline, umbrite cu sicomori și chipri, iar în luminișul întorsurii, se scaldă, la soare, orășelul *Anatoli-Kavak,* sau *Plopul din Asia.*

„Turnul Severin" taie pânza viorie, elicea vâjâie în scoc de moară, iar din urmă, pe gura rămasă departe, tot mai vine o suflare de vânt. Se deapănă pe dinaintea mea priveliști după priveliști, creștete nălbite de soare, costișe verzi otavă, se deapănă poteci pietruite, care suie și coboară, se ascund în ogrăzi, încing chioșcuri și ies pe tăpșane. De acum Bosforul se gătește și mai mândru de sărbătoare.

Toți marinarii au ieșit pe coverta vaporului. Dar oare putea-va cineva, să rămână în cabina strâmtă, când Bosforul, în fiecare zi și în fiecare clipă, își schimbă fața?! Se închide o priveliște, alta se deschide, mai luminoasă și mai scăldată în raze; coboară o culme adumbrită, se povârnește în apă, mușcă din valuri, apoi își frânge șalele pe loc, apucă un urcuș, gonește în cotituri, se îmbracă în cedri, umbrește fruntea cu păiuș verde și se gătește cu trandafir și liliac. Fuge un mănunchi de raze pe oglinda lucie a apei, joacă în puzderie de beteală, sare de pe un mal pe altul, aprinde turle de palate și balcoane împodobite cu iederă, și apoi scutură boabe de mărgăritar deasupra cărărilor tăinuite. Un colț se umbrește, altul se luminează; trece o vilă, ascunsă între oleandri și trandafiri, vine alta, cățărată pe dâmbul semănat cu mușchi; se închide o potecă după tarlaua cedrilor, se deschide altă cărare în gura vâlcelei.

Și Bosforul înaintează măreț, frângându-și spatele în noianul de cute viorii, spumoase, albe și poleite în stropi de aur. În desfășurarea costișului drept, ce se întinde ca o hlamidă uriașă, țesută cu fel și chipuri de flori, cu nestemate și scumpeturi, pe această pulpană semănată cu alesături, trece fortăreața *Teli-Tabia*, trece orășelul *Jeni-Mahale*, sau Mahalaua Nouă, apoi ca o turmă albă de mioare, se revarsă stâlpii de la *Mezar-Burnu* sau *Capul Mormintelor.* Se pleacă țărmul și se ridică, vin ogrăzi, sate și pâraie; uite *Sara-Jar*, un cuib sărăcăcios de pescari, uite cum vin în clocot apele reci ale râulețului *Kestane-Dere*, iată cum taie, în inima muntelui Kabatas, *Kestane-Su*, frumoasa vale a castanilor, locul de preumblare, al celor dornici de răcoare, de clinchet de izvoare și de ascunzișuri tainice. Și de aici, peste șase kilometri numai, peste cletele întinse de castani și nuci, pe sub vâlcelele ce gonesc în repezișuri, în prelungirea muntelui *Kabatas*, se întinde pădurea Belgradului, mare, întunecoasă, cu stejari și platani bătrâni.

De la *Mezar-Burnu*, unde spune legenda, că se afla odinioară templul zeiței „*Venus Meretricia*", frumoasa zână întrupată din spuma mării, de la capul acesta, pe care cei vechi îl numeau *Simas*, se răsucește coasta europeană, croiește cale către soare apune și apoi încinge *Golful Profund*, de altădată, sau *Buyuk-Dere* de azi, o baie liniștită, unde apele se domolesc, vântul nu mai bate și soarele cerne berechet de raze dulci.

Lângă cheiul de piatră, poposesc bărci cu pânze colorate și vaporașe, care fac de câteva ori pe zi drumul spre Constantinopol. Mut privirile de pe apa liniștită și le urc peste orașul rânduit în scară. *Buyuk-Dere* e un bulevard cu palate, cu câte trei și patru caturi, cu ferestre multe, vopsite în verde și cu geamurile dosite de jaluzele; e o grădină cu vile, îmbrăcate în ederă și trandafiri, cu boschete și chioșcuri. *Buyuk-Dere* este localitatea bogătașilor greci și armeni, care își întrec gospodăriile în avuție și frumesețe; e cuibul mândru al tuturor celor care aleargă după visare și liniște, după legănare pe unde albastre, după cărări adumbrite de portocali și rodii, de chitri și migdali.

Deasupra orașului, peste valea pârâului *Buyuk-Dere,* trece apeductul sultanului Mahmud I, care duce izvoarele muntelui la Constantinopol, unde *Sacali* strigă cu glas răsunător: *crio nero, apă rece.*

În *Buyuk-Dere* sunt hoteluri luxoase, birturi alese, terase și plimbări, cum mintea născocește; aici viața e scumpă, și din vechea colină *Kalos-Agros, Câmp Frumos,* nu poate gusta bunătățile dumnezeiești decât numai cel cu punga plină.

Fuge în urmă *Buyuk-Dere,* cu mahalalele *Kefeli-Kioi* și *Kalafai,* și după ce trecem baia *Umurului,* tot pe coasta europeană, se zvârle în pantă orașul Therapia, îmbrăcat în alb și gătit de mare sărbătoare. Aici e reședința tuturor ambasadorilor din lume. Capitala cea bogată, închisă cu ziduri înalte, pare serioasă și rece la înfățișare, ca și chipurile diplomaților, apărați zi și noapte de vapoarele înarmate cu tunuri.

În Therapia un palat e mai frumos ca altul, o ogradă întrece pe alta în rânduire, un foișor privește mai altfel decât al vecinului; dar în Therapia lipsește mozaicul culorilor vii de pe Bosfor și din întregul Orient. Therapia e orașul curat european, e al bogătașilor, veniți să privescă cerul de cicoară, să răsufle aerul curat, care împrospătează pieptul, limpezește vederea și frăgezește obrazul; dar e și cuibul de frumusețe al celor abătuți să se plimbe pe talazurile înălbite ziua de soare și aprinse noaptea de luminile atâtor felinare strălucitoare, veniți să privească stolurile de pescăruși albi și jocul delfinilor, care se iau la întrecere cu vapoarele, să stea în pleava aurie, ce se scutură din văzduhul nemărginit și să asculte clinchetul izvoarelor cu *crio nero,* să închidă ochii și să soarbă mirodenia atâtor ierburi și flori, semănate pe meleagurile acestui rai, să deschidă gândurile și să dea drumul dorurilor celor mai ascunse, – și-n pragul acestor frumuseți de basme, inima omului va fi mai aproape ca oricând de fericire, – și cum vântul spală cerul de nori, astfel și bucuriile mari tămăduiesc sufletul de orice racilă... Și iată, cu drept cuvânt Therapia se tălmăcește prin *tămăduire.*

Nu tot așa însă era numită și în vechime. Orașul ce poartă sub el rădăcina multor familii grecești, care se înrudeau cu Paleologii și Comnenii și cu ramura care și-a trimis atâția Domni hrăpăreți în țara noastră, Therapia de azi și din timpurile grecești, de blestemată pomenire, se numea în vechime *Farmakia*, adică loc înveninat, căci, spune legenda, cum că aici ar fi otrăvit Medea pe Glaucia, fiica regelui Creon din Corint, fiindcă Iason se îndrăgostise, de această fecioară corintiană și o părăsise pe Medea cea frumoasă, care jertfise și țară și neam pentru iubirea flăcăului din Argos.

Ca o sprânceană se mai zărește înapoi poala Mării Negre sau *Kara-Degniz*, cum îi zic turcii. Bosforul își încovoae trupul își frânge șalele și țintește în răsărit; vaporul se răsucește pe șold, ochește malul drept cu pupa, iar prova sparge valurile și-și croiește cale spre golful Beycos, adăpostul pe care cei vechi îl numeau *Baya-de-Amycus*. În locul acesta, glăsuiește mitologia, a fost al doilea popas al argonauților, la întoarcerea lor în țara Colchilor. În locul acesta s-a iscat ceartă între *Pollux* și *Amycus*, fiul lui *Neptun* și rege al bebricilor. Aici s-a încins lupta cu paloșele. *Pollux* a biruit și *Amycus* a căzut mort, sub înțepătura din țâța stângă. Pe locul unde a închis ochii viteazul din Argos, a răsărit arbustul *Laurus insanna*, care înnebunea pe cei ce s-ar fi atins de ramurile lui. Duelul, se zice, că din vremea aceea își are început. *Laurus insanna* însă nu e decât *laurul* de azi, ale cărui semințe înghițite, aduc sminteală la cap. Cu toate acestea, la țară se găsesc foarte multe femei, care dau laur copiilor cuprinși de friguri, ori celor care n-au somn.

Ridic privirile peste coama țărmului asiatic, și deasupra tuturor înălțimilor, ca o cupolă uriașă, se oglindește, pe cerul senin, căpățâna muntelui *Iușa-Dagh* sau *Gigantele*. Fruntea lui măsoară toate împrejurimile, din întunecoasele văgăuni ale Asiei, până-n negurile Mării Negre și peste brâul albastru al Bosforului, până la Marmara și la minaretele din Stambul. Pe *Iușa-Dagh* se zice c-ar fi mormântul lui *Amycus*, iar muntele până azi a rămas făcător de minuni și credincioșii musulmani vin din toate împrejurimile, să aducă pe mormânt veștminte de tot felul, rugându-se, ca groapa sfântă să le tămăduiască boala. Doi dervişi, călugări, păzesc presupusul mormânt și se înfruptă din bunătățile aduse de credincioși.

Din *Iușa-Dagh* pornesc pâraie și cărări multe, care suie și coboară tâmpla măreţului munte; de acolo izvorăște *Tokat-Dere*, care în clocote nebunatice își aruncă apele în *Baia de Amycus*.

Pe malul veșnic înverzit al lui *Tokat-Dere*, sau *Valea Marelui Stăpân*, se află localitatea *Hunkiar-Iskelessy*, unde odinioară au sălășluit puternicii padișahi. Aici se înălțau palate de marmură cu chioșcuri îmbrăcate în flori, cu foișoare, cu tainice culcușuri căptușite în catifea și covoare scumpe, cu fântâni și băi înmarmorate; aici e mereu primăvară, mereu adie boarea lină și mereu miresme îmbătătoare te moleșesc, îți pătrund în toate mădularele și te îndeamnă la visare; aici chiparosul se îndulcește cu liliacul plăpând; chiprul cu rozele; trandafirul creț la foaie, cu oleandrul și cu mirtul; apoi toate mirosurile se contopesc într-unul, se frământă, se dospesc și din tremurarea lenevoasă a atâtor flori și ierburi, se înalță ca un abur de jertfă, mirodenia de baștină a acestor focuri adormitoare, aducătoare de basme, de o lume aievea, care mângâie simțurile și trezește poftele.

În *Hunkiar-Iskelessy* și-a avut cuibul de dragoste și Mahomed al II-lea, cuceritorul și îndrăznețul Soliman I, Baiazid și Mahmud I și Selim al III-lea și mulți alți sultani, cu mândrele lor haremuri, cu odalisce fragede la obraz, nevăzute de soare și neatinse de vânt.

La *Hunkiar-Iskelessy* s-a pus zapisul pe tratatul din 26 iunie 1833, prin care Turcia era îndatorată, față de Rusia, să stăvilească trecerea prin Dardanele, pentru toate vasele de război străine.

Țărmul se rânduiește în linie de bătaie, fără nici o scobitură, și-n pripirea soarelui, cu fața spre undele limpezi ale apei, se desfășoară în scară până în costișul umbros, orașul *Beycos*, vechea localitate turcească la adăpostul căreia au poposit, în anul 1854, flotele engleză și franceză, așteptând ordinul, să pornească spre Sevastopol și să-și verse focul răzbunător asupra Rusiei, care schimba ițele întruna la Constandnopol.

„Turnul-Severin" bate mai mult spre țărmul asiatic, ținând calea aproape de coasta numită *Beycos-Liman*, care începând de la *Zalikioi* și până la întorsătura *Iamak-Burnu*, e o grădină mare, unde palatele se amestecă cu boschetele, turlele, cu foișoarele și plopii lucitori, cu minaretele ascuțite. În spatele orășelelor, cuibărite în această cleată: Zalikioi, Indjirkioi, Ciubucli și Pașa-Bagce, se păstrăvălesc, din deal, tarlale cu nuci bătrâni, cu chipri și rodii, cu chitri, agurizari și boschete de tufănică; aici se îngână izvoarele argintii, culmile se gonesc în parapete, vâlcelele se ciocnesc în capete și colinele se întrec în frumusețe.

Ieșim din *Baia-de-Amycus*, coasta asiatică începe să dea năvală către cea europeană, Bosforul își strânge apele, se trezește din piroteală, își smucește valurile, le fișcăie, și apoi le mână degrabă spre calea croită în chip de tunel. Vaporul face un cot și întoarce prova către dreapta.

Timonierul și-a înfipt mâinile mai cu încordare în cârmă și a plecat urechea, să dea mai multă ascultare pilotului, ce grăiește într-o italienească, frântă în vârful limbii, pe glas grecesc. Malurile se apropie din ce în ce și țărmurile se înalță, răsfrângând peste apă umbra deasă, iar pe cerul albastru și senin sticlă, se încondeiază creștetele stejarilor bătrâni, coamele măslinilor și castanii rotați.

Fug ochii când pe dreapta când pe stânga, deapănă privirile pe vilele înecate în ogrăzi, și pe malurile colțuroase; intră în scobiturile stâncilor, aleargă pe coline, se înapoiază la brâul albastru, care joacă în puzderie de scântei, apoi se înalță ochii mai departe, către vatra văzduhului, unde se țes milioane de fire de beteală.

Pe țărmul Asiei, fuge în urmă localitatea *Rifat-Pașa*, unde prin veacul al V-lea, „Părinții privigherii", slujeau Domnului nostru Iisus Hristos, rugându-se zi și noapte într-o mănăstioară, dosită în loc tainic și în liniște cerească.

Mai devale vine orașul *Kanlidgia*, unde odinioară se înălța palatul poetului turc, *Fuad-Pașa,* care a cântat cu mult foc și însuflețire vraja Bosforului.

Și *Cheia de aur* își schimbă veștmintele din clipă în clipă, după fiecare colț e altă îmbrăcăminte cu alte culori și alte tonuri.

Privesc înapoi: Therapia a rămas departe, scufundată după dealurile cotropite cu *tămâioasă* și *corniță;* apoi tot mai devale trece *Baia-de-Kalender,* trec vechile podgorii de la *Jeni-Kioi* și fortificațiile de la *Baki-Tabia*, pe care le încing pomi roditori și păduri de pini și arțari; trece orașul grecesc *Stenia*, pitulat în spatele unei băi liniștite.

Lumea veche îi spunea *Sosthenios*, adică *triumful*, căci în vărcanul acesta, apărat de orice vijelie, a fost al treilea popas al argonauților și a treia jertfă adusă, la întoarcere, zeilor, pentru deplina sănătate și marea izbândă. Pe locul acesta, tovarășii lui

Iason au înălțat templul *Sosthenios*, pe care au așezat o statue măreață, cu aripele întinse și cu față întoarsă spre țara Colchilor, spre meleagurile cu belșug și noroc, pentru conducătorul cetei din Argos.

Această înfăptuire falnică a strejuit, la hotarul celor două continente, veacuri după veacuri, până în timpul lui Constantin cel Mare, când puternicul împărat, trecând la legea creștinească, a prefăcut templul păgân în lăcaș al Mântuitorului, închinându-l Arhanghelului Mihail.

N-a trecut multă vreme însă, și biserica Domnului a fost rasă de pe fața pământului de un creștin, prinț al neamului moscovit, de către pravoslavnicul *Igar*, care pe la anul 941 pornise o mare expediție la Țarigrad, contra bizantinilor.

Se domolește țărmul european, tolănindu-se într-o colină bătută de soare, până la orașul *Balta Liman*, zis și *Portul Topoarelor*, așezat în gura unei văi. Printre clădirile ce poartă pecetea vechimii, se zărește palatul fălos al lui *Resid-Pașa*, în ale cărui săli bogate, la 1849, în ziua de 28 aprilie, s-a pus pecetea tratatului dintre Rusia și Turcia, și s-a rânduit la mezat, necinstit, soarta Țării Românești. Zi de amară pomenire, dar și început de revărsat de zori, pentru neamul nostru, căci de atunci ne-a deschis cerul porțile tot spre mai bine. Blestemat pas a fost însă pentru urmașii lui Mahomet, căci tot înapoi au mers.

*

Am călcat 14 kilometri, de la intrarea în Bosfor, mai avem încă pe atât până la Constantinopol. „Turnul-Severin" țăcăne întruna, elicea macină apa, iar coșul, ca o sfidare adusă cerului senin, azvârle rotocoale, rotocoale de fum negru, ce croiește văzduhul ca o dâră de catran.

Drumul s-a strâmtat, ajungând la 500 metri, iar apa aleargă necăjită, împletindu-și valurile în mii și mii de șuvițe.

Se luptă, se zbuciumă, se plesnesc talazurile, se aruncă pe colții de stâncă, îi scuipă în spumă albă, apoi valurile se trântesc înapoi, se azvârlă iarăși și gonesc în clocot nebun. Din amândouă părțile dau năvală izvoare vijelioase și reci, pornite din capătul munților și se reped turbate, ațâțând și mai mult apele învrăjbite; vin în cipcele repezi, răzvrătind și zăpăcind valurile. Sunt atât de înalte țărmurile și atât de apropiate, că șuvoiul pare înghițit de zidul stâncos, ce ne întâmpină, iar calea pare închisă.

Din povârnișul malului drept, se prelungesc, până la apă, zidurile măcinate ale cetății *Rumeli-Hissar,* sau *Castelul din Europa.* Aici și-a așezat fortăreața cuceritorul Mahomet al II-lea, ca o pregătire sigură că peste un an hordele sale vor intra stăpânitoare în bogata capitală a Bizanțului. *Rumeli-Hissar,* sau *Bogaz-Kesan* cum îi mai spun turcii, are priveliștea cea mai deschisă către Constantinopol și e punctul cel mai bine apărat prin chiar croiala sa firească.

De aceea, jefuitorul Sfintei Sofii, de la 1453, cu dreaptă socoteală, pentru planurile sale, a curmat calea aici și a înălțat o cetate puternică. În trei luni, se spune c-a fost mântuită această făloasă fortăreață, la care zi și noapte lucrau peste două mii de suflete, pornite ca sub bici de foc, tocmai de prin stepele sărace ale Turchestanului și Bukariei. Câte bogății nu s-au jefuit și câte rânduieli nu s-au stricat în calea hordelor barbare, sub aspra poruncă a vijeliosului Mahomet al II-lea! Aici și-a adunat „otomanul" toate cetele de sălbatici, aici le-a oțelit și mai mult, ca să dea năvală, cu toată furia, spre locul unde dăinuia avuția și crucea.

Față în față cu castelul lui Mahomet al II-lea, stăruie ruina unui alt castel, mult mai bătrân; e al sultanului Bayazid Ilderim Fulgerul, care l-a zidit pe la anul 1400. Acesta e *Anatoli-Hissar,* care în limba românească se tălmăcește prin *Castelul din Asia*; iar turcii îi mai zic și *Ghiuzel-Hissar*, sau *Castel frumos,* căci o pădure de chiparoși și smochini, pornește din poala apei și se întinde până-n creasta muntelui.

Anatoli-Hissar și *Rumeli-Hissar* sunt cele două tapșane, pe care Mandrocles, vestitul architect din Samos, a ridicat podul peste care trecu armata puternicului rege persan Darius, compusă dintr-un milion de soldați și cinci sute de mii animale, îndreptându-se către sălbaticii sciți. Pe aici a trecut și Xenofon cu cei zece mii de greci, când s-a înapoiat din expediția făcută în Asia; prin locul acesta au năvălit turcii în Europa, și tot pe aici trecură și armatele cruciade, când toți creștinii, laolaltă, plecară, în zid, să slujească sfânta cruce și să elibereze Ierusalimul de sub cotropirea turcească.

Azi, nici urmă nu mai vorbește despre aceste drumuri. Unde a fost tronul regesc, așezat pe picioare de fildeș și pe care Darius a primit defilarea armatelor?! – nici un semn nu mai arată!... Doar turnurile dărăpănate, ce se privesc de peste apă, duc povestea mai departe, trecând-o din gură în gură...

Bosforul își deschide din nou drum larg, malurile se răsnesc și soare dulce plouă colinele îmbrăcate în verde de smarald. Ca două arcuri pornesc din costiș două văi, ce vin în pas domol până jos lângă apă. Pe vâlcelele acestea coboară, în clinchet adormitor, *Buyuk-Ghiok-Su* și *Kaciuk-Ghiok-Su*, sau râurile *Azuratul Mare* și *Azuratul Mic*.

Aici sunt *Apele dulci din Asia* cu chioșcuri fermecate, cu poiene smălțuite în flori, cu cotituri ascunse, rânduite numai pentru oftări și înfiorări, cu fântâni îmbrăcate în marmură de Paros; sunt platani cu umbra deasă și stejari spătoși; sunt cuiburi vrăjite, ce parcă răsar de pe altă lume.

Pe colnicele *Apelor dulci din Asia*, se visează mai mult ca oriunde, se preumblă, se iubește și se îngână vorbe dulci. În fiecare Vineri, sumedenie de *Bazar-Caic* vin dinspre Constantinopol, încărcate cu haremuri, cu cadâne și cu turci, îndreptându-se către văile azurate, unde se întind corturi, se aștern covoare scumpe, se beau cafele multe și se fumează narghilele. Cadânele și odaliscele, cu ochii focoși, cu obrazul neatins de soare și cu trupul arzând de tinerețe, cutreieră livezile, și se tăvălesc prin fânul moale, gonesc în bărci pe undele viorii, dar sunt păzite din urmă de eunucul credincios, pus de pașa bătrân și gârbov, ce de-abia își soarbe gingirlia, și-și numără boabele mătăniilor. Iar când sângele li se aprinde și ochii le varsă văpăi de foc, atunci crudele făpturi, neînfruptate din dulceața dorurilor ascunse, oftează adânc, se strâng una într-alta, în foșnetul mătăsurilor scumpe, și privesc, apucate de cutremur, la păzitorul tânăr și voinic, ce nu cutează să ridice ochii spre bunătățile stăpânului.

Două caice lungi, ne încrucișară calea și tăiară Bosforul, îndreptându-se către *Apele dulci*. Un cârd de bărci, umbrite cu pânze galbene, albastre, verzi, se frământă în baia rotundă, din mâna dreaptă, încărcând norod, înveștmântat în port europenesc, și fete cu rochii strâmte și gâturi goale. Acest tineret, cu apucături noi, e rodul multor școli particulare din orașul *Bebek*, unde domnișoarele *Hanâm Kâz*, cum li se spun aici, primesc învățătura și creșterea după sistemul englezesc sau american. În *Bebek*, fetele fac călărie, joacă tenis și gonesc cu bărcile, în largul Bosforului; la școala americană „Robert-College" fecioarele turce nu vor să mai știe de slova Coranului.

După *Bebek* vine orașul arnăuților, *Arnăut-Kioi*, ce cocoțat pe limba de pământ, năvălită în Bosfor, pare o movilă albă, sumeasă de curentul, numit *Șeitan-Akendisi*, adică *Șuvoiul Dracului*.

Vaporul merge mai mult pe-o coastă, mânat din pupă de valul năbădăios, dar cârma supune puhoiul și talazul spumos se aruncă buluc spre pieptul asiatic, la *Kandilli*, unde o candelă luminează noaptea, ca barcagii să se ferească de *Akenty-Burnu*, sau *Șuvoiul de la cap*.

În spatele lui *Kandilli*, deasupra grădinilor cuibărite sub strașină de deal, se desfășoară colina *Idjadichului*, ridicându-se în trâmbă verde, până o îmbucă văzduhul senin.

Gonește mașina răgușită, gonesc și ochii mei nesățioși, ducându-se pâlnie pe spărtura ce desparte cele două continente. Stânci, vile și ogrăzi, povârnișuri și țuguiuri, cărări, viroage și păduri, toate se țin de mână, se gonesc una pe alta, se adăpostesc, se umbresc, urcă și coboară. Pleacă soarele, vine umbra, fuge o fâșie albastră ori galbenă, vin zece în loc, verzi, roșii, portocalii; sunt mii de culori, cu mii de nuanțe și tonuri; e ochirea ce-o trimit – pe horbota valurilor, – atâtea luminișuri, minarete, cupole, ferestre și geamlâcuri, căci mi-a spus un cunoscător, că numărul clădirilor de pe întregul Bosfor, de la Ceanee până la Stambul, ajunge la zece mii.

Și privirile țes neobosite, când pe brâul ce se întinde înaintea noastră, presărat cu fluturi, când pe fâșia cerului de deasupra, ce fuge ca un „drum al robilor". Colindă ochii pe țărmul asiatic, peste localitatea *Kulelli* cu lunga cazarmă turcească de cavalerie și cu școala militară, colindă peste cariera de piatră și de aici mai departe, peste minunatele grădini: *Kule-Bagce* și *Selim-Bagce*.

Kule-Bagce, sau *Grădina de la turn* își are vechia ei poveste, ca orice colțișor din aceste locuri fermecate. Pe pieptul umbros de aici, se înălța altădată un turn, unde Soliman cel Mare, când nu era decât prinț, a stat ascuns trei ani de zile de furia tatălui său. Și când năpăstuitul fiu – ce mai târziu avea să ajungă vestitul sultan, care să înainteze până-n fața Vienei – puse mâna pe stăpânire, întâia înfăptuire, fu să dărâme până-n temelie locașul, de tristă amintire, iar pe locul turnului dădu poruncă, să se întocmească mândra grădină, care, și azi, are tot atâta vrajă, ca și acum patru veacuri.

— *Destra, destra,.. avanti!*..., glăsuiește pilotul, iar timonierul, pironind picioarele în dușumea și răsucind cârma, îndreptă prova călare pe val. O ridicătură în sus, apoi o zguduitură din toate încheieturile, și iată că vaporul trecu și de vârtejurile *Akente-Mascara,* numite de turci, sau *Șuvoiul obraznic.*

Bosforul face apoi un mic cot, frânge calea spre coasta europeană și după aceea croiește drum drept până-n Marea Marmara și până sub poalele Constantinopolului.

Suntem la 7 kilometri de capitala imperiului otoman, suntem în dreptul lui *Orta-Kioi,* oraș cu multe cazărmi, cu vile și palate bogate, ale multor greci și armeni, care dimineața merg să-și facă negustoriile din capitală, iar seara se înapoiază la cuiburi, adunând zi cu zi tot mai multă avuție.

În poalele lui *Orta-Kioi*, răsare din apă, ca un nufăr uriaș, moscheia de marmură *Sultana Valide.*

S-au domolit apele și vaporul ne duce lin, purtându-ne prin fața *Ceragan-Seraiului,* palatul luminilor, cu ferestre multe și scări de marmură. Măreața clădire, făcută de sultanul Mahomet al II-lea și reînnoită de Abdul-Azis, construcție care a înghițit, se zice, 120 de milioane de franci, azi e arsă până sub strașină, iar coloanele de marmură, rămase ciumpave de bogatele podoabe, privesc triste în undele Bosforului, care aici, ca o cinstire pioasă adusă palatului, trece pașnic și liniștit.

Dincolo de *Ceragan-Serai,* deasupra culmii, și-n drumul împărțit de frumuseți, ce duce la Constantinopol, se află *Yildiz-Kiosk – Palatul Stelei* – lăcașul de vară al sultanului, cu întregul său harem și cu marea armată a spionilor. *Yildiz-Kioscul,* cu peste o sută de chioșcuri și cu întreaga lui minunăție, ce pare o poveste picată din cer, este rânduit pe colina cea mai înaltă, de unde stă sub ochi tot drumul Bosforului, până la Marea Neagră și de unde priveliștea se deschide până dincolo de Marmara, la insulele Prinților și până-n sprânceana teșită a Asiei Mici.

Trag ochii de pe coloanele *Ceragan-Seraiului* și mut privirile pe mâna stângă, în blocul uriaș de marmură albă, cu ferestre multe, balcoane și colonade. E palatul *Beylerbey*, zidit la 1869 în cinstea soției lui Napoleon al III-lea, împărăteasa Eugenia, care în călătoria sa, făcută cu prilejul deschiderii canalului de Suez, se opri să viziteze și măreția Bosforului; iar sultanul găzdui pe înalta oaspete în acest cuib de lux și frumusețe, înfăptuit în cel mai scurt timp cu putință. Bogatul palat împărătesc, azi e temnița lui Abdul-Hamid. Aici își deșiră firul zilelor fostul sultan, la a cărui ridicare din deget, tremura tot norodul. Azi câteva odalisce, câini și pisici mai multe, stau împrejurul bătrânului din *Beylerbey*. Atâți credincioși mai are puternicul de altădată, care stăpânea o împărăție de supuși și șase sute de cadâne.

Cu cât ne apropiem acum, drumul pare și mai lung, iar vaporul și mai încet parcă merge. Lăsăm în urmă localitatea grecească *Istavros*, peste care parcă se păstrăvălește poala muntelui *Burgulu* și apoi vine *Kuzgunciuk*, unde dăinuie povestea că frumoasa nimfă Io, fecioara fluviului Inachus, pe când era îndrăgostită de Jupiter, stăpânul zeilor – aici a fost prefăcută într-o juncă bălană, de însuși iubitul ei, ca s-o scape de mânia Junonei, soția geloasă a lui Jupiter. De atunci, se zice, că și fâșia de apă, care desparte cele două continente, a luat numirea de: *Bos* – bou și *poros* – trecătoare, adică *trecătoarea boului*.

De la *Ceragan-Serai*, palatele și grădinile strălucitoare se țin lanț. După orășelul *Beșik-Taș*, toată lumina și tot soarele dimprejur sunt prinse de falnicul *Dolma-Bagce, Grădina Legumelor*.

Acest uriaș palat, care era un frumos chei de marmură, se întinde în lungime peste o jumătate kilometru, și e străjuit în fața valurilor cu armată de stâlpi de marmură, care poartă în vârf globuri, ce noaptea luminează calea Bosforului și tâmpla Marmaralei. Acest cuib împărătesc adună în vastele sale încăperi, tot ce avuția are mai de preț și închipuirea basmelor a putut născoci. Aici sunt pereți de alabastru, ferestre ca rubinul, divanuri moi, presărate cu nestemate, candelabre, oglinzi, tablouri, toate scumpe, legate numai în aur și nituite cu bumbi de diamant.

În *Dolma-Bagce* strălucește marmura de Paros, iar fildeșul de India se întrece în podoabe cu cedrul din Liban. În *Odalicul* haremului de aici, au poruncit, au strâns în brațe trup fraged și-au osândit cu sânge rece, mulți sultani: și Abdul- Medjid și Abdul-Azis și Abdul-Hamid, iar astăzi stăpânește Mehemed al V-lea, și mâine! – cine poate ști ce aduce ziua de mâine?!

Iată poarta se deschide și Bosforul răgușit, obosit, cade pe lat și-și întinde la soare trupul înnălbit. Stă ce stă într-o piroteală tărăgănată, apoi, sfârșit și mai mult de puteri și cuprins de vise, intră o parte în costișul european, unde se odihnește în minunea *Cornului de aur*, iar altă parte cade în brațele largi ale Marmaralei, unde adoarme în legănare, unde i se stinge și puterea și răsfățarea și nebuneala, și unde una cu marea se face.

Trec ca o armată, în defilare, cartierele turcești: *Sali-Bazar, Funducli* și *Top-Hane*, arsenalul unde se fabrică tunuri și se înfăptuiesc caice. Apoi începe să se arate poala capitalei musulmane. Dar până să-și trimită zâmbetul orașul minunilor, privirea mi-e furată, pe pieptul din stânga, de coama chiprilor, de țuguile verzi ale pinilor și de minaretele albe ale moscheielor. Aici e Scutari, orașului sfânt al mahomedanilor, e vechiul *Chrysopolis, Cetatea de aur.*

Scutari a dat pe cei mai de seamă luptători ai Islamului; în marele cimitir de aici, odihnesc de veci, mulți eroi otomani; în Scutari ține să fie înmormântat fiecare drept credincios al lui Mohamet.

Dar ce să prind mai întâi sub ochi? – priveliștea acestui oraș bătrân, ale cărui împrejurimi au fost cântate de mulți poeți musulmani, rânduirea lui în scară, cu lumina multă ce-l învăluie, să ascult ce-mi dezgroapă trecutul îndepărtat al *Uskudarului* de azi, cum îi zic localnicii, unde s-a dospit toată puterea Semilunei, mai înainte de a trece Bosforul?! – sau să las ochii să fugă mai departe spre localitatea *Kaikhane,* la foișorul ridicat pe stânca ce-o bate întruna valurile? Aici mi se oprește o clipă gândul în turnul lui Leandru sau *Kâz-Kulessy,* pe turcește, adică *Turnul Fecioarei.*

E scurtă povestea cupolei cu balcon, dar are în firul ei ceva din moleșeala căldurii și fiorii răcelii, din graiul dulce și din țipătul înfiorător, are dragostea aprinsă a trupului de fecioară și spaima groazei. Căci, spune povestea, cum că un sultan, Mohamed, și-a închis aici pe fiica sa dragă, Mehar Șegid, ca s-o apere de împlinirea ghicitorului, care prezisese că fecioara va muri la vârsta de 16 ani, de mușcătura unui șarpe.

Și de teama acestei împliniri, Mehar Șegid a crescut în turnul răslețit, adormită de murmurul valurilor și trezită de boarea dulce a zorilor. S-a făcut mare, frumoasă și mândră, cum pereche n-avea în toate ținuturile. Și dacă vântul și talazul și dorul, se duc peste mări și țări, apoi despre frumusețea fecioarei din turn, se dusese vestea până la curți mari împărătești. Auzise chiar șahul Persiei, și îndrăgostit de zână, pe care n-o cunoștea decât din auzite și din închipuirea minții, cum și-o înfăptuia, așa frumoasă și bună de iubit, puternicul împărat a cules din grădina sa cei mai mândri trandafiri și înmănuchindu-i frumos, i-a trimis fecioarei plăpânde și bălane ca un nufăr.

Când Mehar Șegid a primit florile, venite de departe, de la o inimă care bate, de la doi ochi dornici de privit și de la două buze, care au sărutat chita cea mult mirositoare, atunci fata, cuprinsă de fiorul unui dor ascuns, neînțeles, dar dulce, și-a îngropat toată fața în puful trandafirilor și i-a sărutat cu jind și tremur și arsură.

Proorocirea însă e proorocire. Între foițele trandafirului, ursita a ascuns puiul de șarpe, mic, dar cu otravă multă. Și când fecioara a sorbit toată dragostea necunoscutului, trimisă în flori, a scos și un țipăt înfiorător – țipătul mușcăturii de șarpe.

Mehar-Șegid cade leșinată. Dar tinerețea cu dor de viață, și mândrețea florii abia îmbobocită, nu vor să primească moartea, o gonesc cu îndârjire și fecioara se zbate, țipă, cere ajutor. Nimeni dimprejur însă nu-i poate da leac.

O aude vântul și marea, boarea și unda; se înfiripă din zefir vârtej, din talaz hulă, și vijelie puternică pornește prin ape, peste dealuri și vâlcele, peste munți și păduri, până la curtea palatului, unde se frământau dragostea și dorul. Și când împăratul a auzit, nici gând n-a mai înfiripat și mai degrabă ca vântul a venit la floarea ofilită și așa, jândios și necăjit și dornic, cum era, a supt din toată puterea otrava, și atunci moartea a fugit rușinată; iar fecioara a deschis ochii mari, s-a trezit în brațe calde și mai mult s-a strâns lângă pieptul dogoritor și plin de leacuri.

Mehar Șegid și cu împăratul iubit au trăit apoi zile multe și viață fericită; iar *Turnul fecioarei* a rămas ca o chezășie a vremurilor de atunci, să spună trecătorilor vechea poveste și să apere vapoarele, astăzi, de stâncile ascuțite, ce stau ascunse sub valuri, la talpa lui *Kâz-kulessy*.

„Turnul Severin" face întorsătura în Marea Mamara. *Beșic-Taș,* mahalaua Capitalei, rămâne în urmă și poala Istambulului piere ca după o perdea, în spatele oștirii de vapoare, caice, șlepuri, catarge și sute de bărci, ce mișună în dreapta și în stânga. E o masă de fesuri și cealmale, care se leagănă ca un val uriaș, stropit cu sânge. Pilotul e cu ochii în patru, comenzile se îndeșesc, iar timonierul joacă în mână spițele cârmei.

Ne apropiem. Țignale ascuțite, șuierături scurte, auit de sirene, strigăte, uruituri de vinciuri, toate se amestecă, se contopesc într-un zgomot nesfârșit, într-un zumzet de roi năzdrăvan, în care clocotesc mii și mii de glasuri.

Vaporul se strecură binişor pe lângă şirul lung de mahoane, unde se descarcă şi încarcă fel şi chipuri de mărfuri, apoi maşina opri şi tribordul se alipi lângă digul, unde fierbe un vârtej uriaş de chipuri, veşminte şi culori, şi unde forfotesc glasuri în toate limbile pământului.

Kara-Kioi

După ce m-am învoit cu Mustafa, 10 franci pe zi, ca să mă călăuzească prin toate punctele principale ale Constantinopolului, am vizat pașaportul și am pornit.

Ne strecurăm prin vălmășagul de hamali încărcați și cu cealmale verzi pe cap, printre camioane, trăsuri și automobile; tăiarăm calea tranvaiului, care venea în port și trecurăm prin cârdul de gură cască, zdrențăroși, pocâliți și murdari, care țineau calea trecătorilor, cerșind întruna: *bacșiș! bacșiș!*

Abăturăm după câteva colțuri, încrucișarăm uliți întortochiate, așternute cu lespezi mari de piatră, vechi și roase de vreme, apoi ne pomenirăm în fața unei mulțimi.

— Podul *Kara-Kioi!* grăi Mustafa. Aveți mărunt?...

— Am. Dar, de ce?!...

— Să plătim taxa de trecere! Un metalic de fiecare.

Scosei două pătăcele de nichel și le dădui drumul în cutiuța ce-o ținea în brațe, nemișcat, un musulman rezemat de balustrada podului.

Un metalic prețuiește cam șase parale de ale noastre.

— Și toată lumea, care se vede aici, plătește?!, întreb eu pe călăuză.

— Nici o viețuitoare nu scapă nevămuită... Câini, vite, tot. Trăsura plătește doi piaștri, iar hamalul încărcat 20 paras, adică zece centime!

Dusei ochii în susul podului, peste masa de capete, ce părea un fluviu cu talazurile domoale, și apoi iarăși am întrebat:

— Întotdeauna e așa lume multă?!...

— Acum nu e nimic, să vedeți seara și dimineața!...

— Trebuie să aducă bune părăluțe, podul!

— Între zece și douăsprezece mii de franci pe zi!, încheie călăuza.

Câți bani se adună într-un singur an! – socotii eu în minte, și cu toate acestea visteria otomană când se caută, e sleită!...

Podul *Kara-Kioi* taie *Cornul de aur.* E lung de 450 metri, și lat de vreo 30, iar la mijloc se desface, la o anumită oră în revărsatul zorilor, spre a lăsa vapoarelor calea slobodă, să treacă în sus și în jos. *Kara-Kioi* leagă *Pera* și *Galata* cu *Istambulul. Kara-Kioi* răzorește cele două orașe, rânduite fată în fată și străine parcă unul de altul.

— Să ne oprim puțin!, spun călăuzei mele.

— De ce nu!... Cu plăcere!, răspunse Mustafa, și ne rezemarăm de parmalâcul podului.

Las puțin capul pe ceafă și dau drumul privirilor să colinde peste masa de capete, peste furnicarul în sute de culori și chipuri. Se duc și se întorc, trec și vin șiruri după șiruri. Se frământă ca valurile unui puhoi, care a rupt zăgazul și năvălește nesfârșit.

Trec trăsuri, cupele, camioane și automobile; trec boccele grele, purtate pe spinări cocoșate; apoi ulani călare, infanteriști strânși în tunicile albastre și croite pe trup; zuavi cu pantalonii roșii bufanți; trec turbane verzi.

Și trâmba aceasta colorată în fel și chipuri, deapănă întruna, schimbând priveliști după priveliști, cu fiecare clipă. A trecut un cupeu strălucitor, purtat de cai negri tăciune, încinși cu chingi aurite; după el vine hodorogind o saca, trasă de o mârțoagă slabă și bătrână, iar pe butoiul ponosit bălăngăne trupul uscățiv al unui turc.

Pe lângă musulmanul frânt de șale și cu picioarele goale, zdrelite, trece cu pașii grăbiți domnul în haine negre, ghete de lac și pălărie înaltă. Nu s-a depărtat zece pași și pe dată îi ia locul un șir de coșuri, încărcate cu portocale, banane, rahat, pătlăgele vinete și roșii. Iată un ocheșel tânăr, cu fesul alb tras pe sprânceană, trece în trap, îmboldind cu călcâiele măgărușul de sub el, gătit cu mărgele și panglicuțe.

Ce grup se strecoară furișat parcă, pe partea cealaltă?! Mă înalț în vârful picioarelor, căsnesc privirile prin goana roiului și prind, cu ochii, cinci cadâne cernite, cu obrazul păzit de iașmac străveziu, sub care se întrevăd pleoapele mari, arcuite de sprâncene negre. Se duc în pas mărunt și plecate de mijloc, gata parcă în orice clipă să facă temeneli.

Cizme grele vin din stânga, târându-se alene. Întorc fața și văd înainte-mi o namilă de om, îmbrăcat în manta, strânsă pe talie, creață și largă în poale. O șapcă soioasă îi adună chica roșiatică, retezată pe ceafa plină. La șold poartă mai multe genți. E jugănarul rus, care cutreieră țările, cu uneltele jugănelii, atârnate după gât...

O pereche trece la pas pe dereși voinici, însăuiați cu cioltare, țesute în fir și mătase. Ocheșica poartă pe cap pălărie bărbătească, cravașă în mână, rochie scurtă despicată și ciorapi negri, care lasă să se întrevadă pulpa trandafirie. Se pleacă peste cai, râd și-și spun vorbe în șoapte. După ei vine un călugăr smolit, cu barba încâlcită și cu giubeaua târâș, călcând-o în picioare. E un închinător de la Sfântul Munte plecat cu rodul meșteșugului într-o desagă de păr de cămilă.

Iată și pe chinez, cu ochii boboșați ca o nucă plesnită, cu toate culorile de paiață în spinare și cu mustața căzută pe gură, în chip de cornițe; uite pe negrul buzat, țuguiat la cap și rătăcit aici tocmai de pe văile Senagalului; uite și pe urmașul lui Moise, cu ploapele refecate în vișiniu, cu coada de vulpe încinsă împrejurul capului și cu caftanul până-n călcâie.

Și masa aceasta de capete forfotește întruna, se leagănă, se aleg grupuri, se amestecă, se scurge ca un fluviu, se duce un val, vine altul...

Au trecut și derviși, cu potcapiile înalte și pâsloase, cu anterie albe și mantale cafenii. Acești călugări, săraci cu trupul supuși credinței, se duc la lăcașul lor de închinăciune, se duc să cânte cuvinte de laudă profetului, din flaut, din tobă, din fluer, din gură, și să se învârtească pe loc, ca niște titirezi, până vor ameți, până vor cădea jos!... Și-atunci e semn că Allah a primit rugăciunea.

A trecut un cârd de capre, vreo două de oi și o vacă cu vițel...

Mi-au obosit ochii, clipesc și culc pleoapele peste lumini. Panorama uriașă îmi deschide porțile și mai largi în minte. Parcă am făcut o plimbare prin toate țările și prin tot felul de lume. Am colindat parcă întreaga Asie și Africă, din văile Iordanului până-n pustiile Saharei, apoi de acolo peste Europa de la asfințit la soare-răsare, de la miază-zi, la miază-noapte. Chipuri nenumărate, negre, albe, rumene, spelbe și bărboase în veștminte fără seamăn, credințe și obiceiuri cât mintea poate născoci, toate mi-au trecut pe dinainte, în mai puțin de-o jumătate de ceas.

Răsucesc capul în lungul *Cornului de aur*, și ca o cărare poleită, se deșiră printre palatele albe și sutele de minarete, fâșia astâmpărată de apă, răsnită din calea Bosforului. Un zid de catarge se ridică pe o parte și alta; vaporașe mici vin sus, spărgând văzduhul cu fluerile lor ascuțite și stropind cerul cu pale negre de fum; caice cu gâtul de lebădă, mahoane încărcate cu mărfuri, corăbii albe, bărci cu pânzele umflate, toate gonesc, abat calea, se încrucișează, iar talazurile se leagănă, undele se ciocnesc și stropii mărunți se scutură în ochirea soarelui, ca niște boabe mărunte de mărgăritar. Aici priveliștea e dulce și ochii se odihnesc, dormitează...

Ne rupserăm de lângă parmalâcul podului şi pornirăm mai departe...

Lăcașul minunilor

— Să mi se aducă cei mai de seamă arhitecți! slobozi porunca împăratul, răsturnat în tronu-i de aur, cu diadema scumpă pe cap și cu hlamida albă, țesută în mărgăritare, azvârlită pe umeri.

Și când Ignatius, Isidor de Milet și Anthemius de Tralles pășiră pragul bogatului palat din gura Bosforului, Justinian întâmpină pe cei trei meșteri vestiți, cu vorbele:

— Vreau să-nalț din nou lăcașul Domnului, urzit de creștinul Constantin cel Mare, dar spulberat de furia focului și de mânia dușmanilor nelegiuiți!...

— La ordinele Măriei Voastre!, răspunseră arhitecții, plecându-se de mijloc.

— Dar un lăcaș Dumnezeiesc, cum n-a mai fost altul!, urmă împăratul, plimbându-și privirile pe toți trei.

— Vom pune toată priceperea la împlinirea dorințelor Măriei Voastre!

— Atunci la lucru!, încheie Justinian.

Și adunând pe dregătorii împărăției împrejurul tronului, le spuse și lor:

— Să se strângă toate dăjdiile, cu de-amănuntul și nimic să nu se precupețească la înălțarea Sfintei Case.

Arhitecții se așezară pe lucru și întocmiră planurile chiar sub ochii împăratului și cu luarea în seamă a spuselor lui. Se întinseră apoi măsurătorile la fața locului, pe aceleași urme, unde Constantin cel Mare zidise biserica creștină, în al douăzecilea an al împărăției sale, prin veleatul 325. Se bat țărușii pe colina cu priveliștea cea mai frumoasă și cu zarea cea mai largă. Se urzesc șanțurile și tainițe adânci se sapă, luându-se temelia de jos mult și ridicându-se pe bolte de ciment, groase de peste opt metri.

Din toate colțurile împărăției curg supușii în cârduri mari, aduși dinapoi de biciul atotputernic al stăpânirii. Se adună câtă frunză și câtă iarbă.

Felahul se ajută cu levantinul, sirianul cu napolitanul, și toți la un loc, încheagă înfăptuirea năpraznicului gând împărătesc. Un furnicar de fesuri, în toate culorile, capete rase, plete lungi, turbane și veștminte fel și chipuri, roiesc în jurul săpăturilor. Răsună până departe cântecele, fluerăturile și strigătele meșterilor.

Se ridică schelele, dălțile macină lespezile, mistriile se întrec în rostuirea zidirii și blocurile mari de piatră se rânduiesc unul câte unul, aducând fiecare, săpat pe muchie, prinosul nădejdei în cel atotputernic: „Dumnezeu e urzitorul, Dumnezeu îi va fi într-ajutor", iar alături fumegă varnițele mari și hârdaele curg, fără întrerupere, stingând bolovanii de var. Însuși împăratul petrece zile întregi, pierzându-se în vălmășeala lucrătorilor. Ia seama, îndeamnă, spune o vorbă meșterilor, se sfătuiește cu arhitecții.

Trec săptămânile, lunile și zidăria groasă, largă în cuprins – 82 de metri lungă, pe 74 metri lată, – înghite întruna la avuții. Numai de un stânjen s-au ridicat zidurile de la pământ și cheltuielile au ajuns la 452 chintale de aur.

Justinian a lăsat ochii în jos, a încruntat sprâncenele deocamdată, apoi într-o clipă s-a înseninat la chip și chemând pe mânuitorii vistieriei împărătești, le-a zis:

— Să nu se știrbească, nici cât negrul sub unghie, planul lucrărilor. Întindeți dăjdiile până-n colțurile cele mai ascunse ale împărăției, mai puneți încă un rând, iar supușilor barbari să li se îndoiască birurile. Să se despoaie toate templele păgâne de avuțiile lor și să se aducă aici. Să nu se ocrotească nimic în paguba sfântului lăcaș!...

Și corăbiile sosesc întruna, descărcând zi și noapte avuții, daruri și noi cete de lucrători. Templul Dianei din Ephes, care vreme de 200 de ani și mai bine adunase bogății și podoabe scumpe, se dezbracă de toate avuțiile acum și le trimite în slujba crucii, cu cele opt colonade tot de marmură, pe care împăratul Aurelian le adusese de la templul Soarelui, din Heliopolis.

Rând pe rând dezbracă bogăția templele din Teba, Alexandria, Athena, și corăbiile nu mai contenesc din cărat. Sosește granitul înstelat de Thesalia, porfirul punctat de Nubia, Lacoma trimite marmura verde ca brotacul, Libia pe cea azurie, și Paros, blocurile dungate în alb și trandafiriu. Cămilele grele în trup, scot de prin văgăunile Asiei lespezile mari de piatră, și nici insulele Mării Egee nu sunt scutite de birul produsului lor.

Zeci de neamuri se trudesc și lucrează la înălțarea Casei lui Crist. Cu credință și fără credință în El, de voie și sub amenințarea biciului – toți muncesc, storc sudori, fiecare, de la meșterul cel mai de seamă și până la robul, care suie schelele cu garnița de var – adaogă ceva la înfăptuirea marelui plan împărătesc.

Se șlefuiesc lespezile, se rotunjesc coloanele, se îmbucă în capete, se rânduiesc una peste alta și se încing în brânișoare de câte douăsprezece șuvițe.

Cercetează arhitecții și măsoară, meșterii poruncesc, salahorii aduc de zor var și cărămidă; Justinian se plimbă împrejurul zidirii, mândru și plin de bucurie, iar preoții fac întruna la rugăciuni și după fiecare douăsprezece rânduri de cărămidă, pun relicve sfinte în zid, aprind miresme și fac sfeștanie.

Toată agoniseala și truda supușilor s-a trimis aici, să îmbogățească și să îmfrumusețeze clădirea creștinească, a cărei strălucire să treacă peste vremurile viitoare. Sute de roiuri mișună, storcându-și sudoarea și istovindu-și puterile, fără altă răsplată decât astâmpărarea foamei.

Peste zece mii de lucrători și meșteri muncesc din răsăritul soarelui și până-n asfințit. Se înalță zidurile stânjen după stânjen, tencuiala netezește cărămida și apoi marmură scumpă lustruiește pereții, legându-se bucățile cu scoabe de aur. Mănăstirea își ridică umerii tot mai sus, prinzând deasupra, în cerc, șapte cupole, căptușite în mozaic de cristal aurit, iar în mijloc privește, peste toate, cupola cea mare, largă în poale de trei zeci și cinci de metri, pe diametru.

Cioplitori de seamă pilesc bolta uriașă, iar zugravi pricepuți împodobesc mozaicurile în brâie aurii și întruchipează sub penel pe Apostoli și Sfânta Fecioară, stând parcă să ia grai. Se rânduiește și balustrada cântăreților, toată lucrată numai din bronz aurit, apoi se ridică tribuna cea mare, care a mâncat dările Egiptului întreg pe un an de zile; patruzeci mii livre de argint împodobesc scobiturile crestate cu multă iscusință și gust artistic. Iată și scaunele celor șapte preoți, iată și tronul patriarhului, toate aurite, toate presărate cu pietre scumpe și diamante strălucitoare.

Se întrec dălțile în cioplit, de la un colț la altul, de la poarta cea mare la altar, turnată dintr-o bucată de aur și argint și nituită în bumbi de perle. Ciocanele bat tot mai des, netezind cupola, căptușită cu o 118 livre de aur; bat deasupra și înfig, cu trăinicie, marea cruce, toată de aur, grea de 80 de livre.

În fundul altarului se înalță, ca un gigant, chipul „Înțelepciunii Dumnezeiești", atingând, cu capul, cerul cupolei, iar cu picioarele, podeaua.

Zi cu zi bucuria împăratului crește și mai mare, când vede cum gândul lui ia înfăptuire pipăibilă, așa măreț și stăpânitor, cum l-avea aievea. Și Justinian, după ce dă ocol Casei Domnului, intră pe poarta cea mare, dinspre soare răsare, pășește cercetător pe sala lungă de șaizeci de metri și lungă de zece, ia seama, alunecă degetele pe mozaicurile lucitoare, zâmbește și apoi mută ochii pe tavanul înstelat. Ajunge sub cupola cea mare, i se îngroapă piciorul în covoarele mătăsoase, iar din sutele de ferestre năvălește lumina și-i aprinde toga argintie. Se oprește la fiecare coloană, la fiecare stâlp, alunecă degetele pe lustrul pereților și nu se mai satură, privind zugrăveala măiastră, marmura dăltuită cu multă artă și pietrele scumpe, ce strălucesc ca niște sori, pe toată bolta bisericii.

Împăratul își împletește calea din coloană în coloană, din ușă în ușă, cercetează cele nouă porți dinspre răsărit, trece la alte nouă de la asfințit, se oprește în vestibul, locul de trecere al poporului de rând, în atrium apoi, și după aceea își îndreaptă pașii pe scara de piatră, care duce la catul de sus. Aici își plimbă trupul prin toate galeriile, pășește pragul multor uși de bronz și se oprește câte o clipă în tribunele bogate, cu jilțuri moi, tivite în tigheluri de aur și fir de mătase. Aici vor veni femeile, căci religia ortodoxă de răsărit nu le dă voie să stea laolaltă cu bărbații, în timpul sfintei slujbe...

Când nici un colțișor n-a rămas necălcat și necercetat de împărat, când totul a fost rânduit, așa cum visul plămădise, înfruntând nevoile și munca istovitoare a celor șase ani, cât s-a lucrat la uriașa clădire, când fuseră mântuite sălile sinoadelor, camerele împăratului, ale preoților, baptisterul, unde se țineau veștmintele preoțești, vasele sfinte și podoabele Patriarhului, când totul fu gata să primească la închinăciune pe dreptcredincioșii Nazariteanului, Justinian se depărtă de sfânta casă, cât ochii o putură cuprinde dintr-o aruncătură, și-o admiră mult. O văzu pe toate laturile și nu se mai sătura privind jocurile Bosforului, cum azvârle mii de tonuri și culori pe cupole, pe marmure, pe geamuri, pe toată măreția, ce părea c-a răsărit aici de când lumea și pământul. Apoi cu ținuta mândră, cu ochii strălucitori de bucurie, împăratul strigă, cât îl ținu gura:

— Te-am întrecut, Solomoane!...

După ce înălță rugăciuni celui Atotputernic, mulțumind că l-a învrednicit să pună sfârșit înfăptuirii sale, pornită cu multă sfințenie și credință, atunci Justinian porunci, ca un stăpânitor ce era:

— Să se deschidă cele o sută de porți, să intre toată suflarea... Să se tragă clopotele și să se aprindă candelabrele. Dați de veste în toate colțurile împărăției, că Mireasa Domnului e gătită și târnosirea va începe... Să se țină sărbătoare mare, cum n-a mai fost și nici că va mai fi... Tot norodul să se bucure și să se înfrățească întru Domnul...

Șase mii de candelabre aurii își aprinseră luminile, învăpăind marea, iar din turnul înalt se rupse glasul celor trei zeci și două de clopote, trimițând graiul limbii lor până departe, peste colinele țărmului european și peste văgăunile stâncoase ale Asiei.

Apoi Justinian, cu și mai multă bucurie, înălță ochii către cer și se rugă, îngânând:

— Mărire ție, Doamne!... Mărire ție, Puternicule!

Toate piepturile răsuflară ușurate, toate frunțile prinseră pecetea liniștii, iar pe vâlcele, peste dealuri, prin toate colțurile stăpânite de păgânism, se împrăștie duhul Mântuitorului și se duce ca o boare dulce și blajină, se duce lumina, se sparge întunericul...

— Pe aici e intrarea pentru public!, îmi curmă gândul călăuza mea, când furăm în fața Sfintei Sofii.

O îngrămădire de acoperișuri, peste care se înalță patru minarete ascuțite, așa se înfățișează fosta biserică creștinească, la întâia privire.

Tăiarăm un colț din curte destul de mare și intrarăm pe partea dinspre apus, unde un turc ne puse sub picioare două perechi de papuci, atât de mari că vârâi ghetele cu galoși și tot mai trecură la călcâie cu un lat de mână. Un tunel lung și puțin luminat, ne croi calea, izbindu-ne peste față o răcoreală, cu miros de piatră mucigăită.

După ce merserăm cam multișor pe această sală, călăuza se opri în dreptul unei cortine mari. O dădu în lături de la un colț, și intrarăm. O gură de cer parcă se deschise în fața noastră. Suntem sub amvonul cel mare. Îmi rotesc ochii împrejur: o încăpere uriașă. Chipul omului e nimic, o furnică târâtă pe covoarele, ce înveștmântă toată pardoseala.

Pășesc încet în această casă a tăcerii și piciorul se afundă binișor în preșul moale. Coloanele, marmura de pe pereți, își păstrează același luciu ca acum paisprezece veacuri, numai ici-colo se văd înțepături și scobituri: sunt locurile unde aurul, argintul și pietrele scumpe își rânduiseră podoaba. Dau capul pe ceafă și mă uit în sus. Clipesc numaidecât, așa de tare mă lovește valul de lumină, năpădit pe sutele de ferestre, ce încing cupolele. Din bolta înaltă, coboară candele mii, legate cu sfori de mătase. Călăuza mă prinde de mână și mă duce sub cupola cea mare. Și după ce a treia oară deschiotorează nasturele vestei, să-i văd crucea, ce-o purta la sân, drept creștin înfocat, mi-arată cu degetul în spatele cupolei, inscripția cu litere de aur, groase și deslușite, bineînțeles în turcește:

— Allah este lumina cerului și a pământului!

Apoi apropiindu-se mult de mine, îmi șopti:

— Cu graiul ăsta pe buze a intrat Mahomet al II-lea călare, când păgânii au necinstit sfânta biserică, la 1453... Sentința e scrisă, acolo sus, în vremea lui Amurat al IV-lea. Săptămâni întregi i-au trebuit vestitului caligraf Bișa-Kizadea-Mustafa-

Celebi ca să zugrăvească literele acelea, de nouă metri fiecare!...

— Nouă metri!, făcui eu, mirat.

— Da, da! – întări călăuza mea. Se văd mici așa, fiindcă de la podea și până în spatele cupolei sunt tocmai șaizeci și cinci de metri.

Se pierd privirile în sus ca pe bolta cerească.

Pe coloanele de marmură nu se mai vede nici mozaicul, nici diamantul, nici cornișa de aur.

— Cu vârful sabiei și-al iataganului au scobit păgânii toată bogăția îngrămădită de Justinian!, îmi șopti Mustafa mai încet.

Într-un unghier, câțiva copii de mahometani mestecă din gură, așezați turcește și cu cartea pe genuchi. Până să întreb eu, călăuza mă lămuri:

— Sunt viitori hogi... Învață pe de rost versete din Coran!...

Din tavan și până la lespezile de marmură, ascunse sub preșuri, toți pereții sunt văruiți; peste zugrăveala migăloasă și strălucitoare, a tras bidineaua, lăsând dâre lungi. Musulmanii au vrut să șteargă toată aducerea aminte a măreției în care se întruchipa creștinismul în acest lăcaș fără pereche; dar fala trecutului ține morțiș să se arate și azi și în vecii vecilor, cât clădirea va dăinui, căci nu-ți trebuie decât să te oprești în fiecare colț, s-ascuți puțin privirea și numaidecât, sub pojghița spălăcită a varulului, ți se vor închega chipurile sfinților creștini.

Se zărește, ca printr-o rețea subțire și deasă, toată pictura religiei lui Hristos, crucile, heruvimii și patimile Domnului.

Dacă mergi pe rânduirea preșurilor, vezi că toate duc puțin spre dreapta de locul altarului creștinesc, duc spre Mihrab, altarul făcut de musulmani, unde se ține slujba lor religioasă.

Coranul glăsuiește ca altarul unei moschei să fie totdeauna așezat spre Mecca. De aceea tot ce s-a schimbat în Sfânta Sofia i s-a dat așezare în sensul acesta, făcând astfel o rânduială bătătoare la ochi, față cu urzirea bisericii după legea creștinească.

Mă opresc în fața vechiului altar, unde două lumânări groase și înalte stau de-a stânga și de-a dreapta tâmplei, cu zugrăveala ștearsă. Însoțitorul se uită împrejur, și apoi șopti:

— Astea sunt de pe vremea creștinilor!...

Se pleacă tocmai la urechea mea:

— Se zice – și credința asta o au și mahometanii – c-atunci când se vor sfârși lumânările, au să stăpânească iar creștinii sfânta Sofia!... De aceea turcii le aprind o singură dată pe an la Ramadan și nu le lasă să ardă decât o jumătate de ceas!...

Mă uitai mai cercetător la făclii: de abia puteai cuprinde una în brațe, iar ca să vezi feștilele, trebuia să te urci pe scara candelabrelor.

— Minunile totdeauna sunt neașteptate!, prinse vorba călăuza, să-mi curme mirarea.

— Așa e! – grăii eu – nu mai departe, anul trecut, era să se înalțe crucea în locul minaretelor!...

Tot aproape de fostul altar creștinesc, se află marele *Minber*, cu acoperișul în chip de clopot, ca să dea și mai mult răsunet cântărilor. Aici e marea tribună, unde stă *Ratibul*, cititorul Coranului, când împrăștie poporului cuvintele profetului. Iar de cealaltă parte, în stânga, și în fața *Minberului* se află bogata tribună a sultanului, rânduită ca un chioșc și închisă de jur-împrejur cu grătar aurit.

Ridic ochii peste colonadele catului de sus și privirile îmi cad pe tablete mari de profir, atârnate pe ziduri, unde se deslușește scrierea turcească. Mustafa numaidecât îmi citi literele aurii.

— Acolo e numele lui Allah și al profetului, iar dincolo, sunt cei patru califi de seamă: *Abu-Bekr*, *Omar*, *Othman* și *Ali*.

Nu departe de altar, mă oprii în fața unei coloane, pe care se vede semnul unei palme uriașe, rămasă pe zid, ca în urma unei lovituri puternice, într-un cocoloș de cocă. Călăuza nu mă lăsă nici să apuc bine a mă uita, că-mi veni în ajutor cu deslușirea:

— Mahomet al II-lea, Cuceritorul, când a intrat călare în Casa Domnului, unde se ascunseseră peste o sută de mii de creștini, de groaza sălbaticilor păgâni, și-a înmuiat palma în sângele vărsat până la genuchi, și-a lipit-o pe zid, ca un semn al jertfei prin care s-a răpit lăcașul creștinesc!...

Măsurai cu privirea depărtarea, de jos până la semn. Dacă ai pune doi cai unul peste altul, împreună cu călăreți și-atunci poate vei ajunge acolo. Dar însoțitorul urmă cu lămurirea tot pe șoptite:

— Când s-o șterge semnul palmei, se șterg și turcii din Sofia...

Pășii mai departe cu aceeași sfială, cu care înaintezi întrun loc tăcut, liniștit și năpădit de minuni, așteptate la fiecare clipă. Multe biciuiri ale vremei și ale omenirii a îndurat lăcașul acesta, dar și multe închipuiri a țesut mintea omenească. Întrun colț e ascuns un duh binevoitor, care va veni odată să răpună pe cei nelegiuiți; după un zid, preotul în odăjdii și cu potirul în mână, stă gata să înceapă sfânta slujbă, când ceasul de sus va bate și chipul lui Hristos va străluci iarăși în cununa de raze, în locul cruntului și întunecatului Mahomet.

— Te rog, pune mâna aici!, făcu Mustafa.

Întinsei brațul spre spărtura unei coloane și cum atinsei degetul de piatra rece, simții o răcoreală în mână, și apoi mi se umezi pielea după deget. Mă pregătii să deslușesc eu cauza acestei minuni, dar călăuza îmi luă înainte:

— Asta e *„Coloana plângătoare”*. Umezeala vine din lacrimile păcătoșilor, și-atunci când ele vor curge din coloană ca un torent de apă, Dumnezeu le va ierta toate păcatele.

Dădui din cap, ca un semn, că împărtășesc cele spuse. Nu e vorba, deslușirea lui fu mai frumoasă și mai înălțătoare decât ce mă gândeam eu să-i spun.

— Vino și aici!, mă trase de mână, spre Mihrab.

Ne oprirăm în dreptul unei ferestrui. Un aer proaspăt și rece îmi învălui toată fața și un murmur ușor, plângător parcă îmi trecu pe la ureche.

— E sufletul pătimitor al celor înjunghiați aici, în ziua fatală!, îngână însoțitorul.

Trecurăm pe lângă un jgheab de marmură, peste care vremea și-a turnat pecetea mohorârii și despre care legenda spune că e chiar ieslea în care a fost legănat Iisus, în staulul din Betleem. Acest odor sfânt a fost adus aici de însuși împăratul Constantin cel Mare, întâiul păzitor al Sfintei Sofii.

Pe un drum larg, pardosit cu lespezi mari de piatră și întors în povârniș ușor, urcăm la catul de sus. Pe aici a suit și Justinian, gătit ca de încoronare și cârdul mare al preoților, înveșmântați în aur și pietre scumpe, a urcat și floarea romanilor din Bizanț. Atunci însă pășeau scări de marmură, iar ochii se desfătau în apele zugrăvelii lucitoare și în jocul luminilor răsfrânte de bogății. Azi mă lovește în față răcoreala pereților și un miros greu de piatră mucegăită.

Tot pe drumul acesta a dat năvală gloata creștinilor în clipa de îngrozire, când topoarele barbarilor, mânați de Mahomet al II-lea, au dărâmat ușa de bronz și-au dat buzna în adăpostul sfânt; tot pe aici s-au năpustit și puhoaiele flămânde de păgâni, înfigând iataganele lor în trupurile crude ale copiilor, aruncând necinste femeilor, cu mâinile întinse către cel Atotputernic, și terfelind în picioare bărbile albe ale moșnegilor, care închideau ochii cu credința în Mântuitorul...

După multe întorsături și gâfâieli, ajunserăm sus. Alt șir de colonade, altă zidărie mi se înfățișă înaintea ochilor, cu galerii ponosite, cu uși de bronz, înnegrite și încuiate pentru totdeauna. Lespezile mari de marmură, pe care pășesc încet, le-a învelit vremea cu un strat de negureală și le-a măcinat lustrul de altădată, când femeile înalților dregători suiau scara aici, la tribunele îmbrăcate în mătăsuri scumpe și perle cu ochi de foc.

Un soare strălucitor, țâșnit din lespedea de alături, îmi luă ochii. Călăuza prinse vorbă:

— *„Piatra strălucitoare"*. Da aici are să izbucnească odată văpaia cea grozavă, care va mistui tot ce e rău și păcătos în omenire.

Mă apropiai mai mult de această minune, dar nu mă putui uita cu de-amănuntul, căci lumina strălucitoare, ce mi-o trimise în față, mă făcu să duc mâna la ochi numaidecât.

Dădui capul pe ceafă și privirile mi se opriră pe fereastra de sus, pe unde un sul de raze năvălea în șuviță de foc, tăbărând pe lespedea de marmură albă. Furișai din nou ochii la locul cu minunea și zâmbii. Mi se opri pe buze graiul, gata să dau și eu deslușiri asupra tuturor acestor minuni, pe care, de bună seamă, cât de credincios ar fi fost însoțitorul meu, nu le împărtășii nici el pe jumătate. Dar odată îmi stăpânii pornirea. Că din căldura degetului meu și răceala pietrei, va asuda pielea mâinii, e adevărat şi limpede ca lumina zilei că pe ferestruia deschisă, aerul murmură într-un tremurat duios – şi-o poate lămuri oricine; şi că trâmba de soare năvălită pe luminătorul larg al cupolei şi căzută pe luciul pietrei, o aprinde în cunună de foc, – n-are nevoie de nici o desluşire. Dar, Doamne!..., de se să tulburăm calea sufletului atât de înălţătoare?! Sufletului nu-i trebuie ceea ce-l îngheaţă, chiar dacă-i spune adevărul. Minte-l, dar minte-l spre frumos, mână-l către calea înaltă, spune-i că e aproape, chiar dacă ştii că n-o va ajunge niciodată:

Dar, oare, ce poate fi mai frumos şi mai înălţător decât că pe ferăstruia aceea mică, plâng sufletele pătimitoare ale celor ucişi fără vină: că atunci, când din „coloana plângătoare" va curge un torent de apă, Dumnezeu va ierta păcătoşilor, iar când din „lespedea strălucitoare" va izbucni flacăra năprasnică, toată răutatea omenească va pieri. Sunt aşa de uşurătoare aceste gânduri, că parcă îţi ia cu mâna toată tristeţea, îţi fuge de pe spate sarcina grea, care-ţi apasă trupul zi cu zi şi atunci îndemnul e mai mare, drumul vieţii mai limpede.

Frumoasă e nădejdea, când generaţii după generaţii au aşteptat, cu răbdare şi multă încredere, clipa sfântă, ca după uşile zidite, să iasă preotul îmbrăcat în odăjdii şi cu duhul binecuvântării!... Dar ce e viaţa noastră, decât un şirag lung de nădejdi?! Şi cu cât aceste nădejdi fi-vor mai înflorate, cu atât şi traiul va fi mai uşor...

— Ia uită-te jos, de aici!, sparse tăcerea glasul însoţitorului şi-mi risipi şi mie gândul.

Mă lipii de balustrada tribunei şi-mi aruncai ochii în jos. Un haos adânc se deschise înainte-mi; iar turcii care învăţau Coranul prin unghere, părură nişte pitici. Colonadele, jilţurile, tronul sultanului, toate par altele, aşa de mici se văd.

De aici îşi arată cupola cea mare toată măreţia ei. Pe ferestrele mari ca nişte porţi de cetate, rânduite în brâu de jur-împrejurul cupolei, cad trâmbe de lumină, plouă raze în culori şi tonuri de tot felul.

Am târât papucii grei, ce-mi scăpau din picior la fiecare pas, i-am plimbat prin unghere întunecoase, unde abia bâjbâiam în urma lui Mustafa; am ieşit în guri de lumină, sub năvală de soare, am călcat pe lespezi strălucitoare, pe pietre măcinate de vreme, pe covoare şi rogojini, am depănat calea printre cele 108 coloane de marmură, care pironesc falnica zidire, la a cărei desăvârşire, împăratul Justinian, fără munca gratuită a supuşilor, a vărsat o avuție, care în moneda de azi, ajunge 360 de milioane de franci...

Am ieşit. Cu cât mă depărtez de sfânta Sofia, cu atât se încheagă în mintea mea şi mai uriaşă şi mai stăpânitoare...

At-Meidan

— Aici e At-Meidan!, glăsuiește Mustafa. Pe turcește înseamnă *piață de cai*, fiindcă mai acum câțiva ani pe locul acesta se făcea târgul, unde se vindeau și cumpărau cai.

O grădină lungă, ca de vreo 150 de metri și rânduită cu bănci, se întinde în fața *Sfintei Sofii.*

— Pe aici a fost vechiul *Hipodrom,* urmă însoțitorul meu.

Vechiul *Hipodrom!* repetai eu în minte și gândul se năpusti înapoia anilor, mai repede ca fulgerul...

În jurul meu și peste clădirile ce-mi port ochii acum, a fost odinioară mărire, frumusețe și bogăție strălucitoare, cu altă lume, cu alte credințe și alte obiceiuri.

Pe unde azi sunt rânduite cărările grădinii, câte petreceri împărătești nu și-au desfășurat avuția și mândrețea cea mai desăvârșită! Aici se dădeau marile serbări, cu artiștii cei mai de seamă și cu cântăreții vestiți; pe aici își plimbau, stăpânii împărăției bizantine, trupurile încărcate de bogății, diadema cu pietre scumpe, mantia țesută din mătase și fir de aur, și cipicii de purpură. Aici se adunau împărătesele și curtezanele, cu cosițele aprinse în sori de smaralde și diamante, cu trupurile scăldate în miresmele tuturor florilor, crescute pe meleagurile țărilor calde. Aici se amestecau laolaltă plebe și prințese, laici și preoți, lupanare, teatre și circuri, unde petrecerile se țineau șir, plăcerile clocoteau și desfrâul nu mai avea sațiu. Pe *Hipodrom* se sărbătoreau vitejii întorși cu izbândă de la luptă; pe aleea, așternută cu marmură și umbrită de arbori foioși, se încoronau stăpânitorii împărăției; aici au primit cântările și urările norodului și creștinul Constantin cel Mare și Teodosiu și marele

Justinian, învingătorul vandalilor și al perșilor, rânduitorul de seamă al împărăției și iubitorul artelor frumoase. Pe *Hipodrom* s-a plimbat Teodora cea stăpânitoare în frumuseți, curtezana și dansatoarea cea mai minunată a întregului Orient, fata săracă, fără obârșie hotărâtă, dragostea și sufletul lui Justinian, apoi împărăteasa înțeleaptă și virtoasă, bogată, mândră și respectată.

De aici din fața Sfintei Sofii, din piața *At-Meidan* și până-n costișul mării, unde bat valurile, se sparg vânturile și toarce craiul ceresc jurubița de mătase galbenă, pe tarlaua aceasta de patruzeci de hectare, se înălța *Palatul Sacru,* unde a stăpânit întregul neam al *Paleologilor.* Din marele ținut al Curții împărătești, cezarul nu ieșea niciodată; se aflau aici și biserici pentru cinstirea sărbătorilor și altare pentru rugăciuni și biblioteci și săli de arme și muzee și băi și petreceri multe, cât păr în cap și cât pofte neînvinse. Aici se primeau recepțiile și se dădeau mesele care țineau zile și nopți în șir, unde mesenii stăteau întinși pe covoare moi și li se aduceau la picioare mâncărurile alese și scumpe, servite în vase de aur, purtate de vagonete acoperite cu purpură... Și uite cum mi se alege în minte uriașul Scaun împărătesc, unde stătea cezarul, cumpăna și puterea desăvârșită a întregului norod; uite năzdrăvanii lei de aur, care îndată ce împăratul se așeză în Tronul cel bogat, animalele neînsuflețite începeau să mugească, urmate fiind de cântecele diferitelor păsări, cu glasuri măiastre; iată cuibul de clipe dulci, al împăratului și împărătesei; iată paradisul pământului, unde ispita dă ghes curtezanelor și îndrăgostiților.

Din tot ce-a fost atunci, azi nimic nu mai e, doar adierile înfiripate când și când ale trecutului mai trec pe deasupra mormintelor, ca niște năzăriri, ce ne trezesc o clipă, ca apoi iarăși să ne mistuie în pâcla vremurilor... Unde sunt vestitele băi ale lui *Zeuxip,* făurite de Septimiu Sever, pentru curtezanele ce-și scăldau trupurile în apă de trandafir?! Dar *Loja* împărătească, deasupra căreia se înălță, în operă gigantică, armăsarii de bronz ai maestrului sculptor *Lysip,* aduși aici de *Teodosiu al II-lea,* din *Chio!?*... Pe toate le-a răpit vrăjmășia omenească și timpul le-a șters rădăcina...

— Pe *At-Meidan* se împărțea ciorba *ianicerilor,* sub sultanul *Abdul Hamid!,* prinde vorba din nou călăuza.

Apoi, Mustafa aruncându-și ochii împrejur, grăi:

— Și peste douăzeci de mii au fost măcelăriți într-o singură zi, la împărțirea mâncării!... I se șoptise sultanului, că această gardă nu-i mai e credincioasă, și ca un desăvârșit stăpân, a spulberat-o!...

Ce fulgerătoare hotărâre! O singură bănuială, o șoaptă scăpată într-o clipă de rătăcire, o răzbunare mârșavă, o năzuință rea, strecurată în zăbrelitul și mult păzitul palat, erau chezășia cea mai desăvârșită, ca puternicul stăpânitor, în a cărui mână stau ca niște jucării viețile tuturor supușilor, să piardă pe cei bănuiți. Și martore sunt hrubele, care dau în Bosfor și în valurile Mării Marmara.

După ce facem un ocol grădinii, pornim în lungul pieței, unde la câțiva pași numai întâlnim o coloană de granit, înaltă ca de treizeci de metri și groasă, la talpă, de vreo doi metri.

— *Obeliscul lui Teodosiu!*, mă încunoștiințează călăuza. De jur-împrejur îl apără un grilaj de fier, cimentat în stâlpi de piatră. Patru picioare de bronz, înșurubate pe un tropuzan de marmură, pironesc monumentul, ce stăpânește, cu creasta, lungul *At-Meidanului,* până în povârnișul luciu al mării. Și-n vreme ce iau seama la cele patru fețe ale coloanei, unde și azi se păstrează heroglifele, săpate în piatră, acest odor vechi și sfânt îmi răpește mintea și-o trimite înapoia anilor la urzirea obeliscului, cu șaisprezece veacuri înainte de legea creștinească, atunci când faraonul Tutmes a dat poruncă să se ridice în cetatea Heliopolis, în fața năprasnicului Nil, monumentul acesta, ce avea să poarte, peste vremuri, fala și mărirea trecutului.

Mii de ani a sudat dârz *Hamsânul* și-a dogorit căldura de cuptor, peste sfânta podoabă din cetatea soarelui, până ce, pe la anul 360 după nașterea Mântuitorului, împăratul Iulian – din puternicul Bizanț, – întinzându-și stăpânirea și peste pământul Faraonilor, dădu poruncă să aducă mărețul monument în capitala sa, pe piața Hipodromului. Cum a vrut împăratul să rânduiască această operă de căpetenie, și unde anume, nu se știe, căci murind Iulian tocmai în timpul acela, *Obeliscul* a rămas lungit pe jos, așa cum fusese adus.

Treizeci de ani a stat coloana trântită în mijlocul pieței, până când, la anul 390, pune mâna pe frâiele stăpânirii

Teodosiu I, care, purtând mai multă milă și cinste pentru odoarele trecutului, chemă pe vestitul arhitect Proclus și-i dădu împuternicirea să ridice *Obeliscul* în mijlocul circului. Pe soclul de marmură, slove grecești și latinești, spun că 32 de zile i-au trebuit arhitectului pentru rânduirea monumentului.

— În vârf a avut un glob mare de aramă!, încheie însoțitorul, pășind mai departe. Dar l-a dărâmat un cutremur!...

Pornim în lungul *At-Meidanului* închis, dinspre mare, cu clădiri înalte și mărunte, noi și ponosite, cu cafenele afumate cu prăvălii întunecoase, cu moschei și minarete ascuțite. Pe „piața cailor" zboară trăsuri și cupele bogate, trec turci, cu cealmaua cât banița în cap, și cadâne cernite de sus până jos, se duc în pași mărunți și cu capetele plecate.

Dar mărturii multe sunt semănate pe aici și glasul lui Mustafa îmi mută privirea, vestindu-mă:

— *Coloana serpentină!...*

Această coloană își are și ea povestea, căci multe drumuri a bătut până să ajungă aici, și vremuri multe au trecut de la urzirea ei. Cu patru sute șaptezeci și opt de ani, înainte de Hristos, grecii o înălțaseră în fața templului de la Delfi, înfăptuind-o din armele luate de la perși, în luptele crâncene de la Platea și Salamina. Și ca un prinos de prea curată cinstire, adusă sfântului templu, făuriseră simbolul de vitejie al armatelor lui Aristide, prin această coloană, împletită în șuvițe groase, care se mântuiau la creștet prin capete de șerpi. Târziu, când împăratul Constantin cel Mare își rânduise noua sa Capitală aici pe malul Bosforului și când începuse s-o împodobească cu tot ce găsea mai frumos și mai de seamă în țările cucerite, printre odoarele de preț aduse, fu și *Coloana serpentină*, de la Delfi.

Astăzi, monumentul nu mai are nici șerpii fioroși la privire și nici tripiedul de aur, cu statuia lui Apolon! Parcă o mână năzdrăvană i-a retezat creasta. Mustafa, apropiindu-se mai mult de mine, îmi șopti:

— Se zice, că în timpul intrării păgânilor în Constantinopol, Mahomet al II-lea când a ajuns pe piața Hipodromului, s-a năpustit călare și-a retezat, cu sabia, *Coloana serpentină*!... Și de-atunci a rămas așa ciuntită!...

Mă dădui înapoi câțiva pași și privii mai lung mărturia vremurilor vechi... Da, e retezată, ca de gura unei săbii, repezită cu mânie... E sabia veacurilor, care și-au scurs aici toată învrăjbirea și răutatea, toată sălbăticiunea busnită din văgăunile Asiei, cu dorul de a vărsa sânge și a prăda totul în cale; aici e răscrucea multor căi, e tarlaua, care a fost martoră și la încoronări mărețe și la înjunghieri sălbatice, e aria care a fost stropită și de miresmele adormitoare ale împărăteselor și de sângele vărsat de iataganul levantinului, e ograda sfântă, unde au dat buzna și vânătorii de avuții și gonacii gloriei și dornicii de visare lenevoasă; aici s-au adunat obiceiurile din pământul celor trei continente vecine, s-au zămislit povești, s-au frământat și dospit credințe, făurindu-se legende peste legende, care astăzi colindă în toate colțurile lumii, ca niște vântulețe, ce cântă cu înfiorare, frumoasă și dragă...

— Haide peste drum, să vizităm și moscheia Ahmed!, făcu Mustafa, și tăiarăm ulița.

După ce cercetarăm cu de-amănuntul Casa lui Allah, zugrăvită numai în alabastru și păzită de jur-împrejur de șapte minarete, apoi ne îndreptăm spre fântâna împăratului Wilhelm. O cupolă ridicată pe coloane de marmură, cu grădină împrejur și bănci de odihnă, astfel e prins izvorul ce dă înviorare însetaților. Kaiserul, drept pomenire a zilelor când l-a vizitat pe sultanul Abdul-Hamid și ca o împlinire a dorului ce poartă acest orgolios împărat, că oriunde îi calcă piciorul, să lase o chezășie, care să vorbească lumii viitoare despre fala lui, a vărsat mult aur și în împărăția otomană; și aici, pe *At-Meidan*, a înălțat acest bogat monument, prinzând sub zidirea lui tot ce e mai sfânt musulmanilor: izvorul.

Apa e înfruptarea întregii suflări pământene, ea trezește, înviorează și răcorește. Apa zorește sămânța să încolțească și stinge văpaia focului mistuitor; apa dospește aluatul în care rodesc toate bunătățile pământului și dă viață la tot ce se mișcă în omenire. La musulmani, apa e dania cea mai sfântă a dumnezeirii. Ce-i trebuie călătorului însetat?! – un izvor limpede și rece, apoi rugă mulțumitoare, că l-a găsit, și în urmă odihnă. „Setea se astâmpără cu apă și trupul se spală de necurățenie tot prin apă" – astfel glăsuiește profetul arab, iar musulmanii, înainte de a se ruga lui Allah, își spală mâinile și-și stropesc fruntea cu apă.

„Până a nu intra în altarul Domnului, curăță-ți sufletul de toată murdăria și răutatea”, spune Iisus Hristos, iar urzitorul Islamului adaogă: „și trupul în izvor rece, ca să fii curat înaintea lui Allah”...

Fântânile turcești sunt adevărate temple de rugăciune. Astfel este a împăratului Wilhelm și astfel a sultanului Ahmed al III-lea. Aceasta din urmă e zidită numai din piatră, cioplită cu mult meșteșug, e împresurată în coloane de marmură, împodobită cu arabescuri, cu cornișe înflorate și cu arcade aurite, iar peste acoperișul, cu strașina lăsată, străjuește o cupolă mare și patru turnulețe.

Deasupra izvorului, pe un fond roșu cu chenar verde, unde răzoresc arabescuri și brănișoare împletite, se desprinde o inscripție, cu slove aurii, care spune: „Deschis e cu cheia acest izvor liniștit și curat și cheamă numele lui Allah; bea din apa asta nesecată și limpede, și apoi roagă-te pentru sultan”.

Tot în felul acestei fântâni, care este cea mai frumoasă din Constantinopol, mai sunt cișmelele din *Top-Hane*, *Azab- Kapu* și cea de la moscheia *Baiazid*.

Tot vorbind cu Mustafa despre una și despre alta, ne-am pomenit în piața Baiazid, cu marea poartă în chip de templu, pe unde se intră la turnul înalt și alb al Seraskeratului, și pe unde se merge la palatul ministerului de război. Piața e destul de largă, lume multă și de toată mâna, deapănă în sus și în jos. Din când în când intră pe poartă câte o trăsură, în care sclipesc fireturile și stelele de aur, cu pietre scumpe, iar lângă gheretă, soldatul de strajă, îmbrăcat în uniformă petecită, stă neclintit cu arma la picior.

Ne abăturăm calea și la *Moscheia Baiazid*, în a cărei curte cu o frumoasă fântână, sute de porumbei albi, cafenii, negri, rotesc împrejurul izvorului, făcând astfel ca templul închinat sultanului Baiazid și zidit din marmură albă și roșie, să se mai numească și *Moscheia porumbeilor*.

Călăuza îmi făcu semn și-mi arătă spre un colț al pieței Baiazid:

— Vedeți grinzile acelea?

— Da!

— Sunt spânzurătorile celor care l-au asasinat pe *Şefket Paşa!*

Nu-mi fuse greu să-mi aduc aminte de telegramele, care vesteau în 1913, cum că marele vizir *Mahmud Şefket-Paşa,* pe când venea la minister, în automobil, a fost ucis de un glonte de revolver.

Ba Mustafa îmi mai arătă şi locul unde s-a întâmplat nenorocirea şi-mi mai spuse că spărtura din geamul automobilului şi preşul stropit cu sângele marelui vizir, sunt duse la muzeu, spre păstrare şi spre pomenirea acelei zile de mare cernire naţională.

Poate tot ca o pomenire a clipelor înfiorătoare, mai stau spânzurătorile, trântite aici!...

— Doisprezece au fost bănuiţi!..., grăi din nou călăuza. I-au spânzurat la ceasurile patru dimineaţa şi toată ziulica i-a bănănăit vântul, în vederea întregului norod!...

Mă scuturai şi întorsei capul în altă parte, căsnindu-mă să gonesc din faţă năzărirea celor doisprezece spânzuraţi, cu limbile stropşite între dinţi şi ochii căscaţi...

Bazarul

Stânjenii pasul în fața unui gang.

— Haide înăuntru – făcu Mustafa – aici e Bazarul.

Intrarăm. Un vuiet prelung răsună, izbucnit ca dintr-o uzină uriașă. Un păianjen enorm, astfel e Bazarul, cu ulițile sale multe, întortocheate, acoperite deasupra prin bolți și luminate ici-colo cu ferestre mari.

Cu anevoie ne facem loc prin gloata deasă. Se aud glasuri în toate limbile; strigătele negustorilor se încrucișează dintr-o parte într-alta, iar trecătorii sunt întâmpinați și duși, mai mult cu sila, în prăvălii. Mai ales străinii, îndată ce-au fost apucați în dugheana strâmtă și întunecoasă, unde zi și noapte arde lumina, apoi nu mai scapă cu una cu două, căci negustorul priceput și bun de gură, începe să scoată mărfuri peste mărfuri.

Colo haine bărbătești, dincolo mătăsuri subțiri, ce se pierd între degete și care sute de metri de abia cântăresc un kilogram; cusături cu fireturi, perne, fețe de mese, cămăși străvezii, cu sânurile împletite în horbotă ca spuma și cu ciucuri din fir de aur, alături, divanuri moi, narghilele bogate și tot ce-a putut născoci un harem, în clipele lungi de plictiseală, în odăile închise cu zăbrele.

Vrei să pleci, dar negustorul scoate întruna, înalță dinaintea ta teancuri de stofe, genți de cucoane, împletituri în mărgele, batiste, ce le spargi în vârful limbii, iar când întrebi de preț alegându-ți un lucru, ce crezi că e mai ieftin, fiindcă nu veniseşi pregătit, atunci patronul se face şi mai slugarnic, răstoarnă încă trei lăzi şi din vreun pachet, ce spune că-l păstra cine știe pentru ce persoană însemnată, începe să scoată mătănii negre, de pe vremea cutărui padișah, o diademă strălucitoare, o brățară veche, un inel prețios, un ac de cravată, purtat de cutare sultan, care nu știi dacă va fi trăit vreodată.

În sfârșit, după multă vreme pierdută aici, și după multe culori, ce ți-au depănat prin față, când te-ai hotărât asupra unui lucru, negustorul până să grăiască prețul, apoi ocolește pe departe, întinde marfa în lumină, o pipăie, te pune și pe tine s-o pipăi, o mototolește, o răsfiră din nou, îți vorbește despre trăinicia ei, că nu se mai găsește la nimeni, că el singur mai are bucata aceasta, și ți-o dă ieftin, fiindcă-ți cunoaște neamul, că le-a vândut la mai mulți patrioți de-ai tăi și că la el trag de câte ori vin. Prețul e fix, spune negustorul, însă dacă ești dintre cei mai galantomi, dai trei sferturi, dacă mai stărui, dai pe jumătate din cât a cerut, iar de vrei să fii cumpărător, care să nu te înșeli decât cu câțiva franci, apoi numeri un sfert și patronul nici atunci nu e în pagubă.

Abia ai pășit pragul și alături te-așteaptă nerăbdător alt negustor, blestemând în gând pe vecin, că te-a ținut prea mult și te-a jumulit el întâi.

Aici e bazarul cu încălțăminte, unde pantofi subțiri și moi ca un obraz fraget de odaliscă, se înșiruie în vitrinele joase. Unii sunt rumeni ca portocala, mai verzi decât foile codrului, alții albaștri ca cicoara și mai violeți ca liliacul.

Uite bazarul armelor, unde sute de pistoale, săbii vechi, puști și iatagane cu prăselele de sidef, stau atârnate pe pereți și rezemate prin colțuri.

Iată și sălașul covoarelor. Prin unghere, pe taburele, sunt numai preșuri țesute în vărgi și alesături. Motive persane de sute de ani, stau laolaltă cu linii bizantine, cu semilune și desene turcești; sunt covoare scumpe de Teheran și Ispahan, e întregul meșteșug al Persiei, neîntrecută de nici o țară din lume în astfel de țesături, și la care au migălit generații după generații mii și mii de ani.

În fața prăvăliei stă turcul pe un scăunel și trage fumuri din narghilea. Mă oprii, să iau seama mai bine, dar cu teamă să nu fiu iarăși tras de mână, căci ca să cumperi un covor din acesta, trebuie să-ți fie punga destul de grea. Dar Mustafa îmi spuse degrabă că aici e un turc sadea, și nu-și strică el tihna pentru mușterii. Numai armeanul și grecul turcit toacă la minciuni din gură și e în stare să-și vândă tot neamul pentru câștig, ba chiar și pe el. Adevăratul musulman și urmaș al învățăturilor lui Mahomet e negustorul cel mai cinstit. El nu te trage de mânecă și nici nu te silește să cunperi. Dacă ai trebuință, o să târguești, și apoi Allah are grijă de toți credincioșii lui și fiecăruia îi trimite norocul la timp, dacă i-a fost scris în cartea soartei. Credința aceasta însă, împinsă până la habotnicie, îi convine turcului de minune, căci se potrivește cu firea lui pornită spre visare.

Mă învârtesc în prăvălie, iau seama, pipăi covor cu covor, turcul însă nu scoate nici o vorbă, nici un semn nu face, doar fălcile osoase, presărate cu o barbă senină, mișcă rar, când moțează buzele și trage fumuri din narghilea.

Pornirăm mai departe, prin furnicarul de lume. Sunt atâtea feluri de oameni și de veștminte, sunt săraci și bogați, unii cu treburi, alții gură cască, sunt vizitatori, dar și mulți trecători.

Din distanță în distanță, Bazarul își deschide gangul, lăsând, pe sub bolțile sprijinite pe coloane mari, să pătrundă fâșii din cer și din cale în cale să lumineze ulicioarele înguste.

Bazarul își schimbă fața cu fiecare cotitură, alte dughene, cu alte mărfuri și alte priveliști. Aici sunt tot felul de bijuterii, inele scumpe, brățări de aur, ce se închid cu catarame nituite în smaralde, coliere și salbe de mărgăritare, diademe strălucitoare, cingători cu sori de diamant, medalioane bătute în briliante, apoi toarte de aur și cercei cu lumini azurii.

Se întoarce ulița și iată prăvălii cu tutun în păpuși, țigări, pachete; sunt calități fine, ce le fumează vizirii, sultanii și pașii. Iată bazarul narghilelelor, al lulelelor și al țigaretelor scumpe de chihlibar, îmbrăcate în aur și legate în briliante, uite alături fesuri de toate culorile: roșii, albastre, negre și albe, grecești și albaneze, sunt fesuri mici, în chip de cauc, cum se poartă pe coasta Siriei, sunt și de cele cusute cu mărgele și fluturi, din acestea târguiesc românii noștri, când vizitează capitala otomanilor.

De-abia am tăiat ulița și iată că ne cheamă negustorul de parfumuri. Câte mirodenii nu sunt adunate aici! E sucul florilor, culese de pe văile Iordanului și ale Eufratului, de pe muntele

Sionului și din valea Trandafirilor. În sticlele de aici, pecetluite și rânduite în rafturi, își trimite *Galileea* picăturile dc micșunele, *Princhipos* răsurile, iar *Cheia de aur*, crinii, leandrii, liliacul și chiparoșii. Toate grădinile și colinele acestor ținuturi își storc sucul și dulceața, ca să îndestuleze cu miresme, adormitoarea, întreaga suflare visătoare a Orientului și să stropească cuiburile haremurilor cu roua dragostei, a fiorului și a lenevelei.

Marele bazar e târgul musulmanilor și colțul cel mai cercetat de vizitatorii străini, dornici de târguieli orientale. Aici se găsesc toate articolele din lume, de la acul cu gămălie, până la colierul de zeci de mii de franci, de la bluza străvezie, până la blănurile Siberiene, și de la costumul european, croit după cel din urmă jurnal de modă, până la șalvarii turcești, cu crețuri multe și largi cât cinci perechi de pantaloni. Aici se înșeală mulți necunoscători, luând drept diamant prețios o simplă sticlă strălucitoare, aici rămâi ușor fără pungă, și n-ai pe cine apuca și cui te jelui.

Am abătut după atâtea colțuri și m-am strecurat prin atâtea răspântii întunecoase și ticsite de lume, că habar n-aveam pe unde intrasem și pe unde aveam să ies.

Și apoi chiar dacă ai lua bine seama firului, pe unde ai trecut, nu-i cu putință să-l prinzi la întâiul drum, căci Bazarul are, nici mai mult nici mai puțin, tocmai douăzeci de porți, din care țes și răsțes atâtea ulicioare.

Pera

— De aici în sus e *Pera!*, grăi însoțitorul meu, după ce coborârăm din vagonul luxos, ce ne purtase pe sub pământ două minute.

Pera stăpânește partea de răsărit și miază-noapte a Constantinopolului și e legată cu *Galata* printr-un funicular, dus prin tunelul ce scobește în urcuș, pe cale de doi kilometri. E funicularul urzit din vremea Sultanului *Abdul-Aziș* – și atunci era printre cele dintâi metropolitane din Europa. Vagoanele chichinețe, despre care vorbesc, bufnind de râs, cercetătorii Istambulului de acum zece și cincisprezece ani, sunt înlocuite azi cu vagoane mari, curate și frumoase, ca cele ale trenului fulger.

Pornim pe bulevardul *Pera,* pe unde gonește un tramvai electric, nu de mult înfăptuit. În ziua când curentul electric trebuia să mâle întâiul vagon, în fața noului sultan, a notabilităților civile și religioase, s-au jertfit, pe șina tramvaiului, doi berbeci, în cinstea lui Allah.

Pera e largă, așternută cu piatră, stropită și foarte curată. Pe o parte și pe alta a marei străzi, se rânduiesc case înalte, albe și trase la linie. Magazinele sunt încăpătoare, vitrinele mari și întesate cu reclame din toate colțurile Europei și cu articole de tot felul, ce stau la mezat, în calea trecătorilor. Nimic nu lipsește din ce are mai nou născocit la modă *Parisul, Bruxelul* și *Londra,* după cum nici *Bucureștii* nostrii, nu se lasă mai prejos.

Bulevardul *Pera* își stăvilește calea în frumoasa și marea grădină *Tacsim*, unde seara și dimineața se plimbă elita capitalei musulmane și de unde o priveliște frumoasă se deschide spre

Bosfor, peste coama palatului împărătesc *Dolma-Bagce.*

Lăsarăm pe dreapta marea curte a cazărmii de artilerie, cimitirul armenesc, și apoi dădurăm în ulița *Pancaldi,* la răscrucea căreia se află o școală militară, turcă. Cu cât înaintăm, cu atât întâlnim case noi și uliți largi, curate, croite în dreapta și-n stânga. Iată cartierul *Sfântul Dumitru*, iată *Ferikyoi,* cu cimitirul latin, iată mai departe, în urcușul pantei pierdute, se întinde bulevardul *Șișli,* care nu e altceva decât o nadă mai nouă a uliței *Pancaldi* și a bulevardului *Pera.*

În Constantinopol numai bulevardele și ulițele mai mari, care întretaie cartierele de la un cap la altul, au însemnătate și-i poți da de urmă cuiva; încolo, sutelor de înfundături, ganguri și ulicioare, care țes orașul ca o pânză de păianjen, nici o tăbliță nu le spune numele și habar n-au de ele nici poliția, darămite ceilalți muritori! Ba nici demnitățilnor înalte poliția nu le știe locuința.

Nu de mult s-a întâmplat, chiar un ministru de seamă să fie vizitat de o persoană străină, sus pusă, care voia să-l vadă acasă, nu la minister, dar n-a fost cu putință să se găsească un gardist și nici chiar siguranța, care să-i știe locuința.

Dacă ne întoarcem însă la obiceiurile și legea Islamului, atunci sunt îndreptățite aceste măsuri, căci turcul nu face vizite și nici nu primește vizite; cei din slujba statului se întâlnesc în localul instituțiilor, ceilalți, la cafenea, în jurul narghilelei, unde își fac vacul toată ziulica.

În *Pera* însă suflă zi cu zi vântul civilizației europene! Bulevardul *Șișli* se întinde întruna și palatele își lungesc șirul, cu cinci și șase caturi, încinse în grădini cu boschete și răzoare de flori. Aici poți fi în orice oraș nou din Europa, numai în Orient, nu. La geamurile largi împodobite cu ghirlande de cercelуși, iederă și trandafiri agățători, se ivesc capete bălane, chipuri oacheșe, brațe suflecate și gâturi răsurii, ca marmura de Libia, peste care se rânduiesc sălbi de chihlibar și mărgăritare scumpe. Aici, femeia, ca în tot apusul Europei, e liberă și desăvârșită stăpână pe ea. Aici nu stă ascunsă după zăbrele, ca dincolo peste *Kara-Kioi* și nu-și trage capul în spatele perdelei, când bagă de seamă, c-o privesc, de jos, doi ochi galeși de ghiaur. În *Pera* se face vizită între cunoscuți și petrec laolaltă femei cu bărbați.

Nu trebuie de uitat însă, că în *Pera* locuiesc toți demnitarii statelor europene și aici sunt palatele de iarnă ale ambasadorilor. În *Pera* se croiesc mereu case și locurile se vând însutit de scump.

Bulevardul *Șișli* crește zi cu zi, înaintează grăbit către vârful colinei, își întinde civilizația aripele cotropitoare, suflă visele bogate, calcă peste legendele zămislite de sute și mii de ani, spulberă credințe și schimbă obiceiuri.

Aici vine și turcul, care strâmbă din nas, când i se spune să cinstească *Ramadanul*, cu postire în mâncare și băutură... Fleacuri! răspunde musulmanul de lumea nouă. Și turcul europenizat, călătorit prin orașele apusului, în locul caftanului, lung până-n călcâie, îmbracă fudul costumul croit după cel din urmă jurnal de modă; în locul meșului de marochin încalță gheata americană, iar cealmaua grea din cap, ce-i dă înfățișare de babă, o înlocuiește cu fes înalt, tras pe sprânceană, ba chiar cu pălărie, când pornește în alte țări.

Cadâna și-a smuls și ea *iașmacul* de pe față, dositor de buze rumene și ochi dornici, să fie priviți, și-a dat jos *feregeaua* largă, ce-i învăluia trupul ca o manta, și-o făcea totddauna gârbovă.

Turcoaicele au ochii negri, adânci și plini de văpaie clocotitoare, dar privite în întregimea făpturii lor, nu sunt frumoase. Au pântecele prea mare, trupul otova și greoi la mișcări. Poate că le-a făcut așa tocmai viața lor de harem, unde stau toată ziua tolănite pe sofale, beau cafele, fumează narghilele și visează. Nu-și chinuiesc nici trupul, nici mintea și mișcări fac rar, atunci când pornesc la plimbare, spre *Apele dulci din Europa* sau *din Asia,* sub paza eunucilor. Dar nici nu trebuie să fie zveltă și subțiatică, fiindcă pentru turc n-are prețuire cadâna, dacă nu e pântecoasă și dacă n-are carnea pusă cu grămada pe trup.

Astăzi au început și cadânele – cele lepădate de bătrânul obicei – să-și strângă pântecele în corset și să-și subțieze brâul.

Astfel gătită, cadâna iese la plimbare cu soțul, merge la braț, intră în magazine împreună, târguie, se duce la berărie, la teatru, își împodobește brațele goale cu brățări scumpe, binoclează la lojă, își bate joc de Coran, Mahomet a fost un om ca toți oamenii, și râde de cei rămași în urmă cu obiceiurile...

În cartierul europenesc *Pera,* în prelungirea uliței *Pancaldi,* pe mâna dreaptă, a rămas un colțișor turcesc, sadea. E mahalaua *Nișan-Taș.* Aici ferestrele sunt zăbrelite și geamurile întemnițate cu jaluzele dese, ca și în vechiul *Stambul.* Unghiulețul *Nișan-Taș* însă e mic și, în curând, furtuna premenitoare, din *Pera,* va răscoli și aici, va presăra miresme noi, și apoi va porni mai departe, peste *Cornul de aur,* și prin înfundăturile *Stambulului.*

Coranul nu e o întocmire originală și nu poate lupta cu judecățile minților luminate și nici ține stavilă vremurilor noi.

Am ieșit în capătul de sus al *Șișliului.* De aici mai departe, în susul colinei mândre, pe soseaua străjuită de chiparoși, se află *Yldiz-Kiosk,* adică *Palatul Stelei,* cel mai frumos cuib al sultanului. Tot în curtea *Yldiz-Kioskului,* se înalță frumoasa moscheie *Hamidie,* unde sultanul vine să facă rugăciunea de *Selamlâk* – marea sărbătoare pe care închinătorii *Islamului* o cinstesc în fiecare Vineri.

Altădată *Selamlâcul* se făcea cu pompă mare, se scotea toată armata, cântau muzicile, luau parte toți demnitarii statului, cupelele cu odalisce, eunucii și marele stăpân al împărăției, în trăsură strălucitoare și nespus de bogată, trasă de cai negri.

Sultanul de astăzi cinstește *Selamlâcul* prin o simplă rugăciune către Allah, făcută în oricare altă moscheie și fără pompă militară.

De pe colina *Yldiz-Kioscului,* Bosforul parcă e aici, sub picioare, ca o fâșie de cer senin, strecurată printre două coștișe, veșnic înverzite. Aici iarăși se revarsă din belșug, mireasma liliacului, a chiparosului și-a stufurilor de trandafiri. De peste colinele verzi și vâlcelele udate cu izvoare limpezi și răcoroase, adie boare dulce, adormitoare, ce te lasă în brațele lenevelii și ale visării...

Visează norod negrăbit, căci aici şi firea se leagănă în vise...

Din Turnul Galata

Din bulevardul *Șișli* ne-am înapoiat iarăși pe ulița *Pera,* și tot mergând înainte, spre *Cornul de aur,* ajunserăm în fața unei clădiri înalte.

— Turnul Galata!, făcu Mustafa.

Turnul mi-aduse aminte de urzitorii lui și de vremurile de altădată. Această zidire este una din multele chezășii, ce vorbesc de neobositul și iscusitul popor genovez, care, aici în mijlocul unei puternice fortărețe, zidesc măreţul turn, înălțându-l în cinstea acelora, care luptaseră până la moarte, alături de împărații Paleologi, pentru întremarea Imperiului Latin. Peste acest turn, închinat în vechime lui Hristos, s-au abătut multe vijelii și multe hoarde barbare i-au pângărit podoabele și i-au jefuit bogățiile. Dar zidirea temeinică a genovezilor a ținut piept celor șase veacuri – de când e urzită – și mulți ani va mai birui încă, ducând lumii viitoare fala înfăptuitorilor.

Galata-Kulesi, adică *Turnul Mare* sau *Buyuk-Kule, Turnul Vechi*, cum îi zic turcii, are o înălțime de 40 metri, iar împreună cu colina, pe care e așezat, se ridică la 150 metri deasupra feței mării. În vârful turnului fâlfâie zi și noapte semiluna turcească.

După ce călăuza schimbă câteva cuvinte cu paznicul de aici, – iar eu îi lunecai în mână zece piaștri, prețul intrării pentru doi inși – pornirăm pe scări în sus.

O sută patruzeci şi una de trepte, rânduite în spirală, ne urcă într-o sală înaltă de patru metri şi luminată de jur-împrejur de paisprezece ferestre, boltite. În sala aceasta, numită *postul pompierilor,* e întâiul popas, unde un turc, cu cealmaua mare, cu ciubucul nelipsit de la măsea și cu mișcări lenevoase, îi îmbie pe călători la o „gingirlie”.

Încă patruzeci și una de trepte mai suirăm într-un suflet, și iată-ne deasupra, în altă sală, tot ca cea de jos, dar numai de trei metri înaltă. Un pridvor închis cu zăbrele de fier, încinge turnul aici.

Mă plimb în jurul acestei prispe, ridicată peste toate minaretele, și-am sub ochi întreg Constantinopolul, cu colinele scăldate în lumină multă, cu povârnișurile umbrite și cu nenumăratele grădini, ce-l împodobesc.

Uite *Cornul de aur*, cum pătrunde în inima orașului, ca o lamă sclipitoare de iatagan. E atâta bogăție de soare aici, deasupra limbii de apă, că din înălțimile cerului senin și până în talazurile legănate, deapănă o trâmbă de lumină, în care țes laolaltă, presară și spulberă fire de beteală, fluturi de aur și puzderie de funigei.

O îngrămădire de acoperișuri negre, galbene, albastre; streșini plecate și sumese, ziduri verzi, balcoane cu geamuri multe, palate cu turnuri crenelate, cu ciubuce și brânișoare, scoborâri și ridicături, uliți întortochiate, strâmte și înfundate, chioșcuri îmbrăcate în verdeață, grădini cu leandrii și lămâi, un amestec de toate culorile, de tonuri și nuanțe, de umbră și lumină; astfel se vede orașul de aici, iar deasupra tuturor, miile de minarete ale moscheielor însulițează văzduhul cu vârfurile lor ascuțite. Constantinopolul, privit din *Turnul Galata*, pare un roi uriaș, în care mișună oameni, vite și vehicule, un stup enorm, în care fumegă, clocotește și urue; e un purcoi de zidiri ciopârțite de uliți; e un bâlci năzdrăvan, unde sunt adunate laolaltă chipuri, veștminte și graiuri din cele patru colțuri ale lumii...

Trecui ochii peste *Cornul de aur*, și lăsai privirile să plutească, în toată liniștea, deasupra Stambulului vechi. Uite *Sublima Poartă*, cu zidurile mohorâte! Uite vechiul *Serai*, unde a fost palatul lui Constantin Porfirogenitul, uite moscheia *Sfânta Sofia*, zălogită între patru minarete, uite calea *At-Meidanului*, și în poalele Marmaralei, ruinele atâtor zidiri. Mai încolo iată *Edy-Kule*, cele șapte turnuri, unde a fost chinuit și ucis, împreună cu feciorii, marele creștin Constantin Brâncoveanu, nestrămutat în credință și cu multă dragoste de țară. Asupra acelora, care au necinstit legea Domnului român și pe copiii copiilor lor, să cadă anatema icoanelor pângărite în *Sfânta Sofia*, de crudul Mahomet al II-lea, ajungă-i pe toți blestemul celor o sută de mii de creștini, batjocoriți și măcelăriți în Casa Domnului.

Dincolo de *Edy-Kule*, în prelungirea mahalalelor, mohorâte și întunecoase, se desfășoară *San Ștefano,* localitatea unde s-a încheiat pacea de la 1877, între Rusia, Turcia și România, după ce armata lui Osman pașa fusese îngenucheată la Plevna de vitejii noștri oșteni.

Plimb ochii peste nenumăratele palate, peste turnul alb al *Seraskeratului* și peste sutele de minarete, încinse în pridvor, de unde muezinul cheamă pe credincioși la rugăciune. Iată lângă ministerul școalelor, moscheia *Nuri Osmania,* adică *Lumina lui Osman,* zidită din marmură; uite moscheia *Baiazid,* uite și *Suleiman*, cu care turcii se laudă și caută să întreacă pe *Sfânta Sofia.*

Mă învârtesc împrejurul turnului și privirile colindă, sățioase, străbătând văzduhul, spărgând zarea și oprindu-se o clipă-două pe colțuri dosite și-n mijloc de grădini. De aici, de sus, am sub picioare întregul Constantinopol; de la 150 de metri deasupra Marmaralei, prind într-o ochire cele șapte coline, pe care se află răsfirată capitala musulmană; iar brâul care încinge Stambulul nou și vechi, de la *Scutari* la *Șișli,* de aici la *Apele dulci din Europa,* unde-și poticnește calea *Cornul de aur*, și de acolo până-n talazurile mării – tot acest cerc, ce se desfășoară pe 25 de kilometri, privit din *Turnul Galata,* pare aici aproape, s-arunci cu zburătura.

Acum mi s-au dus ochii departe, peste *Bosfor* peste *Marea de Marmara,* peste *Insulele Prinților*, ce par ca niște movile plutitoare, s-au năpustit privirile până-n brâul fumuriu al orizontului, unde cerul și marea se împreunează ca două sărutări lungi, cuprinse de fior.

Un pas făcut pe ceardacul turnului, o clipire numai și ochii au colindat kilometri. Altă priveliște își dezvăluie crețurile, sub horbota de unde argintii. Iată *Bosforul* cum își leagănă trupul, ca un balaur sclipitor, târât pe sub poalele munților;

iată palatul *Yldiz-Kiosk,* răsleţit pe coasta colinei, picat ca din poveste în mijloc de rai; uite pe *Dolma-Bagce,* uriaşa clădire împărătească; uite şi cartierul european *Pera,* alb şi curat, gătit ca de sărbătoare.

Păşesc împrejurul turnului şi-l ascult pe Mustafa, care-mi arată şi-mi dă desluşiri, înseilând la fiecare colţ mai tăinuit câte o întâmplare.

Trec ochii când peste *Cornul de aur,* dincolo de *Stambul,* când îi aduc aici, sub picioare, în cartierul *Galata,* unde forfotesc trăsuri, camioane, hamali încovoiaţi sub sarcina grea şi adunătură multă de nevoiaşi. Două tabere despică limba azurie de apă; două tabere dau lupta, una mai mică, dar oţelită, alta mare, domoală, visătoare, lăsată în voia soartei. *„Alah e lumina cerului şi a pământului, Allah duce grijă la tot ce se mişcă!"* – astfel gândeşte musulmanul din Stambul şi se dă în lături din faţa tramvaiului electric, îşi astupă ochii la lumina strălucitoare a globurilor şi-şi bumbăceşte urechile, să n-audă graiul telefonului. Toate acestea sunt născociri ale duhului rău, şi *Allah* nu îngăduie adevăratului musulman să lucreze cu diavolul.

Totuşi din *Pera,* bate întruna vântul prefacerii, răzbeşte şi dincolo, peste podul *Kara-kioi,* şi cu fiecare bătrân al Islamului, trecut în grădinele lui Mahomet – cu munţi de pilaf şi cu râuri de lapte – se stinge o flacără din credinţa profetului şi se pierde o datină din acest bătrân oraş, unde colibele se îmbie cu palatele, sărăcia neagră, cu cele mai mari avuţii şi unde vremurile noi se străduiesc, să îngenucheze trecutul şi să sugrume obiceiurile.

Când am coborât *Turnul Galata,* se înserase şi milioanele de lumini începuseră să scapere deasupra uriaşului roi, unde sunt mai mulţi trântori decât lucrătoare.

O raită prin Stambul

Pe partea care mă culcasem, tot pe aceea m-am trezit, așa de obosit fusesem.

De Mustafa am scăpat. Vreau să nu mai am coadă după mine. Am gust, să trepăd singur ulițele, să merg cum mi-o veni mai bine, fugind sau picotând, cu piciorul ori cu trăsura, cu tramvaiul sau cu barca pe *Cornul de aur,* și acolo unde mă vor prinde frumusețile locurilor, să stăvilesc pasul și să stau, să stau până m-o goni urâtul, până m-or chema alte priveliști.

Am luat tramvaiul din port, am urcat în *Galata,* de acolo am trecut încă odată podul de la *Kara-Kioi*, de aici iarăși tramvaiul, am suit pe lângă Sf. Sofia, am coborât în cisterna întunecoasă a celor 1.000 de coloane am trecut pe lângă Ministerul de Instrucție, Coloana arsă, și apoi m-am înfundat în cartierul cu adevărat turcesc. Vreau să rătăcesc pe urmele ștersului Bizanț.

Sunt ceasurile nouă dimineața, timpul când toată lumea e în picioare, pornită la treburi. În vechiul Stambul însă parcă e pustiu! Nu întâlnesc picior de trecător și nu văd fereastră deschisă. Toate balcoanele sunt apărate de zăbrele groase, geamurile dosite de jaluzele dese, porțile zăvorite și zidurile înalte.

Urc o uliță, dau într-alta, las un colț, abat la stânga, sui o colină, de unde rămâne sub picioare o mahala întreagă și apoi iarăși cobor într-o ulicioară îngustă, murdară, cu căsuțe vechi și câte un câine tolănit de-a curmezișul. Trebuie să-l ocolesc, el nu se scoală, dar nici nu spune ceva!

Câinii din Constantinopol nu-i latră pe trecători. Le e silă să ridice capul, dar să mai și casce gura. Nu mai sunt însă ce-au fost odată. În Galata câinii sunt rari, iar în Pera, aproape deloc, bineînțeles dintre cei fără stăpân. Căci în Constantinopol câinii sunt ai tuturor și ai nimănui, se tolănesc unde le vine mai bine, dorm pe unde apucă și mănâncă de la toată lumea. Vestitele haite, care dăinuiau din timpuri foarte vechi, nu se mai întâlnesc decât prin răspântiile Stambulului, în jurul grămezilor de gunoaie. Musulmanul cel drept credincios al legii sale, trebuie să ocrotească aceste animale, nu că-i aduc vreo slujbă, dar fiindcă din obiceiurile cele mai depărtate, se purta cinste câinilor și obiceiurile de atunci, azi au intrat în lege ca o datorie sfântă, să-i hrănească, să-i lase în pace și să nu-i pună la nici o treabă...

Am apucat pe-o străduță, ce mă duce parcă în fundul unei prăpăstii. Dale umede, mucegăite de vreme și neajunse de soare, aștern ulicioara. Cine știe ce cisternă ori sală împărătească a fost dărâmată și cu fărâmăturile sparte de ciocan s-au podit văgăuni mocirloase și s-au făcut scări urcușurilor și coborâșurilor!

Se îngustează ulicioara și fuge tot la vale, închizându-mi zarea din ce în ce, până mă pomenesc în fața unui gang; parcă așa de aproape sunt casele. La o crăpătură de poartă se iviră doi turci, greoi la mers și încruntați la chip... Mi-aruncai ochii împrejur, parcă eram într-o temniță. Nu știu de ce, mă cuprinse o teamă și mă dojenii: „cine m-a pus, să mă vâr pe aici?!". Și toate temnițele Stambulului, înjunghierile și hrubele înțesate cu morți, îmi fulgerară prin minte acum într-o singură clipă; iar înainte-mi se făcu roșu și întuneric. Turcii trecură pe partea cealaltă, șopa-șopa, cu capetele plecate, îngreunate de cealmale și fără să-și ridice ochii. Fugiseră ei de un gheaur, ori n-au vrut să mă bage în seamă!

Gonesc orice năzărire, prind ținuta mai hotărâtoare și merg înainte, mai ales că plecasem cu gândul să scotocesc tot ce-mi iese în cale, să răspic pe unde putința îmi va da voie și împrejurările îmi vor deschide drumul. Pășesc mai cu curaj.

Cerul aici se închide, aici se deschide în petice albastre, întâlnesc uși scobite ca niște găuri în zidul înegrit; câte o poartă crăpată lasă să se vadă, ici un colț ascuns de grădină, dincolo o curte dosită de zăbrele; când o cadână, cu iașmacul ridicat, ținând în poală un copil; când un musulman lungit, zvârlind fumuri din narghilea.

Am nimerit într-o ulicioară locuită de familii nevoiașe. Aici nu e haremul cu cadâne multe, cu divanuri moi și încăperi bogate. Aici e musulmanul sărman, muncitorul cu brațele, care își duce ziua de azi pe mâine, lucrează ce poate, cum poate, și-și are femeia lui. Asta nu de altceva, dar fiindcă n-are putere să țină mai multe, nu-i dă mâna. Totuși se mângâie cu gândul. N-are narghilea de porțelan, împodobită cu ciucuri aurii, nici ciubuc de chihlibar, nici perină scumpă la picioare și nici odalisce, să-i facă vânt la ceafă. Un urcior de pământ ține locul narghilelei, iar musulmanul, lungit pe rogojină, în loc de covor moale, suge fălcile ceasuri întregi, suflă fumul în rotocoale-rotocoale și cu ochii închiși pe jumătate, se duce cu gândul departe. Într-un colac de fum urzește palate de marmură, bogate, mărețe, haremuri cu zâne sute, cupele strălucitoare și grădini cu izvoare.

Urmașilor lui Mahomet le plac visurile, căci visul e îndeletnicirea lor în clipe de odihnă, la oboseală, cum și la adâncă supărare. Îi e foame, musulmanul visează munții de pilaf din raiul profetului, e singur, mohorât și amărât, închide ochii, se așează sub leandri, ori la umbra liliacului și veselia îi vine, odaliscele trec, îl mângâie, fac roată în jurul lui, joacă, își frâng mijlocul, își arată sânul trandafiriu, dinții în șiruri de mărgăritare și ochii dulci, umbriți de gene lungi. Dar ce-i mai trebuie omului, când poate amăgi viața cu o minciună așa de frumoasă?!

M-a purtat mult ulița această întunecoasă, umedă și cu grămezi de gunoaie în fața fiecărei porți.

Dau după un colț, când o droaie de copii fac roată în jurul meu, îngânând, cu jale și cu mâinile întinse: *bacșiș, bacșiș, metalic, metalic*... Am dus alaiul după mine, o bucățică bună, și ca să scap am pus fiecăruia câte o pătăcică în mână. Credeți c-am scăpat?! Ași!... Au strâns metalicul în palmă și apoi iarăși au început să cerșească. Acum și mai prietenoși, aproape să-mi bage mâna în buzunar. I-am amenințat, au început să se strâmbe la mine, cei mai mari să-mi taie calea, cei mici să bâzâie întruna *bacșiiiș!* Mă tot gândeam să-i gonesc cu bastonul, să-i ameninț cu revolverul?! Zidurile au urechi și cine știe ce mă aștepta din vreun gang! Sau mă pomeneam, așa din senin, c-un bolovan în cap!...

Mă trăsni un gând. În buzunar aveam două portofele, unul cu mărunțiș și altul cu „bogăția” mea de drum. Scosei pe cel cu mărunțișul, desfăcui chichița cu gologanii și-i răsturnai în palmă, apoi scuturai portofelul în vânt, să vadă că ăștia sunt. Aveam ca un franc în pumn, numai metalici. Puii de turci se făcură buluc pe lângă mine și începură să mă întindă de haină. Rotii ochii împrejur. Alături era un vărcan de noroi, gunoaie și puțin lac. Când ridicai brațul în sus, ei după mine, să-mi apuce mâna, eu îi semănai însă în bâltan. Au căzut ciopor unul peste altul, scormonind în noroi, întinzându-se de haine și de păr. Eu am luat-o la picior.

Nu mă mai uit nici în lături, nici în urmă. Aud doar țipete, plescăituri și haraiman mare. Acum le-am dat de lucru pentru toată ziua și poate și mâine!

Am ocolit la dreapta, apoi la stânga și aproape în fugă am urcat peste o sută de lespezi murdare, cu mâna ținându-mă întruna de nas, și iată-mă deasupra unei coline, la luminiș larg și soare mult.

Sunt aproape de mare, lângă Marmaraua întinsă, albastră și liniștită. Deschid gura, răsuflu lung și las să mă bată în față undele răcoroase ale talazurilor.

Sunt pe colina cea mai ridicată a Stambulului, căreia turcii îi spun *Buricul Cetății.* Pe unde îmi plimb ochii acum, e locul vechiului Serai, cu locuințele sultanelor bătrâne și văduve. Acolo a stat și Mahomet al II-lea, Cuceritorul; pe locul acesta a fost și palatul lui Constantin cel Mare, bunul creștin, pentru ale cărui fapte de cinste și sfințenie, biserica creștinilor l-a trecut în rândul sfinților.

Aici a fost urzită noua capitală a împărăției romane, cu apeductul ce mai trăiește și azi, al lui Valentin, cu cisterne boltite în ciment și sprijinite pe sute și mii de coloane; aici au fost palatele de porfir, unde nășteau împărătesele, au fost alee cu pomi de tot felul, cu statui și colonade, cu bazine de marmură... Unde e statuia lui Justinian, ținând în mână un glob strălucitor?! Unde e a Elenei, mama lui Constantin cel Mare?! Nici urma nu se mai bănuiește!

Pe tot ținutul acesta a fost bogăție, mărire, vitejie, a fost decădere și desfrâu, înjosire și minciună... Cuib de dragoste, cloacă unde a zăcătuit urgia, mânia și groaza.

Patru veacuri și jumătate, cât s-au scurs de la trecerea mahomedanilor peste apele Bosforului, aici și-au cărat avuțiile jefuite, tot șirul lung al sultanilor, de la Mahomet al II-lea până la Abdul Hazis. S-au urzit grădini din basme, terase și pavilioane, palate bogate și haremuri multe. Aici fratele a înjunghiat pe frate și tatăl și-a jertfit copiii, îngenucheat de brațele încolăcitoare ale îndrăgostitei și asurzit de cuvintele dulci ale odaliscei. De aici pornea tunetul, care făcea să tremure totul în cale, din Bagdat la Budapesta și de la Viena la Belgrad... De aici atârna viața tuturor supușilor din imperiul musulman...

Tresar din această rătăcire a gândului prin vremurile apuse, și sub ochi am palate înnegrite, acoperișuri plumburii, dărâmături și frânturi de ziduri, am cotitura în povârniș a coborârii pe care au apucat urmașii crudului Orkan. „Apa trece la matcă și omul, la teapă”, zice un proverb vechi.

Poate c-a sunat ceasul, când sufletul viteazului din pustiile Turchestanului, buciumă risipiții din țară străină, să tăbărască iarăși în pământul lor de baștină!...

Am apucat altă ulicioară și încep să cobor la vale printre prăvălioare de tot felul. Ici, băcănie, alături, cârciumă, colo cafenea, dincolo fierărie, deavalma una lângă alta. Ceasurile sunt douăsprezece trecute și simt că mă taie la *ramazan.* Mă uit după un birt, dar nu văd! Ieri am prânzit în Pera: pește, icre, cotlet de berbec și vin de Tenedos, scump, bun și luxos. Azi vreau să-mi astâmpăr foamea în Stambul.

Depăn ulița, când pe dreapta când pe stânga, mă uit și pe o parte și pe alta, dar nici o firmă. De altfel pe aici firma e marfa din fereastră. Tot căutând așa, dau de-o coșmelie, cât o gheretă, la al cărei gemuleț stau rânduite câteva castroane cu iaurt, smântână, pilaf și dintr-un ceaun mare fumegă lapte. Haide să m-abat aici. Mă frâng de spate și pășesc pragul.

La intrarea mea, turcul bătrân din fața cuptorului ridică ochii; tot așa făcură și cei patru mușterii, care dormitau la mese, cu ciubucele în gură. Pe fețele tuturor se desluși o umbră de mirare. Poate c-aveam înfățișarea prea luxoasă pentru dughiana lor! Ori șapca mea, trasă pe ceafă, colțunii până peste genuchi și cele trei genți pe după gât cu aparatul fotografic, revolverul și binoclul, îi făcură, să se întrebe: ce nație o mai fi și ăsta?!

Turcul nu știa altă limbă decât pe aceea a neamului. Mă dusei la taraba cu merinde și-mi alesei două ouă fierte, o farfurioară cu pilaf, una cu smântână și un castron cu iaurt. Turcul, foarte slujitor, șterse masa cu fota de dinainte și așternu o față albă, cum nu era la celelalte.

Fiindu-mi foame și fiind târziu, se bătură zece calici la gura mea. Pâinea e cam rece și se firimițește. Musulmanul se învârtește însă întruna în jurul meu și cum a picat fărâma de pâine, o culege și o pune în șorț. La început nu luai seama, credeam că în cinstea mea vrea să fie curățenie pe masă, dar mai pe urmă îi prinsei privirea cu care urmărea dumicații și se repezea la zobul de pâine, mai ales când pica la picioare. Îi făcui semn din cap, în chip de întrebare, iar turcul bolborosi ceva, arătând spre pâine, jos la picioare, și apoi evlavios către Allah, stăpânitorul... „Aceasta e trupul meu, a zis Hristos apostolilor, frângând pâinea, luați, mâncați spre iertarea păcatelor..." Profetul din Mecca a repetat și el credincioșilor săi, spusele Nazariteanului, dar a dat mai grea pedeapsă celor care nu vor cinsti trupul lui Allah, și-l vor călca în picioare, unde trebuiesc aruncate răutățile și păcatele.

Rup pâinea cu multă băgare de seamă, iar firimiturile le strâng în palmă și le arunc în gură. Musulmanul zâmbește senin și îngână ceva. Ce?! Nu știu, dar după înfățișare parcă zice: „Așa!... Că e păcat... ea ne crește!"

Deodată, turcul, ca trezit de un glas al datoriei, se duse într-un colț al prăvălioarei, întinse un preș ponosit, își scoase papucii din picioare și întorcându-se spre soare-răsare – cu fața cârmită puțin la dreapta, pe calea care merge la Mecca, – musulmanul rămase nemișcat câteva clipe, cu ochi duși departe, acolo la cetatea sfântă, apoi ridicând brațele, îngână: *„Alahhu Akbar!"* – *Dumnezeu este mare* – și aducând mâinile la piept, îngenuche, șoptind versete din Coran.

Ceilalți turci stau și ei îngenucheați, împlinindu-și datoria față de credință, acolo, unde vremea rugăciunii i-a apucat.

În dughiană e o tăcere de mormânt, eu am înlemnit cu

dumicatul în mână, nici din gură nu mai clefetesc. Cinstesc clipele de înălțare sufletească și ușurare de păcate, când toți credincioșii Islamului, de aici și până în văgăunile Asiei și pustiurile Africii, se roagă, și când din minaretele tuturor moscheielor, muezinii cheamă poporul, cântând din înălțimea turnurilor: *„La Ilah il Allah ua Mahomet resul Allah"*. (Nu este alt Dumnezeu decât Allah și Mahomed este profetul său).

Acum e a treia rugăciune a zilei de azi, căci marele profet cinci rugi a rânduit pe zi credincioșilor săi: la răsăritul soarelui, la prânz, după-amiază, în asfințit și înainte de culcare. Și adevăratul credincios al Islamului, le înfăptuiește cu multă sfințenie, oriunde ar fi și în orice împrejurare s-ar găsi...

După ce și-a mântuit rugăciunea în tihnă, turcul a venit la mine, a strâns firimiturile ce-mi mai scăpaseră pe jos, și apoi m-a întrebat:

— Cafe?...

Nu obișnuiesc băutura aceasta, fiindcă nu-mi face bine, dar nu știu de ce, aici, parcă-mi veni gust de așa ceva! E doar în țara cafelelor și a tutunului...

Haide acum. O *gingirlie* cu caimac şi-o narghilea. Vreau să visez aici, în ghereta lui Mufli...

Pe undele Cornului de aur

— Facem o plimbare! grăi un flăcăiandru turc, din grămada bărcilor, poposite la chei.

Tresării. E întâiul glas românesc, auzit aici. Tot îmi pusesem eu în gând, să fac o plimbare pe *Cornul de aur*, acum mă împinse ceva parcă și mai mult spre cel care-și mâna barca de zor, făcându-și loc printre celelalte, să atingă țărmul.

— Mergem în sus, urmă barcagiul, acum e timpul cel mai frumos.

Apoi, întinzându-mi mâna, să cobor în barcă, adaogă, zâmbind:

— Cunosc stegulețul!, și arată spre tricolorul de la chiotoarea mea.

Mă așezai bine în spatele bărcii și Selim, c-așa îl chema pe luntraș, îi făcu vânt, împingând cu vâsla în chei.

Am plecat. Ocolim pe după un vapor, încrucișăm calea unei corăbii ancorate, ne ștergem pe lângă un caic oprit și barca lui Selim, cu pânza portocalie, cu prora verde și cu băncile îmbrăcate în catifea, se duce săgeată pe undele liniștite și limpezi. Rămâne în urmă podul *Kara-Kioi* cu vălmășagul de culori; rămân cele două țărmuri, de unde palatele, minaretele și turnurile își îngână umbrele peste oglinda strălucitoare a apei.

Se înfiripă o adiere de vânt în spate, pânza se umflă și barca alunecă, se strecoară printre talazuri, saltă și coboară pe valuri.

Cornul de aur își lărgește matca, deschizând un vărcan pe mâna dreaptă, unde e tăbărâtă o pădure de catarge și coșuri multe pătează seninul cu fum negru. Ciocănituri puternice și fluierături ascuțite, răbufnesc din grămada schelelor și din clădirile mari, afumate. Aici e portul militar al Constantinopolului, cu arsenalul marinei turcești. Selim trase cu vâsla și barca schimbă drumul spre stânga. Case dese și vechi se îngrămădesc parcă una peste alta, venind în povârniș spre apă.

— *Fanarul!*, mă vesti barcagiul. Mahalaua grecească.

La auzul cuvântului de „Fanar", se treziră în minte-mi vremurile vijeloase, care au bântuit peste țara noastră. De aici, din *Fanar*, porneau acei sugrumători fanarioți să stoarcă vlaga poporului românesc, să pună dăjdii peste dăjdii și, în fiecare an, să se înapoieze cu pungile doldora de galbeni. De aici se precupețeau Scaunele domnești, se rânduiau stăpânirile și se soroceau birurile. Aici se urzeau intrigile, se puneau la cale planurile cele mai mârșave și se întocmeau jăcmănelile. Tot ce rămăsese din *Bizanț* mai putred, mai trândav și mai mișel, în *Fanar* se îngrămădise, după stăpânirea Constantinopolului de Mahomet al II-lea. Astăzi *Fanarul* e o mahala, fără nici o însemnătate, iar locuitorii, toți greci, se îndeletnicesc cu micul comerț. Dintre toate clădirile strălucește în alb biserica bulgărească.

Gonește Selim cu barca printre luntrile cu perechi, printre corăbiile încărcate, până ieșim la limpezime. *Cornul de aur* și-a mai strâns țărmurile. Mahalalele însă se țin de mână, din ce în ce mai sărăcăcioase și mai murdare. Tot pe stânga vine *Eivan-Serai* rânduit pe locul unde odată se înălțaseră palatele lui Anastasie Dicor și ale multor împărați. Nu departe de aici se văd ziduri dărâmate și măcinate pe la creștet. Sunt ruinele numite de turci *Tekfur-Serai*, adică *Palatul Fiului Ceresc.* Pe locul acela a fost palatul de la Hebdomon, înălțat de Constantin Cel Mare și din care clădire, bogată și măreață, azi n-au rămas decât niște dărâmături; aici a fost și tabăra goților.

Am ajuns în dreptul mahalalei *Has-Kioi,* locuită numai de evrei, iar alături este *Piri-Pașa,* cartier sadea musulman, cu casele pipernicite și murdare. Sunt cartierele cele mai sărăcăcioase, unde locuitorii de-abia își duc viața de azi pe mâine, unde nu înseamnă nimic în orașul acesta plin de bogății și de desfătări și unde nimeni nu-i ia în seamă. Sunt colțurile cele mai părăsite, înfundate de sărăcie și murdărie; de aici se rup cârdurile de cerșetori, și împană ulițele, ieșindu-ți în cale la fiecare colț...

Un costiș verde se deschide pe mâna stângă, presărat cu cipri, mesteacăni și plopi. Selim cârmește barca și prindem calea mai aproape cu țărmul.

— Cimitirul musulman *Eyub,* începe barcagiul. Unde se văd cele două minarete, este capela de marmură, zidită de Mahomet Cuceritorul. Zi și noapte ard lumini în ea; și n-au voie să intre decât musulmanii. Aici stă și sabia lui Othman, pe care o încinge fiecare sultan, la suirea sa pe tron.

Mi-adusei a minte din istoria Orientului că *Eyub* a fost un apropiat tovarăș al marelui profet și propovăduitor al Islamului. El fusese omorât aici, pe la anul 668, după Hristos, când arabii forțaseră stăpânirea Constantinopolului. Iar când Mahomet al II-lea intră cu hordele sate în capitala Bizanțului, unul din derviși, care le întovărășea, găsi, în vechiul cartier Cosmidium, mormântul vestitului *Eyub.*

— Alături de moscheie, unde se vede pâlcul ciprilor, prinse din nou vorba Selim, e chioșcul sfințit de pe mormântul călugărului musulman, și-acolo ard lămpi întruna. În cimitirul *Eyub* sunt înmormântați toți vitejii și credincioșii Islamului...

Se închide calea în față și *Cornul de aur* face un cot, întorcându-și apele spre dreapta. Privesc înapoi. Mahalalele, cu căsuțele vechi și negricioase, au rămas departe, se pierd ca niște zdrențe ponosite la picioarele cupolelor, turnurilor și zidirilor înalte, unde luminile se gonesc în jocuri de culori, aprinzând sute de sori. Fuge pe apă furnicar de licurici, se țes pânze de beteală, urzite de fuiorul tors din slava cerului; se cerne spuzeală de scântei, și toate se revarsă în fâșii luminoase, sărind din talaz în val, din val în mal, și apoi furișându-se în stuf de copac, în turn și în balcon, pornesc razele, să plouă, când înălbite, când aurii, când argintii...

Pe *Cornul de aur* roiesc mii de tonuri și lumini, se ciocnesc, se frâng și se restrâng, parcă aici se adună tot soarele și-și scutură tot mărgăritarul.

S-a schimbat vântul, nu mai bate din spate. O boare lină, cu miros de verdeață ne izbește în față, canalul își strânge malurile și apele se iuțesc, înălțându-se talazurile pe gâtul bărcii. Selim încordează brațele în vâsle și luptă cu șuvoiul de apă dulce, povârnit din fundul colinei păduroase.

— Acum intrăm în *Apele dulci din Europa!*, grăi barcagiul, apoi într-o sforțare trecu încă un cot și apucarăm pe albia îngustă a râului *Dermen.*

Cerul se închide la umbra deasă a platanilor și sicomorilor, miresmele năvălesc din toate părțile și răcoreala strânge între spete.

Închei pardesiul. Aici e la țară, departe 11 kilometri de Galata.

Apele dulci e locul de plimbare, de tihnă și liniște. Când orașul e asurzit de zgomotul, ca de iad, de pe *Kara-Kioi* și din *Bazar*, atanci cel doritor de liniște, pornește în susul *Cornului de aur*, cu barca, dacă vrea să viseze, cu caicul, dacă se grăbește, să facă numai o jumătate de ceas, și apoi iată-l aici, pe iarbă verde, la răcoare, la umbră și lângă izvoare limpezi.

De obicei în toate vinerile se face plimbare la *Apele dulci* și atunci vine lume multă să petreacă, vine de toată mâna, vin și cadâne, păzite de eunuci. Aici sunt vile, cu pridvor văzut de soare, și chioșcuri ascunse în răzoare de flori; aici *Dermenul* își împarte apele pe două pâraie și, în cotituri șăgalnice, presară adiere răcoroasă; aici e și palatul de vară al sultanului împresurat de un parc mare, în care se întretaie rânduri de sicomori și platani, de trandafiri și liliеci.

Astăzi însă palatul acesta e un cuib păsăresc. Geamlâcurile închise în drevele de fier, nu mai păzesc nici trupuri mlădioase de cadâne, nici pe odaliscele ascunse după perdea, de unde urmăreau, prin câte o găurică, pe un flăcăiandru ce-și ducea agale barca.

Astăzi, sultanul își petrece două luni de vară în palatul de la *Yldiz-Kiosk.* Acolo a cărat și turma cea mare de eunuci, sclave și harem.

Am tras barca la un liman și am stat mult de vorbă cu Selim. Mi-a spus c-a fost în casa unui mare vizir, era omul lui de încredere, ar fi fost poate departe, dar o cadână, cu ochii negri, cu fața albă ca laptele și cu dinții de mărgăritar l-a făcut să plece, să se ducă departe, să n-o mai întâlnească și să n-o mai vadă, căci o iubea. S-a îmbarcat pe un vapor și a plecat în largul mărilor, până în Africa, până dincolo de oceanul Atlantic. A rătăcit cinci ani, dar un glas depărtat parcă era chemat înapoi. S-a întors cu buzele fripte. A cercetat pe ascuns dar n-a mai văzut-o.

— Vizirul era bătrân, îngână barcagiul, și cine știe de când le-o fi făcut de petrecanie ochilor negri, dornici de dragoste tânără!

Apoi, scuturând capul, ca și când ar fi vrut să gonească gândurile, urmă:

— Am învățat românește pe un vapor al dumneavoastră, cu care am făcut două curse la Roterdam, ca marinar. Îmi sunt dragi mult românii; ce bine am petrecut cu băieții, tare sunt de treabă!...

Selim are cunoștințe multe și despre toate, dar amestecate și unele greșite, așa cum le-a auzit și cum le-a putut prinde. Dar nu mai are credință strămoșească. El mănâncă mușchi de porc, bea vin și nu cinstește *Ramadanul* cu post, blesteamă haremurile și pe sultan...

Căzuse soarele după deal, când am întors barca.

— Acum mergem la vale!, prinse vorba Selim, și peste un ceas suntem la pod...

Când am intrat iarăși pe *Cornul de aur,* mi-a luat ochii parcă!

S-au aprins toate felinarele și potop de lumină roește pe calea apei.

Acum se visează frumos... Haide gândule, aleargă, trezeşte toate simțurile, iar voi, pleoapelor culcați-vă binişor, dar nu de tot, ci iepureşte, pândiți, să prindeți toată vraja *Cornului de aur,* împletit cu şuvițe de lună şi de stele, frământat cu milioane şi milioane de scăpărări...

Insulele prinților

Sună cumpăna zilei, când „Turnul-Severin" se rupse de lângă chei și porni în larg. Ceața groasă, căzută de dimineață, s-a ridicat, și-acum cerul e senin sticlă. Valurile lucii, ale Mării Marmara, prind vaporul în brațe; Bosforul rămâne în urmă, ca o gură deschisă larg, în care palatele de marmură își resfrâng coamele; se depărtează de noi vechiul Serai, apărat de ziduri negricioase, fuge în urmă și *Edi-Kule* cu cele șapte turnuri vechi și măcinate, fuge și *San-Ștefano,* prelungirea Constantinopolului.

Întorc ochii pe coasta Asiei, pe dâmbul năvălit în valuri, unde se cuibărește orașul *Kadi-Kioi.* Aici a fost străvechia *Calcedonie,* a căreia urzire se afundă în bezna vremurilor apuse. *Calcedonia,* spune marele geograf grec Strabon, în vechime se mai numea și *Orașul orbilor,* fiindcă locuitorii, care l-au urzit prin veacul al șaptelea, înainte de Hristos, nu și-au dat seama de frumusețile ce-i înconjoară aici, în răscrucea apelor și a colinelor. *Calcedonia,* odinioară, a fost capitala unui mic stat, care adună sub stăpânirea sa toate coloniile de pe țărmul asiatic; tot aici a fost și biserica Sfintei Eufemia, unde la anul 451, după lege creștină, se adună sfatul, care osândi doctrinele ereticului grec Eutișe.

Cetatea cea veche, care a răbdat multe năvăliri, care a îndurat și stăpânirea generalului persan, Otanus, și a lui Mitridate, regele Pontului, și a romanilor, și apoi prădări peste prădări din partea atâtor barbari, *Calcedonia* de atunci, e *Kadi- Kioi* de azi, orășel frumos, scăldat de undele limpezi ale mării și răcorit de boarea colinelor verzi.

De la *Kadi-Kioi* privirile cutreieră pe coasta Asiei, scobită de valuri, trec peste *Baia de Kalamach*, peste turnul de la *Fanar-Bagce* și de aici mai departe, fug ochii pană la *Fanar-Burna* și de acolo în fundul zării, peste oglinda jucătoare a apelor, până-n sprânceana șesurilor, ce se șterg în limpezimea cerului.

Iată-ne în fața *Insulelor Prinților.* Întâia care ne iese în cale, este *Proti,* stearpă și stâncoasă jos, către încinsura valurilor. Aici mai stăruie și azi dărâmăturile a două mănăstiri, ce odată fuseseră vestite, căci au slujit ca închisoare și ca mormânt al multor împărați văduviți de Coroană și Tron, din pricina certuritor. În insula *Proti* a murit împăratul Mihail Rangabe, care stăpânise numai 21 de luni; aici fuse exilat, de către chiar fiul său, împăratul roman Lecapenus, cel care numai dragostea aprinsă a împărătesei Zoe, văduva lui Leon al VI-lea, îl ridicase la rangul cel mai înalt, dintr-un simplu fiu al unui soldat armean; în *Proti* a fost îngropat trupul împăratului Leon Armeanul și tot aici i s-au scos ochii lui Nicefor Focas. Dar câte oase nu putrezesc aici, ale atâtor și atâtor candidați la Tronul cesarilor!...

Alături vine insula *Antigona*, și apoi *Halki.* Aceasta din urmă e formată din două movile lăturașe, iar la mijloc curmată de o vâlcea. În timpurile vechi i se spunea *Chalkitis,* după numele unei mine de cupru, ale cărei rămășițe se mai văd și azi. Privită din largul mării, are înfățișarea unei perechi de dăsagi, de aceea și turcii au poreclit-o *Heybeli,* adică dăsagi.

În insula *Halki* mai sunt și lăcașuri sfinte, care poartă pecetea vremurilor vechi. E mănăstirea *Panaghia* (Maica Domnului) zidită de Ioan Paleologul și soția sa Maria Comneana; e biserica *Sfântul Nicolae,* în care doarme de-a pururea Patriarhul Samuel I; este mănăstirea *Sfântului Gheorghe,* cinstita Casă bătrână, ce odinioară era sub stăpânirea arhiepiscopului Calcedoniei, iar astăzi este închinată călugărilor Sfântului Mormânt, de la Ierusalim. De cercetăm către partea de soare apune a insulei, găsim mănăstirea *Sf. Troița,* zidită de Fotius, marele Patriarh al Constantinopolului, cel care a proclamat marea schismă a Orientului. În *Sf. Troița* se găsește și azi o școală de teologie.

Cea mai mare și mai stăpânitoare peste Marmara, este *Prinkipo.* Această insulă e năpădită de vegetație. Are palate și hoteluri bogate, vile frumoase, îmbrăcate în ghirlande de liliac și trandafiri agățători, cu grădini de chiparoși, lămâi și leandri cu floarea bătută. Aici vin mulți bogătași, din Constantinopol, ori de aiurea, să petreacă o vacanță sau mai multe luni, în pace și liniște, să treacă nopțile sub seninul cerului de azur, să asculte clinchetul talazurilor și să depene privirile peste salba de lumini, ce încinge Marmaraua. Aici e frumos de văcuit, dar și scump de trăit.

Numele de *Prinkipo,* i-a rămas din timpurile vechi, când în insula aceasta își găseau adăpost împărătesele și principesele, părăsite de iubiți, ori exilate din palatele Bosforului și ale *Cornului de aur.* Aici se chinuiau curtezanele să uite lumea fericirilor și a bogățiilor, din care fuseseră gonite pentru totdeauna. Între zidurile reci și întunecoase, ale chiliilor, își treceau zilele singure, numărând boabele mătăniilor și nopțile lungi. Aici a îndepărtat fiul pe mamă, ca el să poată stăpâni, în liniște și desăvârșită putere, peste toată avuția și mărirea; cei care prin vicleșug, sabie și prădare puneau mâna pe împărăție, aici zăvoreau pe stăpânii îngenuchiați. În mănăstirea *Kamarai,* – azi în ruină, zidită de împăratul Justin, unchiul lui Justinian, – a fost exilată împărăteasa Irena, văduva lui Leon al IV-lea, de însuși fiul ei, Constantin al VI-lea, care ajungând matur, voi să iasă de sub tutela mamei sale. Dar împărăteasa ambițioasă și mamă fără inimă, când, mai târziu, putu să scape din închisoare, întâia ei grijă, fu porunca dată să i se scoată ochii fiului, și apoi să-l vâre în temniță, unde a și murit.

Sfârșitul a fost, că tot în închisoarea de la *Kamarai* i-au putrezit oasele crudei mame și orgolioasei împărătese.

În *Kamarai* a fost îndepărtată și Zoe, fiica lui Constantin Porfirogenitul, și Ana Delasinea, fiica lui Alexis Comneanul, și apoi câte alte împărătese și curtezane.

Peste lăcașurile, care au închis amar și chin, azi s-a prăvălit o movilă de ruine, iar deasupra își întinde vrejurile iedera cotropitoare și-și scutură balsamul adormitor trandafirii și chiparoșii, așternând uitare peste tot și peste toate...

„Turnul Severin" și-a luat pasul și taie valurile adânc. Am trecut limanul *Kuciuk-kekmejek,* apoi *Buyuk-kekmejek,* iar *Insulele Prinților* fug parcă-n urmă, învăluindu-se din ce în ce mai mult în puzderia de soare.

Gonește mașina, fumul țâșnește păcuriu, iar coasta Asiei se

depărtează, sprâncenuindu-se în fundul Marmaralei. Privesc înapoi. Constantinopolul tremură într-o trâmbă de miraj, cu tot noianul de palate, de minarete și tabără de catarge. Clipesc și cu fiecare clipire trăiesc, într-un vârtej de fulgere, colindele ce le-am făcut în marea Capitală a sultanilor. Le trăiesc într-o înălțime sufletească și mulțumesc înaltului urzitor, ca și poetul Lamartine, c-am avut prilejul să văd leagănul unei lumi, care a însemnat mărire cândva, iar azi e pe ducă. Trăiesc parcă sub alte ceruri și năzăresc orizonturi noi, ca și marele istoric francez Pouqueville, când a pășit întâia oară pragul Stambulului. Sunt amețit ca La Croix, uimit ca Marcelus și visez ca și Gautier. Chateaubriand a spus că aici e priveliștea cea mai frumoasă din lumea întreagă; pentru mine e minunea minunilor, din tot ce am văzut în viață...

Fuge soarele spre scăpătat, fug și țărmurile de noi, până ce târziu de tot, abia peste două ceasuri, le vedem iarăși la Rodosto, oraș vechi de pe timpul lui Constantin cel Mare. De aici cârmește vaporul spre răsărit, face un mic cot și iată că se șterge pe lângă noi insula *Marmara*, stâncoasă în poale, iar spre vârf presărată cu ridicături și coborâturi. Alături, țâșnește din valuri *Marmarița*, ca un puișor pe lângă mama lui...

Din văgăunele adânci se rupe când și când câte o gură de vânt, bate coastele, umflă valurile în mușuroaie și le aruncă peste copastia vaporului. Prova dibuie calea, croită de cârmă, comandantul gonește plictiseala, țesând întruna puntea de comandă, iar ofițerul de cart cercetează când și când busola.

Peste depărtatele pustiuri ale Asiei, poate tocmai de sub poalele gigantice ale Himalaiei, se ridică bolovani negri de nori, împânzind tot cerul spre soare-răsare. Și negureala vine întruna, năvălește cu vânt aspru și rece, zbârlind spinarea mării.

— Sosește furtuna!, încep eu vorba.

— Nori trecători!, face ofițerul secund, care înfipsese binoclul în zare.

— Crezi?!

— Vino încoace!...

Intrarăm în camera hărților. Acul barometrului arată tot timp frumos, cum plecasem din Constanța, numai că aici sunt în pardesiu, pe când acolo eram în palton gros.

Nu trecu nici o jumătate de ceas și ploaia ne ajunse din

urmă. Boabe mari cât aluna, răpăie în tabla coșului, în geamurile cabinelor și în șopronul punții de comandă. Căpitanul ca un încercat și cunoscător al vremei, coborî în cabină, fără nici o teamă. Numai ofițerul de cart și timonierul rămaseră la datorie, în iureșul ploii.

Nu mă rabdă firea, să stau în chiliuța întunecoasă. Îmbrac pelerina de cauciuc, ridic gluga și o zbughesc pe punte.

Toarnă cu găleata. O pânză de apă deapănă din văzduhul păcuros până în bășicele, ce borborosesc deasupra valurilor. Movile de nori se prăvălesc unele peste altele, cărări luminoase fac pârtie ici-colo, iar ploaia tabără în rânduri-rânduri, din ce în ce mai grea și mai deasă. Pe burlanele ce încing coverta, curge viroagă; de pe pelerina mea și a ofițerului, așișderea. Țărmurile nu se mai văd, sunt năpădite de năvodul zvârlit din largul nesfârșit al cerului, o plasă uriașă de cipcele ne închide din toate părțile, iar vaporul mână întruna, dricuie valurile și răsfiră, cu catargul, norii ce parcă vor să se năpustească în apă.

„Turnul Severin" însă nici mersul nu l-a domolit și nici calea n-a abătut-o.

Dar un bici de foc parcă se ridică dinspre miază noapte și luă la goană toată negureala. Mai repede decât se înnorase, se spălă cerul.

A asfințit soarele, stelele răsar una câte una, și apoi iată și luna își aprinde secera deasupra orizontului. Își deschid ochii și cele două felinare mari din coasta vaporului: verde la tribord și roșu la babord, scapără apoi și globul catargului, ca să trimită lumina înaintea drumului.

Comandantul cercetă harta, însemnă punctul unde ajunsesem și cât făcusem de la Constantinopol, apoi merse la tubul de „porta voce" și întrebă la pâlnie:

— Cât avem?

După câteva clipe i se răspunse, tot prin tub:

— Zece mile, la ceas!

— Adu la jumătate!, grăi din nou comandantul.

Și întorcându-se către mine, urmă:

— Mai sunt patruzeci de mile până la Dardanele, și de ce să zorim, că tot nu putem trece până mâine dimineață! Și cum turcii se scoală destul de târziu, mergem și noi iavaș-iavaș!...

Dardanelele

Când m-am urcat pe puntea de comandă, erau ceasurile nouă dimineața, iar soarele se înălța strălucitor, torcând fuior de borangic deasupra valurilor.

Înapoia și înaintea noastră adăstau vapoare: *cargoboturi* și *pasagere*, rânduite în șir lung. Noi așteptăm din revărsatul zorilor, unele și mai din noapte, ca postul turcesc să dea învoire de slobodă trecere prin strâmtoare. Stăpânitorii locurilor însă nu se prăpădesc cu firea, la grabă, cu toate semnalele date din partea celor care și-au pierdut răbdarea. Turcii mai repede ar aprinde trei narghilele, cu tot dichisul tărăgănat, și-ar sorbi tot pe atâtea gingirlii, decât să-și curme visarea și să-și trezească leneveala, pentru pofta ghiaurilor, neastâmpărați.

Oare puterile mari, stăpânitoarele apelor, vor mai sta multă vreme la cheremul turcilor?!.. La cheia Europei nu vor veni mai curând minți înțelepte și harnice, să pună mâna pe bătrânul lacăt și să deschidă drum larg tuturor noroadelor din cele patru colțuri ale lumii?! Iar tu, neam coborât din crudul Orman, trage-te la matca ta de baștină, în stepele de unde ai plecat acum patru veacuri și jumătate, căci firea ta, în tot acest timp n-a putut să se altoiască cu lăstarul noroadelor din apus. Popor îmbătrânit în visare și trândăvie, dă-te în lături din calea cârdurilor tinere; dornice de muncă și pline de avânturi. Nu stărui în neputință, ci pleacă până nu te sosește vremea îngenucherii!

Un fluerat răgușit și scurt îmi trezi gândurile. Iată că pornim. Ceasurile băteau unsprezece punct. Un remorcher otoman călăuzește calea înainte; iar noi și celelalte vapoare, ne rânduim după el.

Ici-colo întâlnim câte o geamandură roșie, plutind deasupra valurilor, ca un butoi înfundat. E semnul că în apropiere se află legată sub apă torpila. În ce loc e explosibila însă, nu știu decât cei însărcinați cu paza și rânduirea ei.

Pripește soarele dulce, ca un început de primăvară și șuvițe de raze gonesc nebunatice, sărind de pe un mal pe altul, până ce se poticnesc în zidurile cuibărite în coasta dreaptă, la întorsura unei coline. Aici e *Galipoli* poarta de intrare din Marea Marmara, în *Dardanele.* De aici își ia cale strâmtoarea, lungă de aproape 70 de kilometri. Pe *Galipoli* puseseră ochii bulgarii, în războiul cu turcii, din 1913, și în înaintările lor îndrăznețe, nu erau departe de acest fort.

Pentru Poartă, *Galipoli* e de mare însemnătate, fiind locul de veghere în susul și în josul apelor, și fiind punctul cel mal întărit al meterezurilor, ce taie calea la Bulair, îngrădind forturile: *Sultanie, Napoleon* și *Victoria*, trei piepturi puternice, care țin pavăză năvălitorilor, ce ar veni prin *golful Saros.* Din linia acestor forturi pornește peninsula Galipoli, care închide latura de soare-apune a strâmtorii și calcă 80 de kilometri, în lungime. Această limbă de pământ e presărată cu dealuri și văi adânci, cu piscuri, care trec de 200 metri înălțime, cu văgăuni adânci și povârnișuri prăpăstioase, greu de trecut, mai ales pentru trupele militare, care ar debarca în Marea Egee.

De-a lungul țărmurilor acestea, unde se întind acum forturile *Galipolului,* e cimitirul vechi, al vremurilor scăpătate; rădăcina orașului de azi e relicva sfântă, înfiptă de Constantin cel Mare, în drumul său spre înfăptuirea Imperiului Bizantin. Purtătorul creștinismului și viteazul împărat, aici a întâlnit grosul întâmpinărilor, a tăbărât cu armata, a făcut întărituri și a dat lupte hotărâtoare, de deschiderea drumului mai departe: pe locul acesta și-a urzit întâia capitală a ținuturilor stăpânite, mai înainte de a ajunge pe mândrul piept al Bosforului, unde avea să-și pecetluiască numele, pentru vecii vecilor, înnodându-și calea cuceririlor și înfingând steajărul celui mai măreț oraș din Orient, Constantinopolul.

Argonauții, porniți pe drum lung, în căutarea *lânei de aur* au poposit aici, unde curg apele repezi ale pârâului *Karakova,* numit atunci *Aegos-Potamos* și urcându-se pe colinele înalte, tânărul Iason, de aici și-a făcut mâna strașină și cu privirea-i ageră și mintea pătrunzătoare, a răzbătut calea necunoscută, unde avea să-i poarte corabia cu pânzele verzi, spre bogatul palat al lui Aiete, din țara cea mănoasă a Colchilor.

Vapoarele se duc în șir lung, cotind când la dreapta când la stânga, iar catargele zgârie văzduhul senin, ca niște picioare de lăcustă uriașă. Malurile încep să se apropie, drumul se îngustează și valurile cresc, aruncându-se în pale-pale peste pieptul vaporului. Asia Mică își deșiră culmele, aici ridicându-le și coborându-le, aici prăbușindu-le în valuri și sumețindu-le în gorgane. Trecem portul *Dardanele,* din stânga, unde un caic așteaptă vapoarele în cale, să ia sau să dea călători, și apoi călăuza otomană, din frunte, face cot spre dreapta, iar în față ni se închide drumul prin tâmpla ridicată a țărmului european.

Acum intrăm în tabăra forturilor puternice.

Acolo – mi-arată comandantul deasupra înălțimilor – sunt bateriile: *Boghali-Kale, Lados, Ciam-Barum* și *Deyinmen-Burum,* unde stau de pază peste treizeci de tunuri.

Apoi întorcând ochii către țărmul asiatic, urmează:

— Dincolo este fortul *Nagara,* cel mai puternic, iar deoparte și de alta este ajutat de bateriile *Mal-Tepe* și *Abrydos.* În vremea aceasta s-a micșorat iuțeala vaporului și o barcă, pe care fâlfâie steagul turcesc, aduse slujbașul care să ia în primire firmanul liberat în turcește, la Constantinopol, pentru libera trecere către largul mărilor.

Vaporul își ia pasul iarăși tot pe aproape de coasta Asiei, trec pe sub ochii forturilor *Keusse-Kalessi* și *Medjidia,* de unde strâmtoarea își strânge trupul și mai mult, vrând parcă să gâtuie „balaurul", ce-și joacă solzii în lucire de nestemate, până ce la *Ceanac-Kalessi* sau *Kale-Sultanie,* cum îi mai spun turcii, *Dardanelele* ajung la 1350 de metri, punctul cel mai îngust din întregul canal. Pe aici a trecut Mahomed al II-lea, cu hoardele lui sălbatice și crude, la 1453 a îngenuchiat pe cel din urmă Constantin al împărăției Bizantine și deasupra creștinătății blânde, din Sfânta Sofie, a înfipt iataganul, arma de cucerire a profetului.

Față în față cu *Ceanac-Kalessi* și pe coasta europeană, se ridică vechiul castel, zidit de către sultanul Mahomet al IV-lea, numit *Kilid-Bahr*, adică *Lacătul Mării*, căci fusese înfăptuit, ca să pună stavilă veneţienilor, ale căror corăbii, în cârduri mari, cărau mărfuri din Rusia și de la noi, străbătând zi și noapte drumul lung al apelor. Aici era lacătul care închidea orice cale. Însuși țărmurile celor două continente își împing unul către altul șoldurile, și ca doi drugi uriași de fier stau de pază, privind în susul și în josul strâmtorii.

Tot pe coasta europeană ne trece pe dinainte un șir de forturi, așezate pe două rânduri. Jos, la apă, stau în linie de bătaie bateriile de la *Namazie, Hamidie* și *Medjidia de Europa*, iar deasupra, în tâmpla dealului, veghează bateriile din *Baba-Tabia, Pallas-Tabia* și *Ildiz*. Aici e partea cea mai anevoioasă de pătruns în strâmtoare, aici își îndoaie *Dardanelele* drumul în chipul unui s, și fortul *Kilid-Bahr* se află chiar la frântura întorsurii, de unde nu se mai vede strâmtoarea nici în sus, nici în jos, căci malurile înalte închid calea și doar gurile negre și reci ale tunurilor de oțel stau la pândă, ca niște dușmani cruzi, pe care nu-i îmblânzesc nici netăcutul murmur al valurilor și nici razele dulci ale soarelui.

Comandantul ține ochii în pupa vaporului dinaintea noastră, grăind întruna: „dreapta..., stânga", iar timonierul învârtește cârma și prova se mută, după comandă. Alunecă „Turnul-Severin" ca o suveică luată de șuvoi, iar din când în când își dârdâie trupul, trosnește din încheieturi, și-atunci aruncă pupa când într-o parte, când într-alta, atinsă de curentul puternic, ce străbate strâmtoarea. Acest șuvoi uneori e atât de năbădăios, că prins vaporul în goana lui, cu greu mai poate scăpa.

Se domolesc apele și strâmtoarea se lărgește din ce în ce, până ajunge la șapte kilometri. Pe țărmul asiatic pogoară colinele, dând slobod privirilor să colinde până unde răsăritul se răzorește ca o sprânceană fumurie, iar țărmul european se înalță în creste ascuțite, se prăbușește în văgăuni, apoi dealuri se fugăresc cu vâlcele și costișe.

Amândouă malurile sunt semănate cu ruine și cetăți dărâmate, cu relicve sfinte și cu cimitire, tămâiate de vijelia neamurilor, care au trecut cândva pe aici legând noroadele din împărăția soarelui cu cele din stăpânirea gerului...

Drum, ce cărărești cele două continente, tu ai fost stăvilar al haitelor de pirați, care cutreerau apele în lung și-n lat, tu ai fost pașnicul neadormit al celor, care pătrundeau pe aici cu gânduri de prădăciune, tu ești urzire dumnezeiască, spre ocrotirea unui neam de alt neam. *Dardanele* te-au botezat unii, după vechiul *Dardanos.* Turcii te-au numit *Ak-Deniz-Boghazy,* nume ce n-a putut prinde în limba altor popoare, iar bătrânii greci, din vremurile lui *Omer, Socrate* și *Herodot* îți ziceau *Helespont.* Ce frumos sună acest nume, și tremură pe buze, cum tremură și vechea poveste, ce dezleagă botezul acestei ape.

Și gândul meu aleargă înapoi, calcă vremuri, răscolește cutele colbite ale trecutului, până ajunge în veacurile poveștilor, la *Athmas,* regele pelasg, din *Theba-Beoției*... În vremea aceea bântuia mare secetă peste ținutul regesc, și atunci *Ino,* regina iubită a lui *Athmas,* își sfătui soțul să cerceteze oracolul de la *Delfi,* spre a-i da dezlegare asupra mâniei cerești. Dar *Ino* era mamă vitregă celor doi copii ai regelui, *Phrixus și Helle,* pe care îi ura din tot sufletul, și viața lor îi stă iubitei în gât, ca un os înecăcios.

Nerăbdătoare, *Ino* s-a dus mai înainte la ghicitoarea din *Delfi,* și-a rânduit singură răspunsul, ce trebuia dat regelui.

Când Athmas veni la oracol, tălmăcitoarea îi spuse că numai atunci se va abate seceta de pe ținutul său, când își va jertfi zeilor pe unul din copii. Dorința cerească era sfântă și regele trebuia să se supună semeț, fără pic de mâhnire.

Înapoiat la palat, *Athmas* chemă pe dragul său *Phrixus* și-i spuse c-au să facă împreună o plimbare pe câmp. În mijlocul arăturilor sterpe, arse de soare și bătute de secetă, fu rânduit locul, unde avea să trimită înaltului ceresc, jertfa sângelui. Și ca să nu fie vreo bănuială, părintele spuse copilului, să aleagă din turma, de pe coastă, berbecul cel mai voinic și să-l aducă spre junghiere.

Dumnezeirea însă curmă pornirile rele și răzbună pe cei drepți. Berbecul frumos la chip și cu lâna țurcană e năzdrăvan și îndată începe să-i vorbească flăcăului, spunându-i toate plănuirile negre ale mamei vitrege. *Phrixus* înmărmurește, stă o clipă pe gânduri, și apoi după îndemnul berbecului, în loc să se întoarcă la tatăl său, fuge cu năzdrăvanul până sub pridvorul palatului de marmură, unde stătea sora sa,

De abia îi spuse frumoasei *Helle* vestea cea urâtă, când berbecul, care își schimbase lâna în fuior de aur, grăi copiilor, oropsiți:

— Urcați-vă pe spatele meu și vă voi duce peste mări și țări!

S-a năpustit năzdrăvanul, a zburat prin nori, prin ceață și soare, a spart furtuni, s-a luptat cu vârtejuri, ce înălțau suluri pe apă până în slava cerului și a înfruntat uragane, strigând întruna:

— Țineți-vă bine!

Frații se încolăceau și mai mult pe spatele berbecului și înfigeau mâinile ca de frica morții în *lâna de aur.*

— Mai e cale lungă?!, întrebă *Helle.*

— Puțin!, răspundea gonitorul și iarăși se năpustea în văzduhul nesfârșit.

Dar când ajung la strâmtoarea apelor, unde cele două continente își apropie piepturile și stau de vorbă, aici o prinde oboseala pe *Helle,* îi amorțesc mădularele, îi scapă mâinile din steblele fuiorului de aur și până să ceară ajutor fratelui său, frumoasa copilă cade în valuri.

Năzdrăvanul se duce înainte, nu poate să-și contenească zborul, căci vijelia s-a întețit și mai mult, vâjâie, urlă cu furie și întreaga fire geme înăbușit, apele se zbat, valurile mugesc, malurile bubuie.

Când berbecul coborî, *Phrixus* se pomeni în țara Colchilor, la palatul lui *Aiete, bogatul bogaților și viteazul vitejilor.* Atunci fiul cel îndepărtat al lui *Athmas*, drept mulțumire tătălui ceresc, c-a ajuns sănătos pe pământ și spre pomenirea surorii sale, a cărei soartă așa fusese scrisă, jertfește berbecul, căruia aici îi piere puterea năzdrăvană, iar pielea cea cu *lâna de aur* o face danie lui *Aiete,* regele găzduitor. Stăpânitorul Colchilor primește darul fiului de rege din țara depărtată și-o rânduiește ca pe un odor sfânt în altarul zeului Marte, iar drept paznic îi pune la ușa lăcătuită un balaur neadormit, cu douăzeci și patru de capete...

Vâltoarea unde s-a înecat mândra copilă s-a numit de atunci *Helespont,* adică marea care a înghițit pe frumoasa *Helle.*

Au vâjâit multă vreme apele, și-au să vâjâie cât povestea va dăinui, cât vânt va bate și valuri vor fi. Acum chiar, se zbate pe dedesubt un șuvoi furios, iar deasupra, talazurile murmură dulce, se leagănă de la un mal la altul și undele sunt albastre, albastre ca safirul, ca floarea de cicoare, albastre ca ochii frumoasei *Helle* cu părul de aur...

Și când mintea-mi sfârșește torsul povestei, văzul vremurilor trecute mi se curmă și ochii-mi prind iarăși țărmurile.

Trec sate în depărtare, revărsate pe costișe și vâlcele, trec porturi turcești, unde steagul împărăției otomane fâlfâie deasupra acoperișurilor și unde zboară în vânt fâșia verde, simbolul profetului Mahomet.

Se strâng iarăși țărmurile, mergem ca o jumătate de ceas iavaș-iavaș, cum călăuza poartă drumul, și iată-ne în ușa unei porți, spre care din timpurile cele mai vechi multe noroade și-au ațintit privirile și năzuințele. Arunc ochii pe stânga, unde se ridică bătrânul castel *Kum-Kale*, zidit acum două veacuri și jumătate, și văd bine gurile negre de tun, făcând azi apărătoarea cea mai puternică a barierei. Vaporul taie un mic cot, ca să scape de curentul, ce dă buzna afară, și atunci ne vine în față călcâiul peninsulei *Galipoli* unde se înalță fortul *Sedd-ul-Bahr*, adică *Poarta Mării*. Aici e zăvorul cel din urmă pentru ieșire și cel dintâi pentru intrare. Câtă poezie cuprinde acest cuvânt *Sedd-ul-Bahr!...* În el se încheagă toată frumusețea și mândrețea, tot soarele și strălucirea mării în sodom de culori, tot murmurul talazurilor și mugetul valurilor furioase, când vin în cărări uriașe și bat în *Poarta Mării*. *Sedd-ul-Bahr*, ca și *Kilid-Bahr*, ca și *Yldiz-Kiosk*, întrupează toată subtilitatea și mlădierea vechii limbi arabe; căci tot ce e frumos în graiul și literatura turcă, e luat de la arabi; urmașii lui Orman n-au adus din stepele Turchestanului decât iataganul și cruzimea și cu ele se vor înapoia, când ceasul va bate.

Călăuza turcă părăsește convoiul, șirul vapoarelor, frânge calea spre stânga, iar țărmul european rămâne către soare apune cu promontoriul *Helles*, unde noaptea luminează un far puternic. De acum iarăși ne deschide brațele un luminiș larg. E marea cea nesfârșită în priveliște.

Întind ochianul în scăpătat și în zarea strălucitoare a undelor se năzărește, ca o gingie teșită, culmea insulei *Imbros*, adăpostul de pândă al celor ce ar voi să-și îndrepte stăpânirea asupra strâmtorii.

S-a răvășit convoiul. Unele vapoare au luat calea Pireului, altele a Salonicului și altele, drumul Egiptului; iar noi, cu încă două cargoboturi rusești, pornim spre țărmurile Siriei. Aici pe malul Asiei, nu departe de *Kum-kaleh*, ne spune povestea că e mormântul lui *Achile*, fiul lui *Peleu* regele *Mirmidonilor*. Sub țărâna, unde acum crește iarbă, zac oasele viteazului și războinicului grec, de al cărui trup nu se lipea nici o săgeată că mamă-sa îl vrăjise, muindu-l în apele *Styxului*. Dar când muma a dat fiului botezul fermecat, călcâiul a rămas neatins de apă, și această părticică a trupului îi aduce sfârșitul nemuritorului Achile, căci în lupta din jurul *Troiei*, neînvinsul cade lovit în călcâi, de o săgeată a lui *Paris*, fiul lui *Priam* și al *Hecubei;* și astfel copilul drag al lui Peleu, adoarme pentru vecie pe malurile verzi ale Dardanei. Iată că se zărește și localitatea *Hissarlich*, în apropierea căreia arheologul german *Schliemann* a dezgropat ruinele cetății *Troia*.

Aici au fost altădată ziduri groase, așezate în multe rânduri, se înălțau turnuri, de pe ale căror creste se ochea până departe în orizontul nesfârșit al mării; au fost porți grele de aramă și viteji fără asemănare. Pe colina aceasta s-a ridicat odinioară vestita cetate Troia; aici a viețuit regele *Priam*, și moștenitorul *Paris*, care a furat-o pe frumoasa grecoaică Elena, prilejuind neîntrecutul război Troian, care a dăinuit zece ani în șir și pe care nemuritorul *Homer* l-a cântat atât de frumos în cele 24 de cânturi ale Iliadei. Azi un șir de pietre și ruine mai dau glas, celor ce-au fost odată, iar deasupra tuturor crește iarbă, tămâie miresmele florilor și murmură vântul, înfiripând grai de jale peste întregul ținut...

Târziu din noapte, când oboseala mă cuprinde şi somnul mă supune, departe în calea provei, se zăreşte prin întuneric, ochirea unui far. Este vechea insulă Lesbos, e Mitilene de azi, purtătoare de dealuri multe, îmbrăcate în vii, bogată în livezi întinse, cu măslini, lămâi şi smochini.

Printre insule

Sunt două zile și două nopți împlinite, acum pornim pe a treia, de când mergem întruna, fără să poposim pe uscat. Mi s-au încordat vinele picioarelor și tot trupul parcă mi-e amorțit.

E nesfârșită zarea în plutirea valurilor, eu însă sunt întemnițat aici, pe petecul acesta lung de nouăzeci de metri, pe care țes întruna, când pe puntea de comandă, ori pe covertă, când la mașini, în fundul vaporului.

Ce e și cu omul?! Niciodată n-are mulțumire deplină! Când așteptam ziua plecării, parcă stăm pe ghimpi, tot zicându-mi: „va sosi ceasul acela sfânt, să pornească odată?". Și mi-era atâta dor de ducă, în largul apelor, că nimic nu mai trăia în mintea mea, decât gândul: „să plec!..." Dar mâncarea poftitoare, satură mai degrabă și când ți-e foamea mai mare, atunci mănânci mai puțin. Uite, acu, parcă aș vrea să cobor undeva, într-un colț de verdeață, la umbră deasă, mi-e dor de drum lung cu piciorul, aș alerga, aș goni cărări, m-aș tăvăli pe iarbă, aș fugi, să curgă sudoarea șiroaie de pe mine.

Dar marinarii, care luni întregi nu coboară de pe vapor?!... Pentru ei întinsul apelor e ca plaiurile câmpului pentru noi. Când a bătut ceasul schimbului, cel cu slujba mântuită, se duce în cabină. Și aici, în odăița-i mică, legănat de valuri, trăiește clipele răslețite prin colțuri de lumi, pe unde l-a dus meseria... Colo o privire dulce, dincolo o vorbă drăgăstoasă, o noapte petrecută în plăcerile cele mai înflăcărate, o sărutare curată într-un port depărtat din scobitura apelor... Și marinarul își plimbă ochii pe pereții cabinei, peste covorul de fotografii. Sunt atâtea chipuri bălane, oacheșe, negre, cu ochii de foc;

arăboaica rumenă și cu înfățișarea mândră, egipteanca voalată de la nas în jos, apoi italianca, franțuzoaica și olandeza, cea nebună după dragostea românului. Sub fiecare chip e scris un rânduleț, două, cu amintirea unei clipe. Sunt atâtea graiuri, ale atâtor neamuri!... Și toate spun cam la fel: „adu-ți aminte de Angela; îndepărtata Adalgis mereu te va avea în gând; nu o uita pe Zaira" sau: „o noapte dragă, un ceas de nespusă plăcere!"

Zâmbește marinarul, și-și mută ochii la alte amintiri. Toate îi sunt dragi, pe fiecare o iubește, când trece pe la ea, în drumul călător. Statornicia marinarului în dragoste, e ca statornicia valului în iureșul furtunii. Dar așa e firea lucrurilor. Obiceiul te leagă de meserie.

E întâia oară când pornesc pe drumul lung al mărilor și obișnuit cu învălmășeala orașelor, cu zgomotul lor, aici mi se pare că sunt într-un pustiu; da, într-un pustiu, nu la răscruce de codru, ci la răscruce de valuri, într-un pustiu, la cale lungă de uscat. Sunt într-o singurătate frumoasă, nespus de frumoasă, dar vezi... parcă aș vrea și altceva, și apoi iarăși să las și acel altceva!...

— Peste trei zile și două nopți, începe vorba comandantul, dacă mergem întins, nepunând la socoteală popasul de la Cipru, ancorăm pe coasta Siriei.

Încă trei zile și două nopți, îngânai eu și-mi trecu o înfierbințeală prin tot trupul. M-apucase o plictiseală grozavă, tocmai poate unde fusese vremea până aici prea frumoasă, neschimbătoare! Și nu dădusem peste ce m-așteptam. Până acum nu simțisem *răul de mare* și doar am trecut două mări și două strâmtori!

— Haide, tocmai în față, la provă, îmi spulberă gândurile ofițerul secund, acum intrăm în grosul insulelor !...

Un cer de plumb învăluie tot cuprinsul. Azi nu mai este ziua de ieri, azi zarea e aproape, e posomorâtă și stă să pice. Pe mâna stângă, într-o abureală noroasă, se zărește o mogâldeață.

— Insula *Nikaria*! spuse ofițerul secund.

Îndrept binoclul printre poloagele de nori și prind creasta muntoasă a insulei.

— Dincolo de *Nikaria,* urmează ofițerul, dacă ar fi senin, s-ar putea vedea insula *Samos,* aproape de coasta Asiei Mici.

— Astă noapte, la două, când eram eu de cart, am trecut printre *Psara*, *Antipsara* și *Chio*.

— *Chio!*, făcui și clipii din ochi. Mai ai vreo sticluță de Chio?...

— Mastică?!...

— Hei!...

— Mai dăm câte o dușcă înainte de masă, să-ți treacă de urât, nu altceva!..., și ofițerul mă bătu pe umăr, râzând...

Vaporul pârâi puțin din încheieturi și prova își mută calea, cârmind spre răsărit. Marea are o față leșioasă și valurile sunt răzvrătite. Prietenul se întoarse către soare-apune și iarăși sfredeli turbureala văzduhului.

— Vezi, colo în urmă, drept în spate, pe linia tribordului?, și-mi întinse binoclul.

— Prin gura asta de luminiș?!... Da, o mogâldeață lungăreață!

— Insula *Andros*... Acum, mai la vale... uite că eu văd cu ochii liberi!...

— Apoi ochii voștri văd și-n fundul mării!...

— Asta e arma de căpetenie a marinarului!

— Zăresc ceva!, îngân eu, un piept trântit costiș!...

— Așa! Acolo este insula *Tinos*, unde se află icoana „Buna Vestire" făcătoare de minuni.

— Iată și alta mai devale!..., izbucnesc eu, bucuros c-am descoperit una.

— Este insula *Mykonos*..., răspunde cunoscătorul, ca de pe carte.

Începe să se mai lumineze și cerul parcă se înalță, iar de pe fața apei se ridică o pojghiță de negureală. Se dezvălue și chipul soarelui și-acum se dezgrădinează mai bine măgurele, semănate de goana valurilor. Iată mai în spate, creasta stâncoasă a insulei *Paros*, cea care a trimis la înfrumusețarea Bizanțului blocurile ei de marmură albă și trandafirie.

Fuge vaporul, *Paros* e oblonită de *Nacsos*, iar mai aproape ca un mușuroi de cârtiță, crește și scade, între coamele valurilor, insula *Denusa*. Întorc ochii la mâna stângă, unde soarele își restrânge mai bine razele și ca niște tigve uriașe se văd insulele *Patmos* și *Leros*, cu malurile roase. În fața cu *Leros*, de cealaltă parte, trece *Levita*, numai la o milă depărtare de noi. O deslușesc mai bine cu binoclul: cărări stâncoase o ciopârțesc pe la poale și nici un fel de vegetație nu se zărește pe ea.

— Știi de ce sunt atâtea insule pe aici?... mă trezi din cercetarea zărilor un alt ofițer, hazliu. O comoară fără fund de anoave.

Eu mă repezii să dau explicarea:

— Fiindcă la formarea scoarței pământului, pe aici au fost scufundările cele mai mari, din cauza straturilor vulcanice și...

— Da de unde!, îmi tăie vorba ofițerul.

— Atunci s-ascultăm!, făcu celălalt coleg.

— Tot tata să vă spună..., și se așeză călare pe vinciu. „După ce-a mântuit Dumnezeu pământul cu roadele și bunătățile de pe el, a chemat toate noroadele să le dea partea. Tu, rusule, să iei până colo; tu, neamțule, până dincolo; englezule, tu ia eleata aceea răsnită; na!, franțuzule și ție; na!, cizma asta italianule, iar tu, grecule, ia ciumpagu ăsta!...

— Hei, și?!..., făcurăm noi într-un glas, când îl văzurăm că se opri.

— Grecul a dat ocol moșioarei lui, mâncată pe poale, ca luna pe margine de vârcolac și vârând mâinile sub fotă, a legănat din cap: *„ma prea puțintelu, bre, fraticu!...“* și s-a dus la Dumnezeu. Urzitorul a ridicat din umeri: „atât ți s-a *căzut!”* Dar grecul, dat pe-o ușă afară, a intrat pe alta, până ce Dumnezeu, ca să scape, i-a mai aruncat o nadă din cocoloșul de humă, ce-i rămăsese uitat într-un colț. La țara grecească și azi se cunoaște cârpeala.

— Da, n-ai spus cu insulele!..., întrerup eu.

— Ajung acu!... Grecul tot nu s-a mulțumit și s-a dus iarăși la Dumnezeu: *„ma, ala șoacațu și rasu are prea multu, bre!”*. De rândul ăsta s-a supărat tare Urzitorul și ieșind în ceardac – Dumnezeu avea un ceardac frumos – a început să-și frece mâinile de coca uscată printre degete și pe podul palmei și să arunce firimiturile necăjit: *„na!, flămânzilor, luați!..., nesățioși să fiți în vecii vecilor!”*. Și le-a semănat toată marea cu firimituri de humă...

— Nu-l ascultați, că minte!, ne răvăși atenția comandantul, venind și el la taifasul nostru.

— E prea târziu, domnule comandant, îi ia vorba hazliul povestitor, am isprăvit minciuna!... Domn' comandant, haide să facem un rămășag, câteși patru, eu pun la bătaie un deca, din acela profiriu de la *Beyruth*, dacă voi fi bătut de câteși trei, cu trei snoave numai!... Iar de nu, puneți dumneavoastră patru.

— Dar cine crezi că e mai zdravăn, cel care le primește, sau cel care le dă?!

— Mai zdravăn?!... Cel care o fi în stare să le bea!

Bang-bang, bang-bang, răsună pe puntea de comandă. E semnalul că se schimbă echipajul; ofițerul descălecă de pe gâtul vinciului și fugi la datorie.

Cerul s-a spălat sticlă, valurile însă au crescut mult și vaporul balansează în ridicături și coborâturi lungi. În urma noastră s-au deșirat insulele, răvășite pe dreapta și pe stânga, unele răzlețe, altele bulucite, adunate în cerc parcă întradins, să țină piept valurilor și să spargă furtunile.

Au rămas departe *Amorgos* și *Kinaros,* nu se mai zărește nici *Kalimnos.* De abia răsare dintre valuri creștetul insulei *Kos.* Aici s-a născut, pe la anul 460 înainte de Hristos, cel mai mare doctor al acelor vremuri, Hipocrat, a cărui faimă se dusese până-n Asia. Se zice că *Artaxerxe*, regele Persiei, înspăimântat odată de molima ce se încinsese în armata sa – care era într-o veșnică luptă cu grecii – îl cheamă pe Hipocrat să îngenuncheze, cu știința lui, această coasă grozavă. Dar părintele medicinei, îi trimise regelui vorbă, că conștiința lui îl oprește ca să dea ajutor acelora, care sunt dușmanii patriei sale. Unii mai glumeți spun că de la Hipocrat se trage și „ipocrizia".

Tot în *Kos,* Apelles, cel mai mare sculptor al Greciei, a cioplit, din marmură, statuia Venerei ieșind din mare, așa cum s-a întruchipat zeița frumuseții, din spuma undelor. Azi nu mai trăiește nici templul lui Hipocrat, nici chipul Venerei.

Au fugit în urmă și *Astipolia* și *Yali* și *Nisiros;* un cap de ghiulea se mai deslușește din *Candeliasa;* o așchie neagră din *Tilos;* iar în amurg se rumenesc trei colți: sunt insulele *Tria-Nisia.*

Pe stânga răsare *Karki,* și în curând iată *Rodos,* înălțată ca o strajă mândră în iureșul apelor.

Insula *Rodos* se află cam la zece mile depărtare de coasta

Asiei; are o formă lungăreață, e presărată cu șesuri verzi și mănoase; măsoară vreo 67 kilometri lungul și 34 latul. Locuitorii ei sunt greci, turci și evrei.

Și în vreme ce ochii mi se plimbă pe țărmurile *Rodosului,* gândul răsfiră *cutele* timpului mai depărtat, când pe stâncile ce apărau portul, se înălța una din cele șapte minuni ale lumii. Aici se turnase din aramă *Colosul,* la care s-a lucrat doisprezece ani. Avea cincizeci de picioare înălțime, iar pe sub picioarele lui, departe unul de altul la 17 metri, treceau corăbiile. Fiind dărâmat de un cutremur, a rămas așa trântit nouă veacuri, până în anul 672 după Hristos, când califul *Moabias* dădu poruncă să se vândă arama *Colosului.* A fost atâta aramă că un negustor evreu, care a cumpărat-o, a încărcat nouă sute de cămile.

O misiune italiană cercetează pe urmele trecutului și face săpături în fortărețele de la *Filermo* și *Dafni,* aproape de satul Kremasti și pe locul unde se rânduia odată orașul *Jalyssos.* Aici a fost exilat *Aristomene,* prin veacul al șaptelea înainte de Hristos și aici a murit vestitul general al mesenienilor. Rămășițele lui și bogățiile, pe care palma vremei le-a ascuns în pământ, le caută acum cercetătorii.

Ceasurile sunt nouă, zarea e întunecoasă şi din *Rodos* nu se mai zăreşte decât o coamă neagră; e muntele *Sfântul Ilie* ce-şi înalță creştetul deasupra mării la opt sute de metri. Am ieşit în larg, valurile se ridică în muşuroaie negre, iar vaporul se dă în leagăn, plecându-se când în pupă, când în provă. Balansul e mare, vremea s-a schimbat.

În largul Mediteranei

Soarele a coborât de nămiezi în deseară. Sunt optsprezece ceasuri încheiate de când am intrat în Mediterana și de când n-am zărit vârf de prund. E o zi frumoasă, senină și largă în hotarele orizontului. După mica amețeală de aseară, acum mă simt bine. Urc puntea de comandă.

— Unul câte unul scoatem cojoacele, ca baba Dochia!, mă întâmpină ofițerul secund, în vreme ce pregătea Sextandul, să găsească ora locală, după soare și să vadă în ce punct suntem.

— N-avem ceasornicul din camera hărților?!, fac eu, mirat.

— Nu mă prea bizui pe acela!... Poate să mă mintă! Ăsta e cel adevărat!, și îndreptă lentila în soare, deșurubând instrumentul, ca să prindă depărtarea între orizont și masa soarelui.

Ce iscusită a ajuns mintea onenească! – gândii eu atunci. Palate întregi, cu lume, cu hambare de mărfuri, cu grădini chiar, gonesc apele și calcă adâncimi de sute și mii de stânjeni. Lași uscatul departe, mergi zile și nopți întregi, nu zărești împrejur decât valuri și iarăși valuri – cu toate acestea, știi în orice clipă unde ești, cât ai mers și cât mai ai de făcut!... E întuneric beznă, nu se vede la doi pași înainte, totuși vaporul își ține calea, fără abatere, purtat de mintea veșnic cercetătoare a omului.

Îmi aruncai ochii pe busolă. Acul e înțepenit pe semnele rozetei: *sud, 70 est.*

— Știi cât e ora?!, făcu ofițerul secund, tot socotind la mescioara din fața timonierului. E trei punct.

— La mine fără un sfert!, îngânai eu. Și merge bine!

— După Constanța, da!... Aici însă înaintează cu cincisprezece minute.

Apoi, după ce cercetă și harta, măsură cu compasul și făcu câteva socoteli, îmi spuse:

— Suntem la trei sute cincizeci de kilometri de insula Rodos și la o sută treizeci de coasta Asiei.

— Dar, de țară, la câți suntem?

— De Constanța?

Puse iarăși condeiul pe hârtie, și-mi răspunse:

— La o mie cinci sute de kilometri...

M-am urcat deasupra punții de comandă, la iatăcelul unde se află o altă busolă de rezervă și totodată pentru control, căci de multe ori acul busolei de jos deviază, când vaporul e încărcat cu prea multă fierărie.

Aici sunt sus, mult deasupra apei. Rotesc ochii împrejur și marea se întinde în zarea nesfârșită, până unde cerul o cuprinde ca un coviltir uriaș. E o cergă enormă pe care o saltă și o coboară, încet, mii de spete; e o câmpie întinsă, fără margini, presărată cu delușoare și vâlcele, cu coline lucii, albastre, negre, cu mănuchiuri de aglice și cu spuzeală de scântei. Pe cât era de învrăjbită Marea Neagră și cătrănită la chip, pe atâta liniște și lumină multă e aici.

Mediterană, puternică și mare în hotare, mult ești blajină acum și dulce la legănare. Ne porți ușor, lin, ca niște unde de pârâiaș. Ți-ai înfrânat valurile, ai domolit talazurile, ți-ai descrețit fața și-ai făcut-o curată, ca un obraz fraged de cadână, ți-ai întins trupul la soarele dulce al primăverii tale și picotezi, visezi. Doar spuma ți-o strângi în chite bălane, o rânduiești pe tăpșane, o presari pe costișuri și atunci pare că ești o grădină cu flori multe, multe, despicate în bătaia soarelui și răcorite în ploaia stropilor tăi de mărgăritar.

De undeva, de departe, se înfiripează tremurat, aievea, un glas dulce, un murmur lenevos. E cântecul tău, Mediterană, al tău, care porți vraja neadormitelor Sirene; ca și ele încânți și descânți tu, ca și ele furi mintea celor care pornesc în cale lungă pe umerii tăi, moi și legănați...

Dogorește soarele cu dogoarea care-mi face bine și-mi place. Sunt razele de primăvară ale acestori locuri, care nu știu viscolul și gerul. Aici e 12 ianuarie, toiul iernii în țara noastră – aici e frumos și cald, zi de mai. La noi s-au înzăpezit trenurile, ulițele sunt înămețite și casele cad de promoroacă – aici stropim puntea vaporului și întindem cortul de umbră. La noi, acum e ușor cojocul, căciula țurcănească pare prea mică în spate, copiii fac puști din țurțuroaie, gârlele și-au închis matca între ziduri de gheață, iar eu aici îmi șterg fruntea de sudoare și-mi fac vânt cu pălăria de paie. Am plecat în palton îmblănit și șal la gât, acum sunt în haină de dril.

În țara noastră pâlpâie vălvoare, trosnesc buturugile în sobă și pereții sunt tot reci, peste o mie cinci sute de kilometri, marinarii au suflecat mânecele și spală rufe la pupă, iar meșterul lemnar și-a rânduit tejgheaua afară și cu capul gol, sub umbrarul de pânză, scoate ciubuce albe din rândea.

Ce mare ești tu putere, ce-ai zămislit închegarea aceasta uriașă și duci grija celor mai de nimic viețuitoare!... Ce chibzuită iscusință ai dat omenirii și i-ai deschis căile adânci ale minții, îndemnând-o să-și însușească toate bunurile firii tale și să aibă putința de a-și sătura toate bucuriile sale.

Un marinar stă pe marginea covertei, cu picioarele atârnate în afară și suge dintr-o pipă, aruncând colaci de fum. Îngână un cântec printre buze și de abia se deslușesc vorbele, așa în surdină, dus parcă cu gândul în altă parte:

Pe mare-s cârduri de gâște,
Și în văzduh roiuri de muște
Umple-ți pipa cu tutun
Și fumează, – timpu-i tun...

Mă întind pe *șezlongul* de aici, vâr mâinile sub cap și plimb ochii pe catargul înalt, cu paratrăsnetul înfipt în creștet; îi trec pe *galeta* în scripete, care poartă *saulele,* cu ridicarea și coborârea *pavilioanelor*; țes privirile pe vatra atâtor sfori, frânghii și sârme, care leagă catargul de laturile vaporului, de pupă și de provă. Se înfiripă un vântuleț, mă răcorește, suflă peste vapor și desfășoară cutele steagului înfipt în tâmpla catargului. Tresării și o înviorare îmi trecu prin toate vinele. *Roșu, galben și albastru...* Simbolul pământului și al graiului românesc.

Nicăieri nu simți dorul și dragostea mai mare pentru țara ta, decât atunci când ești departe de ea. Și aici, peste mări și țări, în ape străine, tricolorul neamului meu se răsfiră măreț deasupra valurilor și poartă întruchiparea țării mele în mănunchiul acestor trei culori. Cu fala strămoșilor lui și cu hărnicia fiilor, și-a croit cale peste pământuri străine, prin lumi cu rangul mai sus și toate i-au făcut loc, l-au primit bucuros și i-au deschis drumul mai departe.

Acum se duce peste marea cea mai întinsă şi o taie în două, se duce cu un colţişor din ţară. Sunt la o mie cinci sute de kilometri de pământul românesc, pe stăpâniri străine şi totuşi sunt în ţara mea, în obicerurile şi legile neamului meu, sunt la mine acasă. Căci „Turnul Severin" e graiul întregii ţări aici, cinstit el în drum străin, e cinstită ţara, adusă insultă mândriei lui, ţara este insultată. Tot ce e pe vapor, e românesc, şi tot ce va cere de aici ajutor, ori se va ascunde de goana vreunor duşmani, legile româneşti au precădere, să cumpănească şi să dea dezlegare.

În țara chipriotelor

Se înalță craiul zilei, presărând rubine peste creasta muntelui Chionades, peste bogăția câmpului rodit și peste matca apelor limpezi; se înalță, în abur sfânt, și fumul jertfelor aduse în toate altarele Tatălui ceresc, de către întregul norod. E sărbătoarea zeiței *Venus* și *Ciprul* întreg: moșnegi, flăcăi, femei, copii duc sub cuțitul preotului, berbecii și vițeii, cu coarnele aurite.

Prin învălmășagul mulțimii se strecoară tiptil și sfios un bărbat cu ochii senini și înfățișare visătoare. E sculptorul Pygmalion, artistul sub a cărui daltă a vorbit drăgălășenia și cinstea ideală.

Pygmalion se duse și el la altarul închinat zeiței, aprinse focul, rândui jertfa, și apoi ridicându-și ochii spre cer, îngână cu umilință în glas:

— Zeiță, întrupată din sângele ce-a picat în spuma mării, din rana lui Uranus îndură-te și dă ascultare unui muritor; frumusețe, adusă de valuri aici în țara noastră, ca să ne înveți iubirea cea adevărată și sfânta rodire ia în seamă și jalea mea. Cum ai făcut, ca sub piciorul tău micuț, să răsară flori mirositoare, cum ai dat mugur ramurelor uscate și blândețe taurului în fața juncei; cum ai pus căldură în inimi, dor în gândire și-ai dat dezlegare dragostelor dumnezeiești și pământești, o *Venus,* zână a zânelor, de acolo de sus, din măreția ta, pleacă-ți ochii o clipă spre cel care ți se închină supus, și adu dezlegare și gândului meu. Ascultă-mă puternică dumnezeire, nu mă lăsa pradă dorului mistuitor, căci sufăr, îndur mult, mă frământ și simt, că zi cu zi mi se topește viata; sărbătorita *Ciprului* și-a întregii omeniri, cu puterea ta, curmă-mi plinul cel amar, alinămi închipuirea bolnavă și trimite supusului tău o iubită după dorința sa. O, *Venus*, cea mărinimoasă, iartă-mi năzuința; la picioarele tale îmi plec fruntea și te rog, din tot sufletul sfâșiat de durere, fă ca iubita mea, să semene cu *Fecioara de fildeș*.

Pygmalion ridică mâinile în sus, lăsă să-i cadă pleoapele peste lumini și cu glasul mai duios, mai mișcător, urmă:

— Pe care am netezit-o binișor, cu dalta, cu inima, cu dorul și cu toată dragostea mea. *Fecioarei mele de fildeș* să-i semene, zeiță *Venus*, ei pe care o iubesc și mi-e dragă ca lumina ochilor. Iartă, *Venus*, pe îndrăznețul tău supus și îndură-te, dă-i măcar o clipă de bucurie.

Când Pygmalion se sculă din fața altarului, pâraie de sudoare îi curgeau pe frunte, ochii îi străluciau ca două flăcări, iar fumul jertfei se înălța sus spre cer.

Își făcu loc printre mulțime și plin de nădejde, se înapoie acasă, grăbit.

Statuia e tot pe pat, unde o lăsase, îmbrăcată în veștminte de mătase, cu cunună de mărgăritare pe cap, cu brățări scumpe la mâini, inele în degete și cercei la urechi. O privește, așa împodobită ca o domniță, dar pe dată o dezbracă. E mai frumoasă acum, căci nu mai e trup omenesc, ci întruchipare dumnezeiască. Își plimbă degetele pe umerii ei rotunzi trandafirați de razele soarelui, furișate pe fereastră; îi pipăie ușor, ca la un copil, obrazul, brațele delicate, șoldurile; își trece podul palmei, de abia atingând-o, pe tot trupul de fildeș, ce parcă stă gata să vorbească.

Pygmalion se dădu un pas înapoi și nu se mai sătură admirând-o; apoi se apropie iarăși de statuie, dar parcă nu se îndură s-o mai atingă. Gândul însă îl chinuiește și dragostea îl amețește. Întinde brațele, le încolăcește după gâtul *Fecioarei de fildeș*, își pecetluiește buzele pe gura mică și năpădește de sărutări toată fața.

Doamne, e părere?! E vedenia unui suflet bolnav?! Nu mări chinul, putere stăpânitoare!... Lămurește năzărirea!... Adu realitatea!... Da, e adevărat, uite, buzele-i mișcă, sărută, ard, zâmbesc; i s-au deschis ochii, uite cum îi tresaltă pieptul, cum întinde mâinile și strânge în brațe; uite, cum fildeșul trandafiriu se preface în carne purtătoare de viață!...

Pygmalion tresări, holbă ochii și strigă cât putu:

— Zeiță atotputernică, ai însuflețit-o!, și cu ochii înecați de lacrimile bucuriei, îndrăgostitul sculptor îmbrățișă, cu umilință, genunchii fecioarei dragi...

Așa mă bătea gândul, prins de legendele mitologice, în vreme ce vaporul se apropia de insula *Cipru*, pământul pe care s-a trezit zeița *Venus* și unde s-a făurit povestea lui Pygmalion.

Am poposit în *Famagusta,* portul cel mai însemnat din *Cipru,* am descărcat făină și scânduri, iar la înapoiere o să luăm, pentru țară, stafide opărite și rodii.

O baie largă adăpostește portul încins cu ziduri groase și vechi. La *Famagusta* mai dăinuiesc și azi urme de cetăți, care mână mintea cu mult înapoia vremurilor. Peste această insulă a Mediteranei au pus stăpânire odată și fenicienii și perșii; peste văile și dealurile ei a trecut fulgerător și Alexandru Macedon, iar în 59, înainte de Hristos, Caton a făcut din *Cipru* o provincie romană.

În *Țara Chipriotelor* creștea odinioară pomul fermecat, din care zeița *Venus*, înduioșată de rugăciunea lui *Hippomenes,* a rupt trei mere de aur, cu care tânărul și frumosul strănepot al zeului *Neptun* o vrăji pe *Atalapta,* cea alăptată de ursoaică, o întrecu în fugă și-o luă de soție. În țara lui Pygmalion au fost temple multe, sculptură și bogăție artistică; azi nu se mai văd decât urmele cetăților de la *Limasol, Larnaka* și *Famagusta.*

Câte neamuri și câte legi n-au dricuit în lung și în lat cei 9.600 kilometri pătrați, cât măsoară această măgură răsărită în mijlocul Mediteranei! În 1192 Guy de Lusignan fu încoronat rege al *Ciprului,* plătind mult aur pentru acest Tron, lui Richard I, inimă de leu, regele Angliei, sub a cărui stăpânire se găsea atunci insula. Optsprezece prinți a dat familia cavalerilor de Lusignan, care au domnit până la 1489, în care timp au înălțat multe lăcașuri de rugăciune, din care mai dăinuesc și azi la *Famagusta,* ca o chezășie a credinței căreia se închinau acești feudali de viță veche, pe al căror ram duce povestea îndărătul veacurilor până la castelul urzit de zâna Melusina.

În *Famagusta* și-au adăpostit corăbiile și genovezii, vânturătorii apelor și răscolitorii țărilor, iar Mehmet Ali, vice-regele Egiptului, a pus stăpânire militărească pe vechiul port al *Ciprului.*

Au venit apoi turcii în mai multe rânduri și sub hordele barbare ale Turchestanului, avuțiile *Ciprului*, adunate veac după veac, s-au spulberat și multe înfăptuiri s-au dărâmat.

Abia la 1870, Englezii smulg *Ciprul* din mâinile turcilor, și azi, harnicii locuitori ai Marei Britanii, luptă din răsputeri să îmbrace iarăși culmile despuiate ale munților, cu păduri verzi de cedri, din care odată se făureau mii și mii de corăbii. O mare propășire a început iarăși să ia creșterea viermilor de mătase, iar albinăritul pășește spre faima timpurilor trecute, când vestiții faguri de miere ai *Ciprului*, porneau în toate țările.

În *Cipru* sunt mai mulți musulmani și foarte puțini greci, iar limba oficială e cea engleză și greacă.

Agricultura mănoasă din vremea fenicienilor nu mai este acum. Orzul, grâul, ovăzul și cartofii, bumbacul și tutunul, care se cultivă azi, nu pot îndestula nici localnicii, darămite să pornească peste mări. Numai vinul păstrează faima timpurilor, când romanii își întinseseră și aici cuibarul petrecerilor.

Deși Mediterana n-are niciodată iarnă, cu toate acestea pe *Cipru* e frig în ianuarie și bate vânt rece de la miază noapte. În anotimpul iernii vremea e mohorâtă aici și ploile se țin lanț, câte treizeci-patruzeci de zile. Primăvara e scurtă pe *Cipru*, începe la 15 februarie, iar la jumătatea lui aprilie deodată vine vara, cu călduri de cuptor. E mai cald ca în Egipt, cu tot șirul munților înalți, ce brăzdează insula.

În țara chipriotelor a fost multă vreme târgul de alegere a frumoaselor fecioare, care umpleau haremurile sultanilor și vizirilor bătrâni. Și Soliman și Murad și Abdul-Hamid, de aici își aduceau odaliscele cu fața albă, părul de mătase neagră, iar ochii boabă de mură coaptă la răcoare, neatinsă de soare.

Numai o jumătate de zi am stat în *Famagusta*, și apoi iarăși am pornit în largul Mediteranei. Țintim tot spre soare-răsare, și cu cât ne depărtăm, *Țara Chipriotelor* se pierde în urmă, înghițită de zare și de valuri.

Iarăși nu văd decât cer și apă...

În inima vaporului

— Haide și pe jos, că tot sus, ți s-o fi urât!, mă îmbie șeful mecanic de pe „Turnul-Severin”.

— Să mergem!

Pornirăm pe scări. Aici, parcă nu mai suntem în mijlocul valurilor, departe de țărmuri, ci într-o uzină mare, ghiftuită cu mașinării, fel și chipuri. Pistoane înmuiate în unsoare deapănă în toate părțile; roate și rotițe mânate de puterea dinamului, trag curelele nituite, iar mâna uriașă, înfiptă în căpățâna roții celei mari, învârte fusul elicei și zorește pasul vaporului.

Mă plec pe sub șuruburi, intru în tunelul lung al osiei, ce duce la elice, trec peste grătare, mă poartă șeful prin toate colțișoarele. Uite pâlnia *porta-vocei*, care duce la puntea de comandă; uite și cadranul, cu însemnările: *înainte*, *înapoi*, *încet*, *toată forța*, ceasornicul, care spune mecanicului de cart porunca ofițerului, dată în orânduirea drumului.

În toate părțile lucește curățenia și toți stau ațintiți la locurile lor, spre îndeplinirea slujbei. Colo șterge cu pămătuful de câlți, dincolo unge, ia seama la fiecare piuliță, cercetează piesele să vadă ce tact au, cum se învârtesc, câte grade arată aburul. Aici nu se face slujbă în dorul lenei, aici nu e îngăduită greșala și nu iartă abaterea din calea întocmirilor.

Trecem printr-o ușă de fier și iată-ne în fața cuptoarelor, care topesc întruna cărbunii zvârliți de cei doi focari, dezbrăcați până la brâu. Îndoaie brațele vânjoase sub vătraiul greu, cu care scormonesc jăratecul și când vâlvoarea năpădește pe ușa cuptorului, atunci se aprind și mai mult fețele cărbunarilor, iar vinele obrazului li se încordează sub dârele de smoală. Patru ceasuri, cât ține cartul, nu-i chip nici să răsucească o țigară, căci „ghenea" cere întruna merinde.

La mașini e munca cea mai grea, e în temniță la șase metri sub apă, unde zi și noapte ard luminile și unde jăratecul nu se stinge niciodată, unde mașinele gem greu, și aerul înăbușe răsuflarea; de aici nu se vede nici întinsul apelor, nici țărmurile sprâncenuite în zare și nici nu adie boare lină, cu miros de talazuri proaspete și maluri înverzite. În hruba vaporului, îneacă praful cărbunilor și înăbușă beregata unsoarea lâncedă. Trombe multe vin din afară aici, în spate, să adune aerul stricat, dar răbufneala „balaurului" e mare, că n-o poate birui adierea adusă de răsuflători.

Dupuesc valurile în pereți, hulele se năpăstuiesc în capătul gros, căptușit pe două rânduri, iar mașina îngână mereu, pe un glas răgușit, tic-tac-tac-ta, tic-tac-tac-ta!...

— Zice că, tot prin adânc, tot prin adânc vrea mașina!, grăi șeful mecanic, făcându-mi cu ochiul...

Când am ieșit pe covertă, a trebuit să țin ochii închiși câteva clipe. Am trecut din iad în rai, de sub pământ, în zborul zărilor senine. Acum pare zenitul mai luminos ca întotdeauna, apa mai limpede și soarele mai strălucitor.

Mă duc la provă, unde răcorește vântul iscat de goana vaporului. Cu cât alergăm spre răsărit, cu atât se simte căldura și mai mult. Mi-e grea și haina, iar gulerul scrobit mă supără la gât, ca în luna lui Cuptor, la noi.

Fuge „Turnul-Severin" pe oglinda lucie și crestează apa cu pieptul, iar în talazurile, zvârlite în lături, se iau la întrecere delfinii cu spinarea neagră și coada forfecată în două. Pale de nori împușcă cerul ici-colo, iar pe fața Mediteranei se îngrădesc și desgrădesc fâșii de umbre și lumini. Trece un val neguros, vine altul înălbit, după aceea spumos, apoi când albastru deschis ca petecul de cer tomnatic, când închis, ca zeama de lulachi. Și norii se aleargă pe calea nesfârșită a văzduhului, aici bulucindu-se spre orient, aici presărându-se în șiruri de horbotă creață, în lână neagră, dărăcită și-n lespezi arămii.

Așa e pe mare, din ceas în ceas, se schimbă vacul. Acum e cerul curat lacrimă și tot acum se preface în leșie; iese soarele și plouă, se întunecă și se luminează. Și apoi pe aici e în plină primăvară.

S-a dus ziua. Soarele mai are ca o suliță de coborât, până să-și ia privirile de la noi și să le trimită altei lumi. Niciodată n-am prins coborârea soarelui mai bine decât acum, la asfințitul pe mare. Și cu cât se apropie de orizont, cu atât crește roata de jăratec și se aprinde la chip... Acum calcă apa și-i știrbește obada... I-a rupt și o halcă. Parcă s-a deschis o gură de ciclop și mușcă flămândă din turta de foc. Mai este o jumătate... un sfert... o limbă de cosor... apoi o sprânceană... o genișoară aprinsă și într-o clipită gura înghiți dumicatul de pe urmă, înbujorându-și grumazul și fălcile.

Marea și-a schimbat fața, talazurile s-au spuzit și o trâmbă arămie se răsfrânge din soare-apune, gonind razele întârziate ale zilei...

S-a înoptat. Stelele au răsărit și luna a crescut mult acum; *Cloșca* își duce puii de vale; *Orizontul* a întors cornul rariței în sus; *Jupiter* boav și galben la față, suie calea robilor, iar *Sirius,* vesel și veșnic zâmbitor, împarte boabe de safir în toate părțile. *Carul Mare* a cârmit proțapul și a împins roatele de dinapoi pe costișul senin.

O lumină pierdută, ca o feștilă de candelă, se năzărește în provă.

— E *Beyruthul!*, prinse vorba comandantul, care se plimba întruna și fuma.

— Aici stăm mult?!, întreb eu.

— Două zile, dacă avem vreme bună la descărcare... Iar de nu, și-o săptămână!...

Vaporul mână întruna, ceasurile mi se par lungi, iar luminile *Beyruthului* parcă fug și ele, nu le mai ajungem!...

Tocmai după miezul nopții a contenit goana *Turnului Severin*, ofițerii s-au adunat toți în provă, marinarii la vinci și comandantul, cu mâna pe manivelă. Trebuie să ancorăm aproape și la adăpost, în port nu e voie să intrăm noaptea.

— Funda!, dădu comanda căpitanul.

Marinarii desfăcură scripetele și ghiuleaua de plumb se repezi în fundul apei... După câteva clipe de scârțâiri grăbite, veni răspunsul:

— O sută nouăzeci de metri!...
— Dreapta, așa... înainte!, făcu din nou comandantul. După ce ne mai apropiarăm ca la o sută de metri de farul din gura portului, iarăși strigă căpitanul:
— Funda și aici !...
De rândul acesta se găsiră douăzeci și cinci de metri adâncime.
— Stânga banda!, urmă comandantul și apoi dădu porunca din urmă.
— Funda ancora!...
Vinciul se deşiră cu putere şi ancora de trei mii kilograme greutate, bufni în valuri...

La poalele Libanului

Când m-am trezit dimineața, am pus ochii pe culmea verde a Libanului, din spatele orașului, și pe vilele albe, de piatră, încinse cu grădini. *Beyruthul* privit de pe mare, e așezat în scară și are înfățișarea Constantinopolului, văzut de departe, iar *Lenormant* îl aseamănă cu Neapolul.

Beyruthul de astăzi, nu este decât vechiul *Beyritus,* al fenicienilor. Oraș din vremurile scăpătate, peste *Beyruth* a domnit și Demetrius Nicator și Tryphon Diodote, uzurpatorul tronului sirian, pe la anul 140 înainte de Hristos; iar Agrippa a împuternicit aici a cincea și a șasea legiune romană, înfrumusețând orașul cu o mulțime de monumente. Cruciații, în războiul pornit pentru dezrobirea Sfântului Mormânt de sub păgâni, s-au oprit aici, înălțând turnul, care mai trăiește și acum, precum și o biserică creștinească, azi moscheie musulmană.

Multă vreme *Beyruthul* a fost stăpânit de emirii *druzi,* o ramură musulmană, care urmează pe profetul *Mahomet-Ben-Ismail. Druzii* n-au tăierea împrejur, nu fac călătorii la Mecca, beau vin, mănâncă porc și fratele se însoară cu sora; dar țin mult să nu stea alături cu cel ce nu-i de legea lor. De va bea un creștin din vasul unui *druz,* sau de-l va atinge numai, îl sparge.

Printre emirii *druzi,* care au domnit câteva sute de ani peste Siria, începând de prin veacul al șaptelea, se numără vestitul *Fakhr-ed-Din,* care își avea Scaunul la *Beyruth,* unde ridicase ziduri și pusese turnuri de apărare.

La 1840, *Beyruthul* cade sub *Imbrahim Pașa,* fiul adoptiv al lui *Mahomet Ali,* vice-regele Egiptului, dar în mai puțin de un an, fu înapoiat Turciei, în urma unei bombardări, rânduită de flota engleză.

Beyruthul este cel mai bine apărat decât toate porturile de pe coasta Siriei, fiind adăpostit într-o baie adâncă și ferit de bătaia furtunilor.

Vaporul a țintit poarta dintre cele două diguri lăturașe, și am intrat în portul micuț, ca o grădină. Am aruncat parâma la câțiva metri depărtare de chei şi hamalii au dat buzna pe covertă, ca o ploaie de lăcuste. Țipă, strigă în graiul lor cu vorbele parcă neisprăvite, clevetite, ca strânşi de gât. Sunt atâtea soiuri de chipuri şi veștminte: negre, rumene, bălane; sunt desculți şi cu papuci, cu fesuri şi cealmale, cu şalvari galbeni şi roşii, albaştri şi persicii. Toți aleargă pe scările vaporului, ca şi cum ar voi să se ascundă, ori ar urmări pe vreun răufăcător! Se îngrămădesc la magazii, scot penile, trag de mușamale, deschid chipengurile, desfac lanțurile bigelor și pun mâna pe vinciuri.

Jos, alt haraiman și altă frământare: se ciocnesc mahoanele, se înghesuie, trosnește unul în altul și dă buzna care să ajungă mai întâi și să tragă lângă vapor.

La început mă cuprinse teama. Năvala cu care vin ei, este cu neputință să-i înlături. Parcă ar aștepta rodul moșiilor lor, așa se reped, fără să întrebe și fără să ceară vreo lămurire.

— Ca și câinii!, rupse vorba comandantul, privindu-i cu mâinile în șolduri, de bună seamă obișnuit cu apucăturile lor. Când sunt flămânzi, sunt în stare să sfâșâie și după ce s-au săturat, se tolănesc la soare! Cât îi vezi acum de zoriți la muncă, îndată ce-or primi plata pe-o zi sau două, nu-i mai prinzi, nici cu arcanul, până nu sfârșesc ce-au câștigat!...

Urue vinciurile, bigele se învârtesc în jurul catargului, iar vătaful, negru ceaun și cu batista pusă umbrar peste frunte, să nu-l ardă soarele, strigă întruna: *vira, vira... vira vinci!... hop!... maina!* în vreme ce scripetele scoate, din magaziile «adânci, maldăre de scânduri, cu pecetea Lotrului pe ele, și saci grei, cu făină albă, de Muntenia, dupuind în mahoanele vechi și cârpite...

Am coborât într-o barcă și-am ieșit la chei, cu ofițerul secund. Ne întâmpină arabi, cu măgăruși albi, gătiți cu mărgele la gât, panglici la genunchi și ciucuri la urechi. Dăm să ne vedem de drum, dar se țin după noi, mai vin și alții, ne taie calea, aproape să ne ia în brațe, să ne suie pe asini, arătând fiecare spre dobitocul lui, că e mai frumos decât al vecinului și mai gătit.

Am dat câte doi piaștri de cap și am făcut o plimbare în lungul cheiului. Atât de mare era măgărușul meu, că nu-mi trebuia mult, să atingă picioarele de pământ. Mânam la țăcăneală, iar arabul ținea trapul la coada măgarului, atingându-l când și când cu biciul peste vintre.

După ce-am gustat și plimbarea aceasta, am intrat în oraș. A plouat de cu noapte puțin și un noroi cleios se întinde peste lespezile de piatră. Ieșim în ulița tramvaiului, care trece prin mijlocul târgului și un miros de necurățenie se ridică din toate părțile. Gunoaiele se înșiruie în grămezi pe alături cu șina tramvaiului și pe lângă trotuar, iar câinii le scormonesc, se încaeră pe oase și se iau la goană în lungul străzii, printre picioarele trecătorilor. Nimeni însă nu le zice nimic, nu-i ia în seamă. O cotigă merge înainte cu câteva gunoaie pe spate, iar cioburile pe urmă, să umpli sacul. Care i-o fi rostul?! Nu știu!...

Ajungem în grădina publică. Mesele sunt scoase afară, la umbra salcâmilor înfloriți, iar împrejur borborosesc narghilelele și fumegă cafelele. Într-un colț al intrării, stă pe un scăunel o cadână cernită, iar alături, un arab roșcovit la obraz, scrie pe genuchi o hârtie ponosită și mototolită, întingând des cu o frântură de condei, în sticla prăfuită de pe mescioara de dinainte-i.

— E scriitor public!, făcu ofițerul. Are scrisoare ticluită de acasă, un fel de formular, când vine mușteriul doar întreabă să-i spună păsul, și apoi o completează!

Adevărat că scriitorul n-a mai cerut nici o deslușire până la urmă, când a închis plicul și-a tras adresa de la dreapta la stânga.

A pus gologanii în buzunar și-a ridicat ochii către cea care aștepta alături, cu fața acoperită de iașmac, dar cu pieptul gol. (La arabi e mai rușinos să li se vadă ochii, decât sânul. Turcoaicele își ascund gura.) Noua venită se uită împrejur și apoi, cam sfioasă, îi șopti ceva scriitorului, care scoase o hârtie mai curată, din alt pachet. O văzui bine, era scrisă gata.

Sunt mulți acești scriitori publici; la fiecare colț întâlnim câte unul, scriu pe genunchi, deși au câte o mescioară în față.

Ne ducem la poșta franceză să punem scrisori și de acolo.

Într-o trăsură cu un cal pornim să dăm o raită orașului, că nu e așa mare.

În *Beyruth* sunt adunate toate națiile din Mesopotamia şi Siria, sunt urmaşi de-ai lui Sim şi Ismail, numiți fiii deşertului. În vechiul oraş fenician, trăiesc toate ramurile legii musulmane, răzlețite din Islamul lui Mahomet. Aici se găsesc şi adepții lui *Ali* şi ai lui *Omar* şi ai rătăcitului *Haken*, din Egipt, şi ai profetului *Mohamet-Ben-Ismail,* care spunea că rugăciunile și postul sunt de prisos, iar carnea de porc și vinul sunt dezlegate, după pofta trupului.

În *Beyruth* se găsesc și *Semsieni,* care se roagă la soare și *Kalbi,* adoratorii câinilor.

Nomazii *Kurzi* au părăsit păstoritul din pădurile Libanului și au coborât în port, la fluieratul ascuțit al vapoarelor, la strigătul sirenelor și îngânarea vinciurilor. Dar rădăcina sângelui aduce obiceiul de matcă, oricât ar căuta să-l schimbe lumea nouă a apusului, căci „fiii pustiului" lucrează o zi și visează cinci! În *Beyruth* a adus vântul sământă din întreaga Europă și nici aici nu lipsește costumul modei noi. Stofele de bumbac, înălbite ca spuma, muselinurile străvezii și mătăsurile de Liban, negustorii europeni le desfac, iar localnicii au ajuns slugile celor năvăliți pe pământul lor. Un măgăruș înzorzonat e toată avuția arabului, sau taraba cu castane din colțul uliței, ori dorul de a sta lungit toată ziulica la țărmul mării, cu ochii duși pe nemărginitele valuri. Încolo, tot ce se mișcă, e în mâinile europenilor, care și-au înrădăcinat aici consulate, biserici, spitale, orfelinate; ba francezii și americanii au și câte o universitate, înzestrată cu laboratoare bogate. Francezii mai țin și o escadră care cercetează orașul când și când, și tot ei au îngrădit în *Beyruth* un cuib franțuzesc, de unde cultura își întinde aripile peste întreaga Sirie, mulțumită așezămintelor de lumină și binefacere, pe care Franța le seamănă an cu an. În comerț și în adunările lumii de sus, se vorbește limba franceză, iar jos, în port, italiana pe care o știu și arăbușii de șapte ani...

Am urcat panta orașului pe lângă urmele vechilor zidiri, pe ulițele cu casele mărunte în chip de cuiburi; am trecut prin micul bazar al localnicilor, murdar, sărăcăcios, unde negustorii dormitează în ușa prăvăliei, cu ciubucul narghilelei în gură; am suit tot mai către vârful colinei și am trecut printre vile frumoase, albe, cu balcoane încinse în salcâmi cu floare liliachie. Iată pensionatul francez *„Soeurs de Sf. Ioseph”*, după aceea „Colegiul francez”, consulatul rus; ne poartă trăsura prin ulițele ce cărăresc poalele Libanului, aici coborându-se, aici ridicându-se și cu cât ne depărtăm spre margine, cu atât *Beyruthul* se înfrumusețează, se luminează și vilele se înmulțesc. Vechea cetate a orașului e împresurată de cartierele europenilor.

Am ținut drumul răsăritului și am ieșit în cărarea pinilor. Merg caii la pas, un susur lenevos, ca și locurile de aici, trece prin eleata de pămătufuri verzi și-o adiere răcoroasă vine pe poteca așternută cu iarbă și umbrită de streșinele înalte ale pinilor. Ne ducem în fundul cărării, intrăm în sânul păcii și al liniștii, unde nu se aude decât zumzetul frunzelor și unde, din când în când, întâlnim câte un sirian, legănându-se alene pe măgăruș.

Când soarele dogorește mai cu foc jos la mare, aici între pini vin beirutenii să se răcorească, vin credincioșii profetului să viseze, să trăiască aevea tot ce poate născoci mintea unui trup, nedat la greul vieții și nefrământat de rostul zilei de mâine.

Și-a astâmpărat azi foamea, arabul e cel mai mulțumit; și apoi mâncarea e ușoară: roșcove, curmale, un baboi de pește, care e foarte ieftin, o bucată de baclava, care se vinde pe toate ulițile și costă numai un metalic, și în urmă apă din berechet, pântecele făcut butie și după aceea odihnă. De îmbrăcăminte n-are nevoie decât rar, căci halatul ține ani, fesul așișderea și pantofii de toval la fel.

Apucăm drumul în oraș, pe altă parte. Acum trecem printre vile chiabure, printre case frumoase, lucrate în stil arab; trecem prin fața pensionului francez *„Dames de Nasareth”*, ocolim toată partea de miază noapte a orașului, pe la *„Colegiul maronit”*, pe la *consulatul rus*, clădire răzleață vârâtă sub costiș, și apoi tăind soseaua ce duce la Tripoli, ne pomenirăm iarăși în port.

— Acum haide, să mâncăm!, făcu ofițerul, știu eu un birt, unde se găsește pește, să-ți lingi degetele... Am poftă de un rasol, cu mărar și cu pătrunjel verde.

Îmi deschise și mie gustul, mai ales că trecuse prânzul și mă cam frământa la lingurea.

Adevărat, că n-am mâncat decât pește. Vorba lui Anton

Pan: dintr-o ridichie trei feluri de mâncări: rasă, cute și felii. La noi însă, patru feluri de pește: ciorbă, rasol, fript și prăjit. Dar ce mâncare?! – poftitoare, bună și ușoară.

La prăjit am cerut să ne facă și o salată. Ali Demetrius – așa îl cheamă pe stăpânul birtului – răspunde, foarte slujitor:

— *Duo hase... maintenent!...*

— Ce *hase*?!, întrebai pe prietenul meu.

— Ai să vezi acum!...

Sosi și Ali, cu două verze pe tavă. Însă nu cum e varza noastră, ci mai foioasă și afânată. Era ruptă atunci din grădină, cu rouă pe ea. Demetrius mai spălă verzile în fața noastră încă o dată, și apoi le tăie în patru, poftindu-ne să luăm.

— N-o face cu undelemn și oțet?!, întreb eu mirat.

— Uite așa se mănâncă!, îngână ofițerul și începu să presare sare peste varză.

Gustai și eu. Minunată! Acrișoară și puțin grasă, întrece salata cea mai bună. Le-a bătut vântul pe amândouă *hasele*, și-am mai cerut încă vreo două perechi.

Birtașul a stat întruna lângă noi, cu mâinile în buzunarele șalvarilor și cu șervetul legat peste fes, deși mie mi-era cald cu pălăria de paie.

Ali știe din toate limbile câte puțin, franțuzește și italienește mai mult, românește câteva vorbe. El spune că e *Rum* de viță și creștin ortodox, iar când vorbește despre turci, încruntă sprâncenele și schimbă graiul în arăbește. De bună seamă că trage vreo înjurătură. E în cunoștință și cu politica Europei. Știe despre pacea de la București, știe că românii sunt viteji și au țară bogată; știe că vapoarele noastre descarcă aici multă făină albă și cherestea de brad, curată ca foaia de hârtie. Și Ali sare de la una la alta, de la politică, blesteamă pe preoții tuturor religiilor, că nu-și mai ține niciunul legea, toți sunt hrăpăreți și toți înșeală.

La plată a venit câte cinci piaștri de gură. Pentru vin n-a vrut să ne primească bani.

— Asta de la mine!, a grăit Ali și s-a bătut cu mâna pe piept.

Apoi a strigat:

— *Tri cafe, gingirlia!...*

Iar către noi:

— *Io avato duo băieți, come vu!...*

Ridică ochii în sus:

— *Dum'zeu, nu vruto!...*

I se închegă o lacrimă între gene și-n vremea asta sosiră cafelele.

Peste vreo două ceasuri de tălălăială, am plecat după ce ne-a rugat Ali să venim deseară tot la el și cât o sta vaporul în *Beyruth*.

— Acum să mergem la *Stânca porumbeilor!*, îmi spune prietenul.

Am luat tramvaiul și am ieșit într-un cartier nou, cu case de piatră, cu câte trei și patru caturi, și cu grădini pentru *Lawn-Tenys*. Am văzut și universitatea americană, și apoi s-a deschis spre răsărit și miazăzi o colină de nisip, ce pare că se amestecă în luciul mării.

Iată și *Stânca porumbeilor*. Două căpățâni înalte, una țuguiată și alta rătăcănată, stau înfipte în Mediterana, cam la douăzeci de metri de țărm. Cea mai mare e scobită pe dedesubt ca un cuptor, de la o margine la alta. Pe deasupra se învârtesc în stoluri sute de porumbei albi, fumurii, aici înălțându-se în văzduh, aici îmbrăcând creasta stâncilor. În fața grotei, pe țărmul cu iarba de un lat de mână și cu mușețel înflorit, se ridică un umbrar de scândură, sub care stau tolăniți câțiva arabi.

— *Cafe, cafe!*, ne întâmpină unul, cu o fotă albă dinainte.

— Limonadă!, poruncirăm noi, căci altă băutură răcoritoare nu prea se găseste pe-aici!...

Mese n-are cafegiul, doar scăunele mici, împletite dintr-un fel de călți. Stai pe scăunele și ții ceașca în poală, ori mai bine te lungești pe verdeață și sorbi când din cafea când din narghilea, cum fac vecinii de alături...

Sunt ceasurile cinci. Soarele îmbracă marea într-o spuzeală de scăpărări, un vâjâit prelung, nesfârşit, se revarsă în largul Mediteranei, gângăniile mişună în iarbă, fluturi zboară împrejur, deasupra florilor de muşețel, iar eu îmi şterg fruntea de sudoare, mă răcoresc cu limonadă şi mă gândesc că e paisprezece ianuarie azi, şi la noi ninge, viscoleşte şi îngheață pasărea pe ram!...

Întâii cercetași ai mărilor

Ciocănituri, strigăte, un zgomot prelung, de muncă fără preget și multă frământare, clocote în cetatea împresurată cu ziduri puternice și cu turnuri de veghe la colțuri. Colo țăcăne războaiele și trâmbe mari de pânzeturi strâng sulurile; alesăturile răsar în urma mâinilor agere și pricepute; apoi mătăsuri, mai subțiri ca aripele întâiului fluture al primăverii, alunecă printre degetele micuțe ale copilelor. Dincolo se toarnă arama în cazane uriașe, se topește aurul, argintul, bronzul, apoi vase în fel și chipuri de tăieturi, înflorate în puncte și-n bande; se toarnă brățări, inele, toarte, se rânduiesc pietre strălucitoare.

Iată și fabrica de sticlă, unde sute de lucrători mișună împrejurul cuptoarelor; se prinde cvarțul topit în tipare, se dau forme de tot felul, se încheagă culori verzi și albe galbene și albastre, roșii și fumurii.

Pe cărarea bătătorită, ce se înfundă în văile Libanului, șiruri multe de caravane vin încărcate, aducând roadele Asiei; aduc gogoșile gândacilor de mătase din *China*; aduc balsam, ulei, miere și undelemn, din *Damasc*; aduc vinul de *Tyr* și *Byblos*. Din pădurile Libanului coboară lemnul, jos la port, corăbii peste corăbii se încheie, îndărcând mărfurile acestui popor harnic și neobosit, și pornesc apoi în largul lumii cunoscute.

Nu le scapă colț necercetat, de unde să nu ducă ce le trebuie și să n-aducă produsele lor. Un cârd de corăbii pleacă spre *Marea Neagră*, să culeagă cositorul, și înspre *Cipru*, arama; altele apucă în largul *Mediteranei*, spre coastele *Spaniei* și *Canalul Mânecii*.

Încheie corăbii și în *Marea Roșie*, dându-le apoi drumul să meargă, unde apa i-o duce și unde mintea i-o îndrepta. Și acești vântură lume, care nu pot sta locului și nu-i mulțumesc nimic, din ce înfăptuiesc, năzuind tot la mai mult, ocolesc țărmurile de miază-zi ale *Africii,* cercetând și culegând. Trec pe la capul *Bunei Speranțe,* suie coasta apuseană prin apele oceanului, necălcate de nimeni până atunci, și ajung la strâmtoarea de *Gades,* unde-i opresc merele de aur, care înfășoară, ca o manta de jar, culmile munților *Atlas.* Încarcă corăbiile cu poamele gustoase, întâlnite acum întâia oară în cale, și intră apoi în *Mediterană,* cântând și chiuind de bucurie, c-au ajuns de unde porniseră, croind un nou drum și ocolind un continent.

Fac de mai multe ori drumul la merele de aur, iau răsad din aceste poame minunate și aduc și-n țara lor, sădind tarlale întregi.

Acest popor harnic și îndrăzneț în stăpâniri depărtate, începe acum să înalțe orașe și cetățui, în toate ținuturile, unde corăbiile lui pătrund, pecetluind în toate, priceperea, dragostea de muncă și cunoștințe multe.

Astfel și-a început munca întâiul popor, deșteptat la viață sub poalele Libanului. Nopți întregi, acești „furnicari ai apelor" au stat cu ochii la cer, nu prinși de dragostea stelelor, nici de dorul seninului albastru, ci-au omorât vremea, socotind, cercetând și însemnând mersul stelelor, scăpătatul și învârtirea tuturor aștrilor cerești, ca după aceea să-și poată cumpăni drumul și-n timpul nopților, când soarele se afundă în mare, când călăuza căii le este dusă. Și-au îmbogățit corăbiile din ce în ce, adăugându-le noi născociri. Li s-au dus faima peste mări și țări despre hărnicia, iscusința și statornicia în porniri; li s-a adus veșnică pomenire de-a lungul vremurilor, ce se pierd în întunecimile trecute și li se vor aduce în vecii vecilor...

...Astfel îmi cutreieră mintea într-o fulgerare a gândului când „Turnul-Severin" gonește de-a lungul coastei, pe unde cu două mii de ani și mai bine, înainte de Hristos, se întindea ținutul poporului, ce i se zicea *Fenician.*

Am trecut în orașul *Saida,* cuibărit azi pe urmele *Sidonului.* Acum câțiva ani, au cumpărat englezii aici un loc, golind multe pungi de bani, cu gândul să găsească ascunse comorile poporului, adunate de veacuri. Dar după multe săpături și cercetări, cu bătăi de inimă, au dat peste un coșciug, cu slova timpurilor de atunci: „Eu sunt regele Sidonului, n-am nici aur, n-am nici pietre scumpe, lăsați-mă să dorm în pace!".

Cea mai mare parte a locuitorilor din *Saida* sunt musulmani, împărțiți în toate riturile, și având pentru rugăciune nouă moschei, toate foste biserici creștine, când cruciații, în războiul lor sfânt, gonise armata păgână din aceste locuri.

Saida este un port comercial destul de însemnat, care trimite în alte țări portocale și măsline, mandarine și lămâi, tutun și bumbac, primind în schimb ceea ce lipsește aici – zahăr și sare.

După două ceasuri de călătorie de la *Saida,* iată că se aruncă, pe limba ridicată a țărmului, orașul *Sur.* Bat valurile și astăzi și se izbesc cu urlet de ruinele fostului *Tyr,* cel mai mare și cel mai întărit port al *fenicienilor.* Aici se țesea bogata purpură, pe care o îmbrăcau numai regii și împărații. *Tyrul* a fost cel care n-a vrut să dea supunere de bună voie lui Alexandru Macedon, dar marele cuceritor l-a îngenuncheat cu sabia, l-a trântit la pământ și, din dărâmăturile lui, a închegat un dig lung de 15 stade.[1]

Ne apropiem de coastă și malurile se deslușesc bine acum: aici verzi, aici stâncoase, aici găunoșite de valuri. Trecem pe lângă vârful muntelui *Carmel,* de unde noaptea, un far strălucitor aruncă lumina până departe în largul mării, vestind vapoarele despre apropierea țărmului. Aici e și grota *Sfântul Ilie,* săpată adânc în piatră, unde povestea spune c-a sălășluit odată profetul. Deasupra peșterii își ridică tâmpla mănăstirea călugărilor francezi, numiți *Carmeliții,* urmașii unuia din cele patru ordine religioase, urzite în *Palestina* prin veacul al doisprezecilea și anume: *Iacobinii, Franciscanii, Augustinii* și *Carmeiliții* – călugări care trăiau din cerșetorie. Jos, lângă apă, se mai vede un lăcaș mic, închinat Domnului – e mănăstirea călugărițelor *Carmelite.*

Nu departe de aceste locuri hărăzite închinăciunii, se deschide o mică baie cu orășelul *Haifa,* capitala ținutului *Haifa.* Aici se găsește un mic port, unde comandanții vapoarelor își blestează zilele, când trebuie să ancoreze, căci în *Haifa,* deschis de toate părțile, ești în gura furtunilor și a valurilor

[1] Un stad avea 125 de pași.

furioase, care aici se reped mai năbădăioase ca oriunde și bat malurile zile și nopți în șir, ba săptămâni chiar.

Din vreme în vreme, răsar pe creasta malului sătuțe, cu casele ca niște cuburi, îngrămădite unele într-altele. Iată cum se desprinde, între culmile țărmului, orașul *Athlit*; iată și *Tantura* pe urmele cetății feniciene *Dor*; iată și vechea Cetate *Stratonis turris,* căreia Irod cel Mare, regele Iudeei, pe la anul 13 înainte de Hristos, îi dăduse numele de *Caesarea,* în cinstea Augustului Caesar, care întinsese stăpânirea aici. Apoi, marele rege Iudeu înfrumusețase cetatea și o ridicase la rangul de capitală a Palestinei, purtând fala aceasta până pe vremea lui Vespasian, care venind cu gând să semene liniște peste Iudeea, prefăcu atunci *Caesarea* în colonie romană, botezând-o *Colonia Prima Flavia.*

Caesarea azi e un oraș maritim. Nu mai are însă nici palatele de marmură, nici templele vechi. Cu rămășițele lor s-au zidit multe case în *Iafa.*

Începe să se întunece, luminele se aprind pe vapor și țărmul nu se mai deslușește decât ca o dungă negricioasă trasă între cer și apă...

Mai avem treizeci de mile până la *Iafa.*

EGIPT

Furtuna

Se înălțase soarele cu trei suliți deasupra portului *Iaffa*, când am părăsit cheiul. Sosisem de cu seară din *Ierusalim* și obosit de atâta zbucium și alergări, am dormit buștean până în revărsatul zorilor. Acum iarăși m-a prins dorul de întinsul mării și de jocul valurilor.

Urc puntea de comandă. „Turnul Severin" și-a ridicat trupul mai mult deasupra apei și din când în când se pleacă într-o parte și într-alta. Nouăzeci de vagoane scânduri s-au descărcat la *Iaffa* și-acum pântecele vaporului s-a golit mult, iar pasul nu-i mai e hotărâtor și apăsat ca înainte, ci dibuit.

Dinspre *Cornul Caprii* suflă un vântuleț tăios. Cerul s-a înnorat, iar barometrul înaintează grăbit spre vreme rea. Ofițerul de cart dricuie puntea în dreapta și-n stânga, aruncându-și ochii când și când spre negureala ce pornește să ne împresoare; timonierul poartă cârma cu privirea ațintită la busolă, iar în camera hărților comandantul cercetează drumul, însemnând puncte pe cartonul gros, ce înfățișează *Mediterana*.

Am lăsat țărmul *Siriei* ca la cincizeci de mile în urmă. Suntem în plin larg. Am grăbit și masa de prânz, căci întregul personal cunoaște semnele cerului și altfel am fi rămas nemâncați, și apoi bucătarul și-a strâns bine toate vasele și le-a așezat cum știe el. În cabine se fac pregătiri, se rânduiesc lucrurile, se strâng pahare și tot ce este supus spargerii; eu însă nu văd altceva până acum, decât că se întunecă mereu și din când în când trec pe sub vapor hule mari, zguduindu-l din toate încheieturile, de parcă niște dihănii uriașe îl saltă pe spate.

Se împlinește luna de când am părăsit țara; am trecut prin *Marea Neagră*, prin *Bosfor*, prin *Marea de Marmara*, prin strâmtoarea *Dardanelelor*, am străbătut în lung *Arhipelagul*, cu plasa de curenți, am măsurat tot țărmul *Siriei*, am avut zile și frumoase și mohorâte, și cu soare și cu ploaia m-am temut în multe rânduri, când nu se vedea, nici în provă din pricina ceței groase, dar toate astea au fost fleacuri, sau cum zic marinarii, când fac un drum fără furtună: *pleașcă*.

Se întețește vântul din ce în ce, coame păcuroase de nori își înalță creștetele spre soare-apune, văzduhul se tulbură clipă cu clipă, întregul cuprins începe să vuiască; iar „Turnul Severin" suie și coboară ca o suveică ușoară, lăsându-se când în *provă*, când în *pupă*, în vreme ce valurile plesnesc cu putere în laturile *tribordului* și *babordului*.

Rotesc ochii împrejur. Gorgane uriașe se gonesc unele pe altele, se zbuciumă, se ciocnesc, se fac zob, împrăștiindu-se apoi în zdrențe de clăbuc. Vărcane adânci sfredelesc vârtejul valurilor, sparg pe dedesubt, clocotesc, apoi bufnind afară, cu furie, azvârle coloane de apă până la înălțimea coșului.

— *Teancurile* sunt pline?, se auzi gura comandantului.

— Pline ochi!, răspunse marinarul care bătea pene la capacul magaziilor, acoperite cu mușama groasă.

— Vaporul gol și-i prea ușor!, îngână comandantul către mine.

— Și e rău?!

— Nu e nimic, ne dă în tivic doar!

Barometrul urcă întruna. Întregul personal s-a schimbat, luând posturile în primire echipa cea din popas. În *provă*, în *pupă*, jos la cuptoare, la regulatorul iuțelei, în toate părțile stau brațe odihnite, agere și minți ascultătoare.

Marea se face din ce în ce mai năbădăioasă, numai căpitanul privește pașnic, rece și cercetător la răzvrătirea cerească. Valurile năprasnice lovesc în borduri cu bubuituri de tun, apoi rupându-se în pale mari, se revarsă gârlă peste covertă, iar vaporul se cutremură, se pleacă aici pe un șold, aici pe altul, trosnește catargul, *pupa* se saltă și *prova* se luptă, spărgând marea cu pieptul. Abia trece un val și apoi ritul își frânge coama peste puntea de comandă, învăluind tot vaporul cu o cergă de apă.

Marinarii, cu mișcări iuți și de grabă, împlinesc poruncile date de ofițeri, privesc valurile zâmbind și le întâmpină cu glume.

Eu mi-am pus pelerina de cauciuc, gluga în cap și jambierele în picioare, altfel m-ar fi făcut leoarcă spulberarea atâtor valuri. Balansurile se îndesesc, se fac din ce în ce mai mari, că nu pot să mai mă țin în capul oaselor. Mă reazăm de parmalâcul punții de comandă. Numai căpitanul se plimbă în dreapta și în stânga, lăsându-se când pe un picior, când pe altul, după cum se pleacă vaporul, iar ochii nu-i ia din calea neguroasă. Îngână mereu:

— Dreapta!... Așa!... Stânga!... Ține vest!... Calcă-l!...

Și timonierul învârte roata cârmei, îndreptând *prova* tot pe curmezișul valului, încălecându-l și strecurându-se printre cărările adânci. Apoi comandantul punând gura la pâlnia de *porta-voce,* strigă în spate, la mașini:

— Presiune!

Nu trecură câteva clipe și un fum negru începu să răbufnească pe coș, cătrănind și mai mult văzduhul.

Fiecare mișcare făcută în echipajul vaporului, o comandă dată, o știre adusă din *pupă,* un capac închis, un șurub strâns, o gură auzită mai răstit la *provă,* cercetarea barometrului, sondarea *teancurilor,* dacă ofițerul de *cart* se uită mai pătrunzător în drumul îngrămădit de valuri, toate acestea, mă fac să tresar la fiecare clipă și-mi mână gândul la închipuiri, ce-mi zbârlesc părul și-mi îngheață sângele. Un fior și mai mare îmi zgudui încheieturile trupului, când ochii îmi căzură pe colacii de cauciuc, ce atârnau împrejurul *copastii,* gata să slujească de ajutor, îndată ce prăpastia se va deschide în iadul întunecos.

S-a mutat vântul în coasta *pupei.* Acum rănește apa cu grămada, zvârlind-o la zeci de stânjeni, iar elicea se învârtește în sec, vâjâind înfiorător. În clipele acestea fierberea pe vapor e mare, glasurile, răsună de la un capăt la altul, se strâng lanțuri, iar comandantul dă porunci mereu:

— Dreapta!... Dreapta! Ferește să nu venim între valuri, să nu cădem la *capă seacă!...*

S-a înnoptat. E întuneric beznă, numai felinarul puternic de la catarg trimite înainte o trâmbă de raze, înălbind culmile neguroase ale valurilor; iar când văzduhul întărâtat trage scăpărămintea, atunci o vâlvoare uriașă se revarsă deasupra mării, făcând să lucească în nestemate talazurile zobite în milioane și milioane de stropi. Dar fulgerul se închide într-o clipită și iarăși nu se mai deslușește decât un fund de catran, unde clocotește, vâjâie, urlă, mugește îngrozitor și bubuie ca niște ghiulele de tun. Parcă palme de ciclopi lovesc în coastele vaporului, îl zguduie ca pe-o coajă de nucă, ridicându-l pe movile de apă și coborându-l în adâncurile croite între valuri.

A început să plouă. Când fulgeră acum, întreg văzduhul e o apă, care, sfârticată în suluri-suluri, se face una cu marea, dumicându-se și luptându-se cu vijelia.

Se întări firea și mai groaznic, din trei părți se năpăstui furtuna, se încăieră într-un vârtej, sparse coamele din *provă*, rupse lanțurile *cabestanului*, felinarul din *tribord* căzu în țăndări, pânza care adăpostea puntea de comandă se dădu peste cap, sprijinindu-se tocmai de coș, iar pe cărarea felinarului din catarg, se zări un mal de apă, care venea ca un balaur uriaș, cu capul în noroi și cu coada deșirată în valuri.

— Cârma banda la dreapta!..., strigă comandantul timonierului.

Dar năpădul de apă sosi. Un zid de oțel parcă bubui în pieptul *provei* cu atâta putere, că vaporul se zgudui din toate încheieturile, căciula busolei se rostogoli pe dușumele, iar năprasnicul val rupându-se într-o pală groasă de câtiva metri, își abătu creasta peste puntea de comandă, spălând totul pe covertă.

Am căzut, cu pelerina în cap, strângând în brațe dreveaua grilajului de la punte.

Vaporul se pleaca întruna și ca prin vis aud guri zorite: „apa la magazii! chepengul desfăcut! cârma! cârma!", și șuvoiul curge peste mine, înăbușindu-mă.

— Să nu te ia valul!, deslușii glasul comandantului.

Și apucându-mă de subsuori, mă ridică în sus:

— Coboară-te în cabină, că e furtună mare!

În *pupă* țipă prelung țignalul ofițerului al doilea, un marinar trecu în fugă, spre *provă*, cu un felinar în mână, ținându-și echilibrul cu toate legănările mari ale vaporului, iar o gură strigă, răgușit:

— Pompa! Pompa!... Mai repede!... Nu mai merge cârma! Axa, axa! La tunel!...

Din spate, de la mașini, se auzea aevea, un glas înfundat:

— Seama la cazane!...

Boabe mari încep să pocnească ici-colo și nu trecu cât ai număra zece, că o grindină, cât oul de pitpalac, se repezi din grămada norilor, unde suliți de foc se încrucișează de la o margine la alta a cerului și unde tunete zguduitoare cutremură tot văzduhul. Urue tabla coșului în mii de împușcături, iar zgomotul se ia la întrecere cu vuietul valurilor, ce se dricue întruna. Mă răzbesc loviturile grindinei și dau să cobor. Dar văzul începe să mi se tulbure, lucrurile să se învârtească în jurul meu și în coșul pieptului mă apăsa ceva. Pricepui. Tocmai acum m-ajunsese!

Sprijinit de tropuzanul scării și mai mult târându-mă, am coborât pe covertă, și de aici, jos în cabină. Înăuntru bejenie. Cărțile de pe masă erau răvășite pe jos, iar geamantanul juca de la un colț la altul.

Am dat peste cap un păhăruț cu cogniac și-am luat în gură o felie de lămâie. Prin toate mădularele parcă umbla un furnicar, trupul îmi tremură, o arsură ca de jăratic mă frige pe piept, dogoresc tot, o icneală îmi vine de la pântece, înghit în sec, dinții mi s-au strepezit de lămâie și buzele mă ustură!

Afară vâjâie mereu, trosnesc lanțuri, salve de puști parcă dau în ochiul geamului și-n peretele cabinei, ușa se zgânțăne în țâțâni, ca prin vis tot mai deslușesc ciocănituri și din când în când se lămurește câte-o gură grăbită.

Sunt ceasurile două după miezul nopții și eu n-am dat ochii în gene o clipă. Când cred că mă liniștesc, atunci izbucnește arsura din capul pieptului, ce îmi înțeapă trupul, din cap până în picioare, sudoarea curge lac pe mine, iar vaporul se frământă mereu pe calea-i grea, învârtindu-se parcă în loc.

Ca un pui în frigare mă răsucesc în pat, aici pe stânga, aici pe dreapta, când cu fața în sus, când pe pântece, dar nici într-un fel nu e mai bine. Închid gura și respir numai pe nas, o deschid apoi larg și cu mâna tremurândă storc lămâia deasupra beregății.

Deștept chelnerul, dar când vine îl dau afară. Nu vreau nimic și voiesc de toate; nu știu ce am și multe am!... Învârtiturile repezi, coborâturile și ridicăturile m-au amețit, iar otrava scărmonită de furtună din fundul valurilor, a cătrănit văzduhul și-acum se revarsă în sufletul meu, neobișnuit cu marea cea turbată și mânioasă.

Când vaporul scapă din creasta valurilor și pornește în coborâș adânc, atunci am impresia că e clipa să ne ducem la fund, și un gol mi se face în capul pieptului. Mi-e rău grozav, trântesc pumnul de perete, strâng cearceaful în mână, mă frec cu palmele la lingurea, mă rup de pântece, mă salt de șale în sus și mă încovoi ca o seceră. Fluer, cânt, vreau să uit totul, spun frânturi de versuri cu glas tare, dar deodată mă opresc și iarăși încep să mă frământ.

Nu mă pot înșela! Mi-e rău mi-e rău grozav, și drumul e lung și furtuna nu mai contenește!...

Și într-o mistuire, ca și cum aș fi așteptat sfârșitul, strigai, zbătându-mă în pat:

— N-am să mai pornesc niciodată pe mare!... Nu!... Jur pe orice!...

Când m-am trezit, era lumină în cabină, geamul strălucea și o liniște de pustiu stăpânea în jurul meu. Mă uitai la ceasornic: unsprezece punct! Mă ridic în capul oaselor. Încep să mă legăn; sunt lihnit și am o foame de lup. Până m-am răcorit nițel cu apă, de îmbrăcat nu mai era nevoie, căci așa dormisem, a fost și masa gata.. Am mâncat c-o poftă, că parcă nu-mi ajungea tot ce era pe masă.

La douăsprezece punct, m-am urcat pe puntea de comandă. Marea e oglindă, nici cută nu mai face, iar cerul senin sticlă și albastru vioriu. Soarele cerne puzderii de fluturi, în văzduh se aleargă milioane și milioane de funigei, țesând marame plăpânde și subțiri, ca și razele ce le sparg. E o pace și o mândrețe, că parcă așa a fost turnată firea de când lumea și pământul.

Răsfir privirile de jur-împrejur. *Mediterana* e domoală acum, domoală și frumoasă. Nu mai e nici vârtej, nici vuiet și urlet, nici tunet și răzvrătire. Acum vaporul calcă lin apa astâmpărată, crestează talazurile ce abia se mișcă și merge cu mlădieri ușoare de lebădă, iar în urmă lasă un foșnet pierdut și-o pârtie alburie, în care se joacă potop de raze.

Ce năzdrăvană ești tu stăpânire cerească! Cum erai astă noapte și cum ești acum! Am zis cuvânt greu; îmi plec fruntea și cer iertare atotputernicii... Ce frumos răsfață privirea albastrul tău, mare! Cum mângâie răcoreala ta și ce plăcut cântă la ureche clinchetul talazurilor tale! Așa a dat rost firesc tuturor: să fie bucurie și întristare, rău și bun, milos și câinos; să fie mânie și veselie, râs și plâns; să fie otravă amară și leac binefăcător...

Te-ai zbuciumat mare, acum odihnește-te, îngăduie rândunelei și delfinului, să se întindă pe pieptul tău cald, lasă *larii,* cu penele albe și cu râsul de copil, să se scalde în stropii tăi de diamant, iar porumbeii să rotească, în pâlcuri-pâlcuri, deasupra oglinzii tale strălucitoare. Un ceas numai de legănare pe brațele tale și e destul ca să șteargă toată îndurarea și chinul unui șir lung de zile. Mare, tu ești mama bună și blajină, care știe să împace copilul c-un singur sărut, de aceea îmi ești dragă, și ori de câte ori voi fi departe de tine, îți voi duce dorul...

O sprânceană fumurie se încondeie spre miază-zi, curmând întinsul apelor. Deșurubai binoclul. Țărmul *Africii* se deșiră în poalele *Mediteranei,* pierzându-se la dreapta și la stânga. Cu cât ne apropiem, se înalță uscatul și apoi o îngrămădire de clădiri și turnuri începe să se aleagă.

— Uite și *Alexandria*!, făcu un marinar, sărind pe covertă, din cabina ascunsă în *pupa.* Ce-o mai face *arăpoaica* mea?!

Pământul Faraonilor

— Iată *Mărgăritarul Africii!*, a strigat un ofițer de-al nostru, când ne apropiam de portul *Alexandria.*

Și cu adevărat i s-a dat această poreclă, căci ca o piatră nestemată, stă în coasta *Mediteranei* și-n gura bătrânului *Nil,* acest colț unde soarele cerne potop de raze, unde ape binecuvântate vin tocmai de sub brâul pământului și unde roade multe și livezi frumoase îmbracă valea cea mănoasă. Aici este răscrucea unde cele cinci continente ale pământului își întâlnesc bogățiile lor, aducând prisosul roadelor și luându-și ce le lipsesc.

Am trecut pe lângă farul înalt de patru sute picioare, a cărui lumină, ca un ochi de ciclop, strălucește noaptea la zeci de kilometri în largul *Mediteranei* și printr-o poartă largă am intrat în sânul digurilor de piatră, unde apa nici cută nu face.

Ne strecurăm printre vapoare uriașe, cu coșuri multe și cu palate pe ele, ce stau ca niște balauri negri, albi, roșii, gâfâind greu, obosiți de calea lungă a *Indianului, Atlanticului și Pacificului.* Trecem pe lângă șlepuri, corăbii încărcate, caicuri scumpe, bărci cu pânze colorate, apoi fregate îmbrăcate în catifea, ce plimbă perechi visătoare și luntrii ascuțite săgeată, ce cărăresc marea în dungi alburii de spumă, iar mai încolo o *dahabiehă* mare cu două caturi, încărcată cu vizitatori, croiește drum de plimbare spre gurile Nilului.

Înaintează încet „Turnul-Severin", făcându-şi loc cu greu în tabăra catargelor, unde fâlfâie steagurile tuturor națiilor de pe pământ... Şi, în vreme ce vaporul nostru alunecă tot mai aproape de *Cetatea soarelui,* o putere nevăzută parcă-mi stăvilește privirea, gonind totul din calea ochilor, auzul mi se înfundă, chemat de alte glasuri, ascunse undeva departe, și atunci binișor- binișor mintea-mi deschide hrisovul veacurilor trecute, iar gândul începe să dricue înapoia anilor, când prin locurile acestea era pustiu mare, când povestea, ce abia o năzărește cugetul în cutele colbite ale timpului, spune că aici zeul *Ptah* a zămislit întâiul om, înfâptuindu-l din țărâna pământului, după chipul și asemănarea sa.

Și ca un fir deșirat cu luare aminte de pe fus, astfel deapănă acum înaintea mea jurubița vremurilor înmormântate... Glăsuiește legenda că atunci când *Ptah* și-a împlinit datoria sa în cer și pe pământ, i-a urmat zeul *Ra.* Acesta, noaptea, se odihnea, iar ziua colinda împărăția în lung și-n lat, rânduind și sfătuindu-și norodul cel rău, sălbatic și nesupus.

Și când *Ra* a îmbătrânit și puterile i-au slăbit, atunci poporul mai mult nu i-a dat ascultare și mai mult s-a înrăit; iar sumedenia de zei plămădiți din însuși osul lui dumnezeiesc, își îndreaptă ochii spre tronul domnesc. Și aceea care i-a furat talismanul bătrânului zeu, a fost zeița *Isis.* Când văzu fapta aceasta *Ra* se supără amar pe întreaga sa făptură și, cu încordarea celei de pe urmă puteri, zămisli pe zeița *Sekhet,* cu trup de fecioară și cap de leoaică. Apoi coborând-o pe pământ, îi dădu poruncă să sfâșie fără milă norodul înrăit și neascultător.

A ciopârțit zeița în trupurile sălbatice, până râuri de sânge s-au revărsat pe văi și mormane de hoituri au presărat câmpurile. La vederea acestui prăpăd, s-a îngrozit însuși *Ra* și l-a cuprins mila de jalea căzută asupra înfăptuirii sale. Dar zeița nesățioasă și turbată de atâta jaf de sânge, nu se mai domolea și nu mai voia să dea ascultare bătrânului său urzitor. Surparea până-n temelie amenința acum întreaga suflare omenească. Tot *Ra* trebuia să-și scape *împărăția* și atunci semănă în sângele oamenilor sucul mătrăgunei, cu care se îmbătă zeița, căzu amețită și adormi. Târziu, când se deșteptă, era blândă, uitase rostul ei pe pământ și nu mai știa nimic din ce făcuse.

Văzându-și neamul mântuit, *Ra* lăsă stăpânirea dumnezeiască fiului său *Shou,* care era întruchiparea văzduhului, stăpânul uriaș al cerului; iar părintele se ascunse în trupul unei vaci, care purta barca soarelui, și Ra de aici înainte fu numit, *zeul-soare.*

Sub *Shou* și fiul său *Seth,* poporul n-a înaintat cu nimic ci a dus-o numai într-o vrăjmășie, până ce la domnie vine *Osiris.* De la el pornește primul pas de înțelegere și voie bună între oameni. *Osiris* pune toate puterile sale și toată priceperea, ca să îndulcească și să ușureze traiul supușilor săi. Sălbaticii care umblau răzlețiți unii de alții, urându-se și hărțuindu-se și sugrumându-se la toate răscrucile, se adună acum în grupuri, urzesc sate, orașăle, iar *Osiris* îi învață cum să are pământul, cum să semene și cum să culeagă, îi învață să facă unelte de muncă, să cultive cerealele și vița, și-i dezvață de a trăi din vânat și pescuit și de a aștepta harul dumnezeiesc, dat în roadele naturale ale pământului.

Osiris lucrează mână-n mână cu sora și soția sa *Isis,* punând amândoi munca și înțelepciunea lor, pentru luminarea și propășirea neamului peste care stăpâneau. Zeița îi învăță torsul lânii, țesutul, le arătă cum să macine boabele de grâu între două pietre, apoi cum să frământe coca, s-o rumenească în cuptor și să facă pâine, dezobișnuindu-i astfel de a mai mânca grâu crud. Și pe când *Osiris* urzește cetăți, întărește totul și rânduiește sărbătorirea zeilor, *Isis* întocmește familia, hotărăște regulile de însoțire între bărbat și femeie și spre apărarea sănătății, îi învață descântecul, vrăjitoria și leacurile. Apoi *Osiris,* mândru de propășirea împărăției sale, trece hotarele peste mări și țări, ca să-și ducă meșteșugul și la alte neamuri și să stăpânească lumea întreagă.

Povestea spune mai departe, că fratele lui *Osiris, Seth cel roșu* – pe care mai târziu, peste veacuri, grecii l-au numit *Typhaon,* cel cu o sută de capete de balauri și cu o sută de limbi veninoase și negre catran – acest zeu, stăpân al întunericului și al duhului rău, gelos pe mărirea fratelui său, îl prinde cu vicleșug și închizându-l într-o ladă de lemn, îi face de petrecanie, aruncându-l în valuri, și apoi se urcă pe tronul lui *Osiris.*

Atunci *Isis,* tovarășa de muncă și de dragoste a lui *Osiris,* porni singurică în insulele mlăștinoase de la gurile *Nilului* și în liniște așteptă să găsească bucățelele trupului soțului său sfâșiat de pești. După multă răbdare și cercetare, strânse fărâmiturile trupești, le uni, una câte una, și-și întrupă soțul dorit.

Dar cu tot talismanul și vrăjitoria zeiței, nu putu să dea

viață mortului. Pronia cerească însă n-o lăsă pe *Isis* să fie amărâtă până la urmă, căci revărsă har asupra amândurora și din atingerea trupului fără viață, pântecele zeiței zămisli rod nou, care avea să fie răsturnătorul tatălui său. *Horus* se numi pruncul născut și fu înfățișat prin trup de om, cu cap de șoim. El îmbălsămă corpul tatălui său și după cum *Osiris* fusese întâiul zeu atins de moarte, tot astfel și rămășițele sale formară întâia mumie, căreia i se întocmiră sărbători mari și cinstire dumnezeiască. În mintea norodului, *Osiris* stăpânea acum plaiurile celeilalte lumi, iar pe dinaintea tronului său, trebuia să treacă, după moarte, fiecare supus, spre a-și asculta înalta judecată.

Când *Horus* și-a împlinit datoria față de rămășițele pământești, s-a îndreptat apoi către uzurpatorul nelegiuit, către purtătorul vrăjmășiei și-al duhului rău. Lupte crâncene au început între *Seth* și *Horus*, unchi și nepot, lume multă s-a prăpădit, uriași și sălbatici a adus dușmanul, sângele a curs gârlă și prăpăd mare s-a coborât pe pământ. Iar când a fost ca *Seth* să cadă îngenucheat, zeița *Isis* își aduse aminte că e fratele ei și făcându-i-se milă de acest vrăjmaș, a cerut iertare lui *Horus*. Atunci copilul furios pe mama lui, îi tăie capul. Dar un alt zeu, cu numele *Thot*, o învie la loc, cu un cap de bou; iar pe cei doi frați dușmani îi împacă, împărțind moșia în două, dând fiecăruia câte o parte.

Așa ne spune mitul, c-a văcuit *Egiptul* sub domnia zeilor, când acești stăpânitori s-au luptat cu năvălitorii din miazăzi și miazănoapte, zbuciumându-se către o viață din ce în ce mai îmbelșugată și pe-o cale mai limpede. Câtă vreme o fi stăpânit poporul acești regi-zei, nu spune nici un hrisov, doar legenda, trimisă din gură în gură, glăsuiește că domnia zeiască a dăinuit cam vreo douăzeci și patru de mii de ani, vreme în care intră și semizeii, adică regii care sunt jumătate om și jumătate dumnezeu. Căci, zice-se, după ce *Horus* a încheiat dinastia zeiască și s-a înălțat la cer, în viața cea fără sfârșit, tot se mai cobora pe pământ din când în când și îndrăgostindu-se de muritoare, dădea rod vlăstarelor domnești, purtătoare în vine de sânge zeiesc.

Întâiul *Faraon* egiptean, care a domnit după dinastia

semizeilor, a fost *Menes* sau *Mina*, care a trăit cam cu cinci mii de ani înainte de *Hristos*. *Menes* s-a urcat pe tron tocmai în vremea de plămădeală și în toiul zbuciumului ce dăinuia între atâtea triburi răzlețe, care se ciocneau și se hărțuiau întruna pe valea Nilului. Întâiul *Faraon-om* înfăptui legi, după care să se călăuzească supușii săi, uni triburile într-unul singur, întări granițele țării, purtă război dușmanilor vecini și înălță pe țărmul Nilului, puțin mai sus de deltă, o strălucitoare cetate, numind-o *Memphis* sau *Men-Nefer*, care înseamnă *Port bun*. Apoi închină acest oraș zeului *Ptah*, urzitorul cerului și al pământului și ridică temple bogate, unde așeză pe vestitul bou *Apis*, în al cărui trup sălășluia spiritul lui *Ptah*. Iar când boul murea, atunci sufletul zeului cel tânăr și veșnic nemuritor, trecea în alt *Apis*. Nu departe de *Memphis*, mai spre miazănoapte, urzește orașul *Heliopolis* și-l închină zeului *Helios*, soarele, care nu era decât *Ra*; urmașul lui *Ptah*. La *Heliopolis* venea și minunata pasăre numită *Phoenix*, care după ce trăia cinci sute de ani în pustiu, se aprindea aici și arzând, se întruchipa iarăși din însăși cenușa ei.

A urmat apoi o vreme de liniște și pace – zice Gustave Jequier – în care timp țara a propășit în toate ramurile, bogăție mare a fost înăuntru și hotarele s-au întărit împotriva dușmanilor. Cu domnia a 17 regi, se mântuie *dinastia întâia* și *a doua*, care a dăinuit cam vreo șase veacuri.

Cu *dinastia a treia*, credința crește și mai mult, templele se înmulțesc și cânturi de rugăciune încep să se înalțe zeilor cinstiți de norod. *Soarele*, care face să se umfle apele Nilului și să se reverse peste țara *Egiptului*, semănând harul cel binecuvântat și dătător de roade; *soarele*, care seacă mlaștinile, încolțește câmpurile, coace bucatele și sparge vânturile pustiului; *soarelui* cel aducător de viață i se închinau egiptenii, în toată clipita și în tot locul. Cânturile lor, înălțate în rugăciune cerească, erau pline de bunătate, dreptate și milă. Zice: *„Nu asupri pe săraci, nu cârcoti, nu omorî, nu croi cale de suferințe omenești, nu minți, nu fii prilejul plânsului cuiva, căci Osiris vine de la dreptate și se hrănește cu dreptate. În el nu salăsluiește răul și nici păcatul. El dă pâine celui flămând, apă celui însetat și veștminte celui gol; el e curat, căci și inima lui e curată...”*

Și dacă despicăm rugăciunile acestui vechi popor, vedem că sunt aceleași de azi, care au străbătut mii de ani, stăpânindu-ne pe noi și va stăpâni încă, atât cât lumea se va ține și cât misterul cel mare al *firii* nu va fi aflat de omenire. Până atunci *Osiris* al egiptenilor, a cărui obârșie este *Ra – Brahma* al indienilor, *Iehova* al iudeilor, *Jupiter* al romanilor *Allah* al musulmanilor și *Dumnezeu* al creștinilor – e același mare stăpânitor, care a urzit pământul, a zămislit apele, câmpurile, păsările cerului și peștii adâncurilor, a dat viață și a însuflețit întreaga *fire*, încălzind-o, luminând-o și dându-i rânduirea măreață pe care o vedem, o simțim, dar nu putem pătrunde în rădăcina ei cea ascunsă. El este unul atotștiutor și atotfăcător, fără urmaș și fără sfârșit, cum nici început n-a avut...

Și stăpâniți de credința puternică, înfăptuită de însuși misterul greu de cercetat al firii, egiptenii toate zilele lor liniștite nu le hărăzeau decât în cinstea *înaltului urzitor.* Ei ziceau, că viața pământeană este scurtă și moartea este trecătoare, iar viața cea adevărată, cea îmbelșugată și plină de bunătăți, e viața cerească, din a doua înviere. De aceea în cripta mortului puneau poame, făină, legume și-n mână un pumn de grâu, simbolul învierii; după cum bobul de grâu semănat în pământ, încolțește și dă rod proaspăt, așa și răposatul, după ce sufletul lui va colinda ani, spălându-se de toate răutățile și păcatele, se va înapoia la trupul său și însuflețindu-l, viața nouă va începe.

Și ca să se păstreze mai bine trupul mortului, iar dușmanii să nu-l poată dosi, ca la a doua venire, sufletul să nu-și mai găsească oasele, egiptenii au născocit morminte subterane, cu camere multe, cu ascunzișuri, cu ganguri, unde cu greu s-ar fi putut ghici în ce cuptor e vârât sicriul, căci lespezi de piatră zideau gura. *Mastaba* se numiră aceste morminte și cel mai măreț a fost al regelui *Djeser- Teta,* cu care s-a încheiat *dinastia a treia* a *Faraonilor.*

Mai târziu, trebuind ca în morminte să încapă întreaga curte regească, se urziră piramidele, întrupate din blocuri mari de piatră, aduse tocmai din *Nubia* în corăbii mari, pe apele Nilului. Mii de oameni lucrau zeci de ani la aceste zidiri năzdrăvane, suind și coborând ganguri, întortochind scări, croind odăi, săli și unghere ascunse. Și mormintele acestea înfățișau icoana adevărată a vieții răposatului. Aici, pe pereți, erau zugrăvite, în culori vii, tot ce-l înconjurase pe mort în viața pământească. Erau scene din război, încoronări, serbări triumfale, inaugurări de temple, și apoi câte alte inscripții. Toate însă nu erau decât numai simple linii, căci dintre arte, cele care n-au înaintat mult în lunga domnie a *Faraonilor,* au fost sculptura și pictura, după care apoi venea literatura, care era închinată numai imnurilor de rugăciune înălțate nenumăraților zei, și câteva poeme războinice, cântate regilor.

La egipteni forma era singurul prilej ca să înfăptuiască gândirea. De aceea pictura nu avea decât niște linii, lipsindu-i cu totul perspectiva, iar sculptura: ciopliturі grosolane, în lespezi mari de piatră. Lipsea umbra și lumina din zugrăveală, se încheia însă compoziția. Cât de mult vorbesc grupurile rânduite pe pereți! Ici, înmormântări, colo, semănături, secerișuri, treierișuri cu boul și asinul, tescuit de struguri, mai dincolo, bărbați cioplind pietre scumpe, femei țesând pânză și torcând fire subțiri de lână și mătase, și apoi familia toată, tatăl și mama la mijloc, iar copii roată împrejur.

Dacă n-au luat avântul desăvârșit al frumosului, cele trei ramuri ale artei, în schimb însă architectura a fost fără seamăn în omenirea întreagă. Piramidele, înșiruite pe malul Nilului, Sfinxul cel uriaș de la Gizeh și Labirintul Faraonilor, cu trei mii de camere dintre care o mie cinci sute sub pământ, cu douăsprezece saloane mărețe și cu o sută de coloane albe – toate aceste zidiri, unde bogăția se revărsă din belșug, spun cu prisosință despre gândirea năzdrăvană a acestui neam de oameni, despre a căror obârșie nu vorbesc decât legendele aduse din gură în gură...

Cel mai de seamă *Faraon* din *dinastia a patra,* a fost regele *Kheops* sau *Khefra,* care a zidit piramida și Sfinxul de la *Gizeh.*

Trece după aceea cam la un veac și jumătate, cu patruzeci și nouă de regi, în care timp *Egiptul* urcă întruna pe culmea de înflorire, avutul crește și unde până aici n-avea, pe apă, decât mici nacele pentru pescuit, împletite din papirus, acum are corăbii adânci, care răspică mările, iar cuvântul *Faraonilor* e ascultat în toate țările vecine. *Memphis* se face din ce în ce mai strălucitoare și mai bogată, aici își are regele tronul, aici se rânduiește întreaga dregătorie a împărăției. Tot în vremea aceasta, *Heliopolis* e ridicat la rangul de mare metropolă litigioasă, a întregului *Egipt de jos,* iar preoții de aici au cea mai desăvârșită putere asupra poporului.

Făgașul acesta de înflorire merge până-n *dinastia a șaptea,* când tronul faraonic e stăpânit de șaptezeci de regi, domnind fiecare numai câte șaptezeci da zile. Cu a *opta dinastie,* se croiește povârniș de coborâre în calea *Egiptului.* Domnia de până aici, ce stăpânise în pace și liniște, nu-și întărise o armată puternică, și necumpănirea aceasta a fost prilejul ca sumedenia de prinți, ce locuiau în partea de miazăzi a țării, să se gândească și ei la stăpânire și să nu mai asculte de regii memfiți; se adună singuri într-o putere, întronează feudalitatea și îngrădesc un *Egipt nou,* numit *Egiptul de sus,* cu capitala la *Theba.*

Cu aceste certuri și răzvrătiri din înăuntru, s-a sfârșit stăpânirea memfită, și s-a încheiat vechea împărăție egipteană, după o dăinuire de 1200 ani, și care se poate așeza cam între anii 3400 și 2200, înainte de *Hristos.*

Poporul întreg acum e bășcuit după îndeletnicire, începând întâi cu preoții, cărora li se poartă cea mai mare cinste, căci ei pe lângă darul dumnezeiesc, mai sunt și stăpânitorii științelor. Scrierile lor sunt semănate numai cu pilde despre dreptate, cinste și sănătate sufletească. Vin apoi militarii, care împreună cu preoții formează clasa aristocrată a *Egiptului,* iar după ei se rânduiesc agricultorii, meseriașii, negustorii și păstorii, grosul norodului, care duce greul și plătește dările. Deasupra tuturor tronează *Faraonul,* scăldat în bogăție și strălucire. Slujbele și meseriile se urmează din tată în fiu, neavând nici unul dreptul să se ridice sau să coboare în rang. Agricultorului nu i se cade să învețe științele sau milităria, oricât de multe apucături ar fi avut; și nici copilul militarului n-are dreptul să treacă la meșteșug sau păstorie, oricât de prost militar ar fi fost!

Dar cu a *unsprezecea dinastie,* o gură nouă de lumină se crapă în drumul *Egiptului.* Însuși *Faraonul* ia seama, cu de-amănuntul, la rânduirea țării, alege slujbașii, răsplătește pe cei meritoși și împarte dreptate. Tot regele se mai îndeletnicește și cu științele, ca geometria și astronomia și apoi învățați egipteni, toți, cercetează mult meșteșugul doctoricesc, cu ajutorul căruia ajunseră să facă vestitele îmbălsămări, fără pereche în omenire. Toate acele vrăjitorii au rămas ascunse sub uriașii bolovani de piatră, cum ascuns este în bezna întunericului începutul acestui neam de oameni.

În a *douăsprezecea dinastie* vine la cârma țării *Faraonul Amenemhat,* care nu-i de neam regesc, dar prin curajul său războinc și prin cuvântul hotărâtor, el unește *Egiptul de jos* cu *cel de sus*, sub un singur sceptru și se face rânduitorul de frunte al poporului său. *Amenemhat* domnește cu multă pricepere și sârguință, treizeci de ani, de îndestulare și belșug pentru țară, iar dinastia sa își desfășoară înflorirea și prosperitatea vreme de două sute de ani și mai bine, în care timp se înfăptuiește *Nilometrul*, folosit pentru măsurătoarea apelor, când binecuvântatul *Nil* începea să se reverse, împrăștiind har în toate roadele pământului; apoi s-a mai făcut marele lac *Moeris,* unde se adunau apele, ca la nevoie să le împartă prin șănțulețele ce porneau ca o pânză de păianjen în toate părțile rodnice ale țării.

O mână dumnezeiască parcă își scutura acum norocul asupra *Egiptului,* toate roadele pământului cresc din belșug, magazinele și hambarele gem de grâu și orz, țesături minunate ies din mâinile femeilor, iar corăbiile cară prisosul peste hotarele țării, ducând fala și sârguința *Egiptului* până departe în pământurile cunoscute lor.

Între popoarele care veneau să cumpere grâu din văile *Nilului,* au fost și *Israeliții.* Și despre vremea aceea ne vorbește cartea *Bibliei,* când *Iosif,* fiul mai mic al lui *Iacob* din țara *Canaanului* fiind pizmuit de cei unsprezece frați ai săi, este vândut unei cete de negutători madianiți, care treceau cu cămilele încărcate cu smirnă și tămâie, prin câmpul *Dothan,* iar când acești negutători ajunseră în *Egipt*, vândură și ei pe copilul de unsprezece ani lui *Potifar,* dregătorul lui *Faraon,* capul gardei domnești.

Și mai spune cartea acelor timpuri, că *Iosif* era înzestrat de Dumnezeu cu înțelepciune, pricepere și cumpătare multă. Chiar atunci când i-a ieșit ispita în cale, tânărul frumos la chip și cu firea blândă, a înlăturat-o cu mărinimie. Iar când

Faraon se frământa și se chinuia, că nici unul dintre toți magii și înțelepții *Egiptului* nu s-a găsit să-i tălmăcească visul lui, în care i se arătase *că șapte vaci slabe au înghițit șapte vaci grase, și șapte spice de grâu subțirele au mistuit alte șapte spice frumoase,* – i s-a adus atunci și pe flăcăiandrul *Iosif,* care făcuse minuni în închisoarea unde îl aruncaseră cei care îi voiseră răul. Și după ce spuse regele visul încă o dată și-l întrebă pe slujitorul lui *Potifar* dacă el înțelege rostul, israelitul grăi: *„Nu eu! Dumnezeu va răspunde lui Faraon, ceea ce-i va fi de bine".* Apoi *Iosif* urmă către stăpânul preamărit: *„Visul lui Faraon este unul și Dumnezeu a arătat lui Faraon cele ce voiește să facă. Șapte vaci grase la carne și frumoase la vedere precum șapte spice pline și brobonate, sunt șapte ani de belșug în pământul Egiptului. Șapte vaci slabe și urâte la înfățișare foarte, precum șapte spice subțirele, seci și arse de vântul răsăritului, înseamnă șapte ani de foamete. Veni-va apoi șapte ani de bogăție, în care timp mărirea voastră va alege un bărbat înțelept și priceput, pe care să-l rânduiască peste pământul Egiptului, așezase-vor apoi dregătorii în toată țara, ca să ia a cincea parte din venit și toate bucatele celor șapte ani de berechet se vor strânge în magaziile tuturor cetăților, ca norodul să aibă de unde să se îndestuleze în vremea celor șapte ani de secetă, care se vor abate peste țara Egiptului și peste toate țările pământului".*

Cuvântul acesta plăcu lui *Faraon* și tuturor servilor săi. Și atunci zise regele: *„Au doară se va găsi om asemenea acestuia, în care este spiritul lui Dumnezeu?!"* Și îndreptând graiul către *Iosif,* îi spuse: *„Fiindcă Dumnezeu ție ți-a destăinuit acestea, nimeni nu este priceput și înțelept ca tine. Tu vei fi mai mare peste casa mea, și de cuvântul tău va asculta tot poporul meu, eu numai cu tronul voi fi mai presus decât tine. Iacă te pun peste tot pământul Egiptului."* Și *Faraon* scoțându-și inelul, îl puse în degetul lui *Iosif,* îl îmbrăcă în veșminte de in subțire și-i rândui lanț de aur la gât. Apoi îl urcă în carul al doilea cel regesc și dădu poruncă să se strige înaintea lui: *Abrech!* adică *îngenuncheați.* Și dându-i împuternicire fiului lui *Iacob,* regele îi mai spuse: *„Eu sunt Faraon, și fără de voia ta, nimeni să nu-și miște mâna sa ori piciorul său în tot pământul Egiptului. Zafnath-Paaneach, să te numești de azi înainte",* adică *„tălmăcitorul tainelor".*

Iosif avea treizeci de ani, când din slujitorul umil al lui

Potifar, fu ridicat la rangul cel mai înalt și i se dădu de soție – după cuvântul regelui – pe *Asenath*, fiica lui *Potifera*, preotul din On. Iată cum se surpase zidul de aramă ce stătea dârz între clasele *Egiptului*. *Dinastia Amenemhaților* îngenunchease și spulberase acel duh aristocratic, care stăpânea rangurile de sus și un suflu democratic, de apropiere între toată lumea, prinsese țara de la un capăt la altul, pornind întâi din palatele *Faraonului*.

Iosif cu multă înțelepciune și ca un bun rânduitor, strânge bucate în cei șapte ani de belșug, umple magaziile din toate cetățile și adună grâu mult, ca nisipul mării, că nici nu se mai putea socoti.

Veniră apoi cei șapte ani de secetă, cum proorocise *Iosif* și atunci foamete și sărăcie mare se făcu în toate țările, numai în *Egipt* era îndestulare. *Iosif*, marele dregător, deschise grânarele și începu să vândă bucate neamurilor înfometate, care năvăleau din toate colțurile. Printre cei veniți să cumpere grâu, au fost și copiii lui *Iacob* din *Canaan*. *Iosif* își sluji frații cu dragoste și nici bani nu le luă.

Când *israeliții* aflat-au însă că mai marele Egiptului după *Faraon* este fratele lor, cel vândut negustorilor, cu lacrimi în ochi, au căzut în genunchi și au cerut iertare. *Iosif*, de abia ținându-și plânsul, le-a zis: *„Să nu vă întristați și nici să vă pară rău, că m-ați vândut aici, că Dumnezeu pentru păstrarea vieții m-a trimis pre mine înaintea voastră. Doi ani de foamete a trecut numai și încă cinci mai sunt, în care nu va fi nici arătură, nici seceriș. Duceți-vă și spuneți părintelui meu și al vostru că Dumnezeu m-a făcut domn peste tot Egiptul și să se coboare aici cu toate turmele sale și cu toată casa sa; și spuneți părintelui toată mărirea mea și toate câte ați văzut"*. Apoi îmbrățișându-se cu toții, plânseră mult și obrajii lor în lacrimi de bucurie se scăldară, gândindu-se c-o să ducă bătrânului vestea după care o viață întreagă jelise.

Și *Iacob* porni din țara *Canaanului* cu fiii săi, cu feciorii și fetele fiilor săi, cu toată seminția și avutul și le aduse în pământul *Egiptului*, unde *Iosif* îi așeză în partea cea mai bună a țării, după cum poruncise *Faraon* și pâine din destul avură toți și nimic nu le lipsi cât bântui foametea.

Astfel rămaseră *israeliții* în valea Nilului, se făcură proprietari, sporiră și se înmulțiră ca nisipul mării. Mulți dintre ei ajunseră la languri înalte, se îmbogățiră, se făcură stăpâni pe știință, toți erau muncitori, harnici, pricepuți și iscusiți la orice treabă. O nouă vreme de înflorire se deschide acum *Egiptului.* Temple și ziduri noi se urzesc, brațe sunt destule, câmpiile își întind semănăturile, turmele se înmulțesc, viața, berechetul și voia bună clocotesc în toate părțile. Acum se ridică împărăția *Faraonilor* la culmea cea mai înaltă de strălucire.

Trec anii, unul după altul, trec vremuri multe și poporul *israelit* crește întruna, sporește ca frunza și ca iarba, se împuternicește, amenință să ajungă numărul egiptenilor, ba chiar să-l întreacă.

Atunci se trezesc localnicii de baștină ai acestei țări, dregătorii, regele, iau măsuri drastice împotriva *israeliților,* căutând pe toate căile să stăvilească înmulțirea lor. Îi puseră la muncile cele mai grele, le amărî viața la lucrarea uriașelor zidiri, la câmp, la cărămizi, fură bătuți, chinuiți, dar ei tot nu piereau. Chiar regele chemă la sine pe moașe israelite și le dădu poruncă să omoare la naștere pe toți copiii de parte bărbătească, dar moașele temându-se de mânia lui *Dumnezeu,* nu se supuseră. Iar când *Faraon* le mustră cu amenințare, ele răspunseră: *„Femeile evreice sunt tari, nu ca cele egiptene, ci nasc înainte de a ne duce noi la ele"*.

Astfel s-a înmulțit mereu neamul lui *Iacob*, dar și prigonirile s-au îndârjit. În vremea aceasta a trimis *Iehova* al *israeliților* profet în tabăra poporului său cel ales și *Moise* s-a pus numele lui, adică *scos,* căci prins fusese pe apa Nilului, unde-i dăduse drumul într-un coșuleț chiar mama copilului, ca să-l scape de mânia crudă a *Faraonului.*

Și când *Moise* crescu mare și văzu împilările neamului său, se cutremură foarte, i se strânse inima de durere și carnea pe trup i se încreți, și căzând în genuchi se rugă, cu lacrimi fierbinți, către prea *înaltul ocrotitor* al fiilor lui *Israel,* să se milostivească și să scoată din mâinile *Faraonilor* pe poporul cel ales. Și cuvânt a slobozit atunci *Iehova,* ca *Faraon* să dea voie întregului neam iudeu, să plece în pământul lui de baștină. Dar regele egiptean n-a vrut în ruptul capului, căci unde mai găsea slujitori și muncitori fără răsplată, cine avea să mai lucreze câmpurile și zidirile năzdrăvane, ce nu se sfârșeau niciodată?!...

S-a supărat *Iehova* foarte și mânie cerească a azvârlit asupra *Egiptului.* Toate apele le-a prefăcut în sânge, izvoare, bălți, mlaștini, peștii au perit cu toții; trimise broaște peste tot pământul *Faraonului,* în palatul său, în odaia de dormit, în patul său, în casele servitorilor săi și în tot locul; apoi toată pulberea pământului o prefăcu în țânțari, în muște câinești, care se puneau roi pe holde, pe turme, pe oameni. Totuși inima lui *Faraon* se învârtoși și nu ascultă. Atunci pogorî *Iehova* ciuma peste turmele egiptenilor, vărsatul negru peste oameni și vite, umplându-le trupurile cu bube mari. Strânse regele pe toți descântătorii și vrăjitorii, dar nu putu nici unul să stea în fața lui *Moise,* din pricina rănilor usturătoare. *Faraon* tot nu-și înmuia inima.

Foc cu ploaie și piatră dădu atunci *Iehova,* fulgere și trăsnete cuprinse tot pământul, cum nu se mai pomenise niciodată. Bătu holdele, livezile și jaful se alese de tot câmpul; trimise apoi lăcuste și tot ce scăpase de sub ropotul grindinii, mistui până la pământ norii aceștia de gângănii, lăsând în urma lor praf și pulbere. Și când tot nestrămutată a rămas voia lui *Faraon,* atunci făcu *Iehova* întuneric mare peste întregul pământ al *Egiptului;* trei zile nu se văzu om cu om și nimeni nu cuteză să pășească pragul casei sale. Iar când fu la a zecea mânie dumnezeiască, însuși *Iehova* trecu în cumpăna nopții, prin mijlocul împărăției faraonice și lovi cu moarte pe tot întâiul născut, de la rege, la slujitor și de la om, la dobitoc.

Zarvă mare și jale înfiorătoare fusese în noaptea aceea, căci nu era casă în care să nu fie un mort. *Faraon* se cutremură din toate mădularele, inima i se înmuie, se îngrozi de atâta jale și nemaiputând răbda mânia cerească, îl chemă pe *Moise* chiar în puterea nopții, și-i spuse hotărâtor: *„Sculați-vă și ieșiți din pământul țării mele, cu tot ce este al vostru. Mergeți de slujiți pe Iehova al vostru!”*. Și cuprins de teama prăpădului, care se abătuse peste pământul *Faraonilor,* regele îngână către profet: *„Rugați-vă și binecuvântați-mă și pe mine...”*.

Și a fost, ca după patru sute și treizeci de ani tocmai, în aceeași zi în care bătrânul *Iacob* a călcat pământul Egiptului, să-l părăsească *iudeii,* pentru totdeauna, sub binecuvântarea lui

Iehova. Și călăuziți de *Moise*, să apuce drumul pustiului, spre pământul făgăduinței, unde ani și ani aveau să meargă, până ce vor da de plaiurile mănoase și din roadele lor se vor înfrupta.

Așa ne povestește *Biblia* despre cei din urmă ani de ședere a *iudeilor* în *Egipt*, iar *Faraonul* sub care s-a prigonit neamul lui *Israel*, a fost *Amenophis al III-lea*, care era un diplomat îndemânatic, un rânduitor de frunte, un mare războinic și urzitor neobosit de zidiri mărețe și temple frumoase.

Acum stăpânitori pe pământuri întinse nu mai sunt, feudalitatea nu-și mai are ființă, iar întreaga gospodărie a țării e lăsată pe seama unui administrator ajutat de o sumedenie de slujbași. Deasupra tuturor însă stăpânește regele, fără cuvântul căruia nu se mișcă un pai. Armata se întărește din ce în ce, iar cu aducerea calului din *Siria*, se întrupează o artilerie puternică și temută, care avea să poarte războaie, multă vreme, vecinilor și să treacă peste hotarele *Siriei*, *Feniciei*, *Palestinei*, *Arabiei*, răspândind stăpânirea și cuvântul *Faraonilor* până la *Tigru* și *Eufrat*, și apoi toate roadele acestor țări începură să vină în *Egipt*, trimise în dar regelui stăpânitor, croindu-se cu chipul acesta și un schimb de mărfuri între țara *Faraonilor* și țările supuse.

Se făcură legi, pentru ocrotirea industrei naționale și chiar din porunca regelui se opri, sub pedepse grele, ca lucrătorii specialiști să mai treacă barierele *Egiptului*, spre a-și împrumuta meșteșugul străinilor. Se înfăptui o marină de război și vapoare mari pentru mărfuri se încheiară, putând răzbi răzvrătirea valurilor și supune furtuna oceanelor, dând probă de dibăcie și îndrăzneală mai târziu, sub domnia lui *Nechao*, când vasele egiptene încinseră *Africa*, ieșind prin *Gibraltar* și înapoindu-se pe apele *Mării Roșii*.

Sculptura începu acum să ia forme mult mai aproape de adevăr, statuile căpătară viață, punându-se temei în expresie și în ținuta chipului cioplit în piatră; vasele încrustate în aur și argint, luară forme cu totul deosebite de cele de până acum: sunt modelele împrumutate de la neamurile cu care aveau prieteșug negustoresc. Nici portul nu mai este cel vechi. Femeile, în loc de rochie strâmtă pe trup și scurtă, poartă un veșmânt lung până-n pământ, ca și bărbații, cu deosebirea numai, că la ele e mai strâns pe piept și mai larg în poale.

Cu întinderea stăpânirii faraonice în pământurile unde sălășluia neamul lui *Sim,* s-au deșertat în *Egipt* o mulțime de cuvinte, ziceri și obiceiuri, prinzând rădăcini cu atât mai mult, cu cât regele primea și trimitea știri supușilor săi în idiomul graiului lor. O rază de lumină a licărit în acest timp și pentru literatură, adusă de firea visătoare, a popoarelor din văile *Libanului.* Astfel își croise calea *Noul Imperiu,* când o umbră se abătu în drumul vechii credinți, schimbând făgașul apucat, pentru scurt timp însă. În vremea aceasta preoții, închinătorii zeului *Amon* cel stăpânitor în cetatea *Theba,* își ridicaseră puterea lor deasupra tuturor celorlalte altare din întregul *Egipt,* ba amenințau chiar, ca sacerdoții să cotropească însăși puterea regească.

Faraonul Amenophis al IV-lea fu cel care avu curajul năzdrăvan să surpe stăpânirea zeului *Amon* și să stăvilească marea putere a preoților. Noul rege porunci să se dărâme toate templele bogate și mărețe, înălțate de strămoșii săi, goni preoții și puse să se șteargă numele zeului *Amon* de pe toate inscripțiile; părăsi *Theba,* cu toată curtea sa și apoi urzi în *Egiptul de mijloc* un nou oraș, închinându-l unui nou zeu, cu numele de *Aten,* care nu era altul decât străvechiul *Ra,* întruchiparea soarelui. Însuși regele își schimbă atunci numele în *Khounaten* adică *„mareția soarelui"*, iar capitala sa și-o botează: *Khout-Aten, „zarea soarelui".*

S-au zidit după aceea palate și temple bogate, închinate noului chip dumnezeiesc, împodobindu-le cu sculptură și pictură nouă, ce purta o pecete străină vechiului neam egiptean.

Cât a domnit regele *Khounaten,* uzurpatorul strămoșeștei legi, nu spune lămurit nici un hrisov. Întocmirea lui însă n-a putut dăinui după moarte-i, căci urmașii răzvrătitorului rege se întoarseră la bătrâna datină. *Horemheb* se numește *Faraonul* care deschide din nou templele lui *Amon* și întronează în tot *Egiptul* cinstirea vechiului și puternicului zeu. O dâră luminoasă lasă în urma sa acest rege, destoinic în războaiele sale, purtate spre miază noapte și miazăzi, și cumpănitor în o sumedenie de legi, întocmite spre buna rânduire a țării.

Cu *Horemheb* se încheie a *optsprezecea dinastie*, după care urmează apoi un șir de regi și mai războinici și mai dornici de trecut peste hotare străine, întronând stăpânirea *Egiptului*, de la cetatea *Babilonului* până în deșertul *libienilor* și până în pustia *Saharei*.

Măreția țării în războaie și cuceriri, își atinse culmea sub *Ramses al II-lea*. Dintre toți regii *Egiptului*, acesta e singurul *Faraon* căruia omenirea i-a păstrat mai multă aducere aminte decât tuturor celorlalți și-a cărui pomenire a răzbit peste șirul lung al veacurilor. Nu-i lespede de piatră, nu-i monument ori templu, care să nu slovenească, în hieroglifele vremii, numele lui *Ramses al II-lea* și luptele sale învingătoare din *Asia Mică*, cântate de poetul *Pentaour*; și nu-i zidire măreață, care să nu-și aibă cioplit în piatră, chipul acestui *Faraon* uriaș, care în lupta sângeroasă ce-a dat-o pe valea *Orontelui*, din *Asia Mică*, fiind înconjurat de dușmani și rămas singur în mijlocul a 2500 de care, căci toți soldații săi îl părăsiseră, fugind care încotro putuse, îngroziți de urgia vrăjmașului. Atunci *Ramses al II-lea* înălțând ochii spre cer, cheamă îndurarea lui Dumnezeu: *„Tatăl meu Amon, cu ce greșit-a fiul tău, de l-ai uitat?... Au nu mers-am și nu mă oprit-am la cuvântul tău? Din calea poruncilor tale niciodată nu m-am abătut și corăbiile mele pentru tine și-n cinstea măririi tale colindă apele. Tată, Amon, vezi-mă singur-singurel, răsnit în mijlocul unui neam de oameni răi și necunoscuți de mine; te chem, să mă vezi, părăsit de soldații mei și năvălit de puhoiul noroadelor multe și toate învrăjbite împotriva mea. Nici un călăreț nu mai am și glasului meu de nimeni nu i se mai dă ascultare. Știu, Amon, că tu îmi vrei binele mai mult decât toți soldații mei, și că sumedenia acestor vrăjmași vor fugi înaintea puterii tale, cum fuge praful de pulbere înaintea vântului. Amon, cu biruința ta cea fără margini, fă să birui acum."*

Și la chemarea *Faraonului* cel viteaz și mult credincios măririi dumnezeiești, *Amon* se coborî din tronul ceresc și un grai detunător răsună la spatele regelui: *„Auzit-am glasul tău, și-am alergat la tine, o Ramses Meriamon! Sunt eu tatăl tău, eu sunt stăpânul puterii, mâna mea e ca tine și voința ta se va împlini. Tatăl tău ceresc îți vrea binele mai mult decât toată suflarea acestor meleaguri!"*

Se începe luptă crâncenă; în piepturile dușmanilor clocotește acum frica de moarte, vârâtă de puterea dumnezeiască;

nu mai știu să-și azvârle săgețile, nu mai au cumpănire să mânuiască lăncile, cad rânduri după rânduri, aleargă zăpăciți, se înnămolesc în smârcuri și se afundă în apele *Orontelui,* iar regele pecetluit cu mărirea lui *Amon,* taie în dreapta și în stânga, doboară mereu, cel îngenucheat nu se mai ridică, cel căzut nu mai rămâne cu viață.

Așa este cântată expediția lui *Ramses al II-lea,* în *Asia Mică,* de către *Pentaour,* în faimosul său poem, ale cărui frumuseți se pot asemui cu *Iliada lui Homer.*

După *Ramses al II-lea,* întâiul care a încheiat un tratat de alianță cu popoarele *Asiei Mici,* a venit la cârma tronului un șir de regi, a căror putere o ținură cu mărire preoții *zeului Amon,* poruncind și rânduind ei totul. Puțină vreme s-a scurs, și apoi cum se abate furtuna furioasă peste o grădină încărcată cu poame rumene și flori frumoase, rupând și călcând totul în cale, astfel se năpăstuiră asupra *Egiptului,* toate acele nații care până aici stăteau smerite, ascultând cuvântul *Faraonilor.* Se sculară triburile tăbărâte în pustiul deșertului, pe coastele *Tunisului,* porniră oștiri din *Siria,* din *Palestina,* din ținuturile *Tigrului* și *Eufratului,* se ridicară regii *Babilonului,* ai *Filistenilor* și-ai *Perșilor;* potop de corăbii înarmate își luară drumul pe mare și puhoi de norod se rupse din pământurile *Asiei Mici,* plecând spre valea cea bogată și presărată cu mărire, a miraculosului Nil.

Armatele dușmane fură multe, vrăjmași sumedenie și năzuințe fără margini. Acum împărăția *Faraonilor* nu mai are nici un supus peste hotare, și-a tras frâiele în oborul ei, ba oștirile străine au ajuns să-i dricuie pământul, să-i jefuiască avutul, înfruptându-se din bogăția îngrămădită de veacuri și să vâre răzvrătirea în popor.

Astfel pogoară *Egiptul* din mărirea sa, iar povârnișul e râpos către începutul *dinastiei a douăzecea,* care dăinuiește prin veacul al unsprezecelea, înainte de *Hristos,* cam în același timp când în satul *Beit-Lehem* din *Iudeia,* copilărea *David,* cel ce avea să fie puternicul rege al *israeliților* și urzitorul *Ierusalimului.*

Zece dinastii au urmat apoi, în care a stăpânit puterea tebană în frunte cu tagma preoțească a zeului *Amon,* și în care timp s-au încoronat pe tronul *Egiptului* regi de sânge asirian.

Pe pământul Nilului își întinde acum stăpânirea, întronându-și cuvântul și fapta, și regele *Asurbanipal* al asirienilor și *Nabuchodonosor* al Babilonului; iar când fu în a *douăzeci și șaptea dinastie,* năvăliră *perșii*, sub regele *Cambise*, fiul lui *Cyrus.*

Două veacuri s-au zbuciumat și străduit egiptenii să surpe jugul persan, l-a înlăturat de câteva ori cu bărbăție, dar n-au putut birui până la urmă potopul acestor vrășmași, care jefuiră și stoarseră avuția, agonisită veacuri după veacuri. *Nectanebo al II-lea* e cel din urmă Faraon, care văzând că nu mai poate ține piept cu nici un chip năvalei dușmane, părăsește țara *Egiptului* în anul 342, înainte de *Hristos* și fuge în *Etiopia*, încheind a *treizecea dinastie* faraonică.

Zece ani trecură doar, când de peste *Marea Mediterană* se ridică mult temutul rege al *Macedoniei, Alexandru cel Mare,* care fu primit de către egipteni ca un mântuitor ceresc, fiindcă el, în goana lui războinică și plină de curaj, spulberă stăpânirea *perșilor*, împingându-i până sub poalele muntelui *Himalaia.* Iar puternicul și îndelung cuceritorul împărat, ca o chezășie că în nenumăratele sale stăpâniri, a trecut și pe aici, urzește orașul *Alexandria*, care avea să pomenească în vecii vecilor numele viteazului, ce nu-și va găsi pereche niciodată.

*

— *Funda ancora!... Vira parâma!,* răsună răspicat şi prelung glasul ofițerului din *provă,* şi gându-mi înfundat în bezna vremurilor asfințite, se spulberă într-o clipită, în vreme ce vaporul nostru se alipeşte încet de pontonul, unde fâlfâie mândru tricolorul român...

Mărgăritarul Africii

Astfel e poreclit orașul *Alexandria,* în timpurile de azi, de cei cu imaginație poetică; iar turcii îi zic *Iskanderieh.* Când viteazul împărat al macedonenilor a coborât în *țara soarelui,* a urzit cetate nouă aici, în poalele sărăcăciosului sat *Racotis,* locuit de pescari și păstori, spre a ridica un dușman puternic împotriva *Tirului,* căci cetatea vechilor fenicieni nu voise a se supune stăpânitorului împărat. *Alexandru Macedon* a așezat cetatea pe o limbă de pământ, cuprinsă între lacul *Mereotis* și *Mediterană.* Iar lucrările le-a purtat *Dinocrate,* același architect macedonean, care a statornicit, din nou, vestitul templu al zeiței *Diana,* din *Ephes,* ars până-n temelie de capriciosul *Erostrate,* care crezuse să se facă nemuritor prin ștergerea de pe fața pământului a uneia din cele șapte minuni ale lumii.

Cetatea lui *Macedon* avea forma unei hlamide grecești, lungă de șapte stadii, de unde i se mai zicea și *Heptastadia*; iar la cele două margini vegheau forturi puternice. Printr-o șosea de piatră se unise continentul cu insula *Faros,* împărțindu-se portul în două, cel de răsărit numit *„Marele port", – azi Noul port* – iar cel de apus, *Eunostos* sau *Portul de bună sosire.*

Două uliți mai însemnate tăiau orașul, una pornind de la răsărit spre apus, și alta, de la miază noapte la miazăzi, încrucișându-se amândouă în inima cetății, în cartierul numit *Bruchion,* cel mat bogat și mai populat. Aici stăteau numai greci, în palate scumpe și frumos zidite. Tot aici se aflau muzeul, biblioteca cea mare, teatrul și *Soma,* locul unde se îngropau regii. În partea de răsărit a orașului se desfășura cartierul evreiesc, despărțit de restul cetății cu ziduri groase și porți mari, care nu se deschideau decât la nevoie. Iudeii trăiau în liniște, după legile lor, numărându-se aproape la o sută de mii. Erau foarte bogați, aveau un tribunal întocmit din șaptezeci de bătrâni, la fel cu cel din *Ierusalim,* și cuvântul lor prețuia mult înaintea regilor, căci atunci când trebuința cerea, evreii împrumutau chiar cu bani pe stăpânitorii lor.

Sinagoga *iudeilor* era cea mai bogată și cea mai frumoasă clădire din tot orașul, având cele șaptezeci de scaune toate îmbrăcate în aur.

Satul *Racotis* își păstrase rădăcina în partea de soare apune a cetății. Aici se afla sărăcimea; străvechii egipteni, urmașii *Faraonilor,* ajunseseră acum slugile celor ce năvăliseră pe pământul lor.

Acesta este orașul *Alexandria* sub domnia *Ptolomeilor,* care au urmat viteazului *Macedonean*, de la veleatul 323, înainte de *Hristos*, în care timp, vreme de trei veacuri, spune *Diodor din Sicilia,* au trăit în marea cetate trei sute de mii oameni liberi ceea ce presupune că populația în întregime se ridica aproape la un milion.

În lungul șir al acestor regi, începuți din *Lagus,* generalul lui *Alexandru cel Mare*, răsare chipul lui *Ptolomeu al II-lea*, zis și *Soter* sau *Filadelful,* care a fost un rânduitor de frunte al țării și sprijinitorul neclintit al științelor și al artelor. *Ptolomeu* a fost acela care, recunoscător genialului urzitor al cetății, i-a adus rămășițele tocmai din *Siria,* unde viteazul și neobositul luptător închisese ochii prea de timpuriu. Un car măreț de aur împodobit cu cununi de pietre scumpe și tras de șaizeci și patru de catâri, a intrat în *Alexandria* cu țărâna trupească a *împăratului Macedonean,* urmat de o armată cernită și de popor mult, lăcrimând după cel pe care cu câțiva ani mai înainte îl primise ca pe un *Dumnezeu* binefăcător.

Din îndemnul lui *Soter* se traduse întâia oară, de către evrei în grecește, vechea biblie, numindu-se *„Tălmăcirea celor șaptezeci și doi”*, iar drept răsplată regele dădu *iudeilor* aceleași drepturi ca și *grecilor.* Toate căile către *Alexandria* se lăsară libere, toți cărturarii lumii și toată știința din cele patru colțuri ale pământului porniră spre *cetatea soarelui.*

Palatul bogat și strălucitor al regelui, se prefăcu în lăcașul învățăturii, în altarul gândirii și al întruchipării frumosului. În scurtă vreme *Alexandria* ajunse metropola comercială și intelectuală a întregii lumi, cunoscută până atunci. Iar în semn de cinste, păstrată neamului, care a văcuit odată aici, *Ptolomeu Filadelful* înălță chiar în *Racotis* templul *Serapeum*, închinat zeului *Serapis*, care nu era altul decât vechiul *Apis* al *Faraonilor*. Zidi apoi fântâni de marmură și granit, care aduseră în oraș apa Nilului revărsată prin apeducte mari.

În timpul domniei sale de 38 ani, de la 285-247, înaintea erei creștine, Soter mai ridică, în insula *Faros*, în fața *Marelui port*, un far înalt de 400 picioare, cu mai multe caturi și cu scări trainice pe dinăuntru, pe care, se zice, că s-ar fi urcat și o vită mare. Farul acesta era înarmat cu o uriașă oglindă, pe a cărei față lucie se prindea, în timpul zilei, chipul deslușit al vapoarelor, care se iveau la zeci de kilometri în zarea *Mediteranei*. Acest falnic monument – unde s-a înjunghiat *Antoniu*, văzându-se părăsit de întreaga sa armată și de prieteni, fiindcă îngenuchease cu trup și suflet prea frumoasei și înșelătoarei regine *Cleopatra* – această podoabă de înaltă artă în croială și zidire, a dăinuit până în veacul al XII-lea, după *Hristos*, când apoi s-a plecat sub valuri, supus de pumnul greu al vremii și de bejeniile abătute aici, an după an.

În *Alexandria* s-a născut *Sfântul Ștefan*, părintele ortodoxismului; aici a vestit Evanghelia *Sfântul Marcu* și tot în cetatea lui *Macedon* s-a înfăptuit întâia școală creștină, unde se lămuri, de către cărturari, *Sfânta Scriptură*, împrăștiindu-se învățăturile *Mântuitorului*.

Alături de această școală creștinească, numită *Didoscale*, s-a ridicat școala iudaică, înjghebată de evreii cărturari, care erau înrâuriți de filosofia greacă, mai ales de doctrinele lui *Platon* și *Aristotel*. Și acești *israeliți* punând față în față învățămintele marilor gânditori eleni, cu vechea scriptură a profeților din *Palestina* și deznodându-le fir cu fir, ajunseră să-și facă o părere hotărâtă, că învățații greci se adăpaseră din izvorul cărților lui *Moise*, care era mai mult bătrân, și prin urmare *valea Iordanului* a fost grădina cea roditoare în învățătură, ba unii iudei ziceau chiar că *Platon* care a călătorit prin multe țări și pe la multe neamuri, nu era altul decât profetul *Moise*, vorbind grecește.

Această judecată a fost un mare îndemn pentru evreii din *Egipt*, ca să încline și ei cu încredere spre filosofia lui *Platon*.

Cetatea urzită de *Alexandra cel Mare*, și-a atins culmea ei de înflorire până sub domnia lui *Epifane*, anul 181, înainte de *Hristos*, când apoi începu să alunece povârnișul făgașului, până ce sub frumoasa *Cleopatra*, regina cea cu gusturi multe și de mulți dorită în dragoste, capitala *Ptolomeilor* trecu sub stăpânirea împărăției Romane. Atunci *Cleopatra*, ca să scape de răzbunarea rușinoasă a lui *Octavian* care se hotărâse, în numele tuturor inimilor otrăvite, s-o aducă în Roma, înjugată la carul triumfal, regina sub a cărei privire îngenuncheaseră ca un miel blând cei mai cruzi și războinici bărbați, în ziua de 15 august, anul 30, înaintea legii noastre, din însăși dorința ei, închide ochii, sub otrava viperei, așezată pe sân, acolo unde a clocotit dragostea și nepăsarea, ura și răzbunarea.

Șapte veacuri aproape *Alexandria* a fost o provincie romană, ducând-o când mai bine, când mai rău; însă niciodată nu și-a stăvilit calea sa comercială, fiind drumul de trecere a tuturor mărfurilor din *India* și *Africa* spre țărmurile *Europei*. Dar la anul 641, după *Hristos*, o vijelie furtunoasă, ce avea să pârjolească valea mănoasă a *Nilului* se ridică dinspre soare răsare. Aceasta fu năvala cruzilor arabi, care, în frunte cu generalul *Amru*, supuseră cetatea *Alexandria*, jefuind și prădând totul în calea lor; iar când ajunseră în cartierul *Bruchion*, prefăcură în cenușă cea mai bogată bibliotecă din omenirea întreagă, în acele vremuri.

— Dacă în cărțile acestea se află învățături necuprinse în *Coran*, atunci sunt de prisos, iar dacă se ascund alte științe împotriva *Coranului*, biblioteca e vătămătoare legii lui *Mahomet* și prin urmare trebuie prefăcută în scrum!

Astfel au cugetat închinătorii *Islamului*, când s-au văzut în fața uriașei biblioteci, unde regii *Ptolomei* și toți binefăcătorii științelor și ai artelor adunaseră an cu an aproape șapte sute de mii volume mari de papirus, în care se închidea întreaga învățătură a lumii vechi.

După ce limbi năprasnice de foc au mistuit lacome, în câteva clipite, ceea ce minți luminate și socotite întrupaseră veacuri după veacuri; după ce arabii fâlfâiră steagul lui *Mohamet* deasupra cetății și puseră stăpânire pe toate avuțiile, căpetenia armatelor musulmane, *Amru*, scrise califului *Omar*, mai marele său, vestindu-i isprava vitejească: *„Am luat cetatea dinspre mare. Este foarte întinsă și plină de minunate lucruri, pe care îmi este cu neputință să le înșir. Se află aici patru mii palate, patru mii băi, patru mii comedieni, patru zeci mii evrei, ce plătesc tribut, patru sute teatre, circuri sau monumente publice, o mie două sute grădini și multe altele"*.

Scrisoarea scurtă a generalului *Amru* vorbește îndeajuns despre bogăția și despre viața ce clocotea în cetatea lui *Alexandru Macedon*, peste al cărui mormânt trecuseră aproape zece veacuri.

Sub arabi însă, *Alexandriei* nu-i fusese mai rău decât în timpul stăpânirii nepăsătoare a romanilor. *Ahmet-Ben-Tulun* întări cetatea cu noi ziduri de împuternicire, din care se mai văd și azi. Când puterea calitățilot își rânduiseră stăpânirea în *Egipt*, altă năvălire se ridică, prin veacul al XV-lea: sunt turcii, care sub *Selim I*, alipesc bătrâna țară a *Faraonilor* stinși, la împărăția Otomană.

Sleiesc musulmanii plaiurile acestor meleaguri, înmormântând sub dărâmături și prădări tot ce trecutul înfăptuise, până ce în anul 1798, un soare strălucitor și binevoitor cimitirului de pe valea *Nilului*, se ivi de peste valurile spumoase ale *Mediteranei*. Fu marele căpitan *Napoleon Bonaparte*, care după ce-și statornicise dragostea și stăpânirea în *Italia*, înlăturând jugul german, acum își îndreptase privirile spre miazăzi, către colinele misteriosului fluviu. Și-n luna lui martie, pe căldura năbușitoare a pustiului, în câmpurile unde odinioară strălucea bogăția cetății *Heliopolis*, zece mii de soldați francezi sprinteni, îngenunchează în mai multe lupte sângeroase peste optzeci de mii de turci, fugărindu-i peste hotarele țării.

În anul 1841 se încheie tratatul de la *Londra*, prin care *Egiptul* rămâne tot sub suzeranitatea Turciei, însă capătă îngăduire din partea *Porții*, ca să fie stăpânit de un chediv, cu domnie ereditară, fiind în același timp și sub supravegherea *Angliei* și a *Franței*. Patruzeci și unu de ani trecură, când la 12 iulie 1882, colonelul *Arabi-Pașa* răscoală pe soldații egipteni, care, în frunte cu ofițerii, năvălesc în cartierul european, strigând: *„moarte creștinilor!”* și un măcel sângeros se desfășură atunci. Sub cuvânt că ocrotește pe chediv de răscoala din țară, flota *Marei Britanii* bombardă, cu înverșunare, portul *Alexandria*, punând cu împrejurarea aceasta stăpânire pe întreaga vale a *Nilului*. Și de atunci până azi englezii își înfăptuiesc ocrotirea lor asupra țării, țesându-i holdele într-o rețea de canale de irigație, ceea ce face ca plaiurile *Egiptului* să fie an cu an tot mai mănoase.

Dacă francezii au fost întâii care dezgropară bogatele comori din pământul *Faraonilor*, făcându-se cunoscute lumii întregi de către marele învățat *Champollion*, apoi englezii fuseră cei care deschiseră pungile lor pline cu lire, își puseră în faptă munca și cunoștințele lor și, prin îmbunătățiri de tot felul, revărsară asupra *Egiptului* aceeași avuție din timpurile vechi.

Acestea sunt vremurile prin care a trecut *Mărgăritarul Africii* de azi, unde îndată ce am sosit și s-au îndeplinit cerințele de acostare, am coborât de pe vapor, abia făcându-mi loc prin învălmășagul de lume. Ajuns la vama din port, mă supun la cercetarea celor doi păzitori arabi, care caută cu de-amănuntul pe noii veniți.

Prietenul meu, ofițer, îmi spune că măsura aceasta, ca înfățișătorul stăpânirii să te caute peste tot trupul, ba să-ți scotocească buzunarele chiar, au luat-o englezii ca să stârpească trecerea pe furiș, mai ales de către marinarii greci, a *hașișului*, o buruiană pe care arabii o fumează cu multă patimă, căci tăria ei îi poartă în lumea basmelor, îi amețește și le aduce în față tot ce mintea poate năzui. Otrava *hașișului* însă e puternică și smintește pe cel pătimaș. Și de aceea englezii au pus premii pe kilogramul de *hașiș* celui care va prinde pe contrabandist și pedepse vinovatului. Chiar zilele trecute un marinar grec și-a sfârșit osânda de două luni, pe care le făcuse într-o închisoare cu lespezi reci și zgrobunțoase, fără nici un așternut și drept mâncare câteva măsline pe zi.

Cum trecurăm vama, la câțiva pași numai, întâlnirăm *Fortul Napoleon*, o movilă mare de pământ, încinsă cu zid de piatră, iar deasupra-i sunt rânduiți palmieri și alți arbuști, care veșnic stau verzi. Această măgură, care se vede de departe, din largul mării, spune legenda că soldații lui *Napoleon*, când au coborât în fosta capitală a *Ptolomeilor*, au ridicat-o într-o singură noapte, cărând pământ cu mantalele, ca a doua zi să aibă unde se adăposti, când lupta va începe cu hoardele musulmane.

De la *Fortul Napoleon*, ținând tot dreapta, se desfășoară mahalaua arabă, cea mai săracă și cea mai murdară. Și eu, care-mi place să cercetez întâi laturile unui oraș, mai ales aici în Orient, căci ele sunt adevărata chezășie a felului de oameni și a vieții lor, apoi pornesc pe aici, cu tovarășul meu.

Trecem printr-un șir de prăvălioare, ce par niște colibe smolite, unde ciocăniturile căldărilor și potcoavelor ne țiuie în urechi, unde ulița e cătrănită cu cărbuni și unde scânteiele sărite din priboiul înroșit pe nicovală, se întrec în sclipiri cu ochii și dinții arabului ce lucrează lângă foale, cu capul gol, cu ceafa înmuiată parcă în păcură și cu ciubucul la falcă, zvârlind când și când câte un scuipat alb, printre buzele porumbace și fiștave.

Cotim ulicioare înguste, cât de abia poate încăpea o cămilă încărcată, ocolim colțuri, unde nu pătrunde soarele și unde grămezile de gunoi împrăștie mirosuri grele, apoi pășim grin ganguri întunecoase, unde uși vechi se deschid în zidul mucegăit și capete ciufulite, cu chipuri ca de ciocolată, se ivesc în prag, ne ațintesc cu privirea și după aceea încep să strige în urma noastră: *„bacșiș! bacșiș!”*. Câte un arab încovoiat de șale și cu o mână de bărbiță albă proptită pe pieptul scorojit, pășește încet, ducând burduful cu apă la spinare, iar în gură suge de zor coceanul de trestie de zahăr. Copiii încalecă pe tulpina lungă a trestiei și apucând în gură capătul coceanului, gonesc „calul” la joacă, sugând întruna mustul dulce.

Întâlnim egiptene cu brățări de aluminiu la picioare și cu *iașmac* la obraz ca și cadânele turcești, cu deosebire doar că aici este dosită fața numai de la nas în jos și *iașmacul* e ținut de un mosorel – care e mai ieftin sau mai de preț, după cum îi dă mâna stăpânei – și e așezat între sprâncene, de-a lungul nasului, iar mosorul atârnă de o sfoară care se pierde în părul îmbrobodit. Așa că ochii adânci și pătrunzători ai arabei egiptene pot fi priviți.

Tot rătăcind prin ulicioarele acestea, dăm de *Coloana lui Pompei.* Astfel este cunoscută de public, pe când de fapt coloana a fost ridicată din porunca unui prefect egiptean, în cinstea împăratului Dioclețian. Iar istoricul și marele om de stat arab, *Abul-Feda,* care a luat parte la războiul contra cruciaților, zice că acest monument a fost înălțat în cinstea împăratului *Septimiu Sever.* Coloana se păstrează și astăzi în întregime. Are o înălțime de vreo 28 de metri și un diametru de aproape trei metri. Toată e închegată numai din bucăți de granit. E închisă într-o grădină mărișoară, unde un paznic eliberează bilete a treizeci de bani, celor care vor să intre înăuntru. De-a dreapta și de-a stânga coloanei stau pe labe doi sfinxi, cu trup de om și cap de leu.

De la coloana lui *Pompei,* prin ulița *Kharmus* în câteva minute suntem la *Catacombe,* hrube adânci, pardosite cu lespezi de marmură și care odată răspundeau tocmai la mare, unde se desfășurau bogatele saloane și băi ale reginei *Cleopatra,* cea frumoasă, cu a cărei dragoste multe capete încoronate le-a coborât la picioare și mulți feciori de curte s-au înălțat să aline capriciile reginei. Aici s-a găsit pe vremuri și un măreț templu subteran, împotmolit jumătate în nisip. Azi doar urmele mai vorbesc despre acest cimitir vechi și prețios.

De la *Catacombe,* luăm tramvaiul electric, care, în mai puțin de un sfert de ceas, ne duce în piața *Mahomet Ali.* Aici e cartierul european sau *Piața Consulilor,* cum i se mai zice. Are forma unui paralelogram, lung de 400 metri. E încrucișarea mai multor uliți și tramvaie electrice, care vin din toate laturile orașului, încingând într-un brâu larg statuia lui *Mohamet Ali.* Marele luptător arab e călare pe roibul voinic, ține dreapta în șold, iar cu stânga înfrânează armăsarul, ce parcă stă să verse flăcări pe nările-i umflate. Statuia de la soclu până la capul bărbos și înfășurat în cealma al lui *Mohamet Ali,* se înfățișează aidoma ca *Mihai Viteazul* al nostru. Numai că cea din *Alexandria Egiptului* e poate de două ori și ceva mai mare decât statuia din *București.* Care după care o fi fost copiată?! Nu știu. Ceea ce pot spune este că vice-regele *Egiptului* a stăpânit pe la anul 1811, iar *Mihai Viteazul* a murit la anul 1601.

În piața *Mohamet Ali* sunt case înalte, cu două și trei caturi, iar vitrinele sunt mari, unde mărfuri europene, de tot felul, stau rânduite în fața trecătorilor. Pe aici e așternut cu asfalt, e curat, umblă ghete de lac, pălării înalte, femei îmbrăcate după cel din urmă jurnal de modă, sunt afișe mari, care vestesc filme de cinematograf; pe aici sunt parcă în mijlocul unui oraș din *Europa*, și rar zăresc câte un chip tuciuriu, învestmântat în halat albastru ori galben.

Împrejurul statuii stau rânduite trăsuri cu câte un catâr, așteptând mușterii dornici de plimbare. Cinci piaștri egipteni e orice drum în oraș. Când bagi mâna în buzunar, ți se pare un fleac: cinci monede mici, de mărimea unui zece bani al nostru; dar când le socotești, vezi că fac tocmai un leu și treizeci de gologani, căci piastru tarif are 26 de bani și doar *Alexandria* n-are întindere mare.

Alături pe piața *Mohamet Ali* se întinde piața *Ibrahim-Pașa*, nume ce l-a purtat fiul războinicului vice-rege, întrecând pe tatăl său în vitejie crudă, dar fiind totodată și un bun rânduitor al țării. Din piața *Mohamet-Ali*, spre apus, pornește în mare un istm, lung de 1380 de metri și lat de jumătate kilometru. Capătul cel mai din asfințit al acestei limbi, pe vremuri, a fost o insulă răzleață de continent și pe care *Alexandru Macedon*, când a întocmit planul portului, a făcut-o una cu țărmul.

Aici, în scăldătoarea valurilor spumegoase, unde razele curg întruna, depănând fire după fire aurii, unde adierea răcoroasă vine în unde despicate din fundul depărtat al *Mediteranei*, aici se răsfață bogatul și frumosul palat *Ras-El-Tin*, zidit de *Mahomet-Ali*. Aici, în camerele multe își păstra vice-regele prețiosul său harem, cu arabe tot una și una; iar mai devale, unde *Mediterana* se aruncă nebunatic, își înalță creștetul purtător de lumină farul ridicat de *Mohamet-Ali*.

Vapoare, șlepuri, corăbii, oștire de catarge, stau bulucite în adăpostul de miazăzi al istmului, în fundul portului *Eunostos*. Se aud ciocănituri, strigăte, zgomot de uzină, aici e faurul maritim, cu atelierele de construcții și reparații.

Din docuri intrăm în cartierul bazarelor. Ce deosebire între aici și centrul european, care nu e decât la câțiva zeci de metri! Cât cerul de pământ. Străduța e îngustă și învălmășeală de nu-ți poți trage sufletul. O masă de capete, cu fesuri și halate în toate culorile, apoi femei însovonite, arabi purtând pe cap coșulețe cu portocale, banane, tăvi cu dulcețuri; un puhoi smolit, zdrențăros, se mișcă de la un capăt la altul printre două șiruri de prăvălioare întunecoase, la ale căror uși atârnă fel de fel de mărfuri. Glasurile negustorilor, ce-și cheamă mușterii, strigătele precupeților cu poame, uruitul vreunei trăsuri abătută în cale pe aici, toate fac să răbufnească, în susul și în josul uliții, un vuiet neînțeles, venit parcă de undeva de departe, din fundul unei uzine.

Tot de aici sunt și moscheile, însă n-au aproape nici o însemnătate din punctul de vedere al întocmirii architectonice. Toate sunt la fel, copiate parcă de pe un singur model. Cea mai mare și mai frumoasă este moscheea șeicului *Abu'l-Abbas-al-Mursi.*

Când am ieșit din năduful bazarelor și-am trecut în partea de miază noapte a istmului, în marele și noul port, am răsuflat lung. Aici se deschide necuprinsa zare a *Mediteranei.* Uite, nu departe de țărm, cum sclipește în soare fortul de piatră *Kait-Bey,* ridicat de arabi pe locul unde odinioară se înălța falnicul far al lui *Ptolomeu al II-lea,* din care azi n-au mai rămas decât un bloc de marmură și câțiva stâlpi de granit.

O șosea largă, pietruită și curată, pornește spre soare răsare, de-a lungul cheiului. Un tramvai electric cu vagoane lungi, cu caturi deasupra, duce în goană, spre grădina publică, spre *Ramleh* și apoi mai departe către gurile *Nilului,* în marele și minunatul parc *Nuza.*

Acestea și împreună cu grădinile *Gabbari,* ce se găsesc în partea de miazăzi și apus a orașului, sunt locurile de preumblare ale alexandrenilor. Când căldurile se lasă dogoritoare asupra uliților, încingând lespezile de piatră, lumea zboară în tramvai de-a lungul mării, bogătașii în trăsuri frumoase și cai negri, aleargă să se răcorească sub platanii bătrâni și palmierii foioși din grădina *Nuza* sau la *Ramleh.* Prin locurile acestea sunt răzoare multe de flori, sunt boschete, cărări și ascunzișuri tainice. Pe aici se plimbă și perechi europene, înveștmântate în mătăsuri fine; nu lipsește însă nici hamalul din port.

Iată aici, lângă mine, grupuri-grupuri stau rezemați de parmalâcul lung al digului, cu ochii închiși pe jumătate și cu uitătura spre fundul depărtat al mării. Privesc în zare, acolo unde se desprind catargele, stau ceasuri întregi în bătaia boarei și așteaptă parcă pe cineva, dus departe și de multă vreme. Se mistuie ziua înspre soare apune, coboară seara cenușie și târziu, când cerul s-a semănat de stele, abia atunci se dezlipesc de chei acești boemi, care nu grăbesc viața, rămân în urmă și-o lasă pe ea să fugă înainte, zbuciumată și zorită. Ei n-așteaptă pe nimeni. Așteaptă visele, aduse de valurile năbădăioase, ce se macină unele într-altele, aduse de murmurul talazurilor, când apa e cuprinsă de odihnă, așteaptă cântecul adormitor al mării, privesc tremurul văzduhului cum plouă, deasupra uriașei oglinzi strălucitoare, stropi brobonați de rubine și smaralde, topazuri și diamante... Boemii visează și visul le astâmpără toate poftele...

Administrația polițienească în *Alexandria* și în tot *Egiptul* e lăsată pe mâna englezilor, care au rânduit slujbași europeni aduși din *Marea Britanie,* iar păzitorii orașului sunt localnici, foarte ascultători și supuși mai marilor. Cum arabii au o fire foarte iute, și apoi când se aprind, sunt în stare să se sfâșie pentru un lucru de nimic, și chiar unui străin să-i dea cu ceva în cap, englezii, ca să-i pocăiască și să bage frica în ei, fiindcă altfel n-o puteau scoate la capăt, au luat-o de la început cu bătaia și bătăi la cataramă, nu glumă. Cel împricinat e dus la poliție, acolo mi-l lungește jos, îi ridică halatul de la spate, și pe pielea goală, îi trage cu bastonul de cauciuc, până-l lasă de urât. Și cel care bate e tot un arab, dar are rang mai mare „e împuternicit", și trage de zvântează, poate să-i fie neam chiar, ordinul e ordin! Când îi dă drumu, parcă e scăpat din pușcă; să mai poftească și-a doua oară!... De-i pomeniți unui arab de *karacol,* cum îi zice la „odaia de chibzuire", apoi se lipsește de orice și fuge rupând pământul.

*

Seara, după masă, încă cu doi ofițeri de pe vapor, am plecat să pierdem câteva ceasuri în vreun local de petrecere. Am trecut prin cartierul european, și la două cinematografe am întâlnit afișate aceleași filme, pe care le văzusem cu două luni în urmă în București. Am intrat într-un varieteu luxos: lume aleasă și îmbrăcăminte bogată, strălucitoare Două franțuzoaice cu multă grație în mișcări, cântă pe scenă și-și mlădiază corpurile goale pe jumătate.

Nu mă mulțumesc. În jurul meu totul e europenesc, vreau culoarea locului.

— Haide, că știm noi un loc, unde are să-ți placă!, îngână unul din ofițeri, după ce golirăm halbele.

Am coborât aproape de port. De aici dăm într-o ulicioară întunecoasă, apoi după un colț și ne oprim în fața unei case joase:

— Aici!, făcură tovarășii.

Eu dădui îndărăt.

— N-ai nici o teamă!, îmi spuse un ofițer. Noi suntem mușterii vechi aici!...

O sală îngustă și lungă, în care năruie valuri-valuri de fum, mi se deschise înaintea ochilor.

— Bine ați venit!, ne întâmpină, într-o românească stricată, un egiptean negru cărbune, lung în gât și cu buzele răsfrânte în afară.

Când auzii graiul meu în mijlocul atâtor chipuri, parcă mă simții la mine acasă. Patronul ne făcu loc la o mescioară, pe care, în cinstea noastră, o șterșe chiar el cu poalele halatului. Apoi fără să ne mai întrebe ce vrem, dădu poruncă:

— *Tri cafe!...*

Eu rotii ochii în juru-mi. Grupuri-grupuri de arabi stau ghemuiți pe scăunașe mici de paie, sorb din cafele și aruncă fumuri din narghilele împodobite cu ciucuri și cu mărgele. La o masă, joacă de zor cărți trei englezi, cu pipele înfipte la falcă. De-a dreapta noastră șase marinari italieni cântă în surdină. Numai gura lor se aude și zgomotul cărților trântite de englezi pe masă, încolo muțenie. Arabul când e la cafea și la fumat, nu vorbește.

O lampă mai strălucitoare se aprinse în fața noastră, deasupra podelei, unde era scena, împrejurul căreia ieșiră la vedere fel și chipuri de zugrăveli. De după perdeaua din spate veni un bărbat, cu un pămătuf de barbă în cioc, îmbrăcat într-un halat alb, lung până-n călcâie. Se așeză pe un scăunel, în latura scenei și începu să-și pregătească vioara cu două coarde, numită la egipteni *alâti.* Apoi se ivi o femeie, cu un fel de capișon pe cap, legat pe sub gât cu ciucuri de fir, pe frunte poartă o coadă de părăluțe, iar în nas un inel destul de mărișor. Două sprâncene, negre corb, îi cercuiesc ochii aprinși, clocotitori de patimi, și o gură micuță cu buze cărnoase, presărată cu acel zâmbet dătător de fior, împlinește frumusețea trupului plin, rotund, arămiu și gol până sub cingătoare. Două paftale, nituite în pietre strălucitoare, îi prind peste șolduri o cingătoare, din care pornește un voal subțire în chip de fustă, ce pogoară până jos la gleznă, lăsând să se ghicească coapsele rotunde și pline.

Bărbatul începe să cânte. Jucătoarea face câțiva pași la dreapta, apoi la stânga, înainte, se dă înapoi, tremură *daiaraua* în mână, îi sună zurgălăii, o azvârle în sus, o prinde în vârful arătătorului, o învârtește așa ca pe-o sfârlează și ține tactul la coarda groasă de la *alâti.* Din nou o aruncă și-n cădere o pironește pe genuchi, o zumzăne, iar în mâini sună întruna *castagnetele.*

Apoi *daiaraua* într-o goană nebună zboară spre tavan, lovește părăluțele de pe capul jucătoarei, îi atinge fruntea, bărbia, trece de la o mână la alta, se învârtește *daiaraua,* în alergarea ei și fiecare lovire, cu pulpa, cu vârful piciorului, cu dosul palmei, cu brățările, cu șoldurile și bărbia, face să joace și mai mult tobița, să dârdâie, să-și tremure zumzetul și să împlinească tactul vioarei.

Aruncă *daiaraua* deoparte, și apoi cu *castagnetele* între degetele mici și pline, începe să-și tremure trupul până-n brâu, iar sânul pietros îi dârdâie ațâțător pe pieptul ce zvâcnește ușor. Mestecă pântecele pe loc și cu brațele goale ridicate în sus, joacă pe rând fiecare parte a trupului: obrazul bucălat, buzele rumene, își joacă pulpele și brațele, își joacă șoldurile și sânul cu ispitele și ochii cu iadul.

Întregu-i trup e un clocot, un zbucium și un jăratec. Apoi după o învârtitură de zbârnel, a rămas parcă stană de piatră, și *castagnetele* au amuțit.

Un ropot de aplauze sparse tăcerea. Arabii dădeau lenevoși din cap, sticlindu-le ochii aprinși, englezii jucau înainte cărți, cu pipele tot în gură, numai marinarii italieni strigară cât putură, ridicați în picioare și cu șepcile în mâini.

— *Eviva la bella Nubiana.*

— Asta e *nubiană?*, făcui către tovarășii mei.

— *Nubiana, Nubiana!*, prinse vorba patronul, care se afla în spatele nostru. *El e tre joli!*

Și făcând degetele puică, le aduse la gură:

— *Giugiuc!... Forte framosu!... Musiu capiten... Fain!...*, și trase cu ochiul spre scenă.

— Așa e portul nubian?!, întrebai eu.

— Părăluțele de pe frunte și belciugul din nas, da; încolo e amestecătură turcească și arăbească!..., mă deslușiră ofițerii. Ea însă e nubiană sadea.

În vreme ce jucătoarea a plecat prin sală, ca să strângă bacșiș, pe scenă lângă vioara cu două coarde au mai venit doi bărbați oacheși, cu păr lung pe ceafă și îmbrăcați tot în halaturi, însă albastre. Unul are un fel de fluer făcut din trestie de zahăr, iar celălalt o cobză, lungă în gât de două ori cât trupul, numită *harpă.*

Prinde întâi grai *alâti* pe coarda groasă, încet și tărăgănat, o întovărășește *fluerul,* cu glasul lin și subțirel, iar *cobza* ține tactul. Se așează și nubiana la rând și începe din gură. Acum cântecul e o vrajă. Câteși patru glasurile se topesc întrunul singur, care suie încet, tremură prelung, ține clipe întregi așa, apoi coboară dulce, se prelinge domol, ca un susur lin de apă. *Alâti* lungește glasul pe coarda subțire, își împletește graiul cu al *fluerului,* iar *harpa* ține vuietul adormitor, ce pare un roi de albine, care zumzăne departe. Nubianei îi clocotește pieptul, îi fulgeră ochii și dinții îi râd în șiruri albe de mărgăritare.

Nu înțeleg cuvintele cântecului, dar din tremuratul tărăgănat al glasului, din privirile pierdute ale cântăreței, din mișcarea buzelor ei și din zbuciumul întregului trup, pricep icoanele cântecului, simt, trăiesc și eu în vraja dulce a glasurilor.

Nici o șoaptă, nici o mișcare nu mai e acum în toată sala. Arabii stau neclintiți, cu coatele pe masă, cu ciubucul narghilelei în gură și cu privirea pierdută în fumul ce se ridică rotocoale-rotocoale. Când glasul se înnoadă, când povestea cântecului ajunge unde este dorul mai aprins, atunci ascultătorii trezesc gândul, leagănă capul, oftează lung, își trec mâna peste fruntea asudată, se zbuciumă și apoi iarăși rămân pironiți, rupți cu gândul de lângă mescioara de scânduri și duși departe, în altă lume, frumoasă, măreață și bogată...

E cântecul tuturor orientalilor, e cântecul care se lipeşte şi de sufletul românului, fiindcă şi nouă ne place să visăm, să lăsăm viața să se prelingă încet, s-o gustăm picătură cu picătură şi-n dulceața ei să adormim...

Norocul Egiptului

Era o dimineață limpede lacrimă și soarele se ridică măreț deasupra *Mediteranei,* când, cu *rapidul* englez, părăsii gara din *Alexandria* și-n câteva clipe numai orașul rămase departe, cu îngrămădirea de ziduri, coșuri și catarge vâlmășite în coasta mării. O vegetație bogată se revarsă într-o parte și-n alta; pe întinderi mari se zăresc grădini, unde zarzavaturile și poamele nu se sfârșesc niciodată, datorită canalelor de irigație, care nu lasă liberă o palmă de pământ, în tot *Egiptul.*

În goana nebună a trenului, care fuge cu optzeci de kilometri pe ceas, zboară în urma noastră smochini, curmali dați pe rod, zboară portocali, ce par încărcați cu globuri de aur, zboară cete de bananieri, cu frunzele lungi până la trei metri și cu tulpina groasă cât un copac bătrân. Această plantă crește din belșug prin locurile călduroase, căci bananierului îi place să stea cu capul în foc și cu picioarele în apă. De aceea unde mocirla e mai mare, acolo tulpina e mai voinică, mai încărcată, iar roadele mai pline, mai rumene. Bananele cele gustoase și purtătoare de miresme plăcute, această poamă, care îndată ce se culege, în luna ianuarie, năpădește în orașele *Europei,* răsfățându-se numai la mesele bogate, aici în *Africa*, atât timp cât țin, este mâncarea de toate zilele a felahului muncitor și sărac.

Când roadele s-au cules, trunchiul lăptos și păpuros al bananierului se retează de la pământ și apoi lăstar proaspăt încolțește pentru poamele anului viitor. E atât de mare căldura ziua și umezeala noaptea, încât lăstarul, într-o singură noapte, crește cu un lat de mână.

Ieșim din ce în ce la câmp, unde lanuri de grâu, verde

otavă, se întind cât cuprind ochii, unde șiruri de palmieri își oglindesc trupurile înalte pe cerul albastru și unde pâlcuri mari de bambus își ridică vârful până la 25 de metri, scuturându-și frunzele mărunte în adierea vântului răcoros de ianuarie.

Aici suntem în *Delta Nilului,* care se răsfiră ca un balaur cu mai multe capete, vărsând în urmă-i nestemate de bogăție și mândrețe. Șapte brațe întinde bătrânul fluviu către *Mediterană,* din toate însă două aduc potop de apă: *Damieta,* spre răsărit și *Rosetta,* la apus, lungi, fiecare, de 220 kilometri.

Nilul e un har dumnezeiesc, abătut în calea pustiului, e norocul acestui pământ, căci minunatul fluviu a rânduit semănatul, secerișul și culesul, cum el a voit. *Nilul* a întocmit felul de viață al neamurilor, care au trăit și trăiesc aici, și de aceea popoarele vechi l-au dumnezeit și i-au înălțat cântece de mărire: *„Ție ne închinăm binecuvântate Nil, ție care adapi pământul și cu izvoarele tale umpli crăpăturile deschise de dogoarea soarelui; ție care sorbi lacrimile de pe toți ochii și reverși belșug, veselie și bucurie".*

Multă vreme a trecut, înainte de legea creștină și chiar după *Hristos,* când nu se știa de nimeni, de unde își ia început *Nilul. Herodot,* care a cercetat *Egiptul* cu cinci sute de ani înainte de *Iisus,* spunea că numai un tălmăcitor al zeiței *Minerva,* din *Sais,* știa misterul năzdrăvanului fluviu. Zicea acesta, că între *Siena* – Asuanul de azi – și *Elefantina,* din preajma Tropicului Cancerului, se aflau doi munți: *Krofi* și *Mofi,* cu vârfuri ascuțite, iar între ei se deschidea o prăpastie înfiorătoare și din mijlocul acestui iad fără fund izbucnea *Nilul,* aruncându-se jumătate spre miază noapte, de-a lungul *Egiptului* și jumătate la miazăzi, pe pământurile *Etiopiei.* Regele *Psametik I,* urzitorul dinastiei a XXVI-a faraonice și care a trăit pe la anul 660, înainte de *Hristos,* se zice că aruncând o funie de mai multe mii de orgii[2] în cazanul unde clocotea *Nilul,* nu i-a dat de fund.

A cercetat izvoarele *Nilului* și *Eratosten,* celebru filosof grec, cel care a fost bibliotecarul vestitei biblioteci din *Alexandria* și cel care la vârsta de 80 ani a murit de foame; a cercetat și crudul *Nerone;* iar în vremurile mai noi s-au dus până în *Abisinia* iezuiții portughezi, dar nimeni n-a putut să descurce

[2] O orgie egipteană avea patru coți.

adevăratul izvor. Curiozitatea omenească e mare și atunci când nu găsești ce cauți, neliniștea te cuprinde și firea cercecetătoare îți dă bold.

Au plecat apoi călători după călători, din toate colțurile pământului și de toate legile, de unde unul își stăvilea puterea și iscusința, altul îi ducea începutul mai departe, apropiindu-se din ce în ce de obârșia misteriosului fluviu.

Azi, e dovedit că *Nilul* își ia început tocmai de sub brâul pământului, din marele lac *Ukerew*, numit de englezi *Victoria-Nyanza* și a cărui întindere ajunge la 66 mii kilometri pătrați. De acolo își suge izvoarele bătrânul fluviu și în lunga sa cale, de aproape 7.000 kilometri, se luptă cu stânci, se strecoară printre hățișuri, sare prăpăstii, se afundă în păduri întunecoase, îl prind lespezi scorboroase, îl muncesc pe dedesupt și-l scuipă apoi afară, făcându-l mai învrăjbit și mai năbădăios.

Iese la lumină, botezat *Bar-el-Djebel,* dă mâna pe stânga cu *Bahr-el-Ghazal,* ale cărui ape vin din vâlcelele unde pasc turme de gazele, și împreunându-se amândoi, întrupează fluviul pe care arabii îl numesc *Bahr-et-Abiad*, adică *apă albă*, căci fața îi e înălbită de atâta zbucium și snopiri printre stâncile pietroase.

Așa puternic și repede gonește calea cotită până aproape de *Kartum* unde îi vin în ajutor apele albastre ale lui *Bahr-el-Azrak,* pornite din văgăunile *Abisiniei.* De aici pășește mai departe, sub vechiul nume de *Nil,* iar la 17 grade latitudine nordică, intră în pustiu, unde nu mai primește nici un izvor, unde țărmuri înalte îl străjuiesc pe o parte și pe alta, unde nisipul fript de dogoarea arzătoare a soarelui, îi înghite cu nesaț apa, și de unde trei mii kilometri de cale îi trebuie fluviului, până să străbată pustiul și să croiască, la *Cairo*, *Delta*, pământul cel mai bogat și mai rodnic din întregul *Egipt.*

Toată bucata aceasta, de la *Mediterană* și până la nodul *Deltei,* se spune, că odinioară ar fi fost un uriaș golf, care din pricina revărsărilor repezi ale *Nilului,* s-a astupat cu nămol și buruieni, aduse din drumul lung al fluviului. Geologul francez *Elis de Beaument,* după îndelungatele sale cercetări, crede că năzdrăvanului *Nil* i-au trebuit 74 de mii de ani, ca să potmolească întinsul gol, îngrădind *Delta* de azi. E atât de depărtat însă mitul acesta, că de abia gândul poate străbate vremurile, când, de bună seamă, nici o ființă omenească nu se afla pe pământ.

În timpurile vechi, când pasărea *Iris* părăsea cuibul din pădurile *Abisiniei,* când crocodilul se dădea la fundul apei și când voinicul leu fugea răcnind spre pustiu, era vestirea că sorocul s-a împlinit și fluviul a pornit în revărsare.

Nilul, prin îmbelșugatele sale izvoare, răpune zăpușeala secetoasă a pustiului și neîntârziat, în fiecare an, la sfârșitul lui iunie, își umflă apele pornite din ploile torențiale care cad în luna martie, în *Abisinia,* își ridică talazurile până la 8 și 10 metri deasupra albiei, și apoi le revarsă pe-o albie de 700 până la 1800 metri. Așa că în august și în septembrie, tot câmpul de la cataractele *Asuan* la *Mediterană,* nu e decât o apă lișteavă. Apoi un vânt rece începe să sufle dinspre miazănoapte și odată cu sosirea lui octombrie, apele se trag la matcă, lăsând în urmă un nămol negru, prielnic holdelor, când apoi se grăbește semănatul. Căldura potrivită și pământul îngrășat, zoresc încolțirea seminței. Din ianuarie și până în martie, toată țara *Egiptului* e o livadă înverzită, e o grădină mândră, unde florile se întrec în frumuseți și pomii în rodiri.

Când holdele însă au crescut îndeajuns și roadele și le-au dat, atunci ca o rânduire cerească, se înfripă dinspre pustiu vântul, pe care arabii îl numesc *Khamsin*, adică cincizeci, fiindcă atâtea zile bate neîncetat, din aprilie până către sfârșitul lui mai, când întregul câmp s-a răscopt și secerișul se zorește, ca să nu prindă bucatele neculese, noua revărsare.

Așa își împrăștia apele *Nilul* în timpurile vechi, când egiptenii, drept mulțumire zeului stăpânitor, sărbătoreau revărsarea în cânturi și rugăciuni, iar ca fluviul cel dumnezeit să se îndure să aducă belșug și anul viitor, aruncau în valuri o fecioară, pe care sorțul cădea și al cărei trup nevinovat îl înghițea năzdrăvanul crocodil, pe care îl întruchipaseră în templu, și care era trimis de *înaltul urzitor.*

Azi, *Nilul* nu mai umple câmpiile cu apele sale năvălite furios, azi stăvilare puternice opresc puhoiul și guri multe adună apa în bazine uriașe, de unde prin mii de canale, se împarte peste toată țara, încotro trebuie și când trebuie.

Așa că în *Egipt* agricultura nu mai e un noroc, ci o

îndeletnicire cu roade hotărâte. Aici crește, din berechet, grâu, trestie de zahăr, bumbac și vin, din care cea mai mare parte o trimit englezii în *Britania.* O altă bogăție a *Egiptului* este creșterea struților, ale căror pene frumoase trec în toată *Europa.* În satul *Matariech,* nu departe de *Cairo,* englezii au întocmit o crescătorie de struți, unde fiecare pasăre aduce anual peste 3500 de franci, pe când îngrijirea ei cu totul n-ajunge la nouăzeci de franci. Afară de aceasta mai sunt multe alte crescătorii și mulți struți se vânează pe întinsul *Saharei.* Numai în *Londra* pornesc pene pentru vreo 30 de milioane franci anual.

În pustiul acesta al *Africii,* arzător și uscat, *Nilul* singur e cel care înverzește, răcorește și dă viață, el adună deasupra-i stoluri de păsări care roiesc în nori negri, iar undele fluviului clocotesc de pești de tot felul. *Nilul* când se revarsă e sângeros, iar când se retrage la matcă, bate în gălbui și e mai îngust decât *Dunărea.*

Am trecut de orășelul *Tanta,* adunat în poalele unui braț al *Rosettei* și de aici se deschide câmp larg cu platani, smochini și garduri de cactus. Se văd pe creasta dealurilor sate sărace, cu căsuțe spoite în humă și învelite în stuf. Ajungem de pe urmă cârduri de felahi ducându-și agale halaturile albastre și lungi până la călcâie, ajungem cămile încărcate greu și din când în când se umflă vântul, înălțând suluri de pulbere atât de măruntă, că pătrunde chiar prin încheieturile geamului.

La orașul *Benha-el-Assal* trecem brațul *Rosetta,* trenul își frânge trupul lung spre soare răsare și împușcă în apele *Damiettei.* Apoi pufăie, urue, gonește în fulger parcă, ne ascunde între văi, ne ridică pe tăpșane, calcă podisci, până când, spre miazăzi, unde apele se înnoadă, se deslușesc, răsfrânte parcă din limpezimea cerului: zidiri, turnuri și minarete ascuțite. E capitala *Egiptului,* cuibărită în pieptul unei culmi.

După trei cesuri încheiate, *rapidul* se opri năduşit în gara *Cairo.*

Cairo

După ce armata franceză pusese stăpânire pe *Egipt*, *Bonaparte* e chemat în patrie, unde mare fierbere se iscase. Când *Napoleon* a părăsit pământul *Africii*, pe care pășise la început cu vărsare de sânge, dar și cu mare izbândă, a lăsat vegherea *Egiptului* sub priceputul său comandant *Kleber*, căruia i-a dat sfat prietenesc:

— Dacă întâmplarea va face să nu vă pot trimite până în primăvară noi ajutoare, dacă ciuma, care bântuie grozav aici, va secera mai mult de 1500 din ostașii mei, și dacă o stăpânire mare, căreia nu vă veți putea împotrivi, va sări asupra voastră, atunci luați înțelegerea cu vizirul și dacă nevoia va cere, chiar părăsiți *Egiptul*, cu o condiție; de a avea refugiu la guvernul francez, până atunci, însă, să țineți în mână stăpânirea.

Odată plecat *Marele Căpitan*, soldații s-au simțit parcă singuri, departe de țara lor, de familii și de rude. Li se părea că ei n-au să mai vadă niciodată pământul drag al *Franței* și că *Mediterana* cea întinsă e zidul uriaș care îi desparte pentru vecie de patria lor. Și când dorul copleșește inima, atunci vine îndoiala și caută să rătăcească mintea. Li se părea că această stăpânire asupra *Egiptului* era o faptă nesăbuită, care drept câștig a adus moartea multor soldați. Chiar *Napoleon* a simțit greșeala cea mare – își ziceau ostașii sătui de viața de aici – și de aceea a părăsit *Africa*, lăsându-i pe ei departe, în calea pieirii. Jeluirea de toate zilele a soldaților, vremea care se învârtea parcă așa de încet aici, îl împinse și pe *Kleber* sus aripile dorului, urâtul îl cuprinse și negru i se făcu înaintea ochilor. Atunci scrise consulului francez născociri neadevărate: că nu mai are decât patru sute de călăreți, că *mamelucii*, în frunte cu *Ibrahim-Bey* și *Murad-Bey*, cutreieră *Egiptul de jos* către hotarele *Siriei* și că năvălirea unei armate turcești este hotărâtă.

În vremea aceasta se încheie învoiala la 28 ianuarie 1800, la *El-Arisch*, ca toate corăbiile franceze să se adune în porturile *Rosetta*, *Abukir* și *Alexandria*; să se golească *Egiptul de sus*, *Cairo* și toate localitățile de seamă, iar francezii să părăsească pământul *Africii*, cu toate onorurile de război.

Învoiala făcută, s-a pornit la fapte. *Nilul de sus*, împreună cu *Cairo*, au fost date în mâna turcilor și trupele franceze au pornit în marș spre *Alexandria*. *Generalul Desaix* e însărcinat să se ducă în *Franța* și să arate starea din *Egipt*. Dar tocmai când să părăsească țărmul, împreună cu mareșalul *Davout*, sosește din *Franța* generalul *Latour-Maubourg*, aducând scrisoare din partea primului consul, că *Generalul Bonaparte* e ridicat la rangul cel mai înalt.

Când știrea aceasta ajunse la *Kleber*, comandantul înmărmuri. Acum încurcătura fu mare; ori să se dea prins, ori să se apere. Cu sânge rece și cu socotință cumpănită, contramandă toate ordinele către armată, adună trupele coborâte pe *Nil*, întoarse munițiile înapoi, grăbi divizia de sus să se unească cu cea de jos, și apoi înștiință pe marele vizir. I se răspunse că învoiala e iscălită și totul s-a terminat. Dar la 20 martie 1800, când se crăpa de ziuă, armata franceză, cu chibzuială, se desfășură de-a lungul frumoaselor câmpii de pe valea *Nilului*, având fluviul la stânga, iar la dreapta ruinele *Heliopolis*. *Kleber*, cu uniforma frumoasă și bogată, călare pe armăsarul său voinic, trecând în fruntea soldaților, le spuse:

— Prietenii mei, voi nu mai stăpâniți în *Egipt* decât tărâmul de sub picioare. De vă veți da înapoi un singur pas, sunteți pierduți!...

Păduri dese de palmieri și movile mari de nisip, aduse de vântul pustiului, ascundeau vederea francezilor. Armata turcească ajungea la aproape o sută de mii de oameni. Dibacea artilerie franceză deschise cea dintâi focul, sparse rândurile turcești și le înfundă tunurile nemânuite bine.

Dogorește soarele, văzduhul e opărit, pământul crapă de zăpușeală, caii sunt albi de spumă și copitele potcovite li se îngroapă adânc în nisipul fript. Dar vitejii lui *Kleber* n-au stăvilar și nimic nu-i poate da înapoi. Pornește foc viu și coasa ucigătoare face drum larg în rândurile musulmanilor. Lupta e pe viață și pe moarte. Puhoiul gros al turcilor se revarsă valuri-valuri, venind cu toții în gura morții. Se întunecă cerul de fum și de praful nisipului, zburat de vârtejuri, nu se mai vede nimic împrejur, decât un clocot noros și posomorât din care răbufnesc gemete, vaiete și pocnetele gloanțelor ce curg potop.

Când lupta încetă și zarea se limpezi, francezii văzură înaintea lor o masă de trupuri omenești, de cai și muniții, iar în depărtare, cei scăpați, fugeau năuci. Chiar vizirul a luat-o la goană, părăsind tabăra cu toate avuțiile, iar vitejii lui *Kleber* îi fugăresc pe mahometani până către pustiul *Siriei.*

În vremea aceasta, musulmanii din *Cairo*, bizuiți pe faptul că în oraș nu se găseau decât 2000 de oameni, care să țină paza, se răsculară, dădură buzna în cartierul european și începură să-i măcelărească pe creștini. Când sosi *Kleber*, jaful era mare; iar *Ibrahim-Bey* și *Marad-Bey,* undteau să pună mâna pe *Egipt*, ajutați de întreaga armată a *mamelucilor.*

Dacă generalul ar fi tras cu tunurile, cum ulițele erau înguste și clădirile înalte, praful s-ar fi ales de oraș; dar *Kleber* nu voi să prefacă în movile de moloz frumoasa capitală, și atunci îndreptă țevile negre spre undele *Nilului*, în cartierul lăturalnic *Cairulu*, numit *Bulag.* Curg ghiulelele ploaie, focul merge din casă în casă, jalea și țipetele se înalță până la cer, vuiește valea, răsună pustiul și prăpădul acesta vâră groaza și în populația din *Cairo.* Revolta însă nu se potolește. Atunci *Kleber* își întoarce ochii asupra capitalei. Subminarea unei case din cartierul turcesc fu semnalul de atac. O parte din trupele franceze se împânziră pe toate ulițele, care dădeau în piața europeană, iar alta, din înălțimea cetății, din spre soare-răsare, azvârle bombe asupra revoltaților.

Francezii, sub călăuza aprigă și curajoasă a lui *Kleber*, răpun porțile de la *Bab-el-Chariech,* dinspre marele canal, dau ochii cu *Ibrahim-Bey* și cu armata lui, și aici lupta e crâncenă, piept la piept. Se încrucișază baionetele, scapără săbiile, paturile de puști pârâie, sar țeste întregi, cad brațe strângând încă între degete mânerul înroșit al lăncii; purcoaie de trupuri mestecă în picioarele celor care dau năvală întruna, însuflețiți de dreapta creștinătate și de sprânceana luminoasă, ce le prevestea izbânda. Iar din urmă vine asupra soldaților, ca un îndemn dumnezeiesc, și graiul și privirea și iscusința comandantului, în a cărui pricepere și hotărâre, se oglindește întocmirea marelui împărat de peste *Mediterană,* pe care *Kleber* într-o clipă de rătăcire îl mințise și de sfaturile lui nu se ținuse, dar acum voia să răscumpere cu vârf și îndesat codirea și să spele greșala cu sângele celor care i s-au împotrivit.

Înfiorătoarea luptă se sfârși prin îngenucherea turcilor și gonirea căpeteniilor mameluce în *Siria...*

Astfel îmi fulgeră prin minte stăpânirea lui *Napoleon* în *Egipt,* pe când pășeam pe piața *Ezbekyeh,* unde a stat și *Bonaparte* și *Kleber* și unde au fost înjunghiați și gâtuiți sute de creștini. Piața e largă, frumoasă și bine întreținută. Pe aici s-a plimbat *Kleber* împreună cu architectul armatei, *Protain,* arătându-i reparațiile ce trebuiau făcute caselor, ca să se șteargă urmele ghiuleior, când, un cerșetor se repezi la general, după ce ceru milă, și-i înfipse cuțitul în piept, lăsându-l mort pe loc. Apoi iataganul se întoarse asupra arhitectului, care își apărase stăpânul, străpungându-i trupul cu șase înțepături sălbatice. Cerșetorul fusese tânărul sirian *Suleiman El-Halegi,* din *Alep;* călătorise la *Mecca, Medina* și învățase pravila turcească la moscheia *El-Azhar,* din *Cairo.* Rătăcind prin *Palestina* acest fanatic, întâlnește rămășițele armatei marelui vizir *Iusuf-Pașa,* pe care le fugăriseră francezii, în urma grozavei bătălii de la Piramide, și ațâțat de ura ce-o împărțea vizirul împotriva oastei lui *Kleber,* cât și mișcat de suferințele soldaților musulmani, care pribegeau prin acele pustii, *Suleiman* pătruns de credința lui, crâșni dinții și-și puse în gând să-i răzbune pe toți închinătorii *Islamului.* Gonind pustiul, sub arșița soarelui și spulberarea vântului aspru, veni la *Cairo* și își înfăptui planul.

Astfel, în ziua de 14 iunie 1800, pieri unul dintre cei mai buni generali ai *Franței,* se stinse cel mai frumos om din armată. Talie înaltă, ținută nobilă, suflet mândru, bravură îndrăzneață, minte luminată și pătrunzătoare, acesta fusese *Kleber,* care îngenuche sub iataganul unui fanatic smintit, care atunci când se găsi sub spânzurătoare, strigă: *„Nu este alt stăpânitor decât Allah, și Mahomet e profetul lui!"*.

Aici e cartierul european, cunoscut azi sub numele de *Muski*. Sunt case înalte cu câte patru și cinci caturi, și dacă n-aș întâlni ici-colo chipul de bronz al africanului, nimic nu m-ar face să cred că nu sunt în *Europa*.

În tovărășia prietenului meu ofițer, pornesc la pas prin oraș. Trecem pe lângă statuia lui *Ibrahim-Pașa*, călare pe cal și măreț în ținută, ca și tatăl său *Mohamet-Ali* din *Alexandria*, și apoi ne pierdem prin ulițele înguste și întortochiate în atâtea cotituri, că ceasuri întregi te poți învârti pe loc, fără să dai de un luminiș. Caturile caselor sunt ieșite așa de mult în afară, că pe unele locuri vecinii își pot da mâna pe deasupra trecătorilor. Din pricina străzilor frânte, înguste și înfundate, mai ales în cartierele arabe, nu adie niciodată vântul, soarele dogorește arzător și nădușeala podidește fruntea chiar acum în ianuarie.

Întâlnim des *Sakkali*, cu burduful dordora de apă atârnat pe spate, întâlnim *kemali*, cu limonadă rece, strigându-și meseria din gâtul scorojit, și nu lipsește nici *Psylul* cu trupul aproape gol. Acest vrăjitor de șarpe este foarte vechi în *Egipt*. Prin fluerături stranii, el scoate vipera din gaură și o adoarme. Șueră cum ar șuera bărbatul șarpe, când își cheamă perechea, face întocmai ca femeia când o prinde dorul de voinicul cu solzi argintii și ochi de foc. *Psylul* duce șarpele după gât, cu trupul încolăcit pe la subțiori, iar capul îl ține în mână, se joacă cu el și-i plimbă limba ascuțită pe obraz...

Dacă faci o plimbare cu trăsura, în trapul catârului, îți trec pe sub ochi tâmple de hoteluri bogate și luxoase. Iată *Semiramis Palace Hotel*, *Savoy Hotel*, iată palate de marmură, cu odăi de visare și de lenevează, cu avuții adunate în scurgerea multor ani, iată palatul lung al chedivului, cu porți mari crenelate, iată palatul *Ibrahim-Pașa*, și apoi frumoase grădini, revărsate în poalele *Nilului*. În *Cairo* sunt locuri tainice de plimbare și petrecere, europenii au adus pe pământnl *Faraonilor* tot ce vremurile noi au născocit, aici e lux, bogăție și frumusețe, aici e traiul scump.

Din *capitala Egiptului* pleacă drumuri de fier spre *Ismailieh*, *Damietta*, *Alexandria* și *Suez*, pornesc în *Egiptul de sus*, la

Bedrechein și la stația balneară *Helouan*. *Cairo* are o facultate de medicină, numită *Kasr-el-Ain*, unde se găsesc bogate colecții de istorie naturală și laboratoare de fizică și chimie, vreo douăzeci de profesori seamănă aici știința și priceperea lor, și câteva sute de studenți ascultă.

În orașul lui *El-Mansouf El-Mouzzi* e o școală politehnică, e școala de contabilitate, de arheologie și de arte și meserii; la *Darb el-Gamaniz* este o bogată bibliotecă, unde se găsesc exemplare vechi din *Coran*. *Cairoul* are un foarte însemnat institut academic, unde oameni cu multă învățătură destramă firul vechi egiptean al istoriei, arheologiei și limbii, iar un buletin anual dă în vileag noile cercetări și descoperiri, înfăptuite pe acest pământ, căptușit cu bătrâne și avute comori. O tipografie mare, rânduită în portul *Bulag*, scoate la lumină, în fiecare an, ediții de cărți vechi din autori arabi, pe care populația îi gustă și citește cu nesaț.

Capitala *Egiptului* are un bogat și prețios bazar, unde se adună laolaltă produsele atâtor țări răzlețe. Stau una lângă alta mărfuri, obiecte și roade din *Arabia*, *India*, *Persia* și *Sudan*. Sunt atâtea curiozități de veștminte și tot atâtea curiozități de chipuri.

Întâlnim în colinda noastră fântâni zidite de lespezi mari de piatră, ca și la *Constantinopol*, podoabe de frumusețe, în urzirea lor mai mare decât o casă și capodopere în cioplirea cea mai iscusită a artei architectonice arabe. Prididește apa cipcelele de piatră, copii, femei și bărbați se răcoresc în izvorul rece, își udă fruntea și-și umplu burduful negru de piele de bivol. *Sebil* se numesc în arăbește aceste fântâni, și cea mai frumoasă din tot *Cairoul*, este *Setti-Zeinab*. Nu lipsesc nici cișmelele pentru adăpat vitele, cu jghiaburi scobite în lespezi lungi de piatră, târâtă de pe dealurile stâncoase ale muntelui *Mokattam*. Astfel de fântâni se numesc *hôd*, și cea mai mare și frumoasă *hôd*, se află aproape de poarta *Bab-el-Turbeh*.

Trecem prin piața *Sultan Hassan*, prin piața *Rumelieh*, umbrite de palmieri cu frunza lată, unde arabi se tolănesc la răcoare, în halaturile lor albastre, și apoi apucăm calea pe-o șosea pardosită și curată. Pe aici urcăm la cetate.

În anul 1176 califul *Salah-ed-din-Iusuf-ibn-Ayuh*, care mai târziu a fost marele sultan *Saladin* al *Egiptului* și *Siriei*, înălță pe coasta muntelui *Mokattam* și pe cel mai ridicat gorgan, o cetate cu ziduri puternice, care avea să apere orașul de orice năvăliri dușmane. Trecurăm prin două ganguri adânci și ieșirăm în curtea cetății. Când pășesc însă pe aceste locuri, nu pot stăvili aducerile aminte ale vremurilor vijelioase, care s-au scuturat pe-aici... *Mohamet Ali*, fiul micului slujbaș otoman din *Macedonia*, satul *Cavala*, născut la 1769 odată cu *Napoleon Bonaparte*, marele viteaz musulman, care a fost și caimacan al *Egiptului* și vice-rege; cel care se uni cu turcii în atâtea rânduri, și tot de atâtea ori ridică armele împotriva lor *Mohamet-Ali*, care luptă cu *mamelucii*, supunând armatele otomane, văzu mai târziu, că primejdia care amenința mai mult *Egiptul* era armata *mamelucilor*. Le stricase cuibul *Bonaparte*, la bătălia de la piramide, dar acum iarăși se adunaseră, se înmulțiseră și prinseseră din nou curaj. *Mohamet-Ali* trebuia sau să împartă stăpânirea cu ei, sau să-i șteargă de pe fața pământului. La planul de pe urmă gândea cruntul viteaz, când se împăcă cu *mamelucii*. *Mohamet-Ali*, împreună cu acești tovarăși, rânduise planul de noi cuceriri, iar ziua plecării trebuia vestită populației printr-o frumoasă sărbătoare.

La 1 martie 1811, marele pașă cheamă în cetate pe toți bărbații de căpetenie, armata și pe *mameluci*. *Mohamet-Ali* se răsturnase în divanul bogat, din mândrul palat, zidit de pe vremea lui *Saladin*, iar de jur-împrejur credincioșii soldați arnăuți vegheau ca sărbătoarea să urmeze întocmai cum stăpânul lor rânduise. *Mamelucii* îmbrăcați în mare ținută, erau înșiruiți în mijlocul cetății. Tunul trebuia să vestească începerea și pașa să iasă între soldați.

Dimineața se revărsă voioasă peste împrejurimile nisipoase, roua începea să se ridice, iar soarele stropea cu bogăția luminii fireturile de aur ale uniformelor strălucitoare; săbiile luciau în bătaia razelor, toți ochii erau ațintiți spre ușa împodobită cu scumpeturi, pe unde trebuia să pășească bărbosul și temutul pașă; toate urechile ascultau, s-audă semnalul. Când ghiuleaua sparse văzduhul, dârdâind valea *Nilului* până departe, o mișcare se făcu în toată adunarea, frunțile se înseninară și toți își luară ținuta de primire. Nu trecu preț cât te-ai freca la ochi, și-o împușcătură izbucni de undeva. Apoi o ploaie de gloanțe năvăli din ascunzătorile cetății și ghiulele de tun aruncate din afara zidurilor, sparseră rândurile.

O învălmășeală grozavă se făcu între *mameluci*. Tocmai acum prinseră de veste, c-au fost atrași în cursă. Dădură să fugă, dar gloanțele îi trânteau la pământ, scăzându-le numărul și împrăștiind toată cetatea cu trupuri sângerate. Dintre toți *mamelucii*, doi numai s-au putut strecura peste ziduri și-au rupt-o la fugă. Unul a fost ajuns din urmă și răpus pe loc, iar celălalt singur a scăpat în *Siria*.

Așa ne vorbesc hrisoavele, despre felul cum *Mohamet-Ali*, marele reformator și rânduitor al *Egiptului*, șterse neamul *mamelucilor*. Acest neobosit luptător, care a avut atât de mulți dușmani, a înfăptuit o mare flotă pe apă, a îmbunătățit armata, întregindu-i rândurile cu ofițeri francezi și italieni, care aveau să dea învățătură nouă soldaților; a schimbat cu totul fața țării, peste care aruncaseră turcii nepăsarea, prada și întunericul. *Mohamet-Ali* a îmbogățit capitala cu palate, grădini și uliți pietruite, a înfăptuit școli în toate ramurile, a făcut spitale, cazărmi, a urzit fabrică de hârtie și fabrică pentru țesături, unde pânzeturile și mătăsurile subțiri se deșirau în valuri-valuri, iar la *Paris* a făcut un colegiu pentru tinerii egipteni. Prin tratatul de la Londra, încheiat în ziua de 15 iulie 1840, și întărit cu sigiliul puterilor: *engleză, rusă, austriacă* și *prusacă, Mohamet-Ali* căpătă administrația moștenitoare a *Egiptului* și guvernământul pe viață al *Siriei,* cu rangul de pașă al *Acrei,* puternicul port de la *Mediterană*...

Pășesc, cu prietenul meu, pe lespezile de piatră, unde a curs din belșug sângele *mamelucilor*. Cetatea azi e în ruină, palatul așișderea, n-au mai rămas în picioare decât zidirile lăturalnice, care închid într-o arie întinsă monetăria, arsenalul, imprimeria, o cazarmă și moscheia lui *Mohamet-Ali,* ale cărei minarete sparg văzduhul, ca niște lănci și privesc tot orașul cu dealurile și văile dimprejur.

Moscheea aceasta este cea mai strălucitoare în avuție din întregul *Cairo,* e lăcașul de rugăciune al bogătașilor și-al chedivului chiar, care vine foarte des aici. Urzitorul moscheii este *Ismail Pașa,* care a făcut-o din blocuri de granit și alabastru, aduse de peste *Ntl,* din piramida cea mică de la *Gizeh.* Covoare prețioase îngroapă piciorul, candelabre de aur și argint adună razele îmbulzite pe ferestrele largi și-o ploaie parcă de fluturi poleiți, revarsă bolta din mijloc, sprijinită pe patru coloane mari de alabastru.

În partea dreaptă, cum intri în moschee, se află mormântul lui *Mohamet-Ali*, străjuit de un baldachin, cusut cu fir de aur și împodobit cu pietre scumpe.

Ieșim din lăcașul de rugă al musulmanilor și ocolind curtea cea mare, dăm de un puț părăsit, zidit de piatră și adânc de peste optzeci de metri. E cunoscut sub numele de *Puțul lui Iosif,* deși nu e urzit din vremea fiului lui *Iacob.* Egiptenii însă ca o cinste și spre pomenirea aceluia care a fost marele patriarh al *Egiptului,* în timpurile cele mai grele, au legat numele înțeleptului *iudeu* de această înfăptuire. Puțul a fost plănuit după stăpânirea *Egiptului* de către arabi și făcut aici sus, ca să îndestuleze cetatea cu apă. O roată, învârtită cu boi, ridica izvorul, vărsându-l într-un bazin mare, apoi o roată, căușată, ducea apa în al doilea bazin, de unde o împrăștia în toată cetatea. Astăzi puțul e părăsit, iar cetatea e slujită cu apă tocmai din *Nil,* purtată printr-un apeduct de piatră, înalt de aproape 40 de metri și lung de peste doi kilometri.

Ne urcăm pe terasa cetății și de aici avem sub ochi tot cuprinsul, cât privirile pătrund. În spate e muntele *Mokattam,* care se prelungește în pustiu, cu vestita sa pădure împietrită. Aici stau trântite trunchiuri de piatră, de câte doăzeci și treizeci de metri lungime, altele întregi, altele sfărâmate, dar toate au chip de copac. Jumătatea trunchiului până la pământ, e de fier, iar cealaltă parte de deasupra, e de piatră. Și dacă te uiți mai cu luare-aminte, se deslușește chiar coaja copacului de miezul lemnos, ba se văd și celulele, unde viermușorii au rumegat odată. Cercetătorii și cunoscătorii spun că demult, când mintea nu mai poate socoti, a fost pe aici o pădure verde, cu izvoare de apă dulce. Vremurile însă au schimbat fața locului, pământul s-a scufundat, mare s-a făcut peste uscat și valurile au cotropit copacii trântiți, iar sarea, după mii și mii de ani, i-a prefăcut în piatră. Au venit timpurile apoi, când iarăși s-a tras marea la matcă și-atunci pădurea pietrificată a ieșit la fața soarelui, iar căldura dogorită din străfundul aprins al pământului, a prefăcut în fier partea de jos a copacilor. Aceasta e judecata oamenilor cărturari asupra întinsei păduri de piatră, din munții *Mokattam*.

Întorc privirile către oraș. Întregul *Cairoul* îl am sub picioare. Uite cartierele, numite în arăbește *harah*, cu ulițele frânte, ce par niște tăieturi adânci, plesnite între clădirile înalte și îngrămădite unele într-altele; uite grădinele multe, în care palmierii își întrec vârfurile cu minaretele moscheilor, iată turnurile din jurul orașului cu porțile boltite; iată spre soare-răsare, afară din *Cairo,* se răsfrânge pe cerul albastru necropola *Turab-Keit-Bey,* unde odihnesc osemintele a patru sultani: *El-Guri, El-Achraf-Barsebaï, El Barkuk* și *Kait-Bey,* a căror aducere aminte musulmanii o cinstesc mult. Peste lăcașul acesta, pe care europenii îl numesc *Mormântul Califilor,* azi se revarsă tristețe, bate vântul pustiului și iarbă multă crește printre lespezile de piatră.

Spre miază-noapte, în portul *Bulag,* poposesc caicuri, corăbii și *dahabiahe,* cu două și trei caturi, în care doritorii de plimbări, călătoresc în undele *Nilului.* Trec ochii mai devale, peste podul cel mare, care taie *Nilul,* spre *Gizeh* și privirile îmi cad pe întinsa arie, semănată cu ruine și căscioare sărăcăcioase. Aici a fost vechiul oraș, numit *Fostat,* căruia autorii clasici îi dăduseră numele de *Babilonul,* căci era strălucitor și bogat în frumuseți, ca și făloasa cetate de lângă apele *Eufratului.* Azi, cartierului acesta i se spune *Masr-el-Atikah,* adică *Vechiul Cairo,* unde locuiesc familii sărace de evrei. Tot aici se înălța și vestita moschee *Amru,* azi părăsită și căzută în ruină.

Când arabul *Amru,* împreună cu gonacii săi, a pus stăpânire pe *Egipt,* aici și-au întins corturile... Și mai glăsuiește povestea, că de abia ațipise căpetenia musulmană, când un porumbel i se arătă în vis și-i spuse ca pe locul unde doarme, să înalțe lăcaș de rugă, în numele puternicului *Allah.* Trei sute șaizeci și șase de coloane au ridicat uriașa moschee, care, multă vreme, tot ce ziua se lucra, noaptea se surpa, din cauză că arhitectul uitase să facă cuvenitele rugăciuni, către *înaltul urzitor.* Când însă închinăciuni din belșug s-au adus și *Allah* s-a îndurat, coloana care mai trebuia să împlinească numărul și să pună stavilă dărâmării, a venit singură, într-un asfințit de soare, tocmai de la *Mecca,* unde sprijinise moscheea sfântului mormânt al lui *Mahomet.*

Pe această coloană legendară și azi mai stăruie slova arabă, cu semnătura lui *Allah,* iar închinătorii *Islamului* spun că este chiar scrisul marelui stăpân, pus cu însăși mâna sa.

Vechiul Cairo al lui *Amru* azi este o colină de gunoie și dărămături. Ce deosebire între aici și noul oraș de miază noapte, numit în arăbește *Masr el-Kahirah.*

Cairo, cuprins într-o aruncătură de ochi, de aici de sus, de pe cetatea lui *Saladin,* pare o tabără de minarete, ce împung văzduhul, cu trupurile lor spițelate și sparg norii de praf, cu vârfurile lănciuite.

Capitala *Egiptului* are aproape patru sute de moschei, în a căror zidire și cioplire e adunată toată arta vechii arhitecturi arabe.

Înainte de a mă coborî din înalta priveliște a cetății, mai rotesc odată ochii. Acum îi duc departe, dincolo de brâul orașului, în pustiul răsăritului, înspre *Marea Roșie,* pe drumul vânturat de nisip, pe unde *israeliții,* în cârd mare, au pornit către pământul făgăduinței, călăuziți de profetul *Moise.* Întorc privirile apoi pe coama pietroasă a *Mokattamului,* ce pare o oștire trântită jos și împietriră sub oglindirea veșnic senină a întinsului cer de azur, și de aici privesc mai departe, până unde zarea se înfundă în depărtata miazăzi. Îmi prinde matca *Nilului* ochii, îi duce până unde văzul poate birui, și apoi privirile pornesc la vale, printre jocul talazurilor și printre țărmurile verzi; trec peste tristele morminte ale *mamelucilor*, și iarăși mă înfioară străfulgerarea clipelor, când s-a stins acest soi de oameni.

Zorește soarele peste oceanul de nisip al *Saharei* și când cea din urmă rază o înghite pustiul, deodată coboară o nesfârșită plasă fumurie, învăluind tot cuprinsul. Aici n-are viață amurgul aprins din ținuturile de miază-noapte, în țara căldurilor, noaptea și cu ziua se despart printr-o singură tăietură.

Trei umbre negre, ca niște trupuri de ciclopi, stau în fața scăpătatului...

Sunt piramidele...

Odoarele Faraonilor

Când iudeii se chinuiau sub robia *Faraonilor*, cuvântul lui *Iehova* a fost către *Ieremia: „Ia în mâinile tale pietre mari și ascunde-le înaintea ochilor bărbaților lui Iuda în lutul cuptorului de cărămidă, ce se află la intrarea casei lui Faraon din Tahpanes. Și zi către ei: Iacă, voi trimite și voi lua pe Nabuchodonosor, regele Babibilonului, servul meu și voi pune tronul său deasupra acestor pietre, pe care le-am ascuns; și va întinde cortul său deasupra lor. Și va veni și va lovi pământul Egiptului și va da pe cei hotărâți morții, la moarte, pe cei hotărâți pentru robie, robiei și pe cei pentru sabie, săbiei. Și va aprinde foc în casele zeilor Egiptului și casele le va arde, iar pe zei îi va duce prinși!...*"

Astfel glăsuiește profetul *Ieremia* despre cetatea din *On* sau *Heliopolis,* unde patriarhul *Iosif* își alesese tovarășă de viață pe frumoasa *Asenath,* fiica preotului egiptean *Potifera.* Palma grea a vremii a împlinit blestemele profetului, căci unde odinioară se înălțau temple puternice, închinate *zeului soare,* unde s-a răsfățat cea mai strălucită capitală a lumii întregi, unde a luat învățătură sănătoasă marii făuritori de legi: *Licurg,* al spartanilor și *Solon,* al atenienilor; aici, unde sub cerul veșnic senin s-au inspirat vestiții cărturaii ai grecilor: filosoful *Platon* și matematicianul *Pitagora;* aici unde a fost mărire, bogăție și strălucire, azi este pustiu și cresc buruieni. Din dumnezeiasca cetate *Heliopolis,* azi n-a mai rămas decât un obelisc închegat din blocuri mari de piatră și ca un steajar singuratic, în mijlocul unei arii părăsite, astfel străjuiește dărâmăturile stâlpul care stăruie neclintit, ca o veche chezășie a celor patruzeci de veacuri, ce și-au trecut asprele aripi peste creasta pietrei.

Aici, în partea de soare-răsare, la câțiva kilometri de *Cairo* și lângă ruinele *Heliopolis*, se află satul *Maturieh*, cu o vestită crescătorie de struți a englezilor și cu vile multe, înconjurate de grădini frumoase. Într-una din aceste ogrăzi, încinsă în zid de verdeață, mai trăiește și azi *Pomul Sfintei Fecioare*. Este un sicomor bătrân, cu o tulpină uriașă, ce încinge aproape șapte metri, scobită ca o peșteră și uscată, din care pornesc trei crăci mari, cotropite de însemnările celor care s-au abătut pe aici. Sub crăcănosul smochin se află un *Sakiah*, un fel de fântână cu roată, la care învârtește un bou, scoțând afară apă rece și bună de băut. La toate celelalte puțuri din împrejurimi, apa e sălcie și rea la gust.

Ne spune *Biblia*, că pe când *Fecioara Maria* și cu *Iosif* părăsiră *Iudeea* de teama crudului *Irod* și fugiseră în *Egipt*, i-au prins oboseala prin locurile acestea și au stat să se odihnească la umbra deasă a smochinului. Și când *Maica Domnului* a glăsuit, cu sfârșeală, că-i este foame și sete, iar soțul se frământa cu gândul cum ar putea înlătura chinul acesta, atunci pruncul *Iisus* a slobozit grai dumnezeiesc: *„Pomule, pleacă-ți crengile și satură pe mama mea cu roadele tale"*. S-au plecat ramurile și poamele au săturat din belșug pe flămânzi, rămânând copacul tot plecat, până ce pruncul i-a zis: *„Ridică-te, sicomorule și stai drept și să ai parte cu pomii Raiului Tatălui meu. Dar să deschizi la rădăcina ta un izvor și să izvorască de acolo apă, ca să ne potolim setea"*. Când cuvântul cel sfânt a fost mântuit, de sub tulpina smochinului a țâșnit izvor limpede și rece, iar sufletele fripte și-au astâmpărat setea.

În grădina aceasta, care astăzi ține de palatul de iarnă al chedivului, e umbră deasă și pomi mulți, cu tot felul de roade: sicomori, lămâi, portocali, bananieri, apoi șiruri de cactus, înalți până la trei metri și cu foaia groasă în dungă cât o șchioapă.

Într-o trăsură cu un catâr, părăsim câmpul *Heliopolis* și ne înapoiem în oraș, să vizităm muzeul *Gyzeh*, așezat într-un falnic palat, în marginea *Nilului*, aproape de portul *Bulag*. Tot aici se mai găsește și o grădină mare zoologică și botanică, unde cresc fel de fel de arbori și plante și unde se află câteva cuști cu animale sălbatice.

Iată-ne în fața muzeului. Intru, cu prietenul meu, în marele salon de jos, unde sunt așezate obiectele grele și mari la început. Pe o parte și pe alta sunt rânduite jghiaburi uriașe de piatră. Sunt greoaiele sarcofage, care odinioară au încuiat în ele trupuri de prinți și prințese, de regi și regine.

Le ocolesc cu luare-aminte, stau în dreptul fiecăruia, le cercetez cu privirea și în vreme ce ochii colindă în jghiabul adânc și gol, în gând îmi vin povestirile istoricului *Herodot* și înaintea minții mi se face atunci o sală mare, luminoasă și cu ferestre înalte, supuse bătăii vântului... Bărbați mulți, îmbrăcați în alb, cu mânecile sumese peste coatele bronzate, lucrează în pâlcuri-pâlcuri, adunați împrejurul meselor. Într-un colț, doi meșteri cu cârlige lungi de fier și cu multă îndemânare, scot pe nări creierii din țeasta unui *Faraon.* Alături, un trup gol de femeie așteaptă rândul, dar doctorii îmbălsămători sosesc numaidecât. Cu un cuțit de piatră i se crestează pântecele, i se scot după aceea măruntaiele până în coșul pieptului, se umple la loc cu vin de palmieri și miresme adunate din anumite flori ale câmpului, și apoi corpul astfel gătit trece la zăcătorile cu saramură. În fundul sălii, un trup osos și lung și-a împlinit cele șaptezeci de zile, cât trebuia să stea în sare, acum îl spală bine și după aceea, de la cap până la picioare, îl înfașă cu betelii de pânză de bumbac, înmuiate în gumă arabică. Lucrează meșterii de zor, e mare fabrica îmbălsămărilor, dar și trupurile neînsuflețite se aduc întruna, rânduindu-se pe mesele lungi, în fața brațelor arămii, și a cazanelor cu ulei de mirodenii. Când șaptezeci de zile de saramură s-au împlinit, mumia stafidită e gata și atunci rudele o așează în mormântul uriaș de piatră, unde așteaptă viața cea viitoare, cea plină de îndestulare și fericire.

Cu îmbălsămarea n-aveau dreptul să se îndeletnicească decât cei împuterniciți de lege. Ne spune *Herodot* că erau trei feluri de îmbălsămări: cea cu miresme multe și care se făcea numai capetelor încoronate și marilor bogătași, costând un talant de argint sau 5.400 livre egiptene vechi, al doilea fel de îmbălsămare se făcea fără să se scoată măruntaiele din corp, ci numai pistonându-se în pântecele mortului must de cedru, și apoi trecea la saramură; o astfel de mumie costă 1.800 de livre. Cea pentru săraci se plătea puțin de tot. La aceștia se injecta trupul cu un lichid numit *surmaia* și pe urmă mergea la putina cu sare, unde trebuia să stea tot 70 de zile.

Și ne mai povestește marele istoric al grecilor, că la egiptenii vechi, când murea un om, toate femeile din casă își mânjeau cu pământ capul și obrazul, apoi sfâșiindu-și veștmintele în dreptul sânului, alergau pe ulițe, bătându-se cu mâinile în piept. Și după ce tot orașul sau satul lua știre despre această tristă veste, mortul era dus la locul de îmbălsămare.

Din sala sarcofagelor, urcăm scara în catul de sus, unde sunt așezate obiectele mai mici și mai ușor de suit. Într-un salon în chip de cruce, ne trec pe sub ochi nenumăratele și variatele odoare, care odinioară urmau sfintele slujbe făcute în cinstea zeilor. Mergem în altă sală, unde lumina, răsfrântă prin ferestrele mari, plouă în sclipiri de rouă pe rafturile de geamlâc, unde stau ca noi: amulete, inele, cercei cu pietre scumpe, brățări și tot felul de obiecte, care odată slujiseră la împodobirea prințeselor faraone.

Îmi plimb ochii pe stofe subțiri de mătase, care își păstrează și azi culoarea vie de acum patruzeci de veacuri, ne trec pe dinainte vase de metal, de piatră și de lemn, arme cu pecetea vremurilor pe ele, papirus cu heroglifele vechi, modele de sculptură, jilțuri înflorate în ciopliturí frumoase; pășim apoi mai departe, în sala *greco-romană* și în sala *coptă*, unde se păstrează obiecte străine de vechea artă egipteană, dar care s-au găsit sub pământul *Faraonilor,* rămase de la atâtea și atâtea noroade, care au colindat și au stăpânit ținuturile acestea. Uite o casă întreagă, dezgropată în *Deltă,* la localitatea *Dahsur,* în care s-a găsit sarcofagul reginei *Ita.* Alături de acest coșciug împărătesc s-a aflat și coroana cu pietre scumpe și nenumărate obiecte prețioase, care împodobiseră pe bogata și frumoasa regină. Uite carul lui *Faraon,* cu patru spițe; uite o luntre de trei metri, croită după vremurile de atunci; uite un cap de bou, o halcă de oaie, o găină friptă, și nu lipsește nici pâinea, nici poamele gustoase și mult căutate după masă, toate păstrate, parcă ar fi de ieri de alaltăieri! Numai când le pipăi, vezi că doctoria cea meșteșugită și vremea cea îndelungată, au închegat merindele în bulgări de zgură, pietrificându-le pentru totdeauna.

Două ceasuri încheiate ne-au trebuit, numai să trecem pe

sub ochi avuția sfântă din mărețul muzeu, cu saloane multe, să vedem statui de regi și regine, de prinți și prințese, de preoți care stăpâneau odată cu cuvântul și fapta în *Teba, Heliopolis* și *Memfis,* să vedem obeliscuri de toate mărimile, șerpi lungi de granit, crocodili înfiorători și cărăbuși; au depănat prin fața noastră toate vremurile *Faraonilor,* de la *Menes,* urzitorul dinastiilor, la *Cheops, Khefren* și *Mikerinos,* făuritorii celor trei uriașe piramide de pe deșertul *Gyzeh,* de la popularul și harnicul rege, *Amenemhat al III-lea,* întâiul care a îmbogățit țara cu canale de irigație, la regii păstori și la robia *iudeilor;* am trăit într-o clipă vremurile lui *Amenofis I,* cel cu chip frumos ca de femeie și cu privire dulce, pe ale lui *Tutmes* și *Horemheb;* am simțit fiorul răcoros al războinicului și îndrăznețului *Ramses al II-lea,* purtătorul armatelor învingătoare pe valea *Orentelui* din *Asia Mică;* și ca un prinos de înaltă cinste, adusă acestor *Faraoni,* care au desfășurat în urma lor cele treizeci de dinastii glorioase, mi-alătur și eu graiul la cuvântul lui *Nectanebo al II-lea,* regele cel blajin la înfățișare, și cu *Faraonul* acesta care a încheiat trunchiul uriașului copac de pe malul *Nilului,* nemaiputând ține piept puhoiul sălbatic de perși, în numele lui *Nectanebo al II-lea,* cel plin de mâhnire, arunc și eu blestemul asupra dușmanilor, care au călcat aceste locuri cu gând de prigonire și jefuire.

În această uriașă clădire este adunată întreaga comoară faraonică, a celor cinci mii de ani, dinaintea legii creștine.

Acest bogat muzeu e înfăptuirea învățatului francez *Mariette,* care cu o sârguință fără margini, ani de-a rândul, adună piatră lângă piatră, cercetă, săpă și dădu la lumină tezaurul prețios, peste care vremea își pusese capacul greu. *Mariette,* în mijlocul arabilor sălbatici și cruzi, dezgroapă templele și palatele de la *Edfu* și *Abydos,* de la *Karnak,* unde a găsit vestita sală hipostilă, cu coloane uriașe, întrupate din blocuri mari de piatră, și unde a dat peste basoreliefuri cioplite cu multă îndemânare. Acest neobosit cercetător a scos de sub dărâmături curtea cu templul lui *Amenofis al III-lea* de la *Luxor,* templul și curtea lui *Medinet* cu enormele statui de *Faraoni,* pe lângă care trupul unui arab pare cât un pumn, și apoi colosul templu *Serapeum* din *Memfis* unde preoții egipteni, cu mare sărbătoare de întristare înmormântau *Boul Apis.*

Douăzeci de minute cu trenul de la *Cairo,* spre asfințit, facem până în câmpul presărat, cu lespezi mari de piatră. Astăzi se revarsă aici satul arab *Bedrechein* pe urmele bogatului și strălucitorului *Memfis,* orașul care multă vreme și sub multe dinastii a fost capitala *Egiptului* și metropola religioasă a tuturor *Faraonilor.* Aici a strălucit cetatea unde *Menes* a înnodat firul ce avea să desfășoare treizeci de dinastii, aici a fost scaunul unui episcop creștin, prin veacul al cincilea după *Hristos* și din clădirile de aici, sultanii mameluci ai *Egiptului* au zidit, mai târziu, *citadela* din tâmpla *Cairoului.*

Pe întinsul acesta pustiit de toate avuțiile și dezbrăcat de mărirea de odinioară, azi n-au mai rămas decât ruine, semănate ici-colo. Aproape de un lac și la umbra deasă a palmierilor, stă colosul de piatră al lui *Ramses al II-lea,* lung de treisprezece metri, cu picioarele și mâinile retezate, coroana de alături ajunge la doi metri. Acest colos, sute de ani a stat trântit în nisip, supus vijeliilor și pomostit de revărsările *Nilului,* până când în vremurile mai noi, s-au găsit minți purtătoare de cinste acestor sfinte odoare, și-au ridicat uriașa statuie, apărând-o de jur-împrejur cu un pălimar de lemn, și unde acum un paznic arab veghează, zi și noapte, deschide poarta cercetătorilor, dă câteva deslușiri și apoi își cere bacșișul.

Cam la o sută pași și mai bine, se găsește trântit al doilea colos, e soața celui dintâi. Sunt două statui uriașe, care au stat de strajă de-o parte și de alta a măreței porți, ce închidea capitala celui dintâi rege faraon. Atât a mai rămas din *Memfis,* două colosuri de calcar alb, ce stau să grăiască trecătorilor, ca niște schelete sfinte, ducând din tată în fiu, lumii viitoare, mărirea și fala omenirii, care a asfințit.

Nu departe de urmele capitalei *Memfis,* după ce trecem pe sub un șir de palmieri umbroși, ajungem la vestita *Sakkarah,* cel mai mare cimitir al vechilor egipteni. Măsoară până la 8 kilometri lungime și până la un kilometru lățime. Numele ce-l poartă, vine de la cuvântul egiptean *Sokar,* care înseamnă: *Dumnezeul morților din Memfis.* Aici, amestecate laolaltă, stau răvășite *mastaba, piramide* și morminte sărăcăcioase, unde se îngropau nevoiașii.

Astăzi mormintele acestea sunt goale, numai numele

mortului slovenit în hieroglife și cu scene din viața lui, acoperă pereții, în basoreliefuri, iar odoarele, care odată împodobeau cimitirul, acum îmbogățesc muzeele din *Europa.* Numai *Mariette* a înavuțit muzeul *Luvru*, din *Paris*, cu 250 de statui egiptene. Dar câte nu s-au furat de pe acest pământ, bântuit de atâtea și atâtea năvăliri? Muzeele din *Londra*, *Viena*, *Berlin*, *Roma, Bruxelles* și multe altele, gem de obiecte prețioase, de plăci și de papirus, toate cu sigiliul vechi al *Faraonilor.*

Astăzi, prea târziu, s-a oprit exportul de antichități.

O subterană, lungă de aproape un kilometru, lată de vreo 3 metri, înaltă de 6 și sprijinită pe bolți puternice, închide 23 de sarcofage cioplite în granit masiv.

Acesta e cimitirul *boilor Apis* pe care *Mariette* l-a dezgropat la 12 noiembrie, în anul 1851. Aici învățatul francez, într-o peșteră din spate, neatinsă încă de răufăcători, a găsit un taur îmbălsămat de patru mii de ani.

Tot egiptologul *Mariette* a făcut cunoscut lumii de azi ruinele *Tanis* din *Deltă* și necropola de la *Teba,* din susul *Nilului*, acolo unde a fost a doua capitală a *Faraonilor* și unde se află cetatea cea cu o sută de porți. Azi pustiu și ruine au rămas și din acest bogat oraș.

Când *Mariette* a închis ochii, după o muncă îndelungată și rodnică, l-a urmat *Maspero,* cu aceiași hărnicie și pricepere, ducând mai departe amănunțitele cercetări. În anul 1881, *Maspero,* cu ajutorul arabului *Abd-er-Rasul,* dezgropă pe muntele *Deir-el-Bahari* o peșteră lungă de 74 de metri în care găsi neatinse 36 de mumii.

Acestor destoinici și neobosiți cercetători, se cade să le purtăm toată cinstea și recunoștința, căci după nepăsarea de veacuri a *romanilor* și după repetatele jafuri ale *arabilor* și ale tuturor neamurilor lui *Orkan,* învățații francezi dibuind cărările înțelenite, ne-au pus în față toată omenirea de pe valea *Nilului*, de acum 5000 de ani...

Dacă *Champollion* a fost întâiul, care ne-a învătat să citim hieroglifele egiptene, apoi cei care au venit după el, în frunte cu M. Emmanuel de Rouge, ne-au învățat și mai mult, căci prin descoperirile lor, ne-au dat cheia, cu care să înțelegem aceste slove faraonice...

Neamurile Egiptului

Care au fost primii locuitori ai acestui pământ hotărât nu se știe nici până azi. S-au răspândit în lume atâtea păreri, câți au fost cei care au cercetat *Egiptul* și câte legende au putut răzbi prin șirul lung al vremurilor. Unii spun că sunt *berberii*, o frântură a rasei albe, separată din ramura hamită, și-au venit din *Asia Mică,* trecând prin gâtul de pământ, care leagă *Africa* de *Asia,* și care azi se numește *Istmul de Suez.* Iar ca un sprijin al acestor păreri, vine însuși cuvântul *berber* ce-a dăinuit mai târziu, în limba popoarelor, care și-au întins stăpânirea aici. Astfel găsim la romani *barbari* și la arabi *beraber* sau *berabra,* având ca rădăcină cuvântul sanscrit *warwara*, care înseamnă *străin.* Când s-a întâmplat însă Revărsarea din *Asia Mică*? Nu știe nimeni, căci vremea se afundă în întunecimile trecutului; e atât de îndepărtată, că însăși legenda se încurcă în povestire.

Etiopienii, ne spune *Diodor* din *Sicilia,* pretind că ei au colonizat *Egiptul* întâia dată. Dovadă sunt legile și sărbătorile zeilor, aceleași și la unii și la alții, și felul de a se înveștmânta, care se asemuia foarte mult la aceste două neamuri vecine. Și ca o sigilare dată argumentelor, *etiopienii* mai ziceau că pământul *Egiptului* este adus de *Nil,* din *Etiopia.*

Champollion, care a cercetat cu multă stăruință toate mormintele și rămășițele acestor locuri, a găsit că *egiptenii* seamănă mult cu *borabrașii*, care locuesc azi în *Nubia,* și tot marele învățat francez bănuiește că primele seminții care sălășluiră pe valea *Nilului*, au venit din *Abisinia.*

Toate aceste presupuneri n-au la temelie niciun hrisov, se sprijină numai pe asemuiri și bănuieli.

Încredințarea cea mai deplină poate fi următoarea: că *Egiptul* este o amestecătură încurcată de seminții, cărora nimeni nu le mai poate da de căpătâi, este o pânză de păianjen țesută de toate națiile care s-au abătut aici, au stăpânit și-au jefuit, în șirul nemăsurat al vremurilor.

Azi trăiesc în *Egipt* europeni din toate țările, mai ales englezi, francezi, greci și italieni; vin apoi evrei, sirieni, turci, arabi, africani, iar cei care măresc numărul populației, sunt *copții* și *felahii*.

Copții sunt o făptură de oamenii cu pielea gălbenicioasă, fața puțin buhăită, nasul turtit, buzele groase și ochii bulbucați. Ei sunt creștini, însă o sectă a doctrinei lui *Eutișes,* vestitul eretic grec, care recunoștea în *Iisus Hristos* numai natura dumnezeiască. Doctrina *Eutișianistă* a fost osândită de conciliul din *Constantinopol* și cel din *Calcedonia,* iar propovăduitorul ei muri în anul 451, după *Hristos.*

Copții și-au păstrat până-n ziua de azi secta lor religioasă. Când am intrat în *Abu-Serge,* biserica lor din *Cairoul Vechi,* mi s-a părut că sunt într-un lăcaș al *Domnului,* la noi la țară. Bărbații stau la dreapta, femeile la stânga, au cădelniță ca și noi, apoi modul cum se înfățișează slujba, e la fel cu a noastră. Deosebirea este că bisericile n-au clopote, iar călugării sunt îmbrăcați ca niște hogi, însă cu turban negru pe cap și bat un fel de țimbale, lovindu-le de 40 de ori; astfel se vestesc credincioșii la Sfânta slujbă.

Copții cred că sunt urmașii vechilor *Faraoni,* de la care au păstrat o mulțime de datine. Ei se taie împrejur ca și musulmanii și israeliții, încă o dovadă de trecutul lor îndepărtat, știut fiind că *egiptenii* aveau circumcizia din timpurile cele mai vechi și de la ei o învățaseră și evreii, sub profetul *Moise.* Tot *copții* au fost cei care au păstrat bătrâna limbă a strămoșilor în cărțile de rugăciune, căci graiul *Faraonilor* a dăinuit mult timp sub stăpânirea greacă și romană, ba chiar și în vremurile mai noi, după legea creștinească. Marele istoric și moralist *Plutarh* zice că însăși regina *Cleopatra* știa această limbă și o vorbea cu șupușii săi. Pe mormântul împăratului roman, *Gordian al III-lea,* care a murit în anul 244, după *Hristos,* soldații săi dragi i-au adus prinosul de recunoștință în vechea limbă egipteană.

Se mai spune că apostolul *Pavel*, care a propovăduit mult timp aici legea Domnului, cunoștea graiul *Faraonilor*, iar *Sfântul Antonie*, marele mucenic al creștinilor, vorbea numai limba egipteană.

Copții au fost îndrumătorii tuturor învățaților, căci din slova veche a cărților lor, s-au călăuzit și au început să deslușească hieroglifele de pe templele și mormintele *Faraonilor*. *Champollion*, în vestirile sale, pline de însuflețire, către Academia din Paris, zicea că limba coptă este una din graiul egiptean, scrisă însă cu semne grecești. Și tot învățații și cercetătorii au mai dovedit, că limba faraonică era monosilabică, înfăptuită mai mult din cuvinte onomatopeice. Pentru animale se formau cuvinte, care, mai mult sau mai puțin, imitau strigătul lor. De pildă la porc i se zicea *ric*, la sunet *sensen*, la glas *auo*, și la cuvântul răsfățat îi spuneau *șușu*. Inima, de unde pornește înflăcărarea și unde se aprinde dorul, care topește trupul, egiptenii îl numeau *het*, care nu era altceva decât onomatopeicul ce se înfățișa urechilor sub abstractul oftat.

Astăzi, bătrânul grai egiptean nu se mai găseşte decât în câteva cărți bisericeşti, pe care *copții* nu le mai înțeleg, fiindcă toți vorbesc limba arabă. Rămureaua cea din urmă a uriaşului copac, care a străbătut vremurile, purtând credința şi datinele vechilor strămoși, acest neam care n-a putut fi îngenuncheat nici de islam, cu toate cruzimile turcilor, azi se pleacă în fața catolicismului și secta lui *Eutișes* scade an cu an, datorită comunităților catolice, care primesc, fără plată, pe copii săraci ai familiilor *copte*, dându-le întreținere și învățătură, până se fac destoinici.

La *copți* preotul are dezlegare să se însoare, iar bărbatul, după lege, nu poate avea decât o singură femeie. Femeia *coptă* poartă, peste îmbrăcăminte, un văl de mătase, numit *habarah*, care-i îmbracă tot trupul din cap și până-n picioare, dându-i înfățișarea unei statui de marmură neagră, iar fața îi e dosită, de la ochi în jos, cu un *iașmac* de mătase, ori altă stofă, după starea fiecăreia. Nevestele au *habarahul* negru, iar fecioarele îl poartă alb. Fetele *copte* se mărită de mici, ca și la turci, ba la zece ani sunt pe cale de a fi mame.

Un alt neam de oameni, care sălășluiește în *Egipt* și care

pretind că ei sunt adevărații urmași ai *Faraonilor,* sunt *felahii.* Aceștia covârșesc întreaga populație a *Egiptului,* ca număr, dar în rostul statului nu înseamnă nimic. *Felahul* e lucrătorul de pământ, e muncitorul cu trupul, a cărui muncă folosește stăpânului.

Acest rob trăiește în sărăcie, se hrănește prost și umblă foarte murdar. *Felahul* e răpitor, plin de răutate, n-are simțământul rușinii, minte repede și e în stare ca pentru bani să-și vândă toată familia. Dacă te porți bine cu el, te crede fricos, și atunci la întâiul prilej se repede să te jefuiască. Nu-ți face cea mai mică slujbă, decât dacă-i arăți bani, sau dacă îți simte puterea. De aceea *englezii,* popor atât de civilizat, au fost nevoiți să se întoarcă la bătrâna lege a omenirii, bătaia; și numai ea a început să-i aducă pe *felahi* la calea cinstită și demnă timpurilor de azi. Dar, dacă ne gândim puțin la vremurile și la popoarele care au trecut pe aici, apoi *felahul* nu e decât așa cum l-au făcut împilările deselor stăpâniri. *Felahul* a purtat pe ceafă juguri grele, și veacuri de-a rândul, el a fost sluga fără nici o răsplată a multor neamuri, a fost înșelatul și mințitul de toți, și astfel e și el azi, cum l-au făcut stăpânii.

Unii cred că *felahii* nu sunt urmașii vechilor *Faraoni* și e mare numărul învățaților, care zic că acest neam de oameni este rodul tuturor semințiilor arabe, revărsate aici, după cucerirea *Egiptului* de către *Califul Oman.*

Felahul vorbește limba arabă, are obrazul bronzat, părul des și moale, trupul înalt și ținuta dreaptă, același chip ca arabul. Mulți poartă un pămătuf de barbă în cioc, ascuțit în loc ca gămălia unui fus. *Felahii* sunt musulmani, dar păstrează datini și credințe, care sunt aidoma cu ale vechilor *egipteni,* și pe care nu le glăsuiește *Coranul.* Femeia *felahă* e slujitoarea plecată a bărbatului, căruia i se supune fără crâcnire. Ea îngrijește de casă, crește copiii și ține rând cu soțul la munca grea a câmpului; iar ca răsplată, tovarășul atotputernic, o gonește atunci când s-a dezgustat de ea, și alta nouă îi ia locul. Dacă pornește la țarină, *felahul* merge înainte, înveștmântat în tradiționala cămașă albastră, lungă până-n pământ și, cu fesul mic pe cap, se duce cu mâinile în buzunar și cu ciubucul în gură, trăgând fumuri groase; iar femeia îl urmează la câțiva pași, încărcată cu merinde, cu uneltele în subsuoară și cu copilul despuiat după gât. Obiceiul acesta își are obârșia din timpurile cele mai depărtate, căci istoricul *Herodot* ne spune cum că la vechii *egipteni*, femeile se îndeletniceau cu treburile pe care la alte popoare și în alte țări, le făceau bărbații.

Dar oare la noi, soțul nu e cruce întreagă și femeia jumătate cruce?! Și sprijinit pe această datină, bărbatul e stăpânul atotputernic al soției. Apoi când se înapoiază țăranul de la târg, nu vine înainte fluerând și cu biciul pe umăr, iar nevasta se ține de el, la câțiva stânjeni în urmă, încovoiată sub traista grea cu târguieli?!

Nu degeaba se zice că avem în noi sânge de *pelasg*, iar *pelasgii*, știut este, că au trăit odinioară și pe *valea Nilului*. *Felaha* din revărsatul zorilor până-n scăpătatul soarelui muncește din greu și e serva supusă și ascultătoare a bărbatului. Ea se scoală cea dintâi, să pregătească merinde, și se culcă cea din urmă, după ce-a adormit copiii și după ce soțul și-a stins ciubucul, nemaiavând nevoie de nimic. Femeile *felahe* poartă șalvari și o cămașă albastră de bumbac, iar pe cap un fel de *habarah* scurt, care-i cade în părți egale pe umeri; cu un capăt își dosește talia arcuită și sânul destul de dezvoltat, iar cu celălalt capăt își acoperă fața în anumite împrejurări, când vor să nu li se vadă ochii aprinși, umbriți de gene adânci. *Felaha* are corp frumos, bine legat, brațe rotunde și statura înaltă. Tot hazul însă îl stinghereşte nasul lătăreț și gura ieșită afară...

Acestea sunt națiile care trăiesc azi pe pământul *Egiptului*, storcând cu toatele, bătrâna comoară ce o poartă în sân binecuvântatul *Nil*. Din belșug rodește țara aceasta, dar și cei care mistuie avutul ei sunt mulți. *Egiptul* are un vice-rege sau chediv, căruia poporul îi ține o *curte* destul de bogată; *Egiptul* e pus sub suzeranitatea *Turciei*, și ca o chezășie a acestei stăpâniri, *Poarta* primește câteva milioane de lire pe an; și apoi *Egiptul* e luat sub ocrotirea englezilor, care au aici un consiliu general și câte un director în fiecare minister, însărcinat cu controlul slujbașilor.

Dar, de bună seamă, viitorul cel mai apropiat va alege grâul de neghină, dând dreptul și toată libertatea, ca aceste plaiuri, atât de rodnice, să le muncească cinstit și cu dragoste de propășire, cei care au înfipt stâlpul civilizației în aria părăginită, semănând în *țara soarelui* priceperea și știința marilor întreprinderi; acelora li se cade stăpânirea desăvârşită, spre folosul tuturor popoarelor şi spre binele oropsitului şi înapoiatului *felah*. Iar bogăția de azi a *Egiptului* rodită pe 994 de mii kilometri pătrați – cât cuprinde țara – înseamnă nimic la trei mii de comune, față cu vremurile vechi, când – ne spune istoricul *Herodot* – că sub regele *Amasis* din *dinastia a XVIII-a*, *Egiptul* număra 20.000 sate şi oraşe.

Minunile lumii

Printr-o alee umbrită de palmieri și sicomori și-n goana nebună a tramvaiului electric, după o jumătate de ceas, ajunserăm la piramide. Bătrânele monumente din deșertul *Libiei,* văzute de la un kilometru, au o înfățișare falnică și se oglindesc pe cerul limpede, ca niște sedile uriașe, răsturnate cu gura în jos. Cu cât te apropii însă de zidirile ce întrupează una din cele șapte minuni ale lumii, cu atât pare că se micșorează, din pricina platoului de sub ele, ridicat mult deasupra împrejurimilor.

Aici este un mic bâlci. *Kemali,* cu limonadă, își strigă apa răcoritoare și vânzătorii de obiecte vechi taie calea vizitatorilor, întinzându-le statuietele făcute de bună seamă din pământ humos, și apoi păstrate luni de zile în băligar, ca să capete fața vechimii. Măgăruși înzorzonați cu panglici și clopoței, așteaptă mușterii, să-i plimbe în trap, de-a lungul soselei pietruite, iar deoparte, *Mena-House Hotel,* cu frumosu-i cerdac, privește în largul deșertului. Mai colo, la marginea drumului, rumegă agale o cămilă îngenuchiată, cu povara pe spate. Sprâncenele îi sunt ințesate de nisip, șoldurile jupuite și ochii înlăcrimați. Alături de *șaica pustiului,* răsuflă *felahul,* dezbrăcat până la brâu, cu pieptul uscat și cu picioarele zdrelite de calea lungă a deșertului. A pus burduful la gură și suge jândios apa rece și bună. Bea cu atâta poftă și beregata înghite cu așa lăcomie, că parcă îmi face și mie sete! Cine știe, câte zile n-o fi dus dorul picăturii de apă?

În marele cimitir al piramidelor, rânduit de-a lungul *Nilului,* numai trei mai dăinuiesc astăzi, în întregime: *Khufu,* numită de greci *Cheops, Khefren* și *Mykerinos,* încolo pe toate le-au cotropit valurile de nisip, răscolite de vânturile pustiului. La multe se mai văd doar creștetele ca niște mușuroaie mari de cârtiță.

Ne oprim în fața piramidei lui *Cheops.* Acest uriaș mormânt regesc le întrece pe toate în măreața sa înfățișare. Marele *Champollion* când l-a măsurat, a găsit că e de două ori mai înalt decât turnurile bisericii *Notre Dame,* din Paris, iar volumul ce-l închid aceste pietre, închegate într-o singură movilă, cuprinde un milion și jumătate stânjeni cubi. Din pietrele piramidei lui *Cheops,* zice *Napoleon,* s-ar putea face un zid înalt de patru stânjeni, care ar acoperi 50 de leghe și-ar putea împresura *Egiptul.*

Peste blocuri groase de calcar, piramida este învelită cu lespezi mari de granit, aduse tocmai de la *Asuan,* de sub *Tropicul Cancerului,* unde iernează berzele și rândunicile. Istoricul *Herodot,* care a cercetat aceste morminte în timpul năvălirilor persane, între anii 460-455, înainte de *Hristos,* spune că *Faraonul Cheops,* pentru înfăptuirea acestei zidiri, a întrebuințat o sută de mii de robi, care, vreme de treizeci de ani, și-au vărsat sudoarea, lucrând câte trei luni în fiecare an.

Se ciopliau pietrele tocmai din *Nubia,* apoi în bărci mari și trainice se cărau pe *Nil* la vale, descărcându-se aici și înălțându-se după aceea în falnicele monumente, care patru mii de ani și mai bine, au ținut piept, înfruntând toate învrăjbirile vremurilor. Mai spune povestea, că năzdrăvănul *Faraon,* văzându-se sleit de toată averea și cu mormântul nesfârșit, a silit-o pe însăși fiica sa, să-și vândă dragostea, pentru sume mari de bani. Și tot din auzitele preoților egipteni, urmează legenda *Herodot,* că frumoasa prințesă se supuse poruncilor părintești, fără nici o codire, luând această faptă ca o glăsuire dumnezeiască, ba mai târziu îi veni în gând să-și urzească și ea un astfel de mormânt. Și atunci tânăra regină le cerea tuturor care îi cumpărau iubirea scump, să dăruiască câte o piatră și pentru templul trupului ei.

Mai târziu, când s-a cercetat cu de-amănuntul mormântul înfăptuit din precupeție trupească, s-a găsit că număra trei sute mii blocuri de piatră.

Piramida cea care s-a măsurat și remăsurat mai mult și căreia i s-au făcut cercetări mai adâncite, este a lui *Cheops*. După multă vreme și chibzuială, au dovedit învățații că aceste monumente fără asemănare în omenire, au fost croite și rânduite pe anumite date științifice, pe care *egiptenii* le stăpâneau cu destoinică pricepere. Așa s-a găsit, că muchiile piramidei privesc înspre cele patru puncte cardinale, că diagonalele prelungite cuprind în întregime *Delta Nilului*, iar linia ridicată de la miazăzi către miazănoapte și trecută prin vârful piramidei, împarte *Delta* în două felii egale.

Dacă se prelungește meridianul piramidei lui *Cheops*, se vede că el este acela, care străbate mai multe continente și mai puține mări; iar dacă se socotește întinderea pământurilor locuite, se găsește că acest meridian le împarte fără greș în două părți egale. Tot la marea piramidă, cercetările făcute de marii învățați ai timpurilor noi, au dovedit cât de știutori erau egiptenii în științele geografiei, astronomiei și matematicii, încă din timpurile cele mai vechi. Cu trei mii de ani, înainte de *Hristos*, ei citeau mersul stelelor, cunoșteau drumul pământului împrejurul soarelui și-i socotiseră iuțeala cu care gonea calea învârtită eliptic.

Pășesc pe lespezile roase de atâtea timpuri și atâția călători, și fiecare urmă îmi trezește un gând și-mi vâră în trup un fior de adâncă cinste pentru pomenirea stâlpilor de aici.

Ne-am oprit în partea de miazănoapte a piramidei, unde se află și intrarea, scobită mai sus decât talpa monumentului. O liotă de arabi ne întâmpină, unii cerându-ne bacșiș, alții înfățișându-se să ne călăuzească înăuntru.

— Arată-te aspru cu ei, altfel cred că ți-e frică!, îmi spuse prietenul meu, ofițerul.

Răsar din toate părțile glasuri în limbile: franceză, engleză, germană, italiană, arabă, dar ofițerul se răsuci printre ei, privindu-i crunt și atunci toți se dădură în lături. Au teamă de marinari. În ușa piramidei, largă cât un pas bun și tot atât de înaltă, stă un arab cu câteva fire de barbă în cioc și înveșmântat într-o cămașă albastră. Zece piaștri de fiecare e prețul intrării.

Cu lumânări groase în mână și călăuziți de doi arabi, coborâm vreo douăzeci de metri, pășind pe trepte măcinate de atâtea picioare, care au purtat mințile curioase pe aici. Un bloc mare de piatră închide gangul. O scobitură, cât încape omul pe brânci, ne făcu drum mai înainte. Arabii vârâră, pe rând, lumânările prin acest gât strâmt și trecură dincolo. Eu mă oprii – mi se făcuse frică – dar prietenul mă trase de mânecă după el.

— Haide, că eu cunosc locurile astea mai bine decât călăuzele! Nu mai țin minte de câte ori am intrat!

Blocuri mari de piatră coviltiresc galeria pe-o parte și pe alta și miros de mucegai îngreunează respirația. Întorc ochii înapoi, forțez privirile înainte, dar lumânările nu pot lumina calea decât la câțiva pași și două capace întunecoase ne stau parcă în spate și în față. Se îngustează gangul, începe să urce, ne alunecă picioarele pe lespezile roase, cădem în genunchi și mâinile mă ustură, zdrelindu-se de pietrele colțuroase.

Mergem ce mergem așa, când deodată se lărgește galeria, croind un ungher. Aici facem un mic popas. Pâraie de sudoare mi se preling pe frunte și pieptul îmi zvâcnește des. Prietenul meu scoase o capsulă de magneziu și-i dădu foc. La lumina albă a explozivei, râseră stâncile de granit, care încheiau tavanul. Arabii însă tot nu pierdură prilejul, ca atunci când ajung în colțul cel mai ascuns al acestui mormânt uriaș, să ceară bacșiș. Și aici, în surla năzdrăvană, departe de ieșire, pe galeria întunecoasă și lungă de 70 de metri, aici unde nu mai pătrunde glas afară, călăuzele își arată nemulțumirea, oricât le vei da. Stau jos, nu vor să mai meargă înainte, suflă în lumânare și cerșesc întruna. Nu-ți fac însă nimic, mai mult caută să te înfricoșeze, asta în vremea de azi, când e rânduită pază și când cei ce fac pe călăuza, sunt cunoscuți poliției engleze, pe când cu douăzeci și treizeci de ani în urmă, puțini curioși aveau curajul să intre în piramidă.

Tovarășul meu își aruncă o uitătură cruntă asupra arabilor, în vreme ce cu dreapta ținea mânerul revolverului. Călăuzele nu mai îndrăzniră să ceară a doua oară bacșiș, ne deschiseră calea mai înainte.

O galerie întoarsă și lungă de 38 metri duce la *camera reginei*, care se află rânduită în marea axă verticală. Aici suntem la 22 metri departe de talpa uriaşului mormânt şi la 120 de creştet. Pe același gang ne înapoiem până-n fața unui bloc de granit, la spatele căruia ne face loc marea galerie lungă de 50 metri, largă de unu și jumătate, și înaltă de opt metri și jumătate. Pe aici mergem la *camera regelui*. Câteva mănuchiuri de lumină pătrund pe undeva, prin răsuflătorile croite înadins și ca într-o înserare străvezie, se deslușesc blocurile de piatră, închegate așa de bine, că nici vârful briceagului nu răzbește printre rosturi.

Camera regelui are o lungime de peste 10 metri și o înălțime de 5; iar lățimea ajunge la 5 metri și jumătate. Aici se rânduiau mumiile regești, iar astăzi cum intri, în partea dreaptă, se află un jghiab de granit roșiatic, cioplit cu multă îndemânare, dar fără nici o inscripție. E fără capac și gol. Legenda spune c-ar fi coșciugul regelui *Cheops*, pe care norodul, furios de cruzimile ce le făcuse în viață marele stăpân, s-a răzbunat după moarte, căci găsindu-i trupul, l-a sfâșiat în mii de fărâme și l-a aruncat în vântul pustiului, nici urmă să nu se mai găsească, iar sufletul în vecii vecilor să rătăcească și la a doua venire să nu mai aibă unde da viață trupului.

Piramida lui *Cheops* a fost deschisă întâia oară de către arabi. Și această știre s-a aflat dintr-o inscripție găsită aici de învățatul cercetător italian *Belzoni*, care a trăit între anii 1778-1823 și care inscripție spunea: *„Stăpânul Mohamet Ahmet a deschis aici și stăpânul Otman a fost de față la deschidere."* Învățatul francez *Mariette*, a cercetat Piramida lui *Cheops* în anul 1858.

La întoarcere ne-a fost și mai greu, căci hrubele erau mai întunecoase, picioarele ne alunecau pe lespezi, mergeam mai mult târâș și mi se părea că nu mai ajungem la ușă. Când am sosit și-am dat cu ochii de lumină, am crezut că vin de pe alt tărâm.

Ocolim piramida spre partea din soare-răsare şi ochii mi-s prinşi de uriaşul păzitor al bătrânelor morminte. Un colos cu trup de leu şi cap de om, tăiat dintr-o singură stâncă, priveşte rece în zarea depărtată a răsăritului. E *Sfinxul*, simbolul marei cugetări egiptene, e întruparea binecuvântatului *Nil*, e năzdrăvanul duhovnic, care a purtat peste patruzeci de veacuri amintirea vie a lumii lui de ciclopi, e începutul şi sfârşitul unei omeniri, care nu va mai fi, e colosul de granit, lung de 39 metri și având înălțimea de la pântece până la creștet de 17 metri; e țeasta de felah, cu buza groasă, ochii bobosați și nasul turtit, e capul ciclopic de 9 metri lung, care concretizează gândirea fără margini, iscusința adâncă și înfăptuirea falnică a acelui neam ce-și poartă și azi duhul pe pământul, unde a sălășluit odată.

Acesta e *Sfinxul*, care mulți ani a stat cotropit cu nisip până la gât. De la stingerea *Faraonilor* nici un popor stăpânitor al acestor locuri, nu s-a ostenit să dezgroape comorile herculiane. Și perșii și romanii și grecii s-au mulțumit numai să le privească de departe ca pe niște înfăptuiri gigantice ale unor oameni năzdrăvani, prețuindu-le drept îngrămădire de blocuri de piatră, care spun lumii că aici a trăit un popor cu credințe curioase și cu datini neînțelese. Aceștia erau vechii egipteni pentru noii stăpânitori. Încolo, învățătura și știința adâncă a *Faraonilor*, zăceau sub mucegaiul pietrelor și-n întunericul mormintelor.

Dacă arabii și turcii au deschis unele temple, apoi n-au făcut-o decât cu gândul de pradă și dacă nu cumva găsesc bogății ascunse. Marea știința a ingineriei, astronomiei și a matematicii, stătea închisă în slova hieroglifică, pe care nimeni nu-și bătea capul s-o dezlege, căci de bună seamă era greu să se ghicească ce spune silueta unui capac, ori a unei plante, ce se ascunde într-un grup de animale și ce întruchipează un stup de albine.

Ce este piramida decât o hieroglifă uriașă, care păstrează în croiala ei cheia cu care se deschid tainele cerului și minunile pământului?

Azi colosul de granit este dezgropat din nisip, de jur-împrejur. În fața *Sfinxului* se află templul înfăptuit din blocuri mari de alabastru. Această zidire minunată, sprijinită pe stâlpi de granit, n-are pe ea nici o hieroglifă, care să-i spună trecutul. Când s-a făcut și la ce-a slujit?! Nu știe nimeni. Poate că ea însăși e o slovă! Omenirea cea mult curioasă, o va dezlega, dacă vremea nu s-o grăbi mai înainte, s-o spulbere în străfundurile pustiului. Începutul l-a făcut o crăpătură adâncă și largă, croită în trupul *Sfinxului.*

Mă așez în fața colosului și nu-mi vine să mai iau ochii de la el. Dacă misterul *firii* nepătrunse i-ar insufla grai omenesc, câte n-ar avea de spus buzele acelea fiștave și bătute de vânt!... Câte i-au văzut ochii, ce stau veșnic ațintiți către zorile răsăritului, acolo de unde au pornit și făuritorii lui, acolo, de unde au venit dușmanii și jefuitorii!...

Sfinxul a fost martor la muncile grele, puse în spatele israeliților; el a privit în undele *Nilului* coșulețul ce-l purta pe pruncul, care mai târziu avea să fie marele profet *Moise; Sfinxul* a văzut strălucirea din *Heliopolis* și măreția din *Memfis*, a privit pregătirea războinică a lui *Ramses al II-lea* și pornirea lui în *Asia Mică*, pe văile *Orontelui*, a stat neclintit în fața atâtor dinastii, care au ridicat și-au coborât țara, au îmbogățit-o și-au sărăcit-o.

Sfinxul a văzut năvălirea perșilor, călăuziți de crudul *Cambyse* și poate că s-a cutremurat, când i-a fost dat să privească la batjocura prințeselor, trimise la moarte cu frâu în gură, o fi tresărit colosul de granit când a văzut pe regele persan bătând cu nuiele și împunsând cu ace trupul scos din mormânt al *Faraonului Amasis*, pe care *Cambyse* îl ura de mult, dar în viață n-avusese prilej să se răzbune. *Sfinxul* a înfruntat trufia *Ptolomeilor* și nepăsarea *romanilor*, a privit de sus frumusețea trecătoare a reginei *Cleopatra*, a ținut piept puhoiului de barbari, a fost martor al multor lupte pe viață și pe moarte, și adăpost al celor prigoniți.

Patruzeci de veacuri de când îl bate viscolul pustiului și-i aruncă nămeți de nisip în spate, i-a ciumpăvit urechea, i-a zdrelit nasul, dar ținuta colosului e tot stăpânitoarea acestor meleaguri; stăruie și va stărui încă vremurilor vijelioase, căci încă vrea să ducă mai departe fala trecutului, și să dea prilej omenirii de noi născociri și noi cercetări...

— Haide, să ne urcăm pe piramidă!, îmi curmă gândul prietenul meu.

Suișul pe piramida *Cheops* se află tot prin partea de miazănoapte, pe unde e și intrarea. Fără să fie poftiți, arabii iarăși se repeziră să ne poarte pe calea urcușului. Dar cei doi, care ne călăuziseră înăuntru, îi dădură pe toți la o parte și ne deschiseră drumul...

Suișul e foarte greu și obositor, dar nu e primejdios. Urcăm încet și cu multă cumpăneală pe lespezile mari, de piatră. Ne agățăm cu mâinile de colțurile stâncoase, mergem în genunchi, iar pe unele locuri ne trag de brațe călăuzele. La zece-cincisprezece blocuri ne oprim, răsuflăm câteva clipe și ne ștergem de sudoare. Ici-colo întâlnim scofâlciri în uriașa zidire, iar rosturile toate sunt ghiftuite cu nisip mărunt, aruncat de puternicele vânturi ale pustiului. Aici se ușurează urcușul, ca o potecă pardosită cu granit, aici stă zăgaz în cale câte un bolovan, înalt cât de două ori statura unui om, și atunci e greu, suim mai mult pe pântece. Doi pui de arab, care toată ziua își pierd vremea aici după „bacșiș", au trecut pe lângă noi ca o sfârlează, și iată-i tocmai în vârf. Parcă sunt două cioate pârlite, înfășurate în stambă albastră; așa le fâlfâie vântul cămășile.

Cu cât ne apropiem de creastă, cu atât crește adâncimea în urmă și scad la vedere cei de jos. Întâlnim o tainiță măricică, unde poposim mai mult; prietenul răsucește o țigară, iar eu mă deschei la vestă și las vântul să-mi răcorească pieptul. Suntem la primele zile ale lui februarie, soarele se apropie de cumpăna nămiezului și dogorește cu aceiași putere, cu care arde la noi, către sfârșitul lui *Florar.*

Încă o opinteală, cu gâfâiri, agățări, și iată-ne în vârf. Pe creștetul piramidei pot sta cinci, șase inși. Aici pietrele sunt zgâriate, cu semnături în toate slovele și în toate limbile. Sunt nume, ani, gândiri scurte, frânturi de versuri, închegate într-o clipă de înălțarea sufletească; sunt numele tuturor celor care au suit bătrânele zidiri, purtătoarea în spate a acelor patruzeci de veacuri; sunt pecețile călătorilor veniți din cele patru colțuri ale lumii; sunt izbucnirile sufletești ale tuturor, care urcați aici, și-au adus prinosul lor de cinste și scumpă pomenire, neamurilor adormite întru *Domnul.*

Povârnișul piramidei, privit de aici, pare o gheață zdrobunțoasă și primejdioasă. Oamenii se văd mici de tot, măgărușii, niște jucării, iar cămilele de un cot. O potecuță văruită, străjuită între două garduri de palmieri, pare șoseaua tramvaiului, ce duce în *Cairo,* la marele pod păzit la intrare de doi lei falnici, de piatră. Orașul e cât un pumn, ghebuit în tâmpla muntelui *Mokattam,* iar *Nilul,* un balaur gălbui cu trei capete, ascunse în grădinile dinspre miazănoapte, și cu coada deșirată de-a lungul zăvoaielor din miazăzi.

Uite, mai jos de *Cairo*, stăvilarul *Nilului.* Acest zăgaz de piatră, ce trece peste *Rosetta* și *Damietta*, este lung de un kilometru și are 84 de guri, pe unde se dă drumul la apă într-o plasă de canale, care calcă tot pământul. Acest stăvilar a fost plănuit încă de pe la 1835, sub chedivul *Mohamet-Ali*, spre a se opri înecarea holdelor, de revărsarea năbădăioasă a *Nilului*, dar abia în anul 1890 a fost terminat, după o muncă neîntreruptă de cini ani și cu o cheltuială de 12 milioane franci. Un alt stăvilar, cu 180 de porți, se mai află la *Asuan*, unde se încheie hotarul de miazăzi al *Egiptului* și unde *Nilul* face cea din urmă cataractă, în coborâre. La *Asuan* este și *Tropicul Cancerului*, răzorul care bășcuiește zona temperată de zona toridă, sau arzătoare. De aici mai sunt 23 grade și 27 minute până la *Ecuator*, brâul care taie pământul în două felii egale și unde soarele bate în creștet, gonind umbra. Aici sunt două anotimpuri numai: al ploilor și al căldurilor.

Când pe felia de miazănoapte a pământului sau emisfera boreală, cum îi spun învățații, se află toamnă şi iarnă, cad ploi cu clăbuci în zona toridă, iar când e primăvară şi vară în emisfera boreală, la tropice scârojeşte soarele pământul şi fierbe oala în nisip. Pe aici a fost calea lui *Helios*, când în carul său de aur și cu cei patru telegari, care vărsau flăcări pe nări, străbătea cerul de la barierele răsăritului până la ale apusului, luminând și încălzind pământul cu razele sale binecuvântate.

Și mai spune mitologia, că soarele avea pe *Phaethon* un fiu fudul și tare îngâmfat, care îi ceru să-i îngăduie, ca în carul său să lumineze și el într-o zi pământul. Cu multă durere și după o lungă povață, părintele i l-a dat, zicându-i: *„Folosește-te cât mai puțin de bici și cât mai mult de frâie"*. *Phaethon* însă n-a ascultat sfatul și când s-a văzut cu coroana de raze pe cap, stăpânind lumea întreagă din înălțimile văzduhului, a început să croiască cu biciul de foc în cai; iar negrii simțind că o mână străină și nedestoinică le poartă frâiele, cârmiră drumul, sforăind pe nările aprinse și scăpărând din copitele oțelite.

De așa fugă grozavă *Phaethon* își pierdu cumpătul, îngălbeni și după o smucitură puternică a cailor, îi scăpară hățurile din mână. Atunci își făcură de cap negrii și o luară razna, dumicând văzduhul în goana lor turbată.

Aici se înalță până la stele, răscolindu-le din tronurile lor cerești, aici se năpustesc ca un vârtej de foc, atingând pământul în fulgere și scăpărări. Se usucă iarba, copacii iau foc, se aprind satele și orașele unde copitele armăsarilor ating munții, vâlvoare izbucnesc, se prefac culmile în jăratec, valurile mărilor scad, izvoarele seacă, ținuturi de pământ se scorojesc pentru totdeauna; iar *Nilul* îngrozit se mută la marginea lumii și de teama prăpădului își ascunde izvoarele.

Jupiter, stăpânul cerului și al Olimpului, văzând sfârșitul omenirii, voi să verse asupra pământului toate ploile și să cotropească focul mistuitor, dar nu mai găsi nici un strop de rouă, căci dogoarea de jăratec a soarelui le supsese și aburii. Atunci, puternicul zeu, prinse fulgerele și ochind în carul de foc, îl trăsni pe *Phaethon*, care se prăvăli mort la pământ.

Helios, părintele îndurerat și-a plâns copilul multe zile și nopți, și n-a mai luminat pământul, până ce *Jupiter*, marele stăpân, nu i-a dat porunci amenințătoare. Surorile lui *Phaethon* au jelit la mormântul fratelui drag, săptămâni și luni, au vărsat lacrimi, până ce din tălpile picioarelor le-au dat rădăcini și pe trupuri le-a crescut coajă. S-au prefăcut apoi în copaci, iar din lacrimile lor s-au închegat broboane de chihlibar...

Pământul pe unde l-a atins carul soarelui, s-a făcut sgură și piatră, și-așa a rămas până azi, iar oamenii, pârliți și negri la chip...

Calea cea pârjolită de tânărul *Phaethon*, despre care vorbește bătrâna mitologie, ar fi zona toridă de azi, care este un brâu lat de peste cinci mii kilometri, ce încinge pământul de la apus la răsărit.

În zona arzătoare e și altfel rânduită *firea*. Aici crește baobabul, al cărui trunchi ajunge la treizeci de metri grosime, pe cerc; aici trăiesc arbori uriași, cu trupul ghimpos și cu frunza aspră. În zona tropicelor bobocul florilor e scăieţos, n-are miros iar păsările sunt siteave. Fluviile n-au pești cu solzii aurii și argintii, căci apele de aici sunt când secate, când aleargă în torente. Pe șira spinării pământului sunt păduri bătrâne, scorburi, stânci și hățișuri de buruieni curioase. Aici trăiesc crocodilii, hipopotamii, rinocerii și toți monștrii cu făptură înfiorătoare, iar omul de prin aceste locuri este negru tăciune, are fruntea teșită, buzele cărnoase și refecate, nasul turtit și ochii mari bulbucați; îi lipsește prevederea, n-are voință și nici stăruință la lucru, trăiește în stare de sălbătăcie...

În astfel de cercetări mi se îngropase gândul, când ochii

îmi fură prinși de un stâlp uriaș, ce fugea în largul pustiului. E coloana de nisip înălțată la o sută de metri de către puternicele *alizee*, vânturi ce bântuie *Sahara* foarte des. În acest pustiu, care se întinde pe șapte milioane de kilometri pătrați, ploaia este o poveste și tunetul o minune, iar zăpada n-o cunoaște nimeni. Aici sunt munți mișcători, care își înalță umerii de nisip la sute de metri. Unde au fost gropi, peste un ceas ori două se ridică gorgane, cresc troiene de nisip. Pe aici e drumul anevoios al caravanelor, ce pornesc cu mărfuri din *Sudan*, înșiruite laolaltă câte cinci sute și chiar o mie de cămile, ducând în spate sarcinile grele.

De aici, din creștetul piramidei, ridicat în picioare pe testamentul celor treizeci de dinastii faraonice, îmi arunc ochii peste valurile de nisip ale *Saharei*. Se duc privirile, până unde pot pătrunde văzduhul, până unde cerul senin se încheie cu zarea lucie a nisipului. Nici o sprânceană însă, nici o gingie nu trage dunga orizontului; e un haos nesfârșit, în care privirile se pierd și unde razele cernute din bolta depărtată, clocotesc deasupra gorganelor de nisip, ca un viespar îndârjit.

Aici se prăjește pământul în luna lui *Cuptor* și cincizeci de grade căldură, numai localnicii de baștină, cu pielea tăbăcită, le suferă, și numai ei rabdă norul de musculițe, ce dau năvală la față și ochi mai ales. *Egiptenii*, jumătate aproape, suferă de ochi, boală iscată din pricina nisipului mărunt și a atâtor vânturi care bat aici, la soroace, când cald când rece. Boala ochilor însă e veche prin ținuturile acestea, e de când omul s-a așezat aici, căci de ea au suferit și *Faraonii*, iar hrisoavele acelor vremuri ne spun nume de regi, care au orbit în chiar puterea vieții.

Priveliștea *Saharei* nu-mi lasă ochii să picotească asupra unui loc, pe-o movilă sau pe-o culme cernută din cel mai făinos nisip, căci atunci când îmi îmbie privirea un vârtej, ce fuge ca un armăsar sălbatic, pe dată îmi alunecă ochii spre șirul lung al caravanei, ce se mișcă încet, mestecându-se nisipul sub copitele grele ale cămilelor.

Pe întinsul pustiu gălbui, ici-colo, se deslușesc în zare vărcane de verdeață. Sunt oazele deșertului, unde palmierii fac roată în jurul izvorului răzlețit în jăratecul de nisip. Dar oazele acestea sunt puține, sunt picături de apă, față de oceanul pustiului, unde leul puternic și înfiorător e stăpân, izvoarele acestea rare sunt ca micșunelele plăpânde, rătăcite în mijlocul unui câmp uriaș de scaieți.

Oazele au fost pentru învățați prilejul să bănuiască noi ascunzișuri, care, în viitorul cel mai apropiat, vor dezvălui șirul unor cercetări îndelungate. Nu-i de mult, când făcându-se săpături adânci, s-au găsit vine groase și abundente de apă. S-au chibzuit apoi învățații și cu toate științele în ajutor și cu cercetările stăruitoare, au dovedit, că pe sub coaja groasă a deșertului, la o mie și chiar două mii de metri, curg fluvii repezi cu apă dulce, ducându-și undele tocmai în valurile mării.

Mintea omenească, cea dornică de născociri și gonace după noi stăpâniri, va supune una câte una toate tainele *firii*, și cine știe, poate, peste ani și ani, deasupra movilelor de nisip, unde frige și scorojește, se vor întinde grădini cu livezi și pomi, deasupra deșertului sec, unde atâtea caravane au fost îngropate de vii, și unde cine știe câți *felahi* nu și-au sfâșiat pieptul de dorul unei picături de apă, peste *Sahara* unde rotesc pâlcuri mari de corbi, croncănind flămânzi și așteptând cămila obosită, să îngenunche pentru totdeauna, sub viscolul furios al pustiului, aici, odată și odată, se va răsfăța viața sănătoasă și plină de roade. Căci ce-i trebuie seminței ca să ia însuflețire, decât apă și căldură! Una e din belșug, mai trebuie cealaltă.

Haide, omule, nu pune zăgaz pornirii tale, dă-ți drumul firii, nu pregeta, smucește-te și prinde zdravăn înfăptuirea dumnezeiască, înfige-i mâna în beregată, sugrum-o și cere-i să-ți dea din avuțiile ei, căci e bogată foarte și ascunde multe taine.

Nu te lăsa obosit și nici nu te da învins, pune-i genunchiul pe piept, stăruie dârz și natura îți va da tot ce stăpânește, căci pentru tine le păstrează, omule dornic de mai bine, și ale tale vor fi toate...

PALESTINA

Palestina înviază

— Să mergem în grădină!, făcu Schönberg, foarte prietenos.

Ne aşezarăm la măsuța umbrită de portocalul încărcat cu roade coapte. Comandantul întinse mâna spre portocala rumenită, de deasupra-i:

— Îmi dai voie, domnule Schönberg?...

— Cu plăcere, poftim, poftim!...

— La vapor avem două lăzi pline şi nu mănânc!... Asta-mi făcu poftă!..

— Aşa e rodul, ți se pare mai gustos, când l-aduni singur din pom!..., împlini gazda, zâmbind în barba încărunțită. Mai ales că la dumneavoastră, adică la noi, nu cresc poame d-astea!...

— Sunteți de multă vreme aici, domnule Schönberg?, prind eu altă vorbă.

— De mult!... Sunt peste treizeci de ani, de când am părăsit *Iaşiul* şi m-am aşezat aici, în *Iaffa.*

— Şi-n timpul acesta nu v-ați mai dus în *România.*

— Ba, am mai fost în două rânduri, dar e mult de atunci. Mai am neamuri pe acolo.

— Şi vă este dor aşa câteodată?

Schönberg îşi trecu mâna peste frunte şi lăsă ochii în jos:

— Anii copilăriei sunt cei care pun mai bine pecetea!...

Şi ca prins de o amintire îngână:

— Valea Bahluiului... Copou... Eh!... Parcă fu ieri!...

Apoi ridicându-şi privirile spre noi, schimbă vorba:

— Nici nu vă închipuiți, ce bucurie simt, când mă întâlnesc cu români!... Şi toți, câți vin din România, află că e unul aici, care vorbeşte limba, şi dau de mine numaidecât, ori de nu, îi caut eu!...

Schönberg vorbeşte rar, aşteaptă până să-i vină cuvântul, se cunoaşte dezobişnuința limbii româneşti, dar vorbele alese sunt frumoase şi graiul e al moldoveanului bătrân. Spune că la început a dus-o greu; era străin, n-avea nici un prieten, nu cunoaştea limba de aici, şi mai ales acum treizeci de ani, când stăpânirea turcească le făcea cele mai mari neajunsuri! Pe chipul lui Schönberg se desluşeşte înfăţişarea omului care s-a trudit mult şi a trecut prin multe greutăţi. Acum însă e mulţumit. Prăvălia lui de galanterie trece în rangul întâi în *Iaffa* şi la Schönberg te duce orice arab l-ai întreba.

— Mai am un concetăţean aici, pe Zilbermann, e din Galaţi de fel şi înfăţişează mai multe fabrici de pielărie din România.

— Ce limbă se vorbeşte mai mult aici, domnule Schönberg?, întreb eu din nou.

— În *Iaffa,* franceza şi italiana, dar mai mult franceza, iar în mijlocul *Palestinei,* araba.

— Cum, nu turceasca, cea care stăpâneşte?!...

— Aşi!, limba turcă e cea mai puţin cunoscută!... O îngenunche araba!...

— Apoi, turcii, care au toată administraţia şi puterea în mână, nu pot să-i constrângă pe arabi?...

— Turcul!... E cel mai tembel popor, şi asta o spun cu toată convingerea, fiindcă atâţia ani de zile, de când stau în mijlocul lor, i-am preţuit şi răspreţuit!... Şi-apoi arabii spun că Mohamet a fost arab, şi cu asta închid gura turcilor!... Ei doar cu numele sunt stăpâni, încolo totul e în mâna străinilor!... Băncile şi instituţiile financiare sunt ale francezilor şi germanilor: comerţul îl mânuieşte Anglia şi Italia, ba germanii au şi foarte multe colonii în *Palestina.*

— Dar, evreii cum stau aici, domnule Schönberg?, mă apropii eu cu vorba, de neamul, care mă interesă mai mult în aceste locuri.

— Au început să meargă bine.

— Da!...

— Da, da... Apoi numai împrejurul *Iaffei* sunt cincisprezece colonii, iar în *Palestina* întreagă, numărul lor trece peste 40 până acum, cu evrei adunați din toate colțurile lumii.

— Și ce fac?

— Agricultură!, întrerupse comandantul, înfigându-și la chiotoarea hainei un călțunaș catifelat, rupt din pogonașul de alături.

— Ba ce agricultură! Sistematică încă. Au cumpărat de la arabi toate terenurile pustii și cotropite de pârlog și acum nu le mai cunosc nici stăpânii! Pentru arabi pământurile acestea erau curate belele; azi sunt bucuroși însă, că atunci când îi încolțește foamea, au unde munci și unde găsi un ajutor, altfel arabul, când e sătul, nu se leagă de treabă, să-l pici cu ceară!...

Apoi, cu fața senină și cu ochii sticloși de bucurie, Schönberg urmează înainte cu lămuririle, revărsându-se asupra chipului său o veselie din ce în ce mai luminoasă:

— Aici, la marginea orașului, cale un sfert de ceas cu trăsura, se află colonia israelită *Tel-Aviv*, care se bucură de o desăvârșită autonomie și-n ale cărei treburi nu se amestecă stăpânirea turcească.

Curmă vorba spre a-și culege gândurile, și apoi urmă:

— Și ca să vă număr așa câteva numai, avem *Gederah*, avem colonia *Pethach-Tikwah*, care se aruncă spre miazănoapte de *Iaffa*, are 2275 de hectare și 1500 suflete; e cea mai populată din întreaga *Palestină*, iar locuitorii ei se îndeletnicesc cu cultivarea portocalilor. Este colonia *Rischonle-Zion*, urzită de baronul Rotschild; are 1000 de suflete, aici se cultivă foarte mult via și dă cel mai bun vin căutat în toată *Palestina*. Tot pe meleagurile acestea, spre miazăzi, sunt coloniile *Rechoboth* și *Ekron* unde cresc terenuri întinse de măslini, și apoi *Katrah*, înjghebată acum treizeci de ani de nouăzeci studenți evrei, veniți din Rusia; în *Katrah* sunt vreo 500 de hectare pe care se cultivă grâu, vii și grădini cu migdali. Mai sunt apoi ferme-model, unde se fac încercări științifice, ca să se aducă semănături, care până acum n-au crescut în *Palestina*. Așa de pildă la *Medjdal*, unde s-au făcut irigații sistematice, se încearcă cultivarea bumbacului. La *Ben-Schamen*, lângă stația *Lyda*, pe calea ferată care duce la *Ierusalim*, este o vestită lăptărie. Și numărul coloniilor crește an cu an.

Schönberg se opri o clipă, trecându-și mâna peste frunte, apoi zâmbi și prinse iarăși vorba:

— Uitasem, să vă pomenesc încă două, de care se leagă mai mult sufletul meu. Sunt coloniile *Rosch-Plnah* şi *Sichron-Iakob*, fondate în 1882 de evrei români, cea mai mare parte din târgul Moineşti. Azi amândouă coloniile numără peste 1800 de suflete şi se îndeletnicesc mai mult cu creşterea gândacilor de mătase şi cultivarea pomilor roditori. Afară de aceasta s-au înjghebat o mulțime de instituții de binefacere, care toate au precăderea să ajute pe evreii veniți aici din toate colțurile pământului şi fără mijloace.

Glasul lui Schönberg începe să tremure, obrajii i se aprind și ochii îi aruncă străfulgere. În evreul trecut de culmea vieții, se ridică acum frământarea unui neam întreg și zbuciumul veacurilor îndelungate.

— Când va abunda iarăşi câmpia *Saronului* şi va înverzi ramul *Sionului*?! De ce să nu se înjghebeze şi țara celui mai vechi neam între neamurile de azi?!... Când pe fața pământului rătăcesc peste unsprezece milioane de evrei ? A fost mare mâhnirea, dar azi se zăresc zorile şi revărsatul de ziua va fi mai degrabă, cu cât lupta celor care şi-au luat inima în dinți va fi dusă mai cu temei. Cuvântul meu cel din urmă este: să ajute Dumnezeu tuturor neamurilor, să-şi implinească năzuințele, să ajute şi urmaşilor lui *Israel* să se aşeze în rândul celorlalte popoare, să-şi aibă rostul şi gospodăria lor, pe locul unde şi-au îngropat strămoşii!...

Schönberg întoarse ochii în altă parte și începu să clipească geana, ca să gonească umezeala, ce-i venise sub pleoape.

— Domnule Schönberg, schimb eu vorba, care este comerțul de căpetenie, ce-l face *Palestina* cu celelalte țări?

— Apoi, începe gazda, punând privirile în pământ, exportul față de import e foarte scăzut! *Iaffa,* care e portul *Palestinei* și în special al *Ierusalimului,* nu trimite peste graniță, în cantități mai mari, decât poame. Astea cresc din belșug aici, mai ales portocalele. Rodul acesta, care năpădește în întreaga Europă, ajunge să se exporte anual, numai din *Palestina,* pentru suma de aproape cinci milioane mărci. Se mai trimite apoi peste graniță, însă de mică valoare, săpun, piei și vin;

după aceea vine micul comerț al obiectelor sfinte, cu care călugării cutreieră pământul în lung și în lat. Astea sunt!... De adus înăuntru, aduce tot ce-i trebuie. De pildă *Palestina* nu dă grâul, de care populația are nevoie și atunci importă din *Rusia, Bulgaria, Turcia,* din *Germania,* care vinde mai ieftin ca toate celelalte; iar *România* stă în rândul întâi, în ce privește vânzarea făinoaselor. Tot din Europa și anume din *Rusia* și *Anglia* se importă peștele conservat în butoaie; din *Franța,* lichiorul și coniacul; din *Austria, Germania, Belgia,* registre și hârtie de ambalat; iar articolele de lux și toate confecțiile drăgălașe ale sexului frumos, *Capitala Palestinei* le aduce din *Franța, Anglia* și *Austria.* Și fiindcă s-a deschis vorba despre astea, și eu mă îndeletnicesc aici cu comerțul, de peste treizeci de ani, pot să vă spun hotărât, că *Ierusalimul* importă mărfuri anual până la aproape 17 milioane franci, iar întreaga *Palestină* pentru cumpărăturile aduse din afară, dă pe an cam un milion și jumătate lire sterline...

— Tată mare, te cheamă *papa*!, ne întrerupse vorba glasul subțirel al unui băiețel bălan înfățișându-se în limba franceză.

— Nepotul meu!, făcu Schönberg și-l ridică în brațe.

După câteva clipe, se înapoie cu vorba:

— Tocmai trece trăsura colonii *Tel-Aviv,* dacă aveți vreme, puteti merge s-o vedeți, mai mult de trei sferturi de ceas nu întârziem!...

— Mergem!, am stăruit eu pe lângă comandant, care cam dă îndărăt, spunând că-i obosit și se coboară la vapor.

— Mă rog, eu sunt la dispoziția d-voastră, îngână Schönberg, frecându-și mâinile, vesel, și vă dau toate deslușirile cu cea mai mare plăcere... Abia mi se mai dezleagă limba, în românește!...

Ne urcarăm într-un fel de brec, încărcat cu coloniști, pe care îi ducea, din oraș, la *Tel-Aviv.* Trăsura apucă pe ulița cea mare, care taie *Iaffa* în două și unde sunt rânduite prăvăliile cele mai de seamă.

Portul rămâne devale, cu vapoarele ancorate în largul Mediteranei, la o milă depărtare de țărm, din pricina stâncilor ascuțite, ce se revarsă în fața cheiului. *Iaffa,* deși este unul din porturile de seamă ale *Palestinei,* totuși fiind lipsit de diguri, e foarte bântuit de furtuni, iar zilele când vapoarele pot ancora în liniște, se numără pe degete.

Trosnește caldarâmul vechi sub roatele șinuite ale brecului, caii merg la pas și din când în când abate calea, lăsând loc să treacă șirul de cămile, încărcate cu butoaie și lespezi mari de piatră.

— Aici tot transportul se face numai cu cămile și asini, desluși Schönberg. Nu se pomenesc camioane ori căruțe. Sunt și locurile rele, râpoase!...

Lăsăm devale în marginea mării, vama veche și murdară, cu ulița îngustă și noroioasă; lăsăm și cartierul arab ponosit și cu casele îngrămădite unele într-altele. Biblicul *Yope* e cuibărit în fruntea unei coline verzi, povârnită spre Mediterană. *Portul Palestinei* de azi și din timpul lui *Solomon* e martor bătrân al vremurilor scăpătate, când de aici a pornit în barcă, spre *Ninive,* profetul *Iona,* care trei zile și trei nopți a stat în pântecele chitului. În *Yope, Sfântul Petru* văzu deschizându-se cerul, când neobositul și statornicul apostol, propovăduia legea Domnului, și tot aici învie din morți pe femeia Tabita.

În *Iaffa* de astăzi și *Yope* de acum treizeci de veacuri au bătut steajărul, rând pe rând, toți urmașii lui Moise și în câmpiile verzi din jurul bătrânului oraș, și-au plimbat picioarele desculțe și și-au păscut mioarele mulți fruntași de lege sfântă și dreaptă. Pe aici și-au purtat stăpânirea neamuri după neamuri și *ascalonii* și *romanii,* iar *generalul Bonaparte* și-a dus sabia peste aceste locuri, cu mândrie și trufie.

La anul 1799, când francezii și-au ridicat stăpânirea, *Iaffa* a căzut sub turci și până azi e tot în mâna lor.

— Domnule Schönberg, încep eu vorba din nou, ce populație să aibă *Iaffa*, căci pe când învățam eu la școală, știu că număra vreo patruzeci de mii?!

După cea mai nouă statistică, din 1912, *Jaffa* are 75 de mii suflete, dintre care un sfert sunt evrei; iar în întreaga *Palestină*, cu o suprafață de 27 de mii kilometri pătrați și cu o populație de 700 mii, neamul lui *Israel* numără vreo 100 de mii locuitori, restul sunt creștini și mahometani.

Și pe când îmi purtam ochii peste acoperișurile aproape drepte ale caselor, Schönberg urmă:

— Aici, în *Iaffa*, evreii au o școală secundară de băieți, una de agricultură și e gata *Teknicul*, pentru învățământul ingineriei. Limba de predare e cea ebraică. S-au înjghebat asociații, cu sucursale în toate orașele din lume, ca să-i ajute pe emigrați. Ținta tuturor este, de a răspândi printre tineretul evreu cultura și vechea limbă ebraică și de-a trezi în tot trecutul glorios al neamului și dragostea de pământul strămoșesc. Căci dacă în nici un colț al lumii nu-și au tihnă evreii, apoi aici o da Dumnezeu să aibă liniște. Doar sunt la ei acasă!...

Am trecut ochii peste mănăstirea *Sfântul Niculae*, a armenilor, a cărei dependință a slujit de spital soldaților lui *Napoleon*, bolnavi de ciumă; am trecut pe aproape de mănăstirea *Sfântul Gheorghe*, a grecilor; am purtat privirile peste coamele câtorva moschei, cioplite în stilul vechi arab, și străjuite de minarete înalte, și apoi când am crezut că părăsesc *Iaffa*, am dat în colonia *Tel-Aviv*.

Caii pășesc rar, tropăind copitele potcovite pe ulița asfaltată. Case de piatră, cu ferestre mari, luminoase, se înșiruie pe o parte și pe alta și grădini cu răzoare de flori prind ochii în fiecare curte. Aici e un cuib de curățenie și hărnicie, parcă intri în casa unor însurăței, dornici de muncă, cu înfăptuiri noi în gospodărie și planuri mari pentru viitor. În Tel-Aviv sau Colonia primăverii nu se mai vede arabul visător și întins la soare, ca pe plaja din port, și nici grămezile de gunoaie din cartierul arab al Iaffei. În colonia evreiască toate ulițele sunt asfaltate.

Sărim jos din trăsură toți trei. Schönberg ne oprește la fiecare colț și ne dă lămuriri, însuflețit de un avânt drag și plin de mulțumire.

— Acum vreo opt ani de zile, spune însoțitorul, plimbându-și ochii în toate părțile, locuințele din *Iaffa* nu mai erau îndestulătoare pentru evreii emigrați, care se înmulțeau mereu, și-atunci s-a făcut o societate de construcții, numită *Achuzath Baith*, care luând un împrumut destul de māricel de la Fondul național, a urzit colonia aceasta, *Tel-Aviv*. Uitasem să vă spun, *Keren Kaiemeth l'Israel*, adică Fondul național, are un capital de 4 milioane și jumătate și e hărăzit numai pentru cumpărare de pământ în Palestina, care să rămână proprietate de veci a poporului evreu. Acest fond până acum a cumpărat peste 10 mii hectare și-a făcut o mulțime de ferme și colonii. Averea Fondului național crește din an în an, fiind alimentat de foarte multe înjghebări, ca mijloace de adunarea banilor. De pildă e *Cartea de aur*, unde se înscriu toți cei care fac danii de la 250 de franci în sus; apoi *Ofrandele de pământ*, ca fiecare evreu să cumpere un dunam în locurile sfinte, și *Ofrandele de măslini*, tot fiul lui Israel e rugat să dăruiască măslini, sădindu-i în ogrăzi, iar venitul se va alipi la Fondul național.

— Aduc câștig mare măslinii?!, întrerup eu.

— Ca o moșie! Un arbust, de când îl înfigi în pământ și până îl dai pe rod, costă șapte franci și jumătate, și după aceea ți-aduce venit o sută de ani!

Ni se pare curios, mai ales nouă europenilor, care nu i-am cunoscut pe fii lui Israel decât măsurând cu metrul, ori făcând pe samsarii sau pe zarafii, să-i vedem, acum, secerând cu capul gol în arșița soarelui! Dar iată unul, cu zulufii răsfrânți peste fesul negru, cum sapă de zor în grădină!... Uite altul, se întoarce cu plugul de la câmp!...

Dacă ne ducem însă gândul înapoi, la rădăcina acestui popor, când neamul lui *Israel* era stăpân de baștină pe aceste locuri, apoi găsim că *iudeii* s-au născut agricultori și păstori, ne aducem aminte că plaiurile lor abundau sub spicul gras al grâului și orzului, iar luncile înfloreau în zburdarea turmelor de oi și capre.

— Clădirea din spate, cea înaltă, e gimnaziul „*Dr. Theodor Herzlu*”! prinde vorba Schönberg.

— Are și un gimnaziu!?, făcui eu mirat.

— Da, da!, împlini însoțitorul. Urmează cursurile peste 500 de elevi, adunați din întreaga *Palestină*. Are opt clase liceale, e recunoscut de statul otoman, iar diploma de bacalaureat e primită aproape la toate universitățile din Europa. În 1913 au ieșit întâii absolvenți, 23 la număr. Gimnaziul dispune de un fond care trece de 300 mii franci, iar clădirea care a costat 125 mii franci, a fost dăruită de *Iacob Moser*, judecător în *Bradfort*.

Gimnaziul stăpânește toată ulița, cu înfățișarea lui mareață ce pare o tâmplă de biserică, cu ferestre multe și cu fața albă zăpadă, iar numirea de „*Theodor Herzl*” e dată spre pomenirea aceluia care a luptat mult pentru propășirea evreilor, aceluia care a întrunit la Basel întâiul congres sionist, când s-a luat hotărârea ca să se înjghebeze în *Palestina* un cămin propriu pentru poporul iudeu, pe bazele dreptului public.

Ne arată Schönberg și Conservatorul de muzică de aici, care are ca țintă trezirea și dezgroparea vechii muzici ebraice, azi cotropită de versul altor popoare. Căci evreii, răzniți de plaiurile și de mormintele marilor strămoși, n-au mai grăit cântecele lor, au uitat glasurile mândre ale celor 280 de mii cântăreți, care au înveselit nunta lui *Solomon*, nu mai știu cântecele bătrânești, în care se lăuda mărirea *Ierusalimului* și se jelea dărâmarea *Sfintei Cetăți*.

Apoi, Schönberg, după ce ne mai spuse, că e vorba hotărâtă, ca în *Ierusalim*, pe lângă celelalte școli și gimnaziul de acolo, cu șase clase, să se facă și o universitate, tot în limba ebraică, încheie râzând în barbă:

— Au și parale evreii aceștia!...

Iar eu gândii: cu atâtea societăți cu scopuri în toate ramurile, cu școli, de la grădini de copii și până la facultăți, în care nu se vorbește decât limba ebraică, cu lupta aceasta cumpănită și hotărâtă până la capăt, cu strângerea într-un mănuchi a tuturor gândurilor răvășite peste mări și țări, și năzuința întregului *Israel* la o înfăptuire mare și puternică; și dacă cele peste 40 de colonii, revărsate în *Iudeea*, *Samaria* și *Galileea*, vor sta alături cu *Tel-Aviv*, prin care mă plimb și îl cercetez acum, apoi cu drept cuvânt putem spune: *Palestina înviază*...

Spre sfântul răsărit

Ceasornicul din gara *Iaffa* bătu opt. Mai apesltirăm câteva clipe, și apoi un glas de goarnă, pițigăiat ca o muzicuță de copil, vesti plecarea, urmându-i după aceea șueratul gros al mașinii.

— Drum bun ! grăi ofițerul, prietenul meu, care mă pe^ trecuse până la gară. Să-mi aduci lemn sfânt !...

Trei negri dintr'un colț, de bunăseamă creștini, ridicară mâinile și-și făcură cruce, când trenul se puse în mișcare. Tresării. In țara mea tot omul se închină, când pleacă la drum, ori când pune piciorul în pragul unei înfăptuiri. Ce departe colinzi tu, obicei binecuvântat!...

M-am așezat lângă fereastră, să-mi fie liberă privirea. Tot bagajul luat cu mine e aparatul fotografic, revolverul și binoclul, iar tovarăș pe ziua de azi, mi-e Biblia din buzunar. Este cea mai îndrumătoare călăuză a vremurilor, care au trecut peste aceste ținuturi.

În fața mea a luat loc un arab, zdrențăros și murdar, cu o boccea mare, pe care de abia a îndesat-o sub bancă, iar alături, o fetișcană cam de vreo treisprezece ani, cu un copil în brațe, căruia arabul îi face goange.

Luasem bilet de clasa a doua. Aici drumul de fier n-are decât două clase: întâia și a doua, care corespund cu a doua și a treia la noi.

Mi-arunc ochii pe fereastră și privesc cum Iaffa rămâne în urmă, după grădinile verzi, ca un stol alb de păsări, pe care le înghite pădurea în coborârea lor. Lanuri întinse de portocali închid zarea pe-o parte și pe alta, semănând întreg cuprinsul cu potopul roadelor aurii și tămâind văzduhul cu mireasma plăcută a acestui pom binecuvântat, pe care, spune legenda, că vechiul și harnicul popor fenician l-a sădit întâia dată pe coasta Siriei, aducându-l de pe țărmul apusean al Africii.

E tocmai vremea culesului. Cârduri de arabi golași trec pe cărările bătătorite, purtând pe cap panere încărcate, iar potecile și răzoarele sunt așternute, în strat gros, cu coji de portocale, mâncarea obișnuită a săracului de aici.

Scot capul pe fereastră, arunc ochii peste plaiurile înverzite și privirile colindă până unde pot birui zarea. E luna ianuarie, când la noi îngheață lacrima pe geană și țurțuri groși se prind la strașină; aici e primăvară dulce, iar soarele se înalță cu dogoreala-i binefăcătoare și toarce fir de beteală deasupra grădinilor, aurind și mai mult plaiurile cu portocali.

Întâlnim ogrăzi cu migdali ninși de floare, piersicari cu rodul zămislit, întâlnim roșcovari bătrâni cu foaia deasă și roșcova de-o șchioapă, întâlnim smochini golași la trup și piper cu floarea gălbioară. Iar de-a lungul drumurilor, între holde și ogrăzi, în loc de gard, străjuiesc, în zid greu de trecut, tulpini groase de cactus, cu ghimpii cât andrelele.

Această plantă crește din berechet pe aici. I se mai spune și smochin arăbesc; rodul lui se mănâncă de populația săracă, dar mai mult este întrebuințat pentru facerea unui rachiu, foarte tare, pe care îl beau mult arabii.

Trecem prin *Câmpia Saronului*, unde odată curgea lapte și miere, lăsăm în urmă stația *Lyda*, târgușor locuit azi de greci și musulmani și înălțat pe ruinele vechiului oraș roman *Diospolis*. Aici mai trăiesc și azi ruinele bisericii *Sfântul Gheorghe*, lăcaș al Domnului, peste care au trecut cu pârjol și necinste perșii, arabii, musulmanii și multe alte hoarde, năpustite din fundurile sălbatice ale Asiei.

Sosim la *Ramleh*, unde, ca o pajură bălană, se înalță Turnul din *Ramleh*, clădire căreia musulmanii îi zic și *Moscheea Albă*. Aici s-au găsit cotloanele multor morminte, iar propovăduitorii islamului spun că sunt criptele celor patruzeci de tovarăși ai lui *Mohamet*, cu ajutorul cărora profetul își impunea credința. Creștinii însă povestesc, că sub *Turnul din Ramleh* au fost înmormântați cei patruzeci de mucenici, uciși în numele crucii.

Gonește trenul pe drumul cu multe cotituri, ocolește stânci, coboară vâlcele, trece poduri, taie lanuri. În fiecare gară se urcă noi călători: cadâne, cu fața ferită de iașmac negru, gălbui, albastru; călugărițe franciscane, ce numără întruna boabele din șirul lung al mătăniilor; se suie evrei, cu bărbile încâlcite și cu cărțile de rugăciune în mână; se suie călugări greci și ruși, cu giubeaua lungă și părul unsuros; se urcă musulmani, cu pieptul gol și scorojit de căldură; se urcă chipuri și porturi din toate ținuturile Asiei.

Mi-arunc ochii spre banca din față. Copilul suge de zor, din sânul arămiu, ce stă țanțoș. Va' să zică, fetișcana de treisprezece ani era mama plodului, care avea și el doi ani!...

Arabul scoase din boccea un urcior de pământ și-i înfipse în vrană o pâlnioară de tablă. Desfăcu o legătură soioasă și luă din ea, cât prinse între degete, foi smolite de tutun. Le freacă în palmă, după ce scuipă de câteva ori peste ele, apoi le vârî în gura pâlniei. Cu mișcări molatice și lenevos, se scormoni iarăși în sân, pipăi buzunarele lăbărțate ale halatului lung și unsuros și, după multe moșmoneli, scoase o bucată de cărbune, cât dura unui mosorel, o aprinse, îi făcu vânt cu mâna să ia foc, suflă bulbucându-i-se ochii, apoi punând tăciunele aprins în pâlnie, îl apăsă pe tutun cu unghia mare și afumată. Își frecă palmele cu mulțumire, le șterse pe pieptul halatului și iarăși cotrobăi în boccea. De rândul ăsta deșiră un maț lung, îl înșurubă în țâța urciorului, își mai frecă încă o dată palmele, suflă nasul, trase urciorul între picioare, după aceea prinse ciubucul între dinți, îl trecu la falcă, se răsturnă pe speteaza băncii, închise ochii și începu să sugă fălcile ca o scorpie.

Trage lung din muștucul narghilelei improvizată, iar printre buzele porumbace țâșnesc rotocoale de fum, înnorându-i fesul ponosit. I se înveselește fața arabului, surâde, de bună seamă e în altă lume acum, iar trupul greoi se leagănă încet, în salturile vagonului, în vreme ce narghileaua, sărăcăcioasă, borborosește cu fiecare sugătură din fălci. Rar crapă ochii, și atunci părintele zâmbește alene către plodul, care se ridicase pe umărul mamei lui și întindea mânuța de ciocolată, spre bărbița creață a tatălui său.

Mă înecă fumul tutunului și scosei trupul până în brâu pe fereastră. O adiere răcoroasă vine din largul câmpului înflorit și de pe văile lungi. Rândunelele se iau la întrecere cu mașina, iar ciocârlia taie văzduhul în săgeată și toarce fără preget, înălțându-se sus, tot mai sus, către caerul de mătase galbenă.

Slăvită pasăre, cum îți place ție, să cânți numai în zâmbetul primăverii! Și tu rândunea blajină și drăgălașă, nu vrei să vezi țurțurul și nici viscolul furios! Întruna alergi după primăvară, după lunci înverzite și după flori...

Ajungem din urmă cămile, cu sarcini grele în spate, înboldite dindărăt de cârja ascuțită a arabului; în fiecare gară ne întâmpină copii zdrențăroși, întinzând mănuchiuri de flori, culese de pe câmp și cerșind întruna: metalic!... metalic!...

Ici-colo câte un plug de lemn, ca în vremea veche, morfolește pământul, zgâriind brazde mărunte printre ierburile dese, iar namila de cămilă, tovarășă de jug cu o mânzată, duce jucăria, pășind alene.

S-a ridicat soarele la prânz și în lanul arabului, arătura proaspătă de azi nu se întinde mai mult decât pe patru brazde! Și cum trenul merge la pas, căci drumul începe să urce, urmăresc cu ochii pe plugarul neîndămânatic și silnic la muncă, și-l văd cum stăvilește brazda, nemaiavând răbdare s-o tragă până la capăt, și cum își scoate legătura cu tutun din sân. Cine știe cât o fi stat lungit pe arătură, cu ciubucul în gură și cu pieptul la dogoarea dulce a lui ianuarie! Poate o fi plecat acasă! Mai este și mâine o zi! Și de ce să zorească, dacă nimic și nimeni nu-l îndeamnă?! Nici vreme grea cu viforință, nici ger să crape lemnele. Iarna răcoare și frumos, vara, cald; casă, o colibă cum dă Dumnezeu, îmbrăcăminte, un halat, o pereche de papuci și un fes. Rar aruncă pe spate mantaua de păr de cămilă, fără mâneci, în forma unui sac. Merinde, portocale și poame, ce cresc din belșug.

La răstimpuri fură ochii, când și când, case noi și lanuri rostuite cu sârguință și îndemânare, unde pluguri de fier răstoarnă brazde adânci. Sunt coloniile evreiești, ce se înmulțesc zi cu zi în Palestina, dând roade bune și prinzând la muncă o mulțime de brațe.

Ajungem la *Bab-el- Vadi*, cum îi spun arabii, adică *Poarta Văii*. Aici se prăvălește câmpul, aruncându-se în fălcile stâncoase ale Libanului, și-o râpă adâncă deschide pas trenului. Creștete de piatră, pleșuve și găunoase, năvălesc, pe o parte și pe alta; peșteri, scorburi și întorsuri cu pante amețitoare, se seamănă în calea drumului de fier. Mergem tot în urcuș, ca un șarpe se încolăcește trenul, îngrădindu-și trupul pe după măguri de piatră și încingând prăpăstii, ce scobesc în inima pământului.

Trecerea peste munții Libanului e grea și de aceea îi trebuie mașinii patru ceasuri încheiate, ca să calce optzeci și șapte de kilometri.

În linie dreaptă, între *Iaffa* și *Ierusalim* sunt vreo cincizeci de kilometri.

Sosim și în *Valea Sorek*, tărâm unde frumoasa Dalila a pus sfârșit puternicului și neînvinsului Samson; iată *Valea Trandafirilor*, sau *Vadi-el-Vard*, cum îi spun arabii; iată și *Katamun*, unde a fost sălașul bătrânului *Simeon*, care a primit în brațe pe *Craiul* nou-născut îngânând: *„Și-acum sloboade, Doamne, pe robul tău, căci ochii mei văzură mântuirea Israelului"*.

Fuge trenul pe cotituri, pe după culmi, prin vâlcele, fuge și mintea mea îndărătul anilor. Câte triburi și câți regi nu-și purtară vrăjmășie și război prin cărările tale ascunse, Libanule!... Și câte adăposturi n-au dat stâncile tale!... Sfinte locuri, voi sunteți martorii întâiei zămisliri a gândirii omenești; aici au răsărit întâii cărturari și de aici a ales Dumnezeu mințile, ce trebuiau să ducă lumina în omenire.

Pământ mănos și îndestulător în roade altădată, azi ești istovit și nu mai ai vlagă!... Unde-ți sunt pădurile cu bătrânii cedrii, Libanule, pe care i-a cântat și *David* și *Solomon*?!... Azi rădăcini de trunchiuri arată ici-colo urma uriașilor copaci și pietre multe seamănă cărările. Uite luminișul, care se deschide în costiș, pare împânzit cu o turmă de oi albe, atâtea lespezi presară cuprinsul, cât ochii bat.

O tabără de turle și zidiri se zărește sub priporul unei culmi de munți. Cu cât ne apropiem, se deschide zarea și cupolele se aprind și mai mult în jurubițele, ce torc slăvitul crai, poposit la cumpăna cerului.

Mașina scoase un fluerat prelung, iar conductorul, un arab uscățiv, vesti în grai franțuzesc, mai mult din gât:

— Jerusalem!...

Arabul din fața mea își stinse narghileaua, vărsă apa deasupra cojilor de portocale, ce se îngrămădiseră de un lat de mână la picioare-i, și-și vârî tot calabalâcul în boccea. Plodul țăcăni țâța și înghiți cu strănut, dându-i laptele pe nas...

Drumul Patimilor

Din palate de marmură, de prin ganguri și uliți înguste, din toate colțurile, pornește mulțimea, dând năvală spre piața *Cabbata*. Vin puhoi: bătrâni, femei, preoți, copii, toți se adună în fața bogatului palat, cu ceardac de piatră și se înghesuie în urma căpeteniilor, care îndeamnă și amenință cu mâna. O masă de capete forfotește și glasuri multe izbucnesc:

— Răstigniți-l!... Răstigniți-l!

În ceardacul palatului se ivește stăpânitorul, cu ținuta demnă, aruncând ochii peste norodul răzvrătit, întrebă:

— Dar ce rău a făcut?

— Fiul lui Dumnezeu și Împarat al iudeilor făcutu-s-a!... răspunseră preoții iudei, iar poporul se aprinse și mai mult.

Pilat omul caesarului, înălță din umeri:

— Eu nu-i găsesc nici o vină! Luați-l voi și răstigniți-l!...

Dar norodul ațâțat de către preoți, se înfierbântă din ce în ce:

— Noi n-avem împărat decât pe Caesar! Dacă dai drumul acestui răzvrătitor, nu ești prietenul Caesarului!... Oricine se face pe sine împărat, este împotriva Caesarului!

La auzul acestor vorbe, și cum poporul venea valuri-valuri în fața palatului, Pilat încruntă sprâncenele, puse ochii în pământ și după câteva clipe de răzgândire, îl apucă de braț pe osânditul legat cu mâinile la spate și împingându-l pe scări, în mijlocul gloatei, îngână:

— Faceți cu el, cum ziceți!

Apoi spălându-se pe mâini, Pilat grăi:

— Nevinovat sunt de sângele acestui drept, voi veți vedea!

— Răstigniți-l!... Răstigniți-l!..., fu răsunetul unui singur glas, izbucnit din toate piepturile, ce împănau piața *Cabbata*.

Trupul slăbănog al propovăduitorului de dreptate și pace între oameni, fu ridicat pe sus de mâinile vânjoase ale soldaților, înarmați cu suliți lungi. Pe fruntea palidă, unde stă blajină pecetea dumnezeirii, îi puseră dușmanii cunună de spini, pe umeri îi îmbrăcară manta roșie, veștmântul împărăției, iar în mâna-i, care numai binecuvântase și în care Tatăl ceresc coborâse darul minunilor, între degetele subțiri și plăpânde, îi puseră trestie, apoi vrăjmașii îl duseră în mijlocul mulțimii, strigând în batjocură:

— Bucură-te, împăratul iudeilor!...

Atunci norodul dădu năvală și mai mult spre osândit; învălmășeala e mare, scuipatul vine din toate părțile și palmele netrebnicilor curg ropot pe obrazul ofilit. *Fiul Omului* stă neclintit, nici ochii nu-i clipesc, cu surâsul pe buze primește chinul și batjocura celor care nu știu ce fac. Văzduhul întreg e tulburat acum, căci clipa de rătăcire omenească a sosit.

Domnul însă îi stă zâmbitor în cale. Și-a dezbrăcat puterea minunilor, așa a grăit Tatăl, căci astfel fost-a proorocit și astfel trebuia să se împlinească. Purtătorul binelui și al învățăturilor frumoase, chipul omenesc în care atotputernicul a picurat leacul binefăcător, acum e trupul supus chinurilor amare.

— Bucură-te, împăratul iudeilor!, răsună glasuri din toate părțile, iar scuipatul și palmele nu mai contenesc...

Osânditul înalță ochii senini spre cerul și mai senin, și atunci cununa de spini, ce-i încinge fruntea, se împletește cu alta luminoasă și strălucitoare – e coroana împletită de razele minții dumnezeiești. În clipa aceasta, de pe buzele-i fiștave picură zâmbetul dulce, cel fără vină, cel fără prihană...

Priveliștea aceasta îmi năzări în minte, când Rafid, noua mea călăuză, îmi arătă spre partea stângă, spunându-mi:

— Aici a fost palatul lui *Pilat*, unde l-au judecat pe *Iisus*!

Azi, pe urmele vechiului și vestitului palat, sălășluiește o cazarmă turcească, veche, murdară și dărăpănată. Pe treptele de piatră, unde și-a spălat Pilat mâinile și... păcatele, acum se plimbă străjerul turc, îmbrăcat în uniformă ruptă. Azi, case noi se înalță pe piața Cabbata și peste drum în locul palatului lui *Irod*.

— Paisprezece stațiuni cuprinde drumul patimilor!, mă lămuri călăuza. Întâia e acolo pe scară, unde pășește străjerul, iar aici jos, este a doua stațiune! De aici a luat Hristos crucea în spate!

Presar privirile în jurul meu, peste zidurile de azi și peste lumea, care trece în sus și în jos, iar ochii minții îmi deschid icoane după icoane, trăite odată aici, unde au început patimile *Domnului*, unde firul mântuirii omenești și-a luat pornirea și unde întâiul creștin a primit osânda de moarte.

— Acolo este *Capela Franciscanilor*, zidită la 1838!, urmă cu deslușirea călăuza, arătându-mi bisericuța de peste drum de cazarma turcească. Pe locul acela a fost pălmuit și batjocorit *Iisus Hristos*!

Și azi păstrează vremea stâlpul de piatră, unde s-a înfipt hotărârea, care vestea lumea că „presupusul" împărat al iudeilor e osândit la moarte.

Pornirăm pe drumul patimilor, care azi e o ulicioară îngustă, murdară și închisă de o parte și de alta cu ziduri înalte de piatră, iar pe deasupra din cale în cale, bolți mari coviltiresc străduța, dându-i, pe unele locuri, înfățișarea unui gang întunecos.

Pe drumul patimilor creștinul contenește pasul, fruntea i se pleacă în jos și trupul îi e greu. Și mie mi se îngreunează mersul, o sarcină parcă mi se pune în spate și-mi încovoaie șira spinării într-un fior de tremurare sfântă. Pe aici a pășit *Fiul Omului*, ducându-și pe umeri unelta grea de chin; pe aici i-a asudat fruntea sub bicele călăului, care lovea cu furie trupul slăbit, făcând să se ridice vergi groase pe brațele sângerate; pe lespezile vechi și roase, de aici au pășit tălpile desculțe, care aveau să îndure, fără sfială, cuiele și ciocanul greu.

Trecem pe lângă *Mănăstirea Sionului*, și apoi o boltă mare ne închide cerul, numită *Ecce-Homo*. Pe locul acesta *Hristos*, îmbrăcat în haine regești de batjocură, a fost înfățișat norodului de către Pilat, cu vorbele: *„Iată omul!"*, iar slujitorii și mai marii preoților i-au răspuns: *„Răstigniți-l! Răstigniți-l!"*.

Drumul patimilor, pardosit cu lespezi mari de piatră, urcă întruna și cotește, arătând prin slove mari, scrise pe zid, popasurile Mântuitorului. Uite aici în colț, lângă biserica armenilor catolici, e al treilea popas, unde *Fiul Omului* a îngenunchiat întâia oară, sub crucea grea; uite mai departe, la încrucișarea unei străduțe, e al patrulea popas unde o placă vestește trecătorilor, că aici Nazariteanul a întâlnit-o pe mama sa; iar când Fecioara a izbucnit în plâns, Fiul a înălțat ochii spre limpezimea cerului și, sub povara chinului, a zâmbit.

Ne duce ulicioara pe lângă casa bogatului și pe lângă coliba săracului *Lazăr.* Într-una, a stat omul, care se-nveșmânta în purpură și trăia în fericire, în alta, sărmanul care-și ținea zilele cu firimiturile căzute de la masa avutului. Cel dintâi a fost rău și mânios cu oamenii, cel de-al doilea, blajin și cu inimă bună. Când ziua de apoi a venit, Tatăl ceresc a rânduit pe bogat în Iad, unde scrâșnesc dinții și arde focul cel nestins; iar pe Lazăr în Raiul bunătăților și al frumuseților. Din mijlocul Gheenei a strigat atunci avutul: *„Tată, Avraame, fie-ți milă de mine și trimite pe Lazăr să-și ude vârful degetelor în apă și să-mi răcorească limba, căci mult mă frige dogoarea de aici!"* Dar Avraam răspunsu-i-a: *„Fiule, adu-ți aminte c-ai primit cele bune în viața ta, pe când Lazăr numai rele a îndurat. Aici așa se cade, să se mângâie cel îndurerat în viață și să se chinuie cel care s-a bucurat cu îngâmfare și lepădare de bunătate".*

Se închid arcadele și se deschid, se aruncă trâmbe de umbră groasă, iar din înaltul cerului deapănă funigei printre crucile strălucitoare ale mănăstirilor, printre cupolele dese și peste zidurile, ce străjuiesc *drumul patimilor.* Al cincilea popas vine la urcușul unor trepte. Pe locul acesta, *Simon Cireneul,* înapoindu-se de la câmp, a întâlnit alaiul și făcându-i-se milă de osânditul chinuit, i-a ajutat să ducă crucea.

— Aici e casa Sfintei Veronica!, opri călăuza pasul sub o boltă întunecoasă.

Al șaselea popas din calea osânditului, vestește scrisul de pe zid, iar printre zăbrelele unei ferestre se vede capela catolică, unde sunt întrupați din ceară și în mărime naturală: Iisus cu veșnica bunătate pe chip, încovoiat sub năprasnica cruce, ostașul crunt cu biciul ridicat deasupra capului și Veronica, privind marama, cu fața îmbujorată de o înviorare dumnezeiască.

Povestea sfântă spune că Mântuitorul când a ajuns aici, urcând greu sub năpădirea oboselei și a sudoarei, fecioara blajină și curată la suflet, care cosea în ceardac, cuprinsă de mila chinuitului și încinsă de privirea ochilor albaștri ca cicoarea, a coborât, și făcându-și loc plin gloata înrăită, a șters obrazul osânditului cu marama albă, neatinsă decât de degetele bălane și plăpânde ale stăpânei. De fapta aceasta, părintele păgân la suflet și-a dojenit aspru copila și smulgându-i batista din mână, a zvârlit-o în cuptorul cu jăratec. Dar în loc să fie topită de foc, marama se înălbește mai mult și *Chipul Domnului* se încheagă pe ea, așa blând și veșnic iertător...

Mergem mai departe pe drumul patimilor, ne strecurăm printre trecătorii creștini, musulmani, iudaici, întâlnim cadâne cu obrazul acoperit, copii zdrențăroși, câte un arab chiabur pășește agale, cu fesul pe sprânceană, îmbrăcat în haine europenești, iar din când în când ne lipim cu zidul, să facem loc să treacă pe ulița îngustă, cămila încărcată cu fel de fel de marfă.

Lăsăm în urmă și popasul al șaptelea, unde Iisus a căzut pentru a doua oară, lăsăm și poarta judecății, pe unde *Fiul Omului* a fost scos din oraș și mânat în bătăi spre locul chinului din urmă, iar pe zidul mănăstirii grecești, *Sfântul Haralambie*, o cruce neagră arată al optulea popas. Pe locul acesta, Iisus ghemuit sub povara crucii, a întors capul spre norodul, care îl urmărea, și a vorbit femeilor: *„Fiice ale Ierusalimului, nu mă plângeți pe mine, ci plângeți-vă pe voi înșivă și pe copiii voștri. Căci iată vin zile în care vor zice: fericite sunt cele sterpe și pântecele care n-au născut și țâțele care n-au aplecat. Atunci vor începe a spune: munților cădeți peste noi și dealurilor ascundeți-ne. Pentru că dacă ei fac aceasta cu copacul verde, ce va fi cu cel uscat?"*

Drumul patimilor de azi e mult schimbat, de cum era acum nouăsprezece veacuri. În câteva locuri îl întrerup zidiri mari, abătându-i calea, iar pardoseala de azi a uliții e mult mai ridicată decât cărarea veche, care, de la *Poarta Judecății* și până la *Golgota*, era afară din cetate.

După ce trecem de *Capela copților*, al nouălea popas, urzită pe locul unde Iisus a căzut pentru a treia oară, sub loviturile grele ale soldatului, apoi se schimbă drumul într-un bazar boltit deasupra și întunecos. Pe aici ulița e și mai murdară, noroiul și apa vărsată din prăvălioarele negustorilor nu se usucă niciodată, căci fața soarelui nu pătrunde aici.

Cu greu ne facem loc printre beduinii, care mișună în dreapta și în stânga, purtând pe spate fel și chipuri de sarcini, toți soioși, nevoiași și zdrențăroși. Aici sunt măcelării, unde nu se vinde decât carne de oaie și capră, sunt dughene cu untdelemn, zarzavaturi și poame din Palestina, aici negustorul arab țintuit pe un scăunel, își poartă mâna de jur-împrejur în prăvălioara-i de câțiva coți de largă, și luând marfa o întinde cumpărătorului pe taraba încleiată de zoaie...

— Acum mergem la *Biserica Sfântului Mormânt*!, mă vesti Rafid, când ieșirăm din bazarul întunecos. Acolo sunt celelalte cinci popasuri ale Mântuitorului...

Stăpânirea păcii

— La dreapta, vă rog!, îmi spuse Rafid.

Făcurăm colț și intrarăm într-o curte largă, așternută cu lespezi mari de piatră. La întâiul pas am avut impresia că dau într-un bâlci, astfel mă izbi, în ochi, șirul lung al tarabelor și rogojinilor întinse pe jos, unde evrei bărboși și arabi sărăcăcioși, vând cruciulițe, mătănii, iconițe și tot felul de lucruri sfinte, pe care credincioșii veniți din colțurile depărtate ale pământului, le cumpără cu mult drag și le poartă cu smerenie. Prin învălmășagul acestor negustorași, înoată greu fel de fel de milogi, care taie calea trecătorilor și, arătându-și beteșugul, cerșesc pomană milostivilor. În fața sfintei Biserici e multă milă și multă pomană. Cel dăruit de Dumnezeu cu trupul întreg, îndestulează voios și cu inimă bună pe toți oropsiții soartei.

Plimb ochii peste masa de capete, unde forfotesc pălării, cealmale, fesuri de toate culorile, obraji albi, negri, arămii, și apoi înălțând privirile mai sus le răsfir pe cupola uriașă din față și peste turnul de alături, din care răsună glasul prelung al clopotului. E *Biserica Sfântului Mormânt*, întinsă pe câteva sute de stânjeni pătrați.

Marea biserică de azi nu este cea urzită de împărăteasa Elena, la anul 326, când a pus să se dărâme, de pe locul *Sfântului Mormânt*, templele zeiței Venera și al lui Jupiter, pe care împăratul păgân Adrian le înălțase aici, cu gândul să șteargă pentru totdeauna amintirea celui ce avea să stăpânească lumea întreagă cu duhul său binecuvântat. Sfânta biserică de atunci, înfăptuită din îndemnul și sub ochii marii creștine împărătese, zidită cu colonade multe, cu capele și arcade, împodobite cu mozaic și pietre scumpe, a fost dărâmată până în temdie în anul 604, când perșii au pus stăpânire pe *Ierusalim*. Douăzeci și cinci de ani apoi a zăcut pe *Sfântul Mormânt* un morman de ruine, până ce la 629, abatele Modestu, din prisosul puținului său avut și sub îndemnul nestrămutatei credințe, zidi în locul fostului lăcaș patru bisericuțe, și anume: *Capela Sfintei Fecioare, Capela Crucii, Capela Golgota* și *Capela Învierii*, aceasta din urmă ridicată chiar deasupra mormântului.

Au venit vremuri când mai bune, când mai rele, au trecut pe aici și arabii, sub califul Omar, cu voie bună pentru odoarele creștine, au venit timpuri când bisericuțele s-au dărâmat din nou, și apoi iarăși s-au premenit. Așa sărăcuțe și nevoiașe au dăinuit cele patru capele până ce au ajuns cruciații la locurile sfinte, în anul 1099, când, deasupra tuturor capelelor, înălțară boltă mare și înfrumusețară bisericuțele, înbogățindu-le cu odoare noi.

S-a abătut apoi, în câteva rânduri, și urgia focului, care a mistuit până în temelie *Capela Sfântului Mormânt*, dar întotdeauna s-au găsit inimi pline de creștinătate, care au zidit la loc sfânta biserică din ce în ce mai mândră și mai frumoasă.

— Acolo e Mănăstirea lui Avraam!, mă făcu atent călăuza, arătându-mi spre biserica lăturașă Sfântului Mormânt. Măslinul acela își are rădăcina din vremea când Avraam venise aici, să jertfească Domnului pe fiul său Isaac; pe locul acesta s-a arătat îngerul, trimițându-i un berbec să-l înjunghie în locul feciorului!...

Un grilaj de fier închide copacul bătrân și gros în crăci. Într-o străfulgerare, ațâțată de spusele lui Rafid, îmi licăriră pe dinaintea minții vorbele Evanghelistului Matei, care glăsuiește că „paisprezece veacuri de om au trecut de la Avraam până la David, alte paisprezece până la strămutarea în Babilon și încă paisprezece de aici, până la Hristos Mântuitorul"... Și trimițând gândul înapoi, mă cutremur ce lungă e calea de acum și până la Avraam, la cel căruia Iehova i-a încercat credința, cerându-i jertfă pe unicul și dragul său fecior. Mă duc cu mintea la părintele statornic în credință, care o clipă n-a stat la îndoială, căci luând cuțitul și vreascul de lemne, a pornit la altarul jertfei, cu cel care era trup și suflet din trupul și sufletul lui; a pornit, fiindcă așa ceruse Tatăl, așa era voia celui care stăpânește și poartă grija întregii suflări. Dar pildele de stăruință în porniri și nestrămutare în hotărâre sunt multe în vremea veche. Iacob slujește paisprezece ani unchiului său Laban, ca să-i dea de soție pe cele două fete: pe Lea, fiindcă vrea părintele ca fiind mai mare, pe Rachela, fiindcă o iubea flăcăul, de cum o văzuse adăpând oile la fântâna din țarină...

— Acum intrăm în Biserica Sfântului Mormânt!, grăi din nou Rafid și deodată gândurile mi se răvășiră, împrăștiindu-se ca un stol de pasări, speriate de pușcă.

Cum pășirăm pragul intrării, dădui cu ochii de un pat lung, așternut cu o rogojină murdară, unde doi musulmani stau tolăniți și trag fumuri din narghilea, lângă ceștile mari cu cafele.

— Sunt păstrătorii cheilor Sfântului Mormânt!, făcu Rafid.

Și până se împliniră formele de deschidere, călăuza mă lămuri că sunt două familii arabe, care moștenesc cheile bisericii din tată în fiu, ca pe o domnie ereditară, de aproape două sute de ani. Dar deschiderea sfântului lăcaș nu pot s-o ceară decât superiorii preoților armeni, catolici și greci, deoarece numai ei singuri au dreptul de stăpânire asupra Sfântului Mormânt. Un arab păstrează cheia, iar celălalt are precăderea s-o învârtească în broască, bineînțeles în fața tovarășului. Venitul acestor păzitori, care toată ziulica își frământă trupurile pe patul tare, e destul de mărișor. Fiecare rit are câte o față bisericească, numită *Vestitorul*, și când de pildă grecii cer deschiderea bisericii, atunci tălmaciul grec se înfățișează *Vestitorului* de același rit și acesta dă de știre păzitorilor. Când cheia se răsucește în broasca ușii, liberă este intrarea prin bătaia prelungă a clopotului din capela al cărui rit a cerut deschiderea, urmându-l apoi și clopotele celorlalte două rituri.

— Să intrăm întâi în *Catedrala grecească*!

Pășim pe treptele reci, scăldate parcă într-o lumină de înserare și un miros de tămâie se revarsă din toate colțurile. Catedrala grecească e cea mai bogată capelă din întreaga Biserică a Sfântului Mormânt. Din cupola împresurată cu ferestre, se revarsă valuri-valuri de lumină, nestimând și mai mult pietrele strălucitoare, cu care sunt împodobite icoanele de aur și policandrele scumpe. Aici se află scaunele patriarhilor din *Ierusalim* și din *Antiohia*, aici se păstrează tezaurul bogat al comunității grecești, din capitala Palestinei. În mândra capelă a grecilor sunt odăjdii prețioase, mitre episcopale, semănate cu pietre scumpe, sunt cruciulițe de lemn sfânt, legate în aur, și evanghelii cu foile îngălbenite de vreme, îmbrăcate în scoarțe groase, nituite cu smaralde și presărate cu lăcrămioare de mărgăritar. Sunt multe danii, făcute de închinătorii veniți spre mântuire din toate răspântiile lumii.

Merg în vârful picioarelor, sfios, parcă mi-e teamă să nu trezesc pe cineva, și apoi trecând pe sub arcade mari, intrăm într-o capelă mică, întunecoasă, rânduită în partea de miazănoapte a *Catedralei grecești*.

— Aici e a patra închisoare a Mântuitorului!, grăiește călăuza.

Capela aceasta e urzită deasupra peșterii, unde *Fiul Omului* întemnițat cu doi tâlhari, aștepta pregătirea uneltelor de chin. Trei ochiuri are capela, cum trei au fost și cei închiși. Și azi dăinuiește lângă ușă piatra găurită adânc, unde fuseseră vârâte picioarele Domnului, spre a fi încătușate în lanțuri, iar deasupra lespezii pâlpâie feștila unei candele, silindu-se să împrăștie întunericul.

Pășim prin coridoare întortochiate, unde lumina năvălită ca niște talazuri pe ferestrele boltite, se gonește cu trâmbele de umbră răsfrânte de colonadele groase; ne purtăm piciorul pe lespezi mari de piatră și târșâitul doar atins al călcâiului răsună prelung în gangurile ce se încrucișează.

Biserica Sfântului Mormânt e un adevărat labirint, unde cercetătorul, dacă nu știe seama, își încurcă drumul de la întâiul pas și nimic nu poate vedea lămurit. Aici sunt aproape cincizeci de capele, cu chilii de călugări și cu multe coridoare. Călăuzele însă știu pe degete toate întortochelile și le toacă gura în deslușiri, cum îi toacă unui elev când spune pe de rost o poezie. Rafid al meu e arab de neam și este nepotul consulului persan. Tăcuți și sfioși trec credincioșii în dreapta și în stânga; lume de tot felul și de toată mâna: bărbați, copii, femei copte cu fața acoperită de la ochi în jos, negri asiatici, europeni, mireni și călugări, săraci și bogați, toți, pășesc cu frunțile plecate, toți sunt cuprinși de un singur gând, care înalță, îmblânzește și milostivește sufletul.

Ne oprirăm o clipă în *Capela Sfântului Longhin*. Sutașul ca să se încredințeze, dacă cel răstignit și-a dat într-adevăr sufletul, îl înțeapă cu sulița în coastă, de unde curge sânge și apă. La vederea minunii dumnezeiești, păgânul îngenuchează în acest loc și rugându-se Mântuitorului, zice cu toată încredințarea: *„Cu adevărat fiul lui Dumnezeu fost-a acesta!"*

Binișor și în șoapte doar, când Rafid îmi dă lămuriri, mergem din capelă în capelă, făcându-mi cruce la fiecare prag, îndemnat parcă de o putere mare, stăpânitoare.

— Capela împărțirii veștmintelor!

Aici unde ard candele acum și fumegă tămâia în cădelniță, împărțiră călăii hainele răstignitului, iar pentru cămașa lui s-au certat și-au aruncat sorți. De cealaltă parte este *Capela Sfântului Grigore Luminătorul*, urzită pe locul unde împărăteasa Elena a vegheat zile și nopți la căutarea sfintei cruci. O statuie de bronz, turnată minunat, înfățișează pe împărăteasă în clipa când îmbrățișează crucea. Această podoabă a fost dăruită capelei de către împăratul Frantz Iosif, în călătoria sa făcută la locurile sfinte.

— Capela biciuirii și a zecea oprire!, vesti Rafid.

Al zecelea popas în calea *Domnului*. Asudat, neclintit și răbdător, a îngenunchiat *Mântuitorul* aici, sub loviturile grele de bici și în ploaia scuipatului, răbdând cununa de spini pe cap, îndurând batjocura tuturor netrebnicilor și nelegiuiților. Senin la înfățișare primea Iisus toate chinurile, nici un semn nu destăinuia durerea, doar din gene clipea Domnul, cum clipește acum feștila lumânării, înfiptă de bunii credincioși în stâlpul de piatră, de care fusese legat *Fiul Omului*.

Rafid, apucând spre altă sală, îmi spuse:

— Pe aici urcăm la Golgota!

Cu pășirea întâiei trepte, simții un tremur, care îmi trecu prin toate mădularele, tâmplele începură să-mi bată, trupul să-mi asudeze și cu cât urc scara, cu atât mi se înăbușă răsuflarea și ceva greu parcă-mi apasă pe umeri. E sarcina, care acum nouăsprezece veacuri apăsa pe spatele celui ce avea să mântuiască lumea, e greutatea vremurilor îngrămădite aici, pe locul unde odinioară li se făceau seama criminalilor, pe unde suie scara acum, a fost altădată piscul numit în limba ebraică *gulgolet*, adică rostogolire, căci de aici se păstrăvăleau la vale capetele celor osândiți la moarte. Și ne mai spune legenda – pe care se întemeiază scriitorii bisericești și sfinții părinți, ca *Eustochion*, *Ambrosie*, *Origen* și *Atanasie* – că pe această stâncă a fost înmormântat Adam, întâia făptură omenească a lui Dumnezeu. Iar ca un legământ de prea cinstită pomenire, dedesubtul scării, pe care urcăm, se află *Capela lui Adam*.

Când am pășit pe a optsprezecea treaptă, mi-au luat ochii strălucirea odoarelor bogate din *Capela Golgota*. Ne întâmpină două altare, în care ard lumânări și candele colorate în roșu, albastru, galben, împrăștiind împrejur fâșii de lumină. Pe locul altarului celui mic, e al unsprezecilea popas, unde Hristos a fost întins pe cruce, unde i s-au bătut cuiele în mâini și picioare. Aici e începutul sfârșitului pentru viața pământeană a *Fiului Omului*.

Altarul cel mare e ridicat deasupra Golgotei, în locul unde a fost înfiptă crucea. Aici e al doisprezecelea popas. Într-o tăcere sfântă îmi plimb ochii pe tâmpla strălucitoare în odoare prețioase, pe vasele cu flori, din care se înalță mirodenia tămâioarei, încropită cu aburul smirnei, și apoi privirea îmi cade răpusă pe icoana, care întrupează pe Maica Domnului, podidită în plâns. E atâta durere în chipul mamei, lipsită de fiul drag, că oricine s-ar opri în fața acestei icoane, îi vin lacrimile în ochi.

Un fior mă străpunse din tălpi până în creștet, o pojghiță parcă mi se lasă pe văz și în locul altarului, de-a dreapta mamei care își înăbușă durerea, năzării crucea înfiptă în cocoașa stâncii... Și-atunci întruchiparea minții îmi desluși trupul sângerând de bătăi, al celui care a răbdat peste marginile răbdării; îi văzui fruntea înțepată de ciulini; îi simții privirea blajină a ochilor, fără urmă de păcat și-i auzii glasul stins: *„Eli, Eli, lama sabachtani!?"* „Dumnezeul meu, Dumnezeul meu, de ce m-ai părăsit?!..." Uite buretele muiat în oțet, îl întinde în vârful trestiei un ostaș, spre buzele fiștave; uite sfârșitul sosește și fiul *Nazariteanului* își culcă obrazul pe piept, lăsând să-i zboare de pe buze cel din urmă grai: *„Tată, iartă-i, căci nu știu* *ce fac!...* Și când sufletul părăsi trupul chinuit, cerul se întunecă, văzduhul se făcu catran, apoi un fulger cuprinse zarea de la o margine la alta, scăpărături uriașe țâșniră din toate părțile și bolta cerească întreagă fu un vuiet, un tremur și un trăsnet înfiorător... Iată catapeteazma templului se crapă în două, de sus până jos, pământul se cutremură, pietrele se despică și mormintele se deschiseră; iar ostașii zvârlind lăncile în lături, căzură cu fețele la pământ. În licărirea fulgerelor, trimise de mânia dumnezeiască, strălucește fața Mântuitorului, iar trupul îi atârnă greu de cuie și coasta sângerează. Chipul frumos și mândru, iubit de atâta norod, l-a răpus acum răutatea omenească și vrăjmășia câtorva; s-a lepădat Domnul de trup, l-a dat pământului, căci din pământ fusese zămislit și la locul de obârșie s-a înapoiat.

— Vedeți fereastra aceea?, grăi călăuza, trezind tăcerea sfântului lăcaș și împrăștiindu-mi vedeniile. Ia priviți prin ea!

Mă uitai prin deschizătura lăsată în tâmpla altarului celui mare și zării un bloc de piatră, croit în două, de sus în jos.

— E stânca despicată de mânia cerească, în clipa când Iisus Hristos și-a dat sufletul!...

Când altarele marii biserici s-au rânduit aici, meșterii urzitori au tăiat mult creasta Golgotei, lăsând neatinsă stânca plesnită în noaptea cea grozavă. Cioplitorile însă au adus însemnate schimbări, ștergând pecetea sfântă de acum nouăsprezece veacuri.

— Să vizităm întâi cele trei capele din jurul *Sfântului Mormânt*!, prinse vorba din nou Rafid, și coborârăm scările *Golgotei*.

Apucarăm la stânga *Mormântului*, printr-un coridor mare și intrarăm în *Capela armenească*. Aici a căzut leșinată Fecioara Maria, în brațele femeilor, când ochii ei văzură *Fiul* răstignit pe cruce. Locul acesta de sfântă și îndurerată pomenire, azi e închis cu un grilaj de fier și picior omenesc nu-i liber să calce.

Pornim mai departe, la *Altarul copților*, zidit în spatele *Sfântului Mormânt*. Copții sunt printre primii mergători ai legii lui Hristos, iar obârșia lor este ramul vechilor *Faraoni*, din care mai trăiesc și azi în Egipt. Capela coptă de aici e înfăptuită pe locul unde îngerul *Domnului* pogorându-se din cer, prăvăli piatra de pe mormânt și stând deasupra ei, cu „înfățișarea lui ca lumina de fulger și îmbrăcămintea lui albă ca zăpada", spuse femeilor care veniseră cu aromate la mormânt: *„Nu vă temeți voi, căci știu că pe Iisus, care a fost răstignit, îl căutați. Nu este aici, căci s-a sculat, după cum a zis. Veniți și vedeți locul unde era pus"...*

În partea dreaptă a *Sfântului Mormânt*, se află *Capela catolică*, numită și lăcașul *Nălucirii*, căci aici i s-a arătat Hristos, după înviere, Mariei Magdalena, care plângea amărâtă, că nu mai găsise în groapă trupul pe care îl iubise atât de mult. Dar când Maria a recunoscut chipul drag și într-o spaimă de bucurie s-a repezit la el, strigând: *„Învățătorule!"*, *Domnul* a oprit-o: *„Nu mă atinge, căci încă nu m-am suit la Tatăl meu. Du-te la frații mei și le spune: mă sui la Tatăl meu și la Tatăl vostru, la Dumnezeul meu și la Dumnezeul vostru"*.

— Aici e *piatra ungerii*!, vesti călăuza când ajunserăm în fața Sfântului Mormânt, după ce ocolirăm uriașa capelă a mormântului, sprijinită pe optsprezece coloane de marmură, legate între ele prin bolți mari.

Piatra ungerii!, repetai eu în gând, al treisprezecilea popas din calea Domnului. Pe locul acesta Iosif și Nicodim au uns cu mir trupul Mântuitorului și l-au înfășurat în giulgiu alb, după legea iudaică. Aici au văzut apostolii pentru cea din urmă oară fața Învățătorului, înainte ca Tatăl ceresc să dea *Fiului* viață nouă.

Acum pășesc și mai sfios. Deschide pas către *Mormânt* o capelă în care se află *Piatra îngerului*. Lespedea aceasta este cea care a acoperit Mormântul Domnului și pe care îngerul, înveștmântat în alb, a dat-o la o parte și a stat pe ea în revărsatul zorilor, când femeile veneau să tămâie groapa. Deasupra pietrei ard cincisprezece candele de argint, rânduite în șir de câte cinci, închizând și deschizând feștila, îndelete.

Cinci din dreapta, sunt ale grecilor, cinci din mijloc, ale catolicilor, iar cele din stânga: patru ale armenilor și una a copților. De fiecare latură a capelei se află câte un ochiuleț prin care, în noaptea învierii, Patriarhul împarte credincioșilor sfânta lumină, coborâtă deasupra Mormântului, trecând apoi mai departe în miile de lumânări din mâinile pelerinilor, când din toate capelele și în toate limbile răsună glasul: *„Hristos* *a înviat!* și răspunsul umple cupola cea mare: „*Adevărat a înviat!*...

Printr-o ușcioară mărunță, pe sub care ne plecăm capetele, intrăm în a doua capelă a Sfântului Mormânt. În partea dreaptă și înspre soare-răsare se află lespedea de marmură, deasupra căreia ard zi și noapte patruzeci și trei de candele de aur, dintre care armenii, grecii și catolicii au câte treisprezece, iar copții patru candele.

În fața Mormântului fumegă sfeșnice, câte șase de fiecare rit, și vase cu flori proaspete, tămâie, miresme asupra cădelniței, în care nu se stinge niciodată smirna și tămâia. Deasupra lespezii albe, trei icoane mari înfățișează învierea. Cea din mijloc, cioplită din piatră, e a grecilor, iar celelalte două, țesute cu multă pricepere și răbdare din fir de aur și argint, sunt cea din dreapta a catolicilor și cea din stânga a armenilor. Împărțirile acestea de candele, sfeșnice, icoane, vase cu flori, covoare, – îmi spune Rafid, – fac să se isce certuri și de multe ori chiar bătăi între călugării greci, catolici și armeni, cele trei rituri, singurele care au dreptul să facă slujbă pe Sfântul Mormânt.

De câțiva ani însă grecii își împart rândul cu rușii, dar la fiecare slujbă rusească, ia parte și un preot grec.

Din creștetul uriașei cupole plouă potop de lumină, cernând puzderie aurie peste candelele îmbrăcate în nestemate, peste florile despicate și pe piatra sfântă, deasupra căreia joacă razele în sumedenie de tonuri și nuanțe.

Doi credincioși ies cu capetele plecate și cu fețele senine, iar alți trei stau îngenuncheați în fața sfintei pietre. Nici o clinteală și nici o șoaptă, doar buzele le mișcă, rumegând rugăciuni în gând și ochii îi clipesc când și când. E atâta liniște aici, că se aude cum sfârâie untdelemnul în candelă și cum se topește ceara în sfeșnic. Nici Rafid nu-mi mai dă lămuriri și nici eu nu-l mai întreb. Aici e al paisprezecilea popas din calea Domnului, în locul acesta se înoadă drumul chinului și patimile iau sfârșit.

În fața Sfântului Mormânt graiul amuțește, buzele înlemnesc și numai gândul vorbește, cu pășirea pragului sfânt, se scutură trupul de păcate și sufletul se leapădă de vrăjmășii, fug duhurile rele, nălucirile urâte și pornirile blestemate dau îndărăt.

Piatră binecuvântată, câte noroade au milostivit cu smerenie minunea ta, în nouăsprezece veacuri!... Câte inimi amărâte le-ai îndulcit și gânduri stăpânite de diavol ai tămăduit! Lespede înălbită de sărutările milioanelor și milioanelor de buze, atingerea ta aduce sufletele rătăcite la matca cea curată, tu gonești învrăjbirea din trup, spulberi ura și sădești sămânța cea dătătoare de roade bune, tu ești duhovnicul tuturor păcătoșilor, ești știutoare a multor taine și urziri; piatră sfântă, tu ușurezi trupurile tuturor celor care îngenunchează în fața ta și-și lipesc fruntea de tine; ești chilia tainică, primitoare și-a celor buni și-a celor răi, și-a credincioșilor și-a rătăciților; pe toți îi ierți și tuturor le asculți păsul. Mormânt, ce n-ai putrezit os, în fața ta îmi plec și eu capul, fac mâinile pistornic, îmi îndoi spatele și îngenunchez pe piatra răcoroasă.

Pacea, liniștea de aici și toate miresmele din jurul meu tămâie un duh sfânt, care-mi mângâie și-mi înalță sufletul; ceva parcă se ridică deasupra-mi, mă dezbrac de gânduri înnorate, tot ce apăsă greu pe trupu-mi, acum se ia, fuge de pe grumaz, mă ușurează, respir ușor, mă simt bine, bine, ca niciodată. Stăpânit de o izbucnire măreață și dragă, mă supun cu toată cinstea și umilința ce-o avem în fața întrupărilor mari și sărut piatra lucie, pe care Domnul a binecuvântat-o și-a stropit-o cu miresme făcătoare de minuni.

Îmi țin fruntea lipită de lespedea sfântă și răcoreala ei mă înviorează, îmi înflorește sufletul; tot ce-am cunoscut până acum: rău, urât, porniri cârcotașe, supărări și necaz pe răutatea omenească, în clipa aceasta s-au stins ca o scânteie și-n ochii minții mele s-a deschis altă zare, largă, frumoasă și luminoasă. E lumina marelui *Învățător*, cure a pătimit pentru patimile întregii omeniri, s-a îngropat să șteargă batjocura netrebnicilor și-a înviat cu chip dumnezeiesc, să dea învățătură noroadelor, că păcătosul își poate tămădui greșelile și rătăcitul are libertatea să revină la calea cea dreaptă. Credința statornică, bunătatea, mila, hărnicia și cumpătarea, sunt cele care îi plac *Domnului*, căci toate sunt frânturi ale învățăturii Mântuitorului.

Mă simt ușor ca un fulg acum și-n mintea mea sunt atâtea întrupări frumoase, sunt altul și la trup și la suflet, trăiesc în clipa aceasta altă viață, pe care n-o trăim aiurea, căci... prea suntem păcătoși... și nu vrem să ne rupem de lângă răutatea omenească!

— Să mergem!, sparse tăcerea sfântă glasul lui Rafid.

— Domnișorule, aprinde și-n sănătatea mea o lumânare, șopti femeia albă și cernită, care stătea îngenuncheată la căpătâiul *Sfântului Mormânt*.

— Dar, de unde ești dumneata?!, o întrebai eu.

Tresării. Un grai românesc aici!...

Când auzi același glas ca al ei, făcu ochii mari și rămase cu privirile țintite asupra mea câteva clipe, apoi urmă:

— Sunt de lângă Buzău. De trei ani vin la *Mormântul Domnului* în fiecare iarnă și stau până la sfânta lumină, la Paște...

Lăsă ochii în jos și oftă:

— Am o boală grea!...

Apoi, cu o seninătate în chip, grăi din nou:

— Acum sunt mai bine... Mulțumesc Prea Sfântului, de când stau aici simt că mă ușurez de toate răutățile!

Ridică ochii spre icoana cu chipul Mântuitorului înălțat din mormânt, își făcu cruce, și apoi sărută iarăși piatra, cine știe pentru a câta oară azi!...

Credință pogorâtă din cer, fii binecuvântată în vecii vecilor, căci tu ne tămăduiești mai degrabă ca orice leac.

Aprinsei o lumânare în sănătatea credincioasei și mai aprinsei încă una, să fie tuturor păcătoșilor... Să-mi fie și mie...

Scăldătoarea oilor

Mergând spre soare-răsare și tot pe *„drumul patimilor”* întâlnim pe partea stângă, *Biserica Sfânta Ana*, lăcaș închinat catolicilor Dominicani și urzit în locul unde odinioară se ridica sărăcăcioasa casă a lui Ioachim și Ana, părinții Fecioarei Maria. Douăzeci și cinci de trepte de marmură ne pogoară în peștera, unde și-a început viața Maica Domnului. Un altar micuț închide locul nașterii și candele multe ard între vasele cu flori.

Biserica Sfânta Ana are un bogat muzeu, cu obiecte vechi, de mare preț, găsite de Dominicani în săpăturile făcute în jurul sfântului lăcaș, obiecte care poartă pecetea regelui David.

— Să mergem și în piscina *Bethesda*, îmi spuse Rafid, după ce ieșirăm din muzeul bine întreținut.

În tovărășia unui preot Dominican, cu chip frumos, rasă lungă, largă și potcap mic pe capul tuns mărunt, străbăturăm curtea mare din jurul bisericii, până ajunserăm în gura unui gang.

— Pe aici, vă rog!, îngână preotul.

Intrarăm. Valuri răcoroase îmbracă fruntea și miroase a groapă.

— Aici sunt spusele evanghelistului Ioan, grăi cuviosul preot, arătându-ne iconițele înșirate pe pereții smoliți ai gangului. Sunt scrise în optzeci de limbi!...

Apropiai ochii de perete și-mi purtai privirile peste adunătura atâtor slove. E graiul tuturor noroadelor de pe pământ.

Îmi trecură pe sub ochi scrisuri arăbești, grecești, turcești, rusești, evreiești, când deodată îmi căzură privirile pe slova care încheagă graiul franțuzesc. Oprii pasul și citii răspicat tot cuprinsul, rostit de evanghelistul Ioan: *„Și este în Ierusalim, lângă poarta oilor, o scăldătoare, ce se numește pe ebreiește Bethesda, având cinci portice. În aceasta zăcea mulțime mare de bolnavi: orbi, șchiopi, uscați, așteptând mișcarea apei, căci un înger al Domnului se pogorâ la timp nimerit în scăldătoare și tulbură apa; și cel dintâi, care intra, după tulburarea apei, se făcea sănătos de orice boală era ținut. Și era acolo un om, având treizeci și opt de ani în boala sa. Pe acesta văzându-l Iisus zăcând și cunoscând că de mult timp este acolo, îi zice: Voiești să fii sănătos? — Doamne, îi răspunde bolnavul, n-am om, ca să m-arunce în scăldătoare, când apa a fost tulburată, căci pe când vin eu, altul se pogoară înaintea mea. — Scoală-te, îi zice Iisus, ia patul tău și umblă. Și îndată se făcu omul sănătos și luă patul său și umblă..."*

Trec ochii mai departe, pe iconițele cu paragraful 5 din evanghelia lui Ioan. Iată slova latină, germană, persană, armenească și șirul lung al celor optzeci de limbi îmi deapănă pe sub priviri. Tresării în fața unei iconițe și-mi trecui mâna peste văz, ca și cum ar fi fost o năzărire. Mă frecai încă o dată la ochi și luai seama mai bine. E adevărat. E slova cu graiul românesc. Citii iarăși cuprinsul, rar și cu glas tare, făcând să răsune gangul îngust și lung. Călăuza mea care nu cunoștea limba românească, rămase uimită la graiul dulce și mlădios al țării depărtate, de sub poalele Carpaților.

Pornim mai departe, prin gangul străpuns de o lumină slabă și dibuim cu picioarele scara surpată.

Cu trei lumânări întinse în negura beznei, coborâm într-o peșteră și mai întunecoasă, unde de abia se deslușesc săpăturile, ce se întind de jur-împrejur. Picături grele cad printre stânci, iar în spate se aude clocotind un izvor. Pășim cu băgare de seamă pe urma preotului, și iată-ne în fața unui lăculeț.

— Aceasta este scăldătoarea oilor, lămuri cuvioșia sa, *Piscina Bethesda*, cum îi spuneau evreii!...

La flacăra lumânării, licărește apa stătătoare a unui lac împresurat de stânci. Acum nu-l mai tulbură îngerul și nici mulțime de betegi și bolnavi nu mai dau năvală. Și-a ridicat Domnul minunile; azi doar curioșii și credincioșii se mai coboară aici, sub pământul întunecos, umed și cu miros de mucegai.

— Nu mai departe de câțiva ani, spune preotul, tot ce se vede aici era înmormântat sub pământ!... S-a muncit mult până s-a dezgropat *Scăldătoarea oilor*, de sub surpătura grea a vremurilor!...

Întorcând pasul spre ieșire, preotul dădu din cap, îngânând:

— Și cine știe, câte locuri sfinte n-or mai zace, supuse prăbușirii pământești!...

Poarta Mucenicului Ștefan

Nu departe de biserica *Sfânta Ana*, dăm în *Poarta Mucenicului Ștefan*, numită de arabi: *Bab-sitti-Mariam*. O ușă uriașă se învârtește greoaie pe țâțânele ferecate în zidul gros de piatră. Pe aici a pășit Mântuitorul de câte ori se ducea pe *Muntele Măslinilor*, să-și ușureze sufletul în rugăciuni, către Tatăl ceresc. Pe aici a fost scos și Sfântul Ștefan și omorât cu pietre de vrăjmașii legii lui Hristos. Călăuza ne-arată locul, unde apostolul, credincios învățăturii stăpânului, a căzut sub ploaia bolovanilor, îngânând: *„Doamne, nu le pune păcatul acesta"*.

Pe locul unde și-a dat sfârșitul Mucenicul, azi slujesc preoți greci, sub cerul liber, la fiecare zi a Sfântului și norod mult ia parte la pomenire, ascultând cu evlavie citirea cazaniei.

Pornirăm pe-o șoseluță îngustă, tăiată între două dealuri; trecurăm podețul de peste Valea Cedronului și iată că ne ieși în cale, pe partea stângă, un zid înalt de piatră, din care se desprind două arcade mari, sprijinite pe patru coloane de marmură.

— Aici e biserica *Adormirea Maicii Domnului*!, mă vesti Rafid.

Din prag se zărește o peșteră adâncă, străpunsă de luminile candelelor, ce ochesc ca niște licurici în noapte. Începurăm să coborâm treptele reci de marmură, peste care se răsfrânge o lumină slabă, venită din afară. Un altar înalt, scobit în peretele din stânga, îmi prinse ochiul și-mi stăvili pașii.

— Aici sunt mormintele lui Ioachim și al Anei, mă lămuri călăuza.

Apoi arătându-mi și-n dreapta, îmi spuse:

— Iar dincoace, e mormântul lui Iosif, logodnicul Mariei.

Pogorâm vreo cincizeci de trepte și ajungem în fundul subteranei, în sfânta biserică. Mergând tot pe dibuite, ne îndreptarăm spre pâlcul de lumini din dreapta, vârât sub tavanul afumat al stâncii. Aici e mormântul *Maicii Domnului*. Candele multe ard la altar și flori proaspete tămâie, cu mirosurile lor, smagul de piatră zăcută în pământ.

Două femei arabe ies de la rugăciune, cu ochii plecați și cu înfățișarea senină, și alte două îngenunchează lângă piatra mormântului, sărutând marmura rece.

Din toate părțile lumii se abat credincioșii *Domnului* și pleacă frunțile pe mormântul mamei, care a băut până la fund paharul durerilor. Nu-i pelerin, care să vină la *Ierusalim* și să nu stea ceasuri întregi la mormântul Maicii Domnului, sărutând cu nesaț icoana cu chipul Fecioarei ținând pruncul în brațe, și să nu facă mătănii în fața lespezii, înălbită de atâtea milioane de buze.

Mamele cu trupul îngreuiat de rodul pântecelor, aici cer milostenie, cu lacrimile în ochi și se roagă *Fecioarei* să le ușureze ceasul din urmă, cum înaltul urzitor a alintat durerile *Prea sfintei*, în ieslea din *Bethleem*, și i-a întărit sufletul, în clipa de deznădejde, lângă crucea de pe *Golgota*.

Aproape de mormânt este o scobitură în stâncă. Călugărul grec, care ne poartă, spuse că aici a fost pe vremuri un *mihrab*, – loc de rugăciune pentru musulmani. Mahometanii cinstesc cu multă evlavie pe *Fecioara Maria* și adevăratul credincios al Islamului, trebuie, ca o dată în viață cel puțin, să îngenuncheze pe mormântul aceleia, care a fost mama *profetului Issa*, cum îi spun musulmanii lui *Hristos*.

Împărăteasa Elena, mama lui Constantin cel Mare, a înălțat întâia oară lăcaș sfânt deasupra stâncii unde dormea Maica Domnului. În multe rânduri a fost călcată biserica de hoardele năvălitorilor, jefuită de odoare, dărâmată, și apoi iarăși urzită și ani întregi lăsată în părăsire, până târziu, când cruciații premeniră din temelie sfânta casă a rugăciunii, rămânând ani mulți sub stăpânirea catolicilor.

Azi, în *Adormirea Maicii Domnului* se înalță în rugăciune două graiuri, în două limbi deosebite. Sunt grecii și armenii, care și-au împărțit egal sfânta biserică, având fiecare altarul și odoarele sale.

Într-o lumină ca de amurg, cercetez întregul lăcaș, cu odăjdii și evanghelii vechi, cu candele roșii, albăstrui, galbene în care feștilele pâlpâie încet, trezind când și când tăcerea sfintelor morminte.

Înainte de a părăsi *Adormirea Maicii Domnului*, mă opresc o clipă și lângă ghizdurile puțului de piatră și-l las pe călugăr să-mi povestească despre minunea acestei ape, din care închinătorii își umplu sticlele, păstrând-o ca leac pentru multe boli.

Pe Muntele Măslinilor

De la biserica *Adormirea Maicii Domnului* apucăm drumul la dreapta, pe sub poalele *Muntelui Măslinilor*. Ne oprim la o peșteră săpată în stâncă, unde ard candele zi și noapte. Aici a stors *Mântuitorul* sudori amare, așteptând clipa cea proorocită de Sfânta Scriptură.

După Cina cea de Taină, Iisus a urcat *Muntele Măslinilor*, și s-a rugat mult înaltului ceresc, pentru sine, pentru apostoli și pentru toți credincioșii, îngânând, cu ochii neclintiți spre seninul cerului: *„Tată, a venit ceasul, mărește pe Fiul tău, ca Fiul să te mărească, după cum i-ai dat lui putere peste orice trup, pentru ca să dea viață veșnică la toți. Eu te-am mărit pe tine pe pământ, săvârșind tot ce mi-ai dat să fac. Și-acum mărește-mă tu, Tată, cu mărirea pe care o aveam la tine mai înainte de a fi lumea... Am făcut cunoscut numele tău oamenilor pe care mi i-ai dat din lume. Ai tăi erau și mie mi i-ai dat și cuvântul tău l-am păzit. Acum am cunoscut, că tot ce mi-ai dat, de la tine este. Pentru că vorbele pe care mi le-ai dat, le-am dat lor, și ei le-au primit și-au cunoscut cu adevărat că de la tine au ieșit și-au crezut că tu m-ai trimis..."*

Când mântui rugăciunea, Iisus, cu fruntea asudată și cu graiul obosit, zise ucenicilor săi: *„Voi toți veți avea sminteala în mine, în noaptea aceasta, căci scris este: bate-vor păstorul și se vor împrăștia oile turmei"*. *Petru* însă răspunse degrabă: *„Dacă toți vor avea sminteala în tine, eu niciodată nu voi avea." Fiul Omului* a clătinat din cap: *„Adevăr zic ție, că-n noaptea aceasta, mai înainte de-a fi cântat cocoșul, mă vei tăgădui de trei ori"*. *Petru* stărui și mai cu hotărâre: *„Chiar dacă ar trebui să mor împreună cu tine, eu nu te voi tăgădui"*.

Tare abătut, Iisus merse în grădina *Ghetsemani* și lăsând ucenicii deoparte, luă cu sine pe Petru și pe cei doi fii ai lui Zebedeu și le spuse, adânc tulburat în cuget: *„Întristat foarte este sufletul meu până la moarte, rămâneți aici și vegheați cu mine”*. Apoi depărtându-se câțiva pași, căzu în genunchi lângă stâncă: *„Tată, dacă este cu putință, treacă de la mine paharul acesta, dar nu cum voiesc eu, ci cum voiești tu.”*

Înapoindu-se la ucenici, îi găsi adormiți: *„Nu avurăți tărie să vegheați un ceas cu mine? Veghiați și vă rugați, ca să nu intrați în ispită”*, și îndepărtându-se pentru a doua oară, Iisus se rugă iarăși: *„Tatăl meu, dacă nu este cu putință să treacă acest pahar, ca să nu-l beau, facă-se voia ta”*.

Pentru a treia oară se rugă Mântuitorul și pentru a treia oară găsi pe ucenici dormind. Atunci, zbuciumat adânc și-n luptă cu durerea, sudoarea lui se făcu picături mari de sânge, căzând jos la pământ; apoi, venind din nou la apostoli, le zise: *„Dormiți de-acum și odihniți-vă... Iată s-a apropiat cel care mă va da prins!”...*

De abia sfârși vorbele, când ostașii năvăliră din desișul măslinilor, în frunte cu Iuda. Iar ucenicul apropiindu-se de stăpân, îl sărută: *„Bucură-te învățătorule!”* Mântuitorul lăsându-se în mâna ostașilor, răspunse: *„Iuda, printr-o sărutare dai prins pe Fiul Omului!...”*

Și-n vreme ce gândul răscolea vremurile ce-și puseseră slova pe piatra ponosită, unde ard acum candelele, ochii îmi căzură asupra unei cruci de lemn, agățată de zidul peșterii.

— A adus-o în spate, tocmai din Budapesta, un pelerin ungur, făcând drumul pe jos în cinci ani!..., îmi spuse călăuza rostul acestei cruci, lungă de peste doi metri.

Am pironit picioarele pe loc și m-am uitat multă vreme la unealta de chin, măcinând în minte fapta năzdrăvanului, despre a cărui credință va trece pomenirea peste veacuri. La ce împilări poate duce gândul de cealaltă lume!

Pornim mai departe, în urcușul șoseluței, trecem pe lângă o spărtură de stâlp, ce arată locul unde Iuda l-a trădat pe *Fiul Omului*, și apoi intrăm în grădina *Ghetsemani*. Sfânta grădină de acum nouăsprezece veacuri, au îngrădit-o azi *Franciscanii* cu zid înalt, au rânduit cărări pietruite și-au semănat pogonașe de flori. Iar de jur-împrejur, în altare zugrăvite, au întruchipat pe Mântuitor în figuri de ceară și în mărime naturală, înfățișându-l în cele paisprezece popasuri din calea patimilor. Opt măslini bătrâni, noduroși, sprijiniri de proptele și cu trunchiurile crăpate, mai stăruie în rânduirea de azi a grădinii, ca o mărturie sfântă a vremurilor când Iisus se umbrea adeseori sub ei. Prea cinstiți copaci sunt ocrotiți de stăpânii locurilor și nimeni n-are voie să-i atingă. Pe vremea Mântuitorului, aici era locul cel mai rodnic în măsline și aici erau așezate teascurile. De aceea Ghetsemani înseamnă teasc pentru măsline.

La ieșirea din grădină, trecem pe lângă pietrele în care sunt pecetluite urmele apostolilor. Aici au fost prinși ucenicii de somn, în clipa când *Fiul Omului* căzuse în grea rugăciune.

Apucarăm *Calea Sâmbetei* și urcarăm tot în costișul muntelui, pe unde au mers mironosițele la *Mormântul Domnului*.

Cu cât suim, cu atât învăluie privirea orașul și *Valea Cedronului* rămâne sub picioare, cu cimitirele musulman și evreiesc în coastă. Ca niște turme bălane stau răvășite miile de morminte în această vale a plângerii. Un con înalt de câțiva stânjeni și împodobit cu colonade de piatră, străjuiește pe mormântul lui *Absalom*, fiul zbuciumat al regelui *David*. Aici zac oasele celui care s-a răzvrătit împotriva părintelui și care a fost ucigașul fratelui său *Amnon*, fiindcă biruise și umilise pe sora lor *Tamar*, copila dragă a lui *David*. Aici doarme de veci acela, căruia nu i-a ajutat *Iehova* să prăbușească de pe tronul regesc pe tatăl său, căci în goana catârului pe sub desișul de stejari, părul lui *Absalom* fluturând în vânt, se încurcă de crăcile copacului și călărețul rămase spânzurat între cer și pământ. Când bătrânul rege *David* primi vestea despre moartea fiului, se cutremură și acoperindu-și fața sa, boci cu glas tare: *„Absalom, Absalom, mai bine muream eu îi locul tău, fiul meu Absalom!...”*

O piramidă împresurată de coloane și cioplită dintr-o singură lespede, e mormântul profetului *Zaharia*, iar dintre dărâmături de abia se deslușește cripta regelui *Iosafat*. Cel mai bine păstrat, e mormântul lui *Iacob*, deasupra căruia se înalță colonade, cioplite în stil doric. În peștera de aici s-a ascuns apostolul *Iacob*, după prinderea lui Hristos, și-n post și rugăciune a stat până-n ziua învierii.

Către creasta muntelui o turlă înaltă prinde văpaia soarelui. E mănăstirea de maici, rusească. Alături, insulițează seninul minaretele unei geamii turcești.

Intrăm într-o curte mare, unde sunt răvășite, sub cerul liber, o mulțime de altare. La zile mari, vin aici preoții tuturor riturilor creștine din *Ierusalim* și fac slujbe, fiecare în legea lui, acoperind altarele cu corturi. Pe locul unde Mântuitorul s-a înălțat la cer, azi mai stăruie o capelă veche și dărâmată, în care nu se mai slujește decât foarte rar. Pe stânca din mijlocul bisericii se vede urma lăsată de *Fiul omului*, când norul luminos l-a ridicat de pe pământ și l-a așezat în Tronul ceresc, de-a dreapta Tatălui.

Mai jos de bogata și frumoasa biserică a rușilor, se află mănăstirea *Carmelitelor* și capelele: *Pater* și *Credo*, zidite pe la anul 1869 de către prințesa La Tour d'Auvergne. *Pater*, se zice că e urzită pe locul unde Iisus a învățat pe apostoli *Tatăl nostru*. Și spre pomenirea acelor clipe, pe pereții lăcașului stă scrisă în 30 de limbi rugăciunea cea de toate zilele a creștinilor.

Pe locul unde e azi altarul *Credo*, apostolii Domnului au întocmit *Crezul*...

Iată-ne pe culmea cea mai înaltă a *Muntelui Măslinilor*. De aici fac ochii roată și zarea întreagă o adun în privirile dornice de cercetat. Coline verzi se înlănțuiesc dincolo de povârnișul muntelui, gonindu-se până-n fâșia albăstrie a *Mării Moarte*, până-n sprânceana de argint a *Iordanului* și până în fundul răsăritului, unde zarea e închisă de munții *Iudeei* și *Moabului*.

Mut ochii către miază-noapte, afară de zidurile orașului, și privirile îmi trec peste mormintele de piatră ale regilor și judecătorilor, peste chilia lui *Ieremia*, unde alesul lui *Iehova* a plâns oropsirea poporului *Israel*; ca un mănuchi de flori în gunoaie, așa răsare ospiciul măreț al împărătesei *Augusta-Victoria*, zidit de Wilhelm al II-lea.

Întorc fața spre soare-apune și întreaga cetate o am sub ochi, cu toate drumurile și gangurile.

Iată cartierul musulman, cu îngrămădirea de case vechi și murdare; iată cel creștin, cu falnica biserică a Sfântului Mormânt; uite turlele bisericelor armenești și rusești, uite și mahalaua evreiască, cu pietrele lui *Solomon*, iar cea care se înaltă mai stăpânitoare, peste zidul *Haramului*, este *Moscheea Califului Omar*.

În fața mea, drept peste *Valea Cedronului*, se înaltă poarta de aur. Pe aici a intrat Mântuitorul în cetate, în ziua Floriilor, călare pe asin, iar poporul „l-a întâmpinat cu ramuri verzi și i-a așternut pe cale veștminte noi". Pe vremea cruciaților, în fiecare an la ziua sfântă, creștinii întruchipau venirea Domnului în cetate, prin persoana episcopului, care cobora din *Muntele Măslinilor* călare pe asin, iar poporul creștin îi ieșia în cale, după datina veche. Dar când arabii au pus stâpânire pe *Ierusalim* au dat poruncă să se zidească poarta, căci un profet musulman ar fi spus, că pe aici are să intre învingător un Domnitor creștin și atunci va pieri Islamul din lume. Și zidită a rămas poarta până azi.

Țes privirile întruna pe coastele celor patru munți: *Moriah*, *Bezetha*, *Sion* și *Acra*, sub poalele cărora se cuibărește sfânta cetate, închisă în zid cu șapte porți, iar gândul îmi colindă înapoia vremurilor tale, de mărire, Ierusalime, când David, înțeleptul rege al lui Israel, își aduse curtea domnească de la Hebron și-o rândul aici, îmbogățindu-te, oraș sfânt, cu palate de marmură, cu temple de cedru și dafin.

Atunci zidurile erau înalte de patruzeci picioare și groase de douăzeci; zece porți duceau în oraș și o sută șaizeci de turnuri puternice străjuiau cetatea, privind până departe la hotarele țării. Două sute de mii de suflete adăpostea capitala lui David, iar la cele trei sărbători mari: *Pesach*, *Schebouth* și *Sucoth*, când tot fiul lui Israel trebuia să vină cu daruri din primele roade și să se închine în fața templului sfânt, atunci sufletele din măreața cetate ajungeau la două milioane. Oștiri întregi, purtând coșuri și vase de aur, încărcate cu felurite poame și plante aromate, intrau în orașul Domnului, cântând într-un glas: *„Picioarele noastre stau acum în porțile tale, Ierusalime!"* De pe Muntele Moriah, unde era Templul sfânt, pornea un pod de piatră până în poarta Sionului, unde se înălța Cetatea lui David, cu turnul cel vestit, care stăpânește și azi împrejurimile. Aici a urzit David cântările sale către Iehova și către neamul lui Israel; aici a preamărit pe cel ce îmbracă cerul cu nori și gătește pământului ploaie; a cântat veșnicia lui Dumnezeu și vremelnicia oamenilor păcătoși. De aici, rotindu-și ochii în zare, a strigat, către tot ce are suflet:

Lăudați pe Iehova!
Lăudați-l pentru faptele sale cele mari!
Lăudați-l după mărimea măririi sale!
Lăudați-l în sunet de trâmbiță;
Lăudați-l în harpe și chitare;
Lăudați-l în timpane și-n cor!
Lăudați-l în strune și flaute!
Lăudați-l în cimbale de alamă,
Toată suflarea laude pe Iehova...
Balaurii și toate adâncurile!
Focul și grindina, omătul și negura,
Furtuna ce împlinește cuvântul lui!
Munții și toate colinele!
Pomii roditori și toți cedrii!
Fiarele și toate vitele,
Târâtoarele și păsările aripate!
Regii pământului și toate popoarele,
Mai marii și toți judecătorii pământului!
Tinerii și fecioarele,
Bătrânii și pruncii,
Să laude numele lui Iehova...

A cântat David biruința și umilința, încercarea lui Iehova către neamul lui Israel, a cântat milostenia atotputernicului și păcatele norodului.

Din ceardacul turnului au văzut ochii lui trupul mândru al prea frumoasei *Bat-Șeba*, care tocmai intră în piscina lui *Ezeghias*, unde se scăldau frumoasele și bogatele cetății. A poftit regele la dragostea ei și pentru iubirea ei a dat poruncă, cu stăruință, ca *Uria*, bărbatul femeii, să fie pus în locul cel mai greu al luptei, ca să fie lovit. Și *Uria* a căzut mort și *Bat-Șeba* l-a plâns foarte. Dar când jalea a trecut, a trimis David la ea și a luat-o în casa sa și ea a fost femeia lui.

De fapta aceasta s-a supărat adânc Iehova și l-a mustrat pe David. Când s-a trezit regele, s-a cutremurat cu sufletul mâhnit și cerând pocăință, s-a rugat prea înaltului urzitor:

Miluește-mă Dumnezeule,
După mila ta;
După mulțimea îndurărilor tale...
Întoarce fața ta de la păcatele mele
Șterge toate fără-de-legile mele.
Inimă curată zidește întru mine, Dumnezeule,
Și spirit drept înoește în lăuntrul meu.
Nu mă lepăda de la fața ta,
Și spiritul tău cel sfânt nu-l lua de la mine,
Dă-mi iarăși bucuria mântuirii tale,
Și cu spirit binevoitor, sprijinește-mă.

Și-n vreme ce-mi fulgeră în minte cântările Vechiului Testament, ochii se plimbă peste orașul de azi, mult mai mic decât altădată, cu mărirea și înflorirea scuturate de puhoiul atâtor năvăliri.

Azi turnurile de pază sunt mai puține și zidurile ciuntite; din *palatul lui David* n-a rămas decât turnul negricios, *scăldătoarea lui Ezeghias* e seacă și din *Templul sfânt*, nici urmă!

Ierusalime veșnică pomenire, multe avuții ai adunat în sânul tău, dar și mai multe pustiiri s-au abătut peste tine; nemăsurați cărturari și învățători ai avut, dar nici de uzurpatori și rău voitori n-a scăpat fața ta. Loc sfânt, ales de Dumnezeu, la tine au fost trimiși toți profeții și cuvioșii vremurilor asfințite de mult, dar mulți au căzut pradă prigonirilor vrăjmașe, căci ai avut norod și bun și rău.

Cetate binecuvântată, roditoare erau împrejurimile tale, pline de apă izvoarele tale, bogat norodul tău și întâia tu între toate cetățile lumii. Azi ești o icoană sfântă a celor ce-au fost! Dar icoana ta se va păstra pururea în mintea omenirii, și din toate colțurile pământului, de orice lege, vor striga noroadele în glasul psalmistului: *„De te vom uita pe tine, Ierusalime, usucă-se dreapta noastră! Lipească-se limba de cerul gurii noastre, de nu ne vom aduce aminte de tine, Sione!"*

Cu graiul acesta pe buze, părăsesc *Muntele Măslinilor*.

Moscheea Califului Omar

Pe culmea muntelui *Moriah,* în partea de răsărit a orașului, prinde ochii, de departe, cupola uriașă a *Moscheii Califului Omar.*

Urcând mai multe rânduri de trepte, trecurăm pe sub arcade și printre coloane de marmură și iată-ne în fața lăcașului, de o frumusețe uimitoare. Un albastru pierdut, ca cerul spălat de nori, așa se înfățișează clădirea măreață a *Califului Omar,* care punând stăpânire pe *Cetatea Ierusalimului,* în veleatut 637 după *Hristos,* înalță această casă de rugăciune. Pereții, pe din afară, sunt acoperiți cu plăci de porțelan.

Trecurăm pe lângă chioșcul de alături, cu o cupolă sprijinită pe coloane de marmură, frumos cioplite și de multe culori, și apoi pășirăm pragul moscheii, prin ușa de răsărit, păzită de un hoge. Patru uși mari de lemn, îmbrăcate cu bronz, are moscheea, așezate spre cele patru puncte cardinale. Trei rânduri de coloane de alabastru, bășcuiesc trei galerii în sfânta casă. Culoarea roșie a profirului și verdele de smarald, împopistrează capitelurile, ornamentate cu sculpturi și motive din arhitectura arabă. Deasupra arcurilor rezemate pe câte doi stâlpi, se înalță balcoane de lemn, împodobite cu cioplituri în fel și chipuri.

Cu cât ne apropiem de mijloc, cu atât intrăm în lumina năvălită prin ferestrele mari ale cupolei. O ploaie de raze joacă în nenumărate tonuri și culori, stropind cu polei de soare vitrinele încinse în cornișe. Se aruncă fâșiile de lumină de la o lătură la alta, răsfățându-se când pe ochiuri de geam vopsite în sute de culori, când pe tavanul luxos al cupolei, înaltă de 30 de metri și largă de 20, în diametru. Port ochii de jur-împrejur și parcă sunt pe altă lume *Moscheea Califului Omar* e cea mai frumoasă casă de rugăciune și una din cele mai bogate clădiri din *Ierusalim.*

Sub cupola cea mare, în năpădul de lumină, un grilaj de fier închide o stâncă negricioasă, ce se întinde pe *șaptesprezece* metri lungime și *treisprezece* lățime. Acest bolovan uriaș e vârful muntelui *Moriah,* cărui pisc mahometanii îi spun *Stânca sfântă.* De această piatră se leagă o mulțime de credințe și tot în cinstea ei s-a zidit și măreața moschee, împodobită cu tot ce-a putut născoci mintea omenească mai frumos.

Aici, pe culmea muntelui *Moriah*, prin al *patru sute optzecilea an* de la ieșirea fiilor lui *Israel* din pământul Egiptului, regele Solomon, în al *patrulea* an al domniei, înălță bogatul său palat și tot aici ridică templul de rugăciune, fără pereche în omenire.

Treisprezece ani încheiați s-a lucrat la palatul regesc și *șapte* ani la *Sfânta Casă* închinată lui *Iehova.* Din toate plaiurile s-au ridicat birnici și s-au trimis în munții *Libanului*, să doboare cedrii și pinii bătrâni, pentru împlinirea planului regesc. Și dacă răsfoim *Întâia carte a regilor*, din *Vechiul Testament*, găsim glăsuirea acelor vremuri: *„Și Solomon avea șaptezeci mii purtători de sarcini și optzecii mii tăietori pe munte... Și ordonă regele și duseră pietre mari, pietre alese și pietre cioplite, spre a pune temeliile casei. Și ciopliră zidarii lui Hiram – regele Tirului – și Ghibliții își pregătiră lemnele și pietrele, spre zidirea casei".*

Și urmărind mai departe spusele *Sfintei Scripturi,* aflăm că altarul închinat de *Solomon,* lui *Iehova,* avea șaizeci de coți lungime, douăzeci lățime și treizeci de coți înălțime. Apoi *Biblia* veche ne spune: *„Și casa în clădirea sa se făcea din pietre pregătite mai înainte de a fi acolo aduse; așă că nici ciocan, nici secure, nici altă unealtă de fier, nu se auzeau la clădirea casei. Și îmbrăcă pereții casei pe dinăuntru cu scânduri de cedru, de la pardoseală până la acoperiș. Și lemnele de cedru, dinăuntrul casei, erau de colocinți, cu săpături și cu fiori deschise; toate erau de cedru, piatră nu se vedea. Și găti oracolul în spatele casei, ca să pună acolo chivotul legii lui Iehova. Și oracolul avea în față douăzeci coți lungime și douăzeci coți lățime și douăzeci coți înălțime; și-l acoperi cu aur curat, și întinse lanțuri de aur dinaintea oracolului și acoperi cu aur tot altarul, ce era înaintea oracolului. Și înăuntrul oracolului făcu doi* *heruvini de lemn de oliv, fiecare de zece coți înălțime. Și era de cinci coți o aripă a heruvimului și de cinci coți cealaltă aripă, iar de la vârful unei aripi până la vârful celeilalte, erau zece coți.*

Și-i puse pe heruvimi în fundul cel mai dinăuntru al casei, și se întinseră aripile heruvimilor așa încât aripa unuia atingea de un perete, și aripa celuilalt heruvim atingea de celălalt perete; și aripele lor se atingeau între ele în mijlocul casei. Și îi acoperi și pe heruvimi cu aur. Și pe toți pereții casei, jur-împrejur, făcu chipuri săpate de heruvimi și de fenici și de flori deschise. Și pardoseala casei o acoperi cu aur în partea din spate și din față. Zidi curtea cea dinăuntru cu trei rânduri de pietre cioplite și cu un rând de grinzi de cedru".

În al douăzecilea an de muncă, fără răgaz, unde brațe nenumărate și-au pus sârguința la picioarele stăpânului și avuții fără seamă s-au vărsat, se sfârși *Casa lui Iehova,* cu toate jinduielile ei și se mântui bogatul și strălucitorul palat regesc. S-a făcut și porticul judecății și casa fetei lui Faraon, soția lui Solomon, adunându-se aici toate scumpeturile și frumusețile, de la fluviul *Eufrat* până la pământul *Filistenilor* și până la hotarul *Egiptului*, tărâmuri peste care stăpânea *Solomon*, cu pace și îngăduială.

Apoi sărbătoare mare s-a făcut, ospătându-se înaintea templului norodul de pe întinsele plaiuri ale regelui. *Douăzeci și două mii boi* și *o sută douăzeci mii oi* a adus *Solomon* spre înjunghiere și *patrusprezece zile* în șir a ținut ospățul.

Astfel povestește *Biblia* despre cel mai înțelept rege din vechime, despre cel care a fost înzestrat cu toate darurile, despre cel care a întocmit trei mii de proverbe, a întruchipat o mie și cinci cânturi, a vorbit despre arbori, începând cu cedrii *Libanului* până la *isopul,* ce crește pe ziduri; astfel ni-l arată *Sfânta Scriptură* pe marele dascăl, care a dat învățătură noroadelor – ce veneau la el din toate părțile – despre târâtoare, păsări și pești, despre toate viețuitoarele.

Templul și palatul regesc, mândria vremurilor scăpătate de mult, au îndurat urgii după urgii, încălcări și jafuri. Au trecut cu foc peste ele și *arabii* și *filistenii* și *egiptenii. Nabuchodonosor din Babilon* și *Epifan* și *Pompei* al romanilor, toți au zvârlit flăcări și au stropit cu sânge *Casa lui Iehova,* când dărâmând-o, când ridicând-o din nou... Aici a primit în brațe, *bătrânul Simeon*, pe pruncul ce avea să fi e *Mântuitorul Lumii*; tot în templul acesta, – de bunăseamă prefăcut și răsprefăcut – copilul *Iisus*, la vârsta de doisprezece ani, a dat învățătură poporului și-a făcut ascultători pe marii cărturari. De aici a gonit *Hristos*, în ziua *Floriilor*, pe acei care prefăcuseră sfintele mese în tarabe de negustori. Iar când *Fiul Omului* a stat între apostoli, pe *Muntele Măslinilor*, predicându-le, a spus, privind sfântul templu: *Adevăr vă zic vouă, nu va fi lăsată aici piatră pe piatră, care nu va fi despicată.*

Proorocirea s-a împlinit, căci așa trebuia să fie. Nici urmă n-a rămas azi din tot ce-a fost odată... Singură, *Stânca sfântă* doar mai lămurește că ea este piscul muntelui *Moriah* și că aici ar fi fost urzit templul lui *Iehova*, așezându-se chiar pe vârful acesta *chivotul legii*. De atunci însă au trecut vremuri multe, adunând împrejurul pietrei legende peste legende. *Musulmanii* cred că stânca acoperă o fântână, unde de două ori pe săptămână vin să se roage sufletele morților. Se mai zice că stânca este rânduită pe un palmier udat de unul din râurile Paradisului.

La această piatră sfântă dau năvală musulmanii, fiindcă aici s-a rugat și *Mahomet* și-a spus că o rugăciune la stâncă face cât o mie în altă parte; și tot de-aici s-a înălțat la cer profetul, pe calul său înaripat *Burâk*, voind să se ducă și piatra după el, dar îngerul *Gabriel* a oprit-o cu mâna. Și azi se deslușește chipul unei palme pecetluite în stană. Se mai spune că, la sosirea lui *Omar*, a vorbit stânca, urând califului bună-venire. Și chiar din zilele acelea s-a urzit moscheea de azi, purtând numele viteazului, iar în arăbește: *Haram-eș-Șerif.* Pe stânca de aici a fost într-o vreme și altarul creștinilor, atunci când cruciații, în războiul lor sfânt, prefăcuseră moscheea în biserică creștină.

Iar la judecata cea din urmă – îmi mai spune călăuza – tot aici își va așeza Dumnezeu tronul, spre a bășcui neghina de grâu.

Dau ascultare frumoaselor povești, care înalță sufletul, trimițându-l în alte lumi, și las ochii să se plimbe, în tihnă, pe stânca rece, pe pereții căptușiți cu mozaic și pe bolta înaltă a cupolei. Cu cât privesc mai mult coloanele de alabastru, cornișele frumos cioplite de la balcoanele de lemn, capitelurile împodobite cu arcuri colorate, cu atât se deschide frumusețea adevărată, care parcă mă pironește pe loc, mă uimește și nu mă lasă să mai plec. *Moscheea lui Omar* parcă e vedenia unui basm, întruchipat aievea, undeva departe...

— Să mergem acum în grajdurile lui Solomon!..., prinse a vorbi călăuza și ne îndreptarăm spre o portiță de fier.

Un hoge învârti o cheie mare în broasca ușii. Coborârăm niște trepte întortochiate ca spinarea unui melc și iată-ne într-o peșteră adâncă, luminată și cu multe coloane. Pereții subteranei sunt spoiți cu var și aceasta, ne spune hogea, s-a făcut cu prilejul călătoriei împăratului Wilhelm al II-lea la *Ierusalim* în anul 1898.

Peștera e închisă de jur-împrejur cu un brâu de ferestre. Ea se întinde sub toată moscheea. Aici își ținea *Solomon* caii împărătești, negri ca tăciunele și iuți ca vijelia. *Vechiul Testament* ne spune că bogatul rege *„avea patruzeci mii staule de cai pentru trăsurile sale și douăsprezece mii călăreți"*. Și azi se mai păstrează belciugele de fier, de care erau legați caii, cu toate năvălirile care au trecut peste acele locuri, în lungul șir al veacurilor. De câte ori nu s-a umplut peștera aceasta cu cei ce căutau scăpare, în timpurile de bejenie!... Și câți n-au sfârșit zilele în subterana rece și cu ferestrele astupate, lihniți de foame și fripți de sete!

Urcăm scara înapoi, mai ne plimbăm încă o dată prin *Casa lui Allah* și acum iau seama bine la placa de iaspis, cu slove arabe, atârnată în partea de miazănoapte.

Pe placa aceasta, spun credincioșii, că însuși *Mahomet* a scris cu mâna lui, cum că *Islamul* va stăpâni lumea.

La ieșire înconjurăm curtea destul de largă a moscheii, împrejurul căreia se înalță o sumedenie de cupole susținute pe coloane de marmură, iar călăuza îmi spune rostul fiecăreia, împletindu-mi și legenda.

Kubet-et-Chadr este ridicată în cinstea unui viteaz sfânt musulman, care se asemuiește cu *Sfântul Gheorghe al creștinilor; Kubet-el-Miradș* este urzită spre pomenirea înălțării la cer a lui *Mahomet;* și *Kubet-es-Silsele,* adică *locul de judecată al lui David.* Aici a fost odinioară *Poarta lui Nicanor,* unde depuneau jurământul femeile bănuite de vinovăție.

Tăiem curtea, coborâm câteva trepte, când ne pomenim în fața unui bazin mare, cu apă limpede, adusă tocmai din *Bethleem*, cale de opt kilometri de *Ierusalim*. În față se deschide o cărare pietruită, curată și bine întreținută, iar în spate închide șoseaua trupul unei alte moschei mari. Pornim într-acolo.

Poarta Raiului

— *Moscheea El-Aksa*, se zice că la început a fost creștină!, îmi spuse călăuza, când ajunserăm în fața lăcașului musulman de azi. A fost urzită de împăratul Justinian și închinată *Sfintei Fecioare!*

Opt arcade mari, ca niște porți uriașe, deschid fața moscheii. Pășim pe sub bolta de la mijloc, întâmpinați de un hoge cu barbă albă și cu cealmaua cât banița în cap. Parcă intrăm într-o pădure, cu arbori înalți și groși, astfel ne deschid calea șirurile de coloane de marmură, ce împart lăcașul în alei așternute cu lespezi mari de piatră lustruită.

Totul pare nou aici, din cauza varului care spoiește coloanele în alb strălucitor. Numai creștetele stâlpilor, unde se îmbucă arcadele, sunt vopsite cu verde închis – culoarea sfințită de Islam – și în strat atât de gros, că de abia se mai pot ghici vechile sculpturi și înflorări alei artei bizantine.

Năvala dată de soare prin atâtea și atâtea ferestre, furișarea razelor prin pădurea deasă de coloane, prin vitrouri, jocul luminii pe mozaicul pereților, în fel de fel de culori și tonuri, răsunetul prelung al pasului, tăcerea de mormânt ce stăpânește *casa lui Mahomet*, învălmășagul de lumină și întuneric, gonite de la un colț la altul, toate acestea coboară înăuntrul moscheii ceva tainic și stăpânitor, ceva care întărește și mai mult credința umilului om. Și legendele scăpătatelor vremuri, povestirile stranii, care au purtat peste veacuri atâtea suflete, aici sub coloane au și mai multă crezare.

Colo în colț, lângă amvon, e *Poarta raiului.* Doi stâlpi mari de marmură stau față în față, de o palmă numai depărtare unul de altul, așteptând pe închinătorii *Islamului*, care azi nu mai vin să-și încerce trecerea și credința în *Mohamet.* În timpurile vechi, din toate colțurile veneau musulmani, să viziteze sfânta moschee *El-Aksa* și să-și treacă trupul păcătos printre cele două coloane, făcătoare de minuni.

Credinciosul care pășea prin această sfântă poartă, avea deplină credință, că în lumea viitoare sufletul lui va fi primit de cetele îngerești și dus în *Rai*, unde e veșnică fericire. Vai de acel muritor, ale cărui pântece prea mari n-ar fi încăput pe poarta cea strâmtă! Aceluia *Iadul* cel întunecos, cu foc și crâșnire de dinți îi era hărăzit pe lumea cealaltă!...

Pe câți nu i-ai îndemnat, tu poartă, să-și pună sfârșit zilelor, văzându-și, în fața ta, trupul și sufletul năpădite de păcate?!...

Astăzi însă, oamenii stăpânirii pământești, prin gratii de fier, au închis trecerea ta și nici un muritor n-are voie să-și încerce credința prin *Poarta raiului.*

De la cei doi slâlpi trec ochii pe piatra de marmură de lângă amvon, unde se deslușește bine urma unui picior, întipărit în lespede. Hogea ne spuse că este urma lui *Hazreti Issa,* adică *Domnul Iisus.*

Islamul pune și pe *Hristos* în rândul marilor profeți, trimiși de Dumnezeu pe pământ, îl așează la rând cu *Adam, Noe, Avraam,* dar nu scapă din vedere, ca în fruntea tuturor să-l pună pe *Mohamet,* căci El – zice *Islamul* – este cel mai mare și El va șterge lacrimile lumii. *Mohamet* a mijlocit pe lângă *Allah,* ca muritorul, în loc de 50 rugăciuni pe zi, câte cerea Tatăl ceresc, să facă numai cinci. Și apoi tot *Mahomet* a fost cel care le-a deschis calea musulmanilor către *Rai,* învățându-i să se roage, să postească și să ajute... Rugându-te – zice profetul – vei ajunge la calea jumătate către *Allah,* postind, vei ajunge la poartă, și milostivind pe săraci, ți se va deschide *Poarta raiului...*

Pornim spre ieșire, când ne întâlnim cu grupuri-grupuri de turci tineri, purtând fiecare câte o carte în mână.

Călăuza mă lămuri că sunt studenți musulmani, vin să învețe preceptele *Coranului.*

Astăzi, moscheea *El-Aksa,* slujeşte şi ca facultate de teologie.

Altarul plângerii

Coborârăm în partea de apus a *Moscheii lui Omar* și dădurăm într-o ulicioară strâmtă și cu colibe săpate în piatră, ce slujesc drept locuințe.

Aici e mahalaua Beduinilor, partea cea mai sărăcăcioasă din *Ierusalim* și totodată cea mai veche. Abatem după un colț și ne pomenim în fața unei mulțimi.

— *Pietrele Plângerii!*, se grăbi călăuza, să-mi dea lămuriri, până ce n-apucai eu să întreb.

Ne apropiarăm de sălașul unde erau adunați femei, bărbați, preoți și copii. Toți stau întorși cu fața spre zidul negricios și cu frunțile plecate pe lespezile mari.

— Zidul acesta este o rămășiță din vestitul templu al lui *Solomon!*, îmi mai spuse Rafid. Și aici vin să se roage evrei din toate colțurile pământului.

Zidul e lung de patruzeci și opt metri și înalt de optsprezece. Arabi, călugări, cadâne, chipuri europene, soldați turci țes în sus și în jos, pe ulița îngustă, făcându-și loc printre cei care au cuprins drumul. Trecătorii își văd de cale, nici unul nu ia în seamă pe cei ce-și fac rugăciune.

Pleacă unul, cu ochii roșii și lăcrimile pe obraz, îi ia locul altul, sărutând lespedea rece, rămășiță sfântă a vremurilor de fericire și de mândrie, pentru neamul lui *Israel.*

M-amestec și eu în alaiul adunării. Un murmur nedeslușit se revarsă de-a lungul ruinelor, întretăiat când și când de suspine adânci. Se roagă laolaltă, femeia sărăcăcioasă la îmbrăcăminte și preotul cu caftanul până-n călcâie și cu fesul încins în coadă de vulpe, se roagă desculțul din pustiul Arabiei și din Maroc;

se roagă bogătașul din Rusia și America și Spania; sunt fel de fel de chipuri și veștminte, adunate din cele patru colțuri ale pământului, unde vântul mâniei dumnezeiești i-a aruncat pe evreii rătăcitori.

Oftările se împletesc cu vorbele rostite după slova talmudului, buzele tuturor tremură, fața le e tristă și ochii înoată în lacrimi. Plâng. Urmașii lui *Israel*, uitați de Dumnezeu, batjocorâți de întreaga omenire, urgisiți de toți, fără prieteni și fără țară, își ușurează sufletele aici, mărturisindu-și, sfântului altar, toată durerea și mâhnirea. Poporul ales al lui *Iehova,* acum e copilul vitreg, înstrăinat de tată și de leagănul drag. Neamul uns și binecuvântat de *Domnul* ajuns-a azi vorbele *Profetului Ieremia,* când plângea pe ruinele sfintei cetăți, îngânând, cu jale: „*Iehova*, pustiirea și nimicirea venit-au asupră-ne!..."

Din tot pământul sfânt al fiilor lui *Israel,* unde odinioară curgea lapte și miere, din toată mândrețea și fala ce-au trecut pe aici, azi doar rămășițele acestui zid au mai rămas, spre pomenirea gloriosului trecut al lui *Iuda.* La pietrele plângerii se adună evreii în fiecare zi, înainte de apusul soarelui, și vinerea mai ales, cerând milostenie *înaltului urzitor*, ca să se îndure și să plece ochii binevoitor, ca și altădată, când și *Avraam* și *Iacob* și *Moise* și *David* și *Solomon,* întrupau strălucirea și mâneria norodului *iudeu.*

Am înlemnit în mijlocul acestei jelanii și doar ochii îi plimb peste chipurile triste, cu buzele groase, bărbile încurcate și capetele plecate. Văd cum li se desprind dintre gene boabe mari de lacrimi, cum obrazul li se încutează adânc și cum pieptul le tresaltă, de zbuciumul sufletesc, rupându-li-se parcă ceva înăntru. Își frâng mâinile, mestecă buzele, închin fruntea în fața pietrei, o ating și-o ridică, cobor privirile în jos și lacrimi fierbinți picură pe rosturile lespezilor; apoi spre înaltul ceresc își întorc ochii, frământând cuvinte de iertare pentru poporul oropsit, căruia *Iehova* prea mare osândă i-a dat...

Un fior mă cuprinse din creștet până-n tălpi, fiorul înduioșării, al milei, ce-o simți, când vezi pe semenul tău zbătându-se în ghiarele morții și în ajutor nu-i poți veni. E fiorul durerii, ce trece de la om la om, fiindcă toți avem un urzitor, toți avem o urzire, și un suflet, care se bucură și se întristează, suferă și îndură.

Și cum se zbuciumă neamul acesta în fața pietrelor, e parcă glasul din urmă, al celui care-și dă sfârșitul, al celui săturat de amărăciune și otrăvit de răutate.

În fiecare suspin, în fiecare înălțare a ochilor și coborâre a pleoapelor spre pământ, urmașii lui *Israel* îngână rugi, cu chinul trupului lor...

Iehova ridică de pe grămada de gunoaie pe cei crescuți altădată în purpură. Scoate-i din groapa cea mai adâncă, unde încercarea ta i-a prăbușit; înapoiază-le moștenirea lor și întoarce-i la vetrele lor; scoate-i de pe calea întunericului și abate în drumul lor soarele lui *Solomon*, potolește focul ce arde în trupul lor; și în inima lor bucuriilor dă rod; încununează iarăși fruntea fiilor lui *Israel;* ridică, *Iehova*, mâna ta deasupra *Sionului* și *Cedronului;* lasă mândrețea și frumusețea să plouă peste copiii pribegi ai sfinților psalmi și pace și ramură înflorită aruncă între ei.

O, *Iehova*, până când vei privi, din cer, zbuciumul celor oropsiți!... Mare a fost păcatul, dar mai mare e pedeapsa. Atotstăpâne, judecă judecata lor și privește ochiul lor, căci râuri de lacrimi varsă. Cei care au păcătuit, nu mai sunt azi, și cei de azi poartă fărădelegile celor care au fost. *Iehova*, din mărirea ta fără sfârșit, pogoară-ți blândețea și spre cei uitați; ești Atotștiutor, Atotiertător și Atotputernic, înalță neamul lui *Israel* acolo de unde l-a coborât încercarea ta...

Astfel plâng și se roagă evreii, îngenuncheați în fața celui mai sfânt templu al lor, unde urmașii lui *Israel*, cei mai răzlețiți pe coaja pământului, trebuie, ca cel puțin o dată în viață, să vină aici și să-și aducă prinosul de înaltă cinstire sub cerul Canaanului, unde au închis ochii toți strămoșii glorioși al *Israelului*...

Târziu, când soarele se lăsă peste culmea *Sionului,* aruncând deasupra cetății ochirea roșie a amurgului, când vălul cenușiu al serii îmbrăcă, în mantie tainică, țara cea sfântă, închinătorii templului își ridicară trupul chinuit de pe lespezi și se pierdură în mahalaua dosită a *Ierusalimului*...

Când am plecat, am dus mâna și mi-am șters și eu ochii..

Pe urmele Sfinților

De la pietrele lui *Solomon,* apucarăm spre soare apune, tăiarăm în două vechiul cartier evreiesc, cu uliți strâmte și locuințe sărăcăcioase, și apoi intrarăm în mahalaua armenească.

Vechiul popor armean, a primit legea lui *Hristos* chiar când *Mântuitorul* era în viață. Întâiul rege creștin a fost armeanul *Abgar,* iar întâia biserică creștinească a fost zidită pe *Muntele Măslinilor* de Elena, soția lui *Abgar.* Târziu de tot, peste trei veacuri, vine în sfânta cetate *Doamna Elena,* mama lui *Constantin cel Mare* și începe să cerceteze cu de-amănuntul locurile sfinte.

Armenii, în timpurile vechi, aveau mare trecere în *Ierusalim,* căci stăpâneau aproape șaizeci de mănăstiri pentru închinăciune. Azi nu mai au decât trei lăcașuri sfinte: *Mănăstirea Sfântul Iacob, Sfântul Arhanghel* și *Mănăstirea Mântuitorului.*

Un cartier întreg cuprinde numai mănăstirea *Sfântului Iacob* și acaretele din jurul ei. Aici se găsește o școală de fete, un schit de maici, o bibliotecă bogată, o imprimerie și multe chilii, pentru găzduirea a mii de închinători armeni.

Intrăm în biserica *Sfântului Iacob,* a cărei vechime trece de zece veacuri. Bogăție multă e adunată aici, în plăcile albastre de porțelan, care căptușesc pereții, în foile de sidef, care îmbracă ușile capelelor, în candelabrele, sfeșnicele și în icoanele scumpe, dăruite de regii și credincioșii armeni. În acest lăcaș sfânt e înmormântat *Iacob* – fratele *Mântuitorului* – în a cărui cinste s-a urzit biserica, spre pomenirea mucenicului, care a dus mai departe legea *Domnului.* E închinată *sfânta casă* lui *Iacob,* cinstindu-se astfel cel care a propovăduit iubirea săracilor, căci ei sunt aleșii lui *Dumnezeu, bogăția* fiind o amăgire trecătoare. Au urzit-o aici spre pomenirea locului, căci unde se află pragul peste care pășesc acum, dușmanii legii creștine an tăiat capul *Sfântului Iacob.*

Când intrarăm și în mănăstirea *Sfântului Arhanghel*, care e alături, călăuza mă vesti:

— Pe locul acesta a fost casa arhiereului *Ana!*... Acestui lăcaș i se mai spune și *întâia închisoare a lui Hristos,* căci aici a fost adus *Fiul Omului* din grădina *Ghetsemani* și legat de trunchiul unui smochin.

Pornim mai departe, pe *urmele sfinților.* Drept spre miazăzi, cale de-un sfert de ceas cu piciorul, dăm în poarta *Sionului,* una dintre cele șapte ieșiri ale cetății, și apoi urcăm pe creasta unui piept, de unde priveliștea se deschide largă, către valea *Cedronului* și drumul *Bethleemului.* Intrăm în curtea încăpătoare a *Mănăstirii Mântuitorului.* Lângă grădină se întinde cimitirul patriarhilor armeni, cu mormintele de marmură albă.

O capelă mai răsărită pomenește locul unde a fost casa lui *Caiafa,* socrul lui *Ana* și unde *Iisus* a fost plimbat cu mâinile legate la spate. Aici s-a lepădat apostolul *Petru* de *Iisus,* dându-se anatema și jurându-se că nu-l cunoaște pe omul acesta. Dar când cocoșul cântă pentru a doua oară, *Petru* și-aduse aminte de vorbele *Domnului* și atunci plânse cu lacrimi amare.

Aduc mâna și-mi fac cruce în fața altarului de aici, unde drept chezășie a vremurilor sfinte, stă piatra ce-a slujit drept capac pe *Mormântul Domnului* și pe care îngerul a dat-o la o parte în marea zi a învierii.

— Aici e a *doua închisoare a lui Iisus!,* ne spune un preot, rumen la obraz și cu o bărbiță creață. Și deschizând ușcioara de lângă altar, lăsă să se vadă odăița cât o gheretă.

În locul acesta a petrecut *Fiul Omului* noaptea cea de chinuri, scuipat și bătut cu nuiele de martorii mincinoși, și apoi întrebat, în batjocură: *„Profetizează nouă, Hristoase, cine este cel care te-a lovit?"*

La altarul acesta vin puhoi, să se închine creștinii, ca și la *Mormântul Domnului;* când am îngenucheat în fața sfintei pietre, peste care au trecut nouăsprezece veacuri și unde și-au pus sărutarea umilă atâtea și atâtea buze, am simțit o ușurare sufletească și cu seninătate pe frunte ierți pe toți vrăjmașii tăi, cum și *Iisus* i-a iertat, căci nu știau ce fac...

Ieșim din curtea *Mănăstirii Mântuitorului* și coborând spre răsărit, dăm într-o învălmășeală de case vechi de piatră, cu ganguri întunecoase și scări, pe care vremea a semănat sfoiag. După câteva ocoluri, pe unde nu mai văzui soarele, urcarăm la un cat și intrarăm într-o sală goală.

— Aici a fost *Cina cea de Taină.*

De abia sfârși călăuza deslușirea și mintea-mi întruchipă pe podeaua odăii, masa cu cei doisprezece apostoli și cu *Mântuitorul* la mijloc...

E ziua azimelor, când se înjunghie mielul la *Paște... Fiul Omului* luând pâinea, o binecuvântă şi frângând-o, dădu ucenicilor săi, zicând: *„Luați, mâncați, acesta este trupul meu"*. Apoi luând paharul şi mulțumind, le întinse, zicând: *„Beți din acesta toți, căci acesta este sângele meu, al legii, el se varsă pentru mulți, spre iertarea păcatelor"*. Și când ucenicii rumegau în minte vorbele frumoase ale stăpânului, *Păstorul* urmă cu graiul înduioșat: *„Am dorit să mănânc cu voi acest Paște, mai înainte de pătimirea mea. Căci zic vouă, că nu-l mai mănânc, până când va fi desăvârșit în împărăția lui Dumnezeu"*. O umbră de nedumerire căzu pe fețele apostolilor, dar *Iisus* spuse mai departe: *„Adevăr zic vouă, că unul dintre voi mă va da prins"*.

— Să mergem!, răsună glasul călăuzei și vedenia se șterse din fața mea, rămânând pereții goi și ponosiți ai odăii.

Deasupra acestei case sfinte zac oasele lui *David,* înțeleptul rege, care a domnit patruzeci de ani peste poporul lui *Israel,* neamul ales al lui *Iehova,* între toate neamurile pământului.

Coborâm muntele *Sionului,* cel cântat de profetul *Isaia,* și apucând pe poteci semănate cu gloduri pietroase, ne îndreptăm spre partea de miazăzi a *Văii Cedronului,* care răzorește latura de soare-răsare a *Ierusalimului.* Pe aici au tăbărât odată *iebușii,* popor ce stăpânea cetatea înainte de domnia lui *David,* când *Ierusalimul* se numit *Iebus;* când neamul lui *Israel* purta războaie cu *Moabiții, Amoniții, Filistenii* și multe alte triburi; când *David,* fiul cel mai mic al bătrânului *Ișai* din *Bethleem,* și-a lăsat turma de oi la păscut și a cerut, ca singur, în uimirea oștirii *israelite,* să se lupte cu filisteanul *Goliat,* uriașul înalt de șase coți și-o palmă și în veșmânt cu za din creștet până-n tălpi. Și nu departe de aici, în *Valea Stejarului,* flăcăiandrul *David* fără zale și coif de aramă, fără sabie, doar cu praștia în mână și trei pietre în gluga de păstorie, ieși înaintea uriașului, care-l primi cu batjocură și blestem: *„Au câine sunt eu, de vii asupra-mi cu o piatră?"* Dar tânărul viteaz învârtind praștia, îl lovește pe *Goliat* cu piatra drept în frunte și uriașul mult temut cade la pământ. În spaima *Filistenilor* și în bucuria *Israeliților.* Clipă sfântă pentru *David,* căci de atunci se bucură mult în ochii poporulti și-n fața lui *Iehova* și de atunci mult nu mai trecu până fu uns rege al *Israelului.*

Înaintăm pe *Valea Cedronului,* purtând ochii când pe o parte, când pe alta. În coastă se revarsă un cimitir evreiesc, ale cărui pietre, culcate pe mormintele dese, parcă sunt turme de oi poposite în nămiezul primăverii. Călăuza îmi spune că și azi viețuiește aici pomul de care s-a spânzurat *Iuda Iscarioteanul,* îngrozit în urmă de fapta săvârșită în grădina *Ghetsemani.*

Mai sus, pe culmea muntelui, e locul unde *Solomon* ridicase temple păgâne, spre a sluji de închinăciune femeilor ce nu erau de legea sa. Căci înțeleptul rege al *Iudeei,* pe lângă fata lui *Faraon,* avea la curtea împărătească șapte sute de prințese, și întreținute trei sute. *Solomon* iubea multe femei străine: *moabite, ammonite, edomite, sidoniene și hetee.* A umblat mult regele după chipul *Astartei, zeița Sidonului* și după *Milcom,* urâciunea *amoniților;* temple bogate a ridicat lor și lui *Chemos* din *Moab* și lui *Moloch* din *Ammon,* dar fapta aceasta a adus supărare foarte lui *Iehova* și îndârjire poporului. Înălțimea unde regele *Solomon* a zidit temple păgâne și azi poartă numele de *Muntele Scandalului.*

Iată mai jos vechiul sat biblic *Siloam* Azi e o șatră de arabi, cu case dărăpănate și sărăcăcioase. Nu departe de acest sat, ajungem la *Izvorul Sfintei Maria,* numit în limba arabă *Ain-Siti-Mariam.* O scară de piatră pogoară în fundul fântânii, a cărei apă în timpurile de secetă slujește de băut, deși are un gust sărat. De la fântâna *Fecioarei Maria* pornește o hrubă pe sub pământ, până la o altă fântână din satul *Siloam.* Deasupra acestui izvor se înălța, până acum șapte veacuri, o biserică bogată și măreață. Azi fâlfâie sărăcia și murdăria arabilor, pe locul unde *Iisus Hristos*, mânjind cu noroi ochii orbului din naștere, i-a spus: *„Du-te, spală-te în izvorul Siloam!"*. Și spălându-se, vederea a revenit ochilor, bucurie orbului și vrăjmășie fariseilor.

Dintr-o îngrămădire de bolovani, răsare un copac gârbov. Aici a fost legat *Isaia* și ferăstruit din ordinul regelui *Manase*.

Lăsăm *Cedronul* și dăm în valea *Hinomului*. Această vale desparte *Sionul* de muntele numit *Sfatul cel fără de lege*, pentru că aici avea *Caiafa* o casă, unde se sfătuia cu mai mulți vrăjmași, cum ar putea omorî pe *Hristos*. Pe aici a fost odată vestitul *Tofet*, locul unde regii, închinători de idoli, ca *Amon*, *Manase* și *Ahab*, ardeau copii în cinstea zeului *Baal-Moloch*. În vremurile mai noi, pe locul acesta ardeau zi și noapte gunoaiele orașului și de aceea s-a numit *Gheena* sau *focul nestins*.

Mergând mai la vale, dăm de grădini frumoase. Prin ținuturile acestea au fost mândrele ogrăzi ale regelui *Uzia;* pe aici sălășluia odată seminția lui *Iuda*, ducându-și hotarele până-n *Marea Moartă* și până-n apele *Iordanului*. De-a lungul *Hinomului* stăpâneau triburile lui *Beniamin*, când *Iosua* a împărțit, semințiilor lui *Israel*, țara făgăduită de *Iehova*, unde curgea lapte și miere.

Cu cât coborâm, se adâncește valea, până ajungem la puțul lui *Iob*, adânc de vreo 30 metri, cu apă sărată și grea la băut. Când se umflă izvoarele acestei fântâni, îmi spune Rafid, umplu cu apă tot câmpul din împrejurimi. *Puțul lui Iob*, cum îl numesc mahometanii azi, este vechea fântână a lui *Neemia*, în care s-a păstrat focul sfânt al templului, în tot timpul cât *israeliții* au stat în robia *babilonienilor;* este izvorul *Rogel*, cu care *Iosua* întărise hotarul între seminția lui *Iuda* și a lui *Beniamin*.

— Haide la gară!, prinse vorba din nou călăuza. Acolo găsim trăsură pentru *Bethleem!*...

Urcarăm culmea dealului din mâna dreaptă şi de aici zarea se deschise largă de jur-împrejur, cu *Ierusalimul* spre miazănoapte, *Bethleemul* la miazăzi şi departe, şirul munților *Iuda*, umbrind răsăritul...

Pe drumul magilor

Cu o trăsură veche, mică, de abia încăpeam doi inși, și la care trăgea un catâr slăbănog, am ieșit pe poarta *Jaffa*. Șoseaua e curată și bine pietruită.

— Mult un ceas dacă facem!, mă încredință călăuza. Sunt tocmai opt kilometri până la *Bethleem!*

Birjarul îmi luase zece franci, pentru dus și înapoiat. Eu credeam, c-am scăpat cu puțin, dar am auzit, mai târziu, că drumul acesta îl fac localnicii cu doi franci. Pentru călătorii străini, însă, e obiceiul să se ceară prețul împătrit și încincit.

Mult timp nu vor mai merge trăsuri cu pelerini, spre *ieslea Mântuitorului*, căci o societate cu capital franțuzesc a și început pregătirile, ca *Ierusalimul* să fie luminat cu electricitate și tramvai electric să meargă până la *Bethleem.* De bună seamă, că atunci numai cu trei piaștri te va duce în zbor puterea nevăzută, născocită de *Franklin.*

Trecem pe lângă un bogat ospiciu englezesc, ne oglindim în marele bazin *Birket-es-Sultan,* și apoi șoseaua alburie își croiește cale de-a lungul câmpului înverzit.

Lăsăm în urmă *Ierusalimul,* cu *Turnul lui David* în poale și *Valea Plângerii* către răsărit, iar ținta noastră împușcă spre miazăzi, ținând drumul tot pe aproape de *Valea Cedronului* și a *Hinomului.* Rămâne pe dreapta colonia evreiască, urzită de bogătașul evreu Montefiore, unde se văd case noi și frumoase.

— Acolo e mănăstirea *Sfintei Cruci!,* mă facă atent călăuza și întorsei capul spre cupola strălucitoare.

La doi kilometri de poarta *Jaffa,* spre soare-apune, împărăteasa *Elena,* mama lui *Constantin cel Mare,* a înălțat biserică chiar pe locul unde a crescut arborele, din care s-a cioplit crucea *Domnului.* În acest altar, îmi spune Rafid, este o stâncă, prin ale cărei crăpături se văd și azi urmele pe unde se întindeau rădăcinile copacului. Călugării bisericii vând pelerinilor pământ din groapa sfântă și credincioșii îl leagă în colțul batistei cu multă smerenie, păstrându-l de leac.

— De câte ori s-o fi sfârșit pământul!, zâmbește călăuza. Dar au de grijă călugării să umple groapa cu altul proaspăt. Și cum să n-aducă alt pământ, când pelerinii ruși vin cu miile și fiecare pleacă în satul lui cu basmaua încărcată! Dar și buzunarele călugărilor gem de ruble.

În poalele muntelui, tot spre soare-apune și cam la șase kilometri de *Ierusalim,* se revarsă casele satului *Carem.* Acest sat este biblicul *Ain-Carem,* unde au sălășluit *Zaharia* și *Elisabeta,* părinții lui Ioan Botezătorul și unde s-a născut și *Înainte Mergătorul,* în biserica veche de acolo, trăiește și azi stânca sub care a văzut lumina zilei, cel ce avea să boteze cu apă pe *Mântuitorul Lumii.* Aici la *Ain-Carem* a venit *Maria* tocmai din *Nazaret,* când îngerul *Domnului* i-a vestit rod sfânt din trup și amândouă rudele, *Elisabeta și Fecioara,* s-au bucurat foarte, de zămislirea pântecelor lor, preamărind pe Dumnezeu. În apropiere de biserică se păstrează și acum puțul, de unde a luat apă în fiecare zi *Fecioara,* timp de trei luni, cât a stat în casa preotului *Zaharia.*

Fișcăie biciușca vizitiului și catârul gonește șoseaua, ce se desfășoară ca o fâșie alburie printre grădinile de măslini și pomi de toate roadele. Ajungem de pe urmă cârduri de arabi zdrențăroși, călugări cu dăsagii la spinare, aducând merinde din capitală, întâlnim cete mari de ruși, purtându-și cizmele grele și bețele lungi, către *ieslea cea sfântă.*

Cam la jumătate de drum spre *Ierusalim,* ne întâmpină pe cale *Fântâna Magilor,* zidită din piatră. Când cei trei magi pierduseră din ochi steaua, la ieșirea lor din sfânta cetate, aici li s-a arătat din nou semnul ceresc, călăuzindu-i până în peștera din *Bethleem.*

Catârul contenește pasul, căci șoseaua începe să urce un

piept de deal, făcându-și loc printre sicomorii stufoși și măslini bătrâni...

Oprim tocmai în pripor, unde dăinuiește și azi peștera *Sfântului Ilie,* roasă de vreme și bătută de ploi.

Ilie, după ce ucisese, în muntele *Karmel*, pe toți profeții zeului păgân *Baal*, prigonit până aici de mânia lui *Ahab Iezabel* și obosit de cale lungă, profetul a adormit nemâncat și nebăut. Un înger însă l-a trezit din somn și sculându-se *Ilie,* a văzut lângă el o azimă rumenă și un ulcior cu apă. A mâncat bine, a băut bine și iar s-a culcat, dar un glas de sus zis-a lui în somn: *„Ieși și stai pe munte, înaintea lui Iehova..."* Și iată *Iehova* trecea și vânt tare și puternic despica munții și sfărâma stâncile înaintea lui; iar *Iehova* nu era în vânt; și după vânt, cutremur; iar *Iehova* nu era în cutremur; și după cutremur foc; iar *Iehova* nu era în foc; și după foc, un glas blând și subțire... Și cum auzi *Ilie*, acoperi fața sa cu mantia, și ieși în ușa peșterii. Glasul de sus îl întrebă: *„Ce faci aici, Ilie?* Și el îi răspunse: *„Fost-am zelos foarte, pentru Iehova, Dumnezeul oștirilor; că fiii lui Israel au părăsit legământul tău, altarele tale le-au dărâmat și pe profeții tăi îi uciseră cu sabia, și-am rămas eu singur, și ei – închinătorii idolilor – caută a-mi lua viața".* Atunci zis-a *Iehova* lui: *„Mergi, întoarce-te pe calea ta, cea către pustiul Damascului."*

Astfel vorbește *Biblia* despre clipele în care *Sfântul Iile* s-a adăpostit în această peșteră, săpată în culmea dealului, de unde se desfășoară o priveliște minunată. În urmă, oștirea de turle, cu *Muntele Măslinilor* în spate; în față, *Bethleemul* mănunchit în coasta pietroasă, iar departe, în zarea răsăritului, se năzărește *Marea Moartă* și sfoara argintie a *Iordanului.*

Printre ogrăzile verzi, sorcovăite de floarea migdalilor, la răspântia drumului, își înalță fruntea o cupolă de piatră, cioplită în stil arab. E *Mormântul Rahelei,* soția mult iubită a lui *Iacob* pentru care el slujise șapte ani unchiului său *Laban,* din *Haran.*

Cartea vremurilor scăpătate ne spune, că *Iacob* după ce a fost binecuvântat de *Iehova,* ca să nască din trupul lui mulțime de popoare și regi, atunci a părăsit *Mesopotamia* cu tot neamul său și s-a îndreptat spre pământul dăruit de *Iehova.*

În coasta aceasta a poposit *Iacob,* în drumul spre *Bethleem,* sau *Efrata,* cum i se spunea pe atunci. Aici au cuprins-o pe

Rahela durerile facerii, dând naștere copilului, care aduse moartea mamei. Și odrasla, care a început viața în apusul alteia, s-a numit *Beniamin*, sau *Ben-Oni*, adică *fiul durerilor*.

În marginea drumului a îngropat *Iacob* pe soția cea dragă, a plâns-o mult și stâlp de piatră i-a pus la cap, ca să ducă pomenirea peste veacuri.

Mult bogatul *Montefiore* l-a premenit în anul 1860 și credincioșii, de toate legile, poartă o înaltă și smerită cinste *Mormântului Rahelei*.

Aici se desparte drumul în două: cel din dreapta duce la vechiul *Hebron*, iar cel din stânga, la *Bethleem*. Vizitiul plesni biciul deasupra catârului și trăsura porni pe șoseaua bătătorită.

Sfântul leagăn

În priporul dealului, închide șoseaua o îngrămădire de zidiri sfârticate și clădiri rânduite în scară. Printre cele negricioase și retezate parcă din acoperiș, se înalță case mari noi, cu ceardac de piatră și ferestre largi. Acesta este *Bethleemul,* cuibărit în coasta muntelui, înalt de 830 metri deasupra mării. E micuț, ca și altădată în întindere, se prelungește pe un kilometru numai de la miazănoapte către miazăzi, și-și strânge felurile pe cinci sute de metri, de la asfințit la răsărit, dar e bătrân în calea vremurilor. Numele biblic al sfântului oraș este *Beit-Lehem,* casa pâinii, căci prin împrejurimile lui creșteau odată holdele cele mai rodnice în grâu.

Bethleemul este leagănul sfânt al atâtor profeți, regi și căpetenii ale neamului lui *Israel.* Aici a trăit *Booz* și *Rut,* care au primit har de la *Iehova,* binecuvântând trupurile lor, să semene vitejie și înțelepciune în cutele vremurilor ce vor veni. Și din ei s-a născut *Obed,* din *Obed,* păstorul *Ișai,* din *Ișai,* regele *David,* cu unsprezece veacuri înainte de *Hristos,* și din *David, Solomon,* cel care a înălțat mărețul templu, fără pereche în omenire. În *Bethleem* s-au născut *Ioab, Abisai* și *Asahel,* căpetenii viteze, care au călăuzit pe poporul lui *Israel* în desele sale războaie...

Ca scăpărarea unei raze în întuneric, așa deschid gândul cutele timpurilor de altădată și șirul lung al regilor îmi trece prin minte cu zbuciumările, certurile și luptele lor... Iată pe *Rehoboam,* os din osul lui *Solomon,* pe *Abia, Asa,* pe *Iosafat...* și icoana vremurilor își schimbă fața, răspicând timpul de la *Cântarea Cântărilor* la mărirea *Sionului,* a lui *Isaia,* și *plângerile lui Ieremia;* de la *Daniel,* zălogul *Babilonului* și tălmăcitorul viselor lui *Nabucodonosor*, la profetul *Zacharia*, când *Iehova* mâniatu-s-a foarte pe norodul lui *Israel*... Și deodată întruchiparea gândurilor își ia zborul în câmpul păstorilor, în noaptea senină cu cer lăptos, când turmele dormeau în tihnă, pe iarba moale, când ciobanul de veghe trezi pe tovarăși, uimit de steaua luminoasă, ce se ivise pe cer, vestind cum că în apropiere s-a născut *crai nou* pe pământ...

Trăsura se opri și gândul mi se spulberă.

— Am ajuns!, făcu Rafid și sări jos.

Ulița urcă în pantă și e atât de îngustă, că strașinele din dreapta parcă vor să-și dea mâna cu cele din stânga, iar cerul ochește ca printr-o spărtură. Pe o parte și pe alta se înșiruie prăvălii joase și întunecoase, ca niște ganguri. Din toate ușile izbucnesc strigăte, în grai stricat, în limba franceză, italiană, engleză, greacă, rusă, după cum arată chipul și portul călătorului, venit în oraș. E strigătul negustorilor armeni, sirieni, copți, arabi și evrei, care ies în calea trecătorilor cu fel de fel de cruciulițe, mătănii și iconițe de lemn sfânt. Din toate părțile se aud guri răgușite, îmbiindu-te să le intri în prăvălie și să le vezi marfa. Atâta vor, c-apoi știu ei cum să te prindă la târguieli și să-ți scotocească buzunarele.

Bethleemul e înțesat de ateliere mici, unde se lucrează sideful, adus de la *Marea Moartă.* Fete tinere, femei frumoase, cu ochii cercuiți în sprâncene mari și cu păr castaniu, lucios, lucrează două câte două, în jurul meselor, tăind sideful în foițe rotunde și lunguiețe, în boabe și fâșii. Fac cruciulițe, mătănii, brățări și inele, fac portofele, îmbrăcate în coji de scoică, genți împletite în mărgele, condeie, călimări, fac chipuri de sfinți și îmbracă lemn sfânt în foi subțiri de sidef. Apoi tot rodul acesta pornește să umple vitrinele din *Ierusalim,* pornește să ocolească pământul, purtând pe el pecetea locului sfânt și crucea creștinismului.

Aceasta este îndeletnicirea de căpetenie a betleemiților, și apoi puțină agricultură și creșterea vitelor.

Urcăm ulița, pe caldarâmul vechi și dosit de fața soarelui, trecem și pe lângă *Puțul lui David,* abătut într-un colț. *Biblia* spune, că de aici ar fi avut dorința regele, să bea apă, pe când se găsea în peștera *Adullam,* iar *filistenii*, cu care se războia, se aflau în *Bethleem.* Dar când cei trei viteji, care auziseră de pofta regelui, s-au strecurat printre rândurile dușmanilor și-au adus apă proaspătă, *David* n-a vrut să bea, și-a vărsat-o lui *Iehova*, zicând: *„Departe de mine, Doamne, să fac aceasta; au bea-voi sângele bărbaților, ce s-au dus cu viața în mână?"*

Mai mergem câțiva pași, tot suind, și deodată se lărgește ulița, croind o piață mărișoară, în care forfotesc bărbați, femei și copii, mai ales, făcând cerc în jurul nostru și mormăind printre dinții albi și buzele porumbace: *bacșiș!... metalic!... bacșiș!... metalic!...* Îmi fac loc cu greu printre ei, Rafid le dă brânci, întâmpinându-i cu vorbe de mustrare, spuse în arăbește și turcește, dar jumugaiul desculț, ciufulit și zdrențăros, se ține întruna după noi.

De jur-împrejurul pieței se înalță ziduri de piatră. E *Biserica Nașterii Domnului,* cu toate dependințele ei, ridicată în veacul al treilea, de către *împărații Constantin și Elena,* deasupra peșterii unde *Fecioara* a dat naștere *Pruncului sfânt.*

Printr-o portiță de fier, ce pare a fi o intrare dosnică, pătrundem într-o sală întunecoasă. Astfel este intrarea măreței biserici. Călăuza mă deslușește, că croiala aceasta într-adins s-a făcut așa, ca să se poată apără, la vreme, odoarele sfinte de jaful năvălitorilor, ce s-au năpustit, în multe rânduri, peste locurile acestea.

Deschidem încă o ușă și dăm într-o sală mare. Cincizeci și opt de coloane de marmură sprijinesc arcade frumos sculptate și încrustate cu plăci de mozaic; șase fâșii de lumină se încrucișează din cele șase ferestre mari, rânduite în jurul cupolei, și într-o burnițeală de raze, se așează sclipiri din toate tonurile pe candelele și icoanele scumpe, pe marmura ghețoasă a coloanelor, iar în laturile largi ale sălii, unde n-ajunge lumina, stau, singuratice, multe altare de rugăciune și mărturisire sufletească.

Tăiem sala în două, trecem printr-o altă despărțitură, cu trei uși, unde se vede chipul apostolului *Toma*, care necredincios, pipăie rănile sângerânde ale *Domnului;* și apoi prin ușa din mâna stângă, intrăm în biserica cea mare a *Nașterii Domnului.* Aici sunt trei altare sclipitoare, unde ard sfeșnice și candele de aur, împodobite în pietre scumpe. Două altare sunt ale grecilor și unul al armenilor.

S-a început slujba. Răsună glasul preoților și graiul celor două limbi se contopește întrunul singur, pierzându-se în cupola înaltă. Credincioșii vin cu frunțile plecate, își fac cruce și sărută cu smerenie icoanele vechi ale sfântului lăcaș. Printre bătrânii și tinerii, care sosesc întruna la slujbă, printre veștmintele albe, roșii, galbene, negre ale femeilor cu fața bălană și ochii visători, zăresc fesul unui soldat turc, care se plimbă cu baioneta la armă. Dar până să deschid eu vorba, călăuza băgase de seamă mirarea mea și începu a-mi da lămuriri, având de grijă, să rotească ochii împrejur:

— E paza pusă de stăpânirea turcească, să țină liniștea între armeni și greci!...

— Da, ce fac?!...

— Se iau la ceartă, ba și la bătaie uneori!...

— Aici în biserică?!...

— Da, da!... Se jumulesc de bărbi, până nu se mai cunosc!

— Și de ce?

— Uite așa!... I se pare, de pildă, armeanului ori grecului, că vecinul i-a luat untdelemnul din candelă sau lumânarea din sfeșnic, și apoi gata gâlceava!... Acum vreo douăzeci de ani și mai bine, grecii au devastat sfânta peșteră și au luat tot!

Coborârăm o scară de piatră, de vreo cincisprezece trepte și pătrunzând sub altarul cel mare, ne pomenirăm într-o peșteră încăpătoare, lungăreață. O lespede de marmură albă poleită astupă fața unei iesle.

— Aici e *Sfânta Iesle!*, spuse Rafid.

Pe lespede lucește o stea de argint, cu slovele latinești: *Hic de Virgine Maria Jesus Christus natas est*". Șaisprezece candele de argint ard împrejurul jghiabului, unde Fecioara a dat naștere Pruncului, insuflat cu duh dumnezeiesc, iar din tavanul peșterii coboară în stol alte candele, răspândind în lături o lumină tainică de amurg. Deasupra lespezii se înalță un altar, în care n-au voie să slujească decât grecii și armenii, venind fiecare cu icoanele lor și ridicându-le apoi numaidecât după mântuirea slujbei. O icoană mare, rotundă atârnată în spatele altarului, înfățișează *Nașterea Domnului*, *Steaua*, pe bolta cerească, *Magii* și *pruncii* uciși de Irod. Alături, în pereții peșterii, acoperiți cu marmură, mai sunt încă două altare, scobite în stâncă. Într-un loc a fost ieslea, unde mama a înfășat *Pruncul în scutece;* dincolo s-au închinat *Magii, Noului născut,* aducându-i daruri scumpe, smirnă, aur și tămâie. Altarul acesta e sub stăpânirea catolicilor și numai ei au dreptul să slujească în el. Preșuri scumpe și stofe subțiri de mătase, căptușesc în multe părți pereții – sunt odoarele aduse de credincioșii *Domnului.*

Îmi cad ochii pe ghizdurile de piatră, dosite într-un colț.

— Aici se zice c-ar fi fost înmormântată Eva!..., prinse a vorbi călăuza. Și tot aici, spun alții, a fost un puț, din care s-au slujit părinții *Domnului* și în care a căzut steaua cea vestitoare de *Crai nou...*

Azi nu mai izvorăște nici un pic de apă.

Din peștera sfântă dădurăm într-un gang strâmt și întortochiat. E calea care leagă biserica *Nașterii Domnului* cu mănăstirea catolică *Sfânta Ecaterina.* Aici întâlnim capela *Sfântul Iosif,* ridicată pe locul unde îngerul i s-a arătat părintelui în vis, vestindu-l *„să ia pruncul și să fugă în Egipt, căci Irod are să caute pe copil, spre a-l ucide".*

Pășim mai departe și iată *Capela pruncilor nevinovați*, unde împăratul a luat viața a paisprezece mii de suflete, adunând copiii de la doi ani și mai jos, *„să taie și pe Hristos"*. La altarul acesta, în orice vreme a zilei și noaptea târziu, se roagă femei din toate neamurile și de toate legile. Sunt mamele care n-au avut parte de prunci și al căror sân n-a alăptat niciodată până la sfârșit...

Ne plimbă gangul când la dreapta, când la stânga, ducându-ne printre două ziduri groase, de piatră. O inscripție dă lămuriri unde se află mormântul sfântului *Ieronim* din Dalmația, născut la anul 331 și răposat întru Domnul la 20 septembrie 420. Ba iată și peștera, unde a sălășluit multă vreme părintele *bisericii latine* și unde a tălmăcit bătrâna *Biblie* în limba latină, numită *Vulgata.*

Ieșirăm din biserica *Nașterii Domnului* și ne urcarăm pe o terasă. De-aici avem sub ochi tot *Bethleemul,* unde se adăpostesc zece mii de suflete și stau laolaltă ortodoxi, catolici, musulmani, armeni, protestanți, copți și sirieni și unde evreii îi numeri pe degete. Privit de sus, *Bethleemul* pare o îngrămădire de vechituri afumate, printre care răsar ici-colo case noi, de piatră. Sunt așezămintele de învățătură și binefacere, ale riturilor venite aici din toate colțurile pământului. Cel mai fălos ecaret este al orfelinatului german.

Plimb ochii peste cingătoarea orașului și privirile mi se răsfață până departe, prin grădinile încărcate cu migdali, ninși de floare, cu roșcovari dați în rod, cu sicomori și cu palmieri răstigniți pe cerul aprins de jarul amurgului. Colo au fost holdele bogate ale lui *Booz*, unde văduva *Rut* a cules spice în urma secerătorilor, când părăsind țara *Moabului*, a venit în pământul lui *Iuda*, s-a închinat lui *Iehova* și a găsit adăpost în casa lui *Booz*, făcându-se femeia lui. Uite dincolo, între dealuri, în teșitura scăpătatului, a fost câmpul păstorilor, de unde ciobanii s-au încârduit pe calea sfântului luceafăr, trezind totul în calea lor.

Iată și peștera laptelui, săpată într-o stâncă albă. Credincioșii spun că *Maica Domnului* se ascunsese aici din pricina multor urgisiri și într-o zi, pe când alăpta *Pruncul*, au căzut din sânul ei câteva picături de lapte și numaidecât stânca s-a înălbit ca fața laptelui. Și așa a rămas până azi. Aici se află un altar al catolicilor, unde călugării vând călătorilor bucățele albe, făcute din calcar pisat, iar credincioșii le cumpără bucuroși, păstrându-le ca leac, atunci când femeii i-a secat izvorul sânului, ori vrăjmașul, prin farmece necurate, a luat laptele vitelor...

Un văl cenușiu gonește amurgul, zarea face ochii mici, apoi îi închide și grădinile se întunecă.

Deasupra orașului încep să scapere luminile.

— Să mergem!..., sparse tăcerea graiul zorit al lui Rafid. Ne-a apucat noaptea aici!... Da, o să fie frumos... Să vedeți de departe *Ierusalimul* luminat și *Muntele Măslinilor*.

Când ieșirăm în stradă, ne căuta birjarul c-o falcă-n cer și cu una în pământ:

— Mult ați stat cucoane!... Da, eu nu mă supăr... lasă că mai dați dumneavoastră ceva... Șase guri și treburile merg prost!...

— Mână!...

Casa românească

— Ai venit de mult părinte, din București?, întrebai pe preotul cu care făcusem cunoștință în biserica grecească.

— De la Crăciun și stau până după Paște!... De opt ani fac călătoria aceasta în fiecare iarnă...

— Ai vreme!

— Dacă sunt pensionar!... Și, singur, băieții i-am rostit la casele lor!... Ce-am altceva! Mi-am făcut datoria!

Ne oprirăm în fața unei grămezi de pietroaie, ce se ridică lângă un loc viran.

— Aici o să se urzească biserica românească?!...

— Da! Da!

— Și-ajunge?

— Pentru casa Domnului e destul! Mai trebuiesc însă chilii pentru închinători! Deocamdată e bine să vedem biserica înfăptuită și cred că se va face, fiindcă Măria Sa Regina ține foarte mult să aibă și românii un lăcaș sfânt, în *Cetatea Domnului!*... E rușine, tată, să n-avem și noi un altar!... Te uiți la catolici, biserici peste biserici, care de care mai frumoase și mai bogate, grecii, așișderea. De ruși barem nu mai spun, au spitale și ospătării, unde găsesc închinătorii masă și casă pentru un preț aproape de nimic!...

— Părinte, vin mulți ruși?!

— Cam vreo douăzeci de mii pe an!

— Și de-ai noștri?!

— Români, peste o sută!... N-au nici unde să tragă și nici unde să asculte sfânta slujbă!... Ai noștri se duc în bisericile rusești și grecești, apoi înțeleg ei ceva? Se uită la ceilalți când își fac aceea cruce, se închină și ei!

— Așa e!, împlinii eu spusele părintelui.

— Și locul e bine pus!, urmă sfinția sa. Uliță largă prin față, dincolo biserica rusească, *Sfântul Mormânt* la o palmă nici un sfert de ceas nu faci cu piciorul. Și tot are să se mai deschidă! Colo, unde vezi pietrișul acela îngrămădit, se zidește un palat mare.

A plouat de cu noaptea și o humă albicioasă spoiește caldarâmul. Ghetele îmi sunt albe, parcă aș fi trecut printr-o varniță. Cerul e întunecos, iar zidirile par și mai vechi. *Ierusalimul,* pe vreme de ploaie, este posomorât și murdar. Ulițele înguste și acoperite pe alocuri cu bolți lungi, sunt întunecoase ca și noaptea.

Trecurăm printr-un gang și ieșirăm în strada *Iaffa,* de unde începurăm a coborî ca într-o vâlcea.

— Aici!, făcu părintele.

Ne oprirăm în dreptul unei clădiri înalte și cu ziduri vechi.

— Pe aici!, urmă sfinția sa.

Deschizând o ușcioară, care dă de-a dreptul în stradă, intrarăm într-un gang, coborârăm câteva trepte și apoi ne pomenirăm într-o curte.

— Va să zică asta e *Casa Românească?*

— Asta!, dădu părintele din cap... Dar numai patru odăi, în catul de sus. Încolo stau alți chiriași!...

De jur-împrejurul curții, care e mult mai joasă decât ulița, se întinde o prispă murdară, cu chilii mici, unde, de bună seamă, niciodată nu bate soarele. Niște scaune rupte, o pătură ponosită, mormane de zdrențe stau răvășite prin colțuri.

O scară veche, de lemn, duce la catul întâi, unde se deschide un fel de ceardac.

— Paraclisul l-avem însă jos!... Poftiți pe aici.

Pășirăm într-o odaie măruntă și întunecoasă. Pe peretele din spate o candelă își închide și deschide feștila, răspândind împrejur o lumină slabă. Când mă apropiai mai bine, deslușii o mescioară cu o icoană, două sfeșnice, o cruce și mai multe cărți bisericești, îmbrăcate în scoarțe vechi.

— Acesta e *sfântul altar românesc*, din *Ierusalim!*, îngână părintele și un oftat prelung îi scăpă din gât.

Iau seama pereților umezi, unde miroase mai mult a mucegai

decât a tămâie, apoi trecându-mi mâna peste frunte, înăbușii și eu în piept un oftat și stânjenii izbucnirea unui cuvânt greu... Câte parale nu zvârle în vânt politicienii noștri!... Numai cu banii cheltuiți la o singură alegere, de bună seamă că s-ar face două biserici, nu una! Ce frumos ar fi și înălțător pentru fala neamului nostru, ca aici, peste mări și țări, în pământul sfânt, peste care au trecut vremuri mari, aici în mijlocul atâtor nații și limbi din toate lumile, să se înalțe și tâmpla bisericii noastre, în care să răsune graiul românesc și slova limbii noastre să se citească între atâtea alte slove!...

— Părintele Foti, Dumnezeu să-l ierte – rupse sfinția sa tăcerea – a făcut să dăinuie și ce brumă avem aici, fiindcă a fost mână de fier și cu dragoste nețărmurită pentru legea lui!...

— Ce chirie se plătește aici, părinte?, întrebai eu.

— Două mii de lei pe an!...

— Statul îi dă?!...

Preotul râse în barbă:

— Statul nu dă nici o lăscaie!.... Se strâng din micile danii, pe care le fac închinătorii români, fiecare cât îl lasă inima și cât poate!...

Când ieșirăm din paraclis, ne întâmpină o femeie măruntă, îmbrăcată în negru. E văduva părintelui Foti. Maica preoteasă îi făcuse soțului pomană de trei zile și era cu ochii umezi. Când îi spusei, c-am fost să văd locul, pe care o să se zidească biserica românească, bătrâna izbucni în plâns:

— N-a avut parte răposatul, să-și vadă visul împlinit, că mult îi era drag! De optsprezece ani, de când suntem aici, numai la *Casa Domnului* s-a gândit și pentru împlinirea ei s-a frământat!...

După aceea, maica prioteasă, mă pofti să iau din bucatele gătite în cinstea celui dus, băui și un pahar cu vin, închinând *Dumnezeu să primească*, apoi văduva mi-aduse un șervet în chenar, împodobit cu alesături pe margine și cu lacrimile în ochi, îngână:

— Du-l în țara noastră și să-l păstrezi, spre pomenirea răposatului!...

La Casa românească mai sunt găzduite trei călugărițe de la *Mănăstirea Pasărea* și câțiva călugări din alte părți ale țării.

Iar de vreo săptămână au mai venit două femei din județul Râmnicu-Sărat, să facă închinăciuni până la Paște.

— Pe părintele Ioachim să-l iei dumneata, la apa *Iordanului*, făcu preotul, arătându-mi spre călugărul voinic, ce cobora scara. Hei, părinte, știi drumul la apa *Iordanului?!*

— Ba, că nu!... Cu ochii închiși!, răspunse călugărul, pe un glas moldovenesc. N-am păr în cap de câte ori am fost!

— Te duci cu domnul?! E de la noi din București!

— De ce nu!...

În Pământul Făgăduinței

— La douăsprezece suntem la *Ierichon!*, îngână călugărul, când urcam șoseaua, pe sub *Muntele Măslinilor.*

Mă despărțisem de Rafid, călăuza mea; prea multe parale mă ținea cheltuiala pe zi, pentru punga-mi măsurată și răsmăsurată.

— De ce n-ai venit de la început la *Casa Românească*, taică? Ăștia sunt șarlatani, te jupoae de piele!...

— M-a prins arabul îndată ce-am coborât în gară și n-am mai putut scăpa de el!... Nu-mi pare rău însă de paralele cheltuite, fiindcă mi-a arătat tot ce aveam eu însemnat și mi-a dat lămuriri destul de limpezi.

— În privința asta sunt dați dracului, taică!..., împlini părintele. Trebuie să fi fost vreun ovrei; numai ei sunt așa pricepuți la toate! Arabul nu-și bate el capul cu nimicuri și nici nu se trudește!... Se mulțumește, mai bine să cerșească un metalic!...

Și dând din cap sfinția sa încheie cu vorbele:

— Hoți, taică... Pe aici sunt mulți care trăiesc din înșelătorii!...

Părintele Ioachim apropie jumătatea de veac; e de fel din Basarabia, știe bine rusește și mai încurcă arăbește, grecește, turcește și câteva vorbe italienești. Îmi spune, că în tinerețe a fost marinar și a colindat multe ape și țări. Și-a început călugăria la *Sfântul Munte,* iar la *Mormântul Domnului* a venit de vreo cincisprezece ani. Părintele are o barbă stufoasă și lungă, un trup voinic, adus puțin de spate și un obraz trandafiriu, bucălat, să-l tai c-un fir de păr. Numai dunga adâncă dintre sprâncene pecetluiește povara anilor zbuciumați.

Se depărtează *Ierusalimul* de noi, birjarul zorește catârul, trăsurica urue pe roatele hodorogite, iar soarele se înalță peste culmea îmbrăcată în măslini și palmieri. Grupuri-grupuri de bărbați, femei și copii zdrențăroși rămân în urma noastră, pătând drumul alb, ca niște movile de gunoaie.

— Aici se cheamă *Betfaghe!*, mi-arătă călugărul, sub coasta muntelui. Pe locul acela s-a *urcat Mântuitorul* pe asin și-a intrat în *Sfânta Cetate*, în *ziua Floriilor.*

Se arcui șoseaua pe sub povârnișul muntelui, iar în față se ivi un stol de colibe sărăcăcioase și ponosite. N-apucai să cer deslușiri, că părintele urmă:

— *Satul Betania!* Sălășluiesc în el vreo patru sute de arabi, săraci lipiți pământului, n-au după ce bea apă!... Să știi de la mine, taică, lumea băștinașă de-aici e tare lenevoasă, de abia își târăște trupul!... Apoi uită-te dumneata, case sunt acelea?

Betania sau *El-Azarich*, cum îi zic arabii, adică *Satul lui Lazăr*, poartă și azi urmele vremurilor sfinte. Tovarăș cu o geamie, se află *Mormântul lui Lazăr*, o hrubă întunecoasă, în care se coboară pe vreo treizeci de trepte, măcinate de picioarele nenumăraților cercetători. Aici a intrat *Fiul Omului*, strigând cu glas tare: *„Lazăre, vino afară!"* Și cel care murise de patru zile, se ridică din groapa rece; iar *Iisus* spuse surorilor *Marta* și *Maria: „Dezlegați-l și lăsați-l să meargă!"* Atunci surorile desfăcură fâșiile de pânză cu care legaseră mâinile și picioarele fratelui, după datina *iudeilor*, și *Lazăr* păși, bun zdravăn, ca și mai înainte, iar poporul mult care era de față, căzu în ghenunchi înaintea lui *Iisus.*

Locurile acestea fură ochiul de la o piatră la alta, de pe un povârniș pe un tăpșan. Fiecare stâlp, fiecare potecă are povestea ei, căci pe-aici a fost calea tuturor profeților și colibele proorocilor, pe-aici sunt urme mari.

Iată şi turnul surpat de lovitura grea a vremii. Acolo a fost casa lui *Simon Leprosul*, unde, cu şase zile mai, înainte de Paşti, *Iisus* cină cu ucenicii săi şi cu *Lazăr*. La cina cea sfântă, *Maria* unse picioarele *Domnului* cu mir scump, de nart, şi apoi le şterse cu părul ei mătăsos, revărsându-se în toată casa mirodenia sfântului mir. Atunci *Iuda Iscarioteanul*, cel care ținea punga tovarășilor și tâlhar era din firea lui, zise mesenilor: *„Pentru ce* *nu s-a vândut acest mir, pe trei sute dinari și să se fi dat la săraci?"* Iisus însă, care știa gândul fiecăruia, răspunse: *„Las-o, că l-a păstrat pentru ziua înmormântării mele, căci pe săraci îi aveți totdeauna cu voi, dar pe mine nu!"*

Trecem și pe lângă biserica grecească, ridicată pe locul unde *Marta* s-a întâlnit cu *Fiul Omului,* după moartea lui *Lazăr.* Aici, în altarul sfântului lăcaș, se află stânca pe care au stat picioarele *Martei,* când i-a spus *Mântuitorului: „Doamne, dacă ai fi fost aici, n-ar fi murit fratele meu!"*.

Se pierde în urmă satul *Betania* și șoseaua începe să coboare, cotind când la dreapta, când la stânga, printre stâncile colțuroase, ce presară calea ca niște movile albe. Părintele Ioachim scutură din barbă și arătând cu mâna peste câmpul deluros, semănat ici-colo cu pâlcuri de palmieri, îmi povestește, pe-ndelete, frânturi din cartea *Bibliei,* din viețile sfinților și din trecutul acestor locuri, unde odată a curs lapte și miere și unde azi e paragină și pustiu. Acum douăzeci și treizeci de ani, îmi spune călugărul, drumul la *cetatea Ierichonului* și *apa Iordanului* era anevoios și tare primejdios. Câți călători și bieți călugări n-au căzut sfâșiați sub iataganul beduinilor, cruzi și sălbatici!

— Cine cuteză atunci să pornească de capul lui la *apa Iordanului?!,* împlini Ioachim. Se adunau închinătorii câte o sută, două și numai așa aveau curajul să plece la drum! Și calea era grea pe vremea aceea; o potecuță pe unde de abia putea merge cămila și asinul!... Acum s-au mai luat măsuri de către statul turcesc și i-a mai înlăturat pe beduini!...

Rotii ochii împrejur. Un fior îmi trecu prin tot trupul și părul mi se făcu măciucă. Merserăm ce mai merserăm și vizitiul înstrună hățurile, poticnind catârul.

— Aici este *Fântâna sfinților apostoli!*

Alături cu drumul se ridică o zidire de piatră, veche și cu iarbă crescută printre rosturile lespezilor mari. Doi arabi și-au oprit cămilele încărcate și animalele obosite de drum lung, își răcoresc gâtlejul cu apă rece și limpede.

Sar jos, mă spăl pe mâini și pe frunte, și apoi beau puțină apă din izvorul, unde de multe ori se adăpau sfinții apostoli, în desele lor călătorii prin ținuturile acestea. Arabii îi spun *Bir-el-Kod* sau *Ain Semeș,* adică *Izvorul soarelui,* căci atunci când *craiul ceresc* își răsfrânge fața în vechea fântână din calea pustiului, e atâta jar și flacără, că parcă de aici își ia drum sfântul soare.

La *Fântâna sfinților apostoli* mai poposeau doi domni slabi și spelbi, iar asinii lor înșăuați frumos, rumegau deasupra izvorului. Aflai că sunt englezi și că se duc și ei la *apa Iordanului*. Amândoi sunt înarmați până în dinți. De când cu povestea călugărului, o băgasem pe mânecă; acum îmi mai veni inima la loc. Aproape de fântână se află și un han mic, unde se bea ceai și cafea. Cum nu prea sunt amatorul acestor băuturi și nici părintele Ioachim, nu mai pierdurăm vremea aici și pornirăm la drum.

Acum este și mai pustiu câmpul; șoseaua trece podețe, ocolește stânci, suie dealuri și coboară vâlcele. În urmă teșește albastrul cerului culmea verde a *Măslinilor*; în dreapta și-n stânga răsar ici-colo pâlcuri de palmieri și garduri lungi de cactus, iar rar de tot se zăresc, în coasta dealului, turme de iezi negri, revărsați printre pietrele albe.

Un alt han întâlnirăm în cale, iar părintele Ioachim îmi spuse că se numește hanul *Akmar*. Aici a fost adus acel căzut între tâlhari. Și într-o scăpărare a gândului, îmi veni în minte pilda cu *Samariteanul milos*, dată de *Iisus* când învățătorul de legi îl ispitea și-l întreba: *„Cine este aproapele tău?!”* Și drept răspuns, *Fiul Omului* i-a vorbit: *Un călător mergea în jos, de la Ierusalim, la Ierichon. Căzând între tâlhari, îl dezbrăcară și-l răniră greu, iar ei se duseră, lăsându-l jumătate mort. Mergând un preot pe acea cale, trecu pe lângă el, îl văzu, dar nu-l luă în seamă. Asemenea făcu și un levit. Dar mergând în jos și un Samaritean, îl văzu și i se făcu milă. Atunci legă rănile lui, turnă untdelemn și vin și punându-l pe dobitocul său, îl duse la o casă de poposire și purtă grijă de bolnav. Iar în zorii zilei, când plecă Samariteanul, dădu doi dinari gazdei și-i zise: „aibi grijă și de-aici încolo și ce vei fi mai cheltuit, eu îți voi da înapoi”.*

Și când *Iisus* întrebă pe învățătorul legii, care dintre acești trei a fost aproapele celui căzut între tâlhari, ispititorul răspunse: *„Cel care făcu milă cu dânsul”*. Atunci *Domnul* îi zise: *„Du-te, fă și tu asemenea”*...

Ce simplu a învățat *Mântuitorul* și cât de mult cuprind pildele lui!.. De ce nu le cinstește omenirea și nu le poartă zi și noapte în minte și-n făptuiri?! Câte răutăți și vrăjmășii n-ar fi curmate și ce frumoasă ar fi atunci calea vieții!...

Piepturi de deal ne închid calea, văi adânci se despică într-o parte și în alta, pâraie repezi se aruncă pe stânci; drumul e greu, catârul și-a luat pasul obișnuit și trăsurica trosnește din încheieturi, scârțâind prelung osiile, neunse de mult. Într-o vâlcea strâmtă, țâșnește dintre crestele stâncilor mănăstirea grecească *Sfântul Gheorghe,* iar prin hățișul sălbatic își fac cale vreo cinci-șase călugări, încărcați cu traiste și boccele grele.

Suntem în culmea dealului, o vale verde se deschide, cât cuprind ochii, și o răcoreală mirositoare presară văzduhul. Deși e iarnă, totuși flori multe samână câmpul și vremea este caldă...

Palestina are numai două anotimpuri. Al ploilor, care începe în luna octombrie și se prelungește până în martie, apoi tot anul este vară. În decembrie și ianuarie ploile se țin lanț, iar zilele uscate le numeri pe degete.

În vremea aceasta, dinspre *Cornul caprei,* bate un vânt umed, pe care arabii îl numesc părintele ploilor, și-atunci *Libanul* își îmbracă spatele în zăpadă. Dar nu ține mult, căci cu plecarea lui februarie, prind suflet furtunile, pământul se usucă, verdețurile zoresc și până în mai câmpurile își coc roadele. Nu trece mult apoi și încep vânturile deșertului, din pustiile Arabiei, când ierburile se usucă, pâraiele seacă, stâncile dogoresc, pământul se răscoace și totul se preface într-o făină albicioasă, purtată de vârtejuri, în suluri înalte.

În anotimpul verii e greu de călătorit pe plaiurile *Palestinei.* Nu se mai văd pe aici decât localnicii, cu pielea tăbăcită și dedată la arșița de cuptor; ba chiar le e bine lor pe astfel de vreme, căci dacă timpul e mai răcoros, cum sunt de pildă diminețile noastre de aprilie, atunci arabul clănțănește dinții ca pe gerul cel mai mare. Îl vezi cu mantaua grea pe spate, fără mâneci, țesută din păr de cămilă, în picioare cu meși groși, de toval, iar la cap înfofolit cu trei ștergare, de nu-l mai cunoști, dacă-i femeie sau bărbat; doar ochii sclipesc în ghemul de țoale, ca două frigări aprinse. Totuși tremură vargă! Ce-are să-i țină toată grămada din spinare, dacă pieptul îi e gol, mantaua stă ca o coajă tare, departe de trup, iar pe dedesubt ferfeliță un halat de stambă și genunchii goi...

Palestina era odată țara grânelor, a pădurilor și a imașurilor. *Codrii din Liban* au împodobit palatul lui *Solomon*, și acest lemn trainic și a purtat faima și prețuirea prin templele cele mai depărtate ale lumii; felurite și gustoase poame, crescute pe *Pământul Făgăduinței*, porneau peste mări și țări, iar aromatele, rodite aici, tămâiau lumea toată cu mireasma lor dulce și aducătoare de visuri.

Pe pământul, unde altădată *curgea lapte și miere*, azi domnește sărăcia și pustiul, vântul și pulberea. Vinovat e norodul, care stăpânește aici, și-și târăște leneveala peste plaiurile date în pârlog...

Catârul conteni pasul și gândul mi se taie. O vâlcea verde se deschide în fața noastră, adumbrită de palmieri, cu frunza lată și răcorită de izvoarele unui râuleț, pornit din muntele *Carantania*, unde *Mântuitorul* a postit patruzeci de zile și patruzeci de nopți.

— Acolo este *Fântâna lui Elizeu*!, îngână călugărul, punându-și mâna sfrașină și privind peste întinsul mare al văii.

Elizeu mi-aduse aminte de minunea veche, când acest râu își avea apele sărate și rele la gust, și când profetul aruncând sare în izvor, grăi: „*Iată ce zice Domnul, această apă nu va mai da nici moarte, nici secetă!*". De atunci, apele se făcură bune la băut, iar râului i se spuse *Elizeu*, purtând peste veacuri numele profetului.

— Dincolo, sub costiș, urmă sfinția sa, a fost *Cetatea Ierichonului!* De la *Ierusalim* și până aici sunt tocmai 23 de kilometri!..

Întorsei capul şi privirile îmi căzură pe câmpul de ruine. Cei doi englezi, care se mai abătuseră din drum, sosindu-ne de pe urmă, înfipseră călcâiele în coastele catârilor şi dobitoacele porniră în galop, spre sfintele urme.

Zidurile Ierichonului cad...

Cetatea doarme liniștită în coasta dealului. Ziduri groase o încing în brâu puternic și zăvoare, nesupuse mâinii omenești, încuie porțile de fier. Peste două dâmburi și-o luncă, într-o vâlcea ascunsă a *Iordanului*, stau bulucite corturile fiilor lui *Israel*, ca la patruzeci mii bărbați. E târziu din noapte, cerul și-a aprins făcliile, oboseala a cuprins trupurile istovite, iar somnul a îngenuncheat sufletele zbuciumate. Numai în cortul lăturalnic dinspre soare-răsare, căptușit din pânză de in și cu strașina mai ridicată, se frământă un trup și n-are somn. E *Iosua*, căpetenia *Izraeliților*.

Pe gingia văii pășesc încet două umbre și vin spre tabără. *Iosua* se ridică în ușa cortului și căsni privirea în noapte.

— Parcă ar fi de-ai noștri!, își zise.

Îi lăsă, să se mai apropie și când fuseră ca la 5-6 pași, îngână:

— Da!... Ei sunt!

Cei doi bărbați se opriră în fața cortului lui *Iosua* și punând mâinile la piept, făcură semnul închinăciunii.

— Voi, *Caleb* și *Elifaz!*, îi întâmpină căpetenia. Hei!, ia stați și spuneți ce făcut-ați! Încet, că sunt obosiți tovarășii, să nu le trezim odihna!...

— Stăpâne, începu *Caleb*, răscolit-am toată țara în ascuns și aflat-am, că dușmanii poartă multă teamă neamului nostru; ba mulți chiar au început să cinstească pe *Iehova*, Dumnezeul nostru. Țara geme de bogăție, dar cetăți puternice au dușmanii!...

— Bun!, întrerupse *Iosua*.

Cercetașul urmă:

— Pătruns-am și-n cetate; aur și argint mult are. Acolo

găzduitu-ne-a femeia *Rahab*, care împreună cu toată casa ei poartă cinste poporului *Israelit* și se închină lui *Iehova*. Iar când regele *Ierichonului* aflat-a despre venirea a doi străini în cetate și vrut-a să ne dea pierzării cu orice chip, femeia *Rahab* ne-a ascuns în snopii de in, întinși pe acoperișul casei. Femeia, mințind, spre scăparea noastră și din îndemnul lui *Iehova*, spus-a trimișilor regelui păgân, c-a văzut doi bărbați așa și așa, dar au ieșit pe porțile cetății și fugit-au către gura văii. Atunci au plecat urmăritorii, încotro femeia le spusese și porțile cetății și-au tras zăvoarele. Cum însă casa era lipită de zidul lăturalnic, pogorâtu-ne-am, cu o funie, prin fereastră, iar *Rahab* zis-a nouă: „*Duceți-vă la munte, ca să nu vă întâmpine pe voi urmăritorii, și ascundeți-vă acolo trei zile, până ce se vor întoarce ei, și după aceea duceți-vă la calea voastră*".

— Binecuvântată fie casa acestei femei!, grăi *Iosua*.

Caleb urmă:

— Iar noi făcut-am legământ, cu jurământ, c-atunci când fiii lui *Israel* vor supune cetatea, să crute pe femeia *Rahab*, pe părintele său, pe mama sa, pe frații săi și pe toată casa părintelui său. Și pecetluind cuvântul nostru, i-am dat funia, cu fire carmezine, spunându-i: „*leag-o la fereastra prin care ne-am coborât, ca semn să fie nouă și tovarășilor noștri, când ziua intrării în cetate va veni. Iar dacă vorba noastră cuiva destăinui-se-va, atunci dezlegați suntem de jurământul făcut.* Așa încheiat-am cuvântul, și apoi trei zile am stat ascunși în munți, iar femeia *Rahab* s-a ținut de legământ...

— Jur pe capul meu și Dumnezeul părinților noștri, c-așa s-a întâmplat, întocmai cum tovarășul meu spuse!, întări și *Elifaz*, al doilea trimis al lui *Iosua*.

— Crutată fi-va toată casa femeii *Rahab*, căci *Iehova* vrut-a astfel!, pecetlui prin grai *căpetenia Israelului*...

Apoi spuse celor doi viteji și credincioși cercetători:

— Odihniți-vă în pace și mâine vom lucra, cu *Domnul!*...

Caleb și *Elifaz* făcură plecăciunea cuvenită și intrând în corturile lor, adormiră degrabă.

Iosua rămânând singur, stătu multă vreme neclintit, cu mintea dusă și cu ochii pierduți în negurile nopții.

Apoi, în liniștea aceea tainică, *Iosua* îngenunche, cu fața spre soare-răsare, își frânse mijlocul, până ce atinse pământul cu fruntea, și ridicându-și din nou privirile către bolta cerească, se rugă în șoaptă:

— Stăpâne Atotputernic, m-ai ales slujitorul tău aici pe pământ și călăuză numitu-m-ai în locul lui *Moise*, pe care l-ai așezat de-a dreapta ta, acolo sus; binecuvântare și îmbărbătare datu-mi-ai și eu legile tale, cu spunere, le-am păstrat. Ascultă plecata mea rugă, Preamăritule ceresc, și întoarce iarăși gândul cel bun asupra norodului tău; de-a greșit, iartă-i lui, căci inima ta iertătoare foarte este, iar trupul omenesc lângă păcat sălășluiește. Poporul tău e, stăpâne, căci cu mărirea ta, l-ai spălat de ocara *Egiptului; Marea Roșie* despicat-ai în zid de valuri și calea pustiului arătat-ai norodului, ziua prin stâlp de nor, noaptea prin sul de foc. Doamne, de este cu putință, revarsă mai degrabă harul tău și cum patruzeci de ani hrănit-ai pe fiii lui *Israel* cu mana pustiului, fă să ajungă poporul tău în pământul făgăduinței și zilele grele să se sfârșească.

Iosua întoarse capul către partea unde dormea cuibul fărădelegilor, și apoi urmă:

— Stăpâne, din calea legii tale nu m-am abătut nici cât vârful acului, și tot astfel am învățat și pe poporul tău. Ascultă ruga mea, Doamne, și supune nouă cetatea cea puternică, surpă zidurile ei și pedepsește-i păgânii, trecându-i prin ascuțișul suliților noastre; căci păcătoasă foarte este suflarea din ea, afară numai de femeia *Rahab* și casa ei, care cinstit-a numele tău și bine mult făcut-a trimișilor noștri. Cu îngăduirea *ta*, Atotputernice, cruța-vom pe acea femeie și pe casa ei, când mărirea ta va da *Ierichonul* în mâinele *Israelului*. Așa fie voia ta. În numele lui *Avraam* și-al lui *Iacob*, și-al lui *Moise*, amin!...

Pârâie de sudoare începură să curgă pe tâmplele lui *Iosua*, glasul i se stinse și trupul i se moleși. Se lungi în cort, prins parcă de-o oboseală grea...

Acum doarme întreaga tabără, doarme toată valea, dorm și izvoarele. Nici frunză nu se clatină, nici vânt n-adie. Luceferii de seară au asfințit de mult, luna urcă *spre drumul robilor*, iar noaptea se face tot mai luminoasă.

Din bolta cerească se desprinde o movilă de nor alburiu și coboară încet. Cu cât se apropie norul de pământ, raze strălucitoare îl încing și glasuri multe se deslușesc. Se leagănă norul în văzduh, cum se leagănă o corabie în leneveala valului domol; cântecele cern în graiuri dumnezeiești și se preling până jos, cum se prelinge rouă pe floarea plăpândă a răsurii, iar împrejurul leagănului, cerc de candele ard. La coborârea lui, cerul își închide făcliile și pământul își ferește fața, cu o ceață groasă.

Coboară norul, cu vraja glasurilor, și se oprește în fața cortului lui *Iosua.* Se desfac două pale mari, ca două uși în canaturi și-atunci un *tron dumnezeiesc* își arată strălucirea. Pe scaunul de aur, îmbrăcat în pietre nestemate, stă un chip, alb ca omătul din cap până-n picioare, iar în jurul marelui stăpân, slujesc trei cete îngerești: doisprezece heruvimi de-a dreapta, doisprezece de-a stânga și doisprezece la picioare. Stăpânitorul scutură barba revărsată până pe genuchi, se ridică de pe *tron* și la un semn făcut din dreapta-i, îngerii curmară cântecul și luară trâmbițele de la gură. Se prelungi norul în pale albe, ca de puf, împresură tot cortul, făcură cerc și îngerii cu aripile lor lucitoare și-atunci stăpânul puse dreptul pe scoarța semănată cu stele, ce se întinsese între *tron* și pragul cortului și când înălță amândouă mâinile cunună de raze încinse fruntea chipului măreț. O flacără se făcu stăpânul din creștet până în tălpi, iar cortul cu norul nu fu decât o văpaie puternică, ce lumină văile și munții. Din mijlocul acestui soare, izbucni un glas adânc:

— *Iosua*, fiul lui *Nun,* slujitorul meu după *Moise,* ție datu-ți-am să-i călăuzești pe fiii lui *Israel* și pământul cel cu roade multe, stăpânirii voastre hărăzitu-l-am, din apele Eufratului, până în marea apusului. Ruga ta cea dreaptă auzit-am și zilele grele ale poporului le știu. Și-acum pogorâtu-m-am din slava mea, la tine, să-ți spun că amarul sfârșit va lua și bogățiile plaiurilor, din pământul făgăduinței, fiilor lui *Israel* veni-vor și cetățile cele puternice, vouă dase-vor. Află că în zorii zilei, poporul se va sminti în tine, căci mare i-a fost răbdarea, dar tu nu-l dojeni, fiindcă eu iertatu-l-am de ma înainte și el greșeala și-o va cunoaște. Iar pe tine, din clipa aceea, te voi mări în ochii tuturor *Israeliților,* ca să cunoască ei, că precum am fost cu *Moise,* așa voi fi și cu tine... Pornește de mâine chiar, spre câmpurile unde curge lapte și miere, iar când vei ajunge la *Iordan*, oprește-te și dă rândul în fruntea preoților cu *Chivotul legii*. Și-atunci, precum despicat-am valurile *Mării Roșii* în fața lui *Moise*, tot astfel face-voi pârtie prin apele *Iordanului*, înaintea ta și poporul va trece cu tălpile picioarelor neudate. Toată țara de la apusul *Iordanului* vi se va supune, iar norodul ei slujitor va fi vouă și întâia cetate care vi se va închina, *Ierichonul* fi-va... *Iosua*, ascultă rânduirea cum eu o dau. Așează în fruntea oștirii bărbați voinici și înarmați. Meargă după ei șapte preoți cu șapte trâmbiți din corn de berbece, apoi *Chivotul legii* și în urmă veni-va grosul armatei. Șase zile în rând să împresurați cetatea, odată în fiecare zori de zi, iar a șaptea zi, încingeți de șapte ori și a șaptea oară preoții să sune din trâmbițe, iar norodul să strige cât va putea, că stăpânirea cetății datu-s-a lor și atunci zidurile vor cădea. Să se cruțe întreaga casă a femeii *Raheb* și încolo totul să ardă, la nimic să nu jinduiască fiii lui *Israel*, căci de vor pofti la ceva, asta sminteală în mine este. Și precum cu *Ierichonul* ați făcut, astfel urma-veți cu cetatea *Aiului*, cu *Ghibeonul* și cu toate care în cale vă vor sta...

Graiul se stinse, vâlvoarea se închise, palele de nori se strânseră peste *tronul* strălucitor și peste cetele de îngeri, și apoi porni în sus cu același cântec precum venise.

Pământul își trase de pe față vălul de ceață, stelele mai făcură odată ochii mari, apoi își închiseră ploapele, zorile se iviră spre soare-răsare și dimineața se revărsă.

Tabăra se trezi, iar ostașii întinzându-se în corturi, își trosniră mădularele, ca după un somn lung, apoi dându-și binețe unul altuia, începură:

— Măi, fratele meu, frumos am visat!

— Ba eu visat-am pe nevastă-mea greu bolnavă!...

— A mea doi gemeni făcuse!...

— Mie fetița îmi murise!...

— Eu visatu-mi-am turma, de fiare sfâșiată!

— Vreme trecut-a de când năpustitu-ne-am familiile, acolo departe, întrerupse unul bărbos, și-am venit aici, să ne războim cu păgânii! În fiecare zi ne momește că intra-vom în pământul făgăduinței! Și tot pustiu întâlnim în cale și tot peste sărăcie dăm!

— Hei, nu grăi așa!..., îi tăie vorba vecinul, înălțându-și ochii cu smerenie, spre cer.

— Apoi, ierte-mă Domnul, dar prea la mare încercare a fost

pus neamul nostru!... De când văzut-am lumina zilei, hrănitu-m-am numai cu mană; și eu și tu și toți câți suntem aici.

— Așa e!..., împliniră mai multe guri deodată. Ne-a spus că ne duce unde curge lapte și miere!... Când?!... Căci sătui suntem de așteptare!...

— El strică!, sări un glas mai tare.

Și toate capetele se întoarseră spre cortul lăturalnic.

— Ssst!... făcură câțiva.

— Nu s-a trezit!, împlini unul.

— Ce-o fi pățit? Altădată se scoală cu noaptea în cap!...

Cel care strigase tare, urmă:

— Păcătos este, de bună seamă!... Și *Iehova* s-a supărat pe el!...

— Și pentru asta, să-ndurăm noi?!

— Ne vom ruga lui *Iehova* și călăuză dreaptă va alege dintre fiii lui *Israel.*

Și-apoi din toate părțile țâșniră păreri:

— Așa! Așa!... Altul!...

— Pe Simeon, că e mai vârstnic și mai înțelept!...

— Pe el!...

— Pe mine, pe cine veți voi! Numai el să nu mai fie, căci la pieire ne duce!... Unde e *Caleb* al meu, plecat de atâtea zile?!...

— Îl văd în cort!, făcu unul.

Părintele dădu fuga. Fiul doarme cu fața în sus. Veștmintele sunt rupte pe el, picioarele sângerate și părul zbârlit.

— Uitați-vă în ce stare!, izbucni tatăl și-și îmbrățișă copilul.

Caleb se trezi. Tovarășii îi împresurară cortul și începură să-l descoasă pe cercetaș, punându-i fel de fel de întrebări. Din când în când se înțeleg indignări:

— Auzi! Puternici! Mulți!... Bogăție mare!... Păcătuit-a!... *Iehova* s-a supărat!... Pe Simeon, căci și *Domnul* îl vrea!

— Să moară!, izbucni un glas.

— Moară! Moară!, îi răspunseră un stol.

Caleb și cu *Elifaz* rămaseră năuci în ușa corturilor, neștiind ce să facă, deși erau sătui până-n gât de atâtea colindări, căci de multe ori trecuse moartea pe lângă ei.

Ceilalți toți se năpustiră în câmp, înșfăcând pietre mari cât capul.

— Lăsați-mă să dau eu întâi!, strigă un flăcăiandru înalt și bine legat. Pierdut-am și pe tata și pe cei doi frați!.. Și el mereu spune: în curând, în curând!

Iosua doarme pe spate. Fața îi e aprinsă și gura îi păstrează pecetea surâsului. Poporul se îngrămădește mereu și glasurile zboară din toate piepturile:

— Să moară!... Să moară!...

Flăcăul, care își făcuse loc prin gloată, se opri în fața cortului, ridicând bolovanul greu deasupra capului și opintindu-se din toate puterile.

— Dă, nu te uita!..., îndemnară multe guri de la spate.

Iosua deschise ochii strălucitori, ce păreau două suliți aprinse și-i înfipse în chipul din prag cu atâta pătrundere, că flăcăul împietri cu bolovanul în mână. Apoi după ce-și mai trecu privirile în stânga și în dreapta, *căpetenia* sări în sus. Chipeșul din prag se dăduse înapoi. Un stol de bolovani încremeniră deasupra capetelor. *Iosua* zâmbi într-o cunună de raze, ce-i cădeau pe față, apoi purtând ochii peste norodul său, grăi:

— În dimineața asta toți smintitu-v-ați în mine!.. Și dacă în mine crezare n-aveți, de *Domnul* vă depărtați cugetul!

Înălță ochii spre cer:

— Căci eu trimisul lui sunt!

— Stăpâne!, îngânară răzvrătiții după câteva clipe, lăsând să le cadă bolovanii din mână.

Iosua tot cu ochii către cer:

— Chiar în noaptea asta pogorâtu-s-a *Iehova* asupra mea și spusu-mi-a că de azi mântuite sunt zilele cele amare pentru fiii lui *Israel!*

Și desfăcând mantaua de in, ce-i acoperea trupul, flacără i se făcu pieptul în bătaia soarelui. În clipa aceasta ochii i se aprinseră și mai mult, fruntea i se încunună cu raze și chipul întreg i se prefăcu parcă într-un soare strălucitor.

— Iertare, stăpâne!, strigă norodul și toți greșiții căzură cu fața la pământ.

Iosua ridică mâna deasupra lor:

— Iertător foarte este stăpânul meu și al vostru!.. Și el iertatu-va, mai înainte de a fi prinse mințile voastre în mrejele duhului spurcat!

— Gânduri negre ne-au muncit toată noaptea, stăpâne!, murmură poporul.

— Răbdarea și credința voastră să le îngenunche!, urmă alesul *Domnului*.

Apoi își strânse mantaua împrejurul trupului, îi aruncă un colț peste umărul stâng și zvârlind ochii către zarea dinspre soare apune, grăi, cu glas puternic:

— Peste trei zile, acolo, în locul sfânt, ne vom scoate încălțămintele picioarelor noastre și azimă din grâul pământului vom mânca!

Și oprindu-și privirile peste culmea muntelui, după care se ascundea cetatea încheie:

— *Ierichoane, Ierichoane,* în mâna noastră datu-te-a *Iehova*!

Glasuri dumnezeiești se deslușiră atunci, picurând din înălțimea cerului, iar fii lui *Israel* punându-și mâinile pe piept, cântară într-un grai:

— Mărire ție, *Iehova*!.. Mărire ție!

*

Nouă zile împlinitu-sa, tocmai. Poporul lui *Israel* este vesel aduce mulțumiri lui *Iehova* și supurere lui *Iosua,* mai ales de când s-au despicat apele *Iordanului* și-au trecut ca pe uscat. De șase zile au înconjurat *Ierichonul,* acum e a șaptea dimineață, când pornesc din tabăra ascunsă între îmbucătura a două dealuri. Se înșiruie pe colină întreaga oștire a lui *Iosua*, pășind încet și tăcut, așa cum *căpetenia* dăduse porunca.

În frunte merg flăcăi voinici și chipeși, tot unul și unul, toți înarmați cu suliți lungi. După ei vin șapte preoți, purtând șapte trâmbițe din corn de berbece și înveșmântați ca de înaltă slujbă dumnezeiască: cu mantale lungi, țesute din purpură și in subțire; cu pieptare, alese în pietre prețioase și încingători late peste mijloc; pe cap poartă mitre, împletite din in, iar la frunte, plăci de aur, pe care stă scris, în săpătură de pecete: *„Sfințirea lui Iehova"*. În urma celor șapte preoți, pășesc apăsat alte patru fețe bisericești, ducând pe umeri *Chivotul lui Iehova*, lada cu altarul sfânt al închinăciunii, pe care fiii lui *Israel,* îl purtau cu ei, de la ieșirea din Egipt, în toate rătăcirile lor prin pustiu.

Chivotul legii dumnezeiești este făcut din lemn de *sittim* și îmbrăcat cu aur curat, pe dinăuntru și pe dinafară. Are doi coți și jumătate lungime, apoi un cot și jumătate lățime și tot atât înălțime. Deasupra *chivotului* stă *milostivitorul* de aur, tot atât de mare; iar pe *milostivilor,* doi heruvimi, cu aripele întinse și cu fețele întoarse una către alta. Aici se pogoară glasul lui *Iehova* și de aici stă de vorbă cu alesul său. După *Chivotul legii,* se înșiruie toți bărbații, purtători de arme, ca la patruzeci de mii capete. *Iosua* merge în dreapta preoților, poartă tunică pestriță, manta vânătă și toiag lung în mână, cel lăsat mărturie de *Moise,* și care făcuse atâtea minuni, în calea grea a *Israelului.*

Se înșiruie oștirea pe valea largă, urcă pieptul dealului, soarele își înalță geana pe după creasta lăptoasă a stâncilor și ploaie de scântei flutură pe veștmintele preoților, aprinzând în ochiuri de sori topazurile, smaraldele și zafirele, ce presară pieptarele țesute în fire de in și carmezin.

Iată și cetatea *Ierichonului,* cuibărită în priporul muntelui, cu turnuri multe și ziduri înalte. La un semn al lui *Iosua,* gloata își îndoi șiragul și, în tăcere, încinse cetatea, toți bărbații și preoții pășind rar, cu ținuta făloasă, cu privirea drept înainte și cu mintea la *Iehova.* De afară nu se simte nimic, nu se vede nimic în cetate. Porțile grele, de aramă, sunt închise și zăvoarele trase.

De șase ori ocoli *Ierichonul, chivotul sfintei legi,* iar când fu la a șaptea oară, *Iosua* înălță ochii spre cer, și îngână:

— Stăpâne, mărirea ta adusu-ne-a aici, mărirea ta s-o vadă *Israelul,* în fața celor fără de legi!

Apoi întorcându-se către oștirea sa, ridică dreapta și urmă, cu fața senină și ochii aprinși:

— Domnul a zis!... Sunați preoți trâmbițele, iar voi bărbați voinici strigați, cât gura va avea răsunet și pieptul putere, că *Iehova* dat-a nouă cetatea și cetatea anatemă fie lui *Iehova,* ea și tot ce este într-însa, afară numai de casa femeii *Rahab!*

Șapte guri de trâmbiți își vărsară glasul, răsunând toată valea, iar când cele patruzeci de mii de piepturi strigară, ca unul, atunci tunet din cer parcă se coborî, că văile urlară, ciocnindu-se răsunetul de la un capăt la altul, munții se treziră, văzduhul se cutremură și trâmbe de foc porniră din înălțimea cerului. De două ori strigă norodul lui *Iehova,* de două ori s-a zdruncinat firea la vederea feței celui Atotputernic, iar la al treilea strigăt, zidurile cetății se prăbușiră la pământ, ușile săriră din țâțâni și drum larg se deschise înăuntru.

— Prin vârful sabiei să treacă totul!, se auzi gura lui *Iosua*. Așa vrut-a *Iehova!* Numai păziți mâna voastră de lucrul anatemei. Iar voi *Caleb* și *Elifaz* scoateți din cetate pe femeia *Rahab* și toată casa ei, cum jurământ i-ați dat!

— Uite casa, cu funia carmezină la fereastră!, făcură cei doi flăcăi. Aici stă *Rahab*!...

Ca niște lei flămânzi se repeziră fiii lui *Israel*, care pe unde nimeri, trântind totul la pământ în calea lor. Localnicii fug înspăimântați pe uliți, se ascund prin dărâmături, prin podurile caselor, prin hrube și prin colțurile dosite ale cetății, dar nicăieri nu-i chip de scăpare, căci moartea îi urmărește pretutindeni.

Goana e nebună acum, e pornită pe stârpire. Sângele stropește pereții caselor, ulițele sunt înroșite de dâre lungi, trupurile străpunse de sulițele ascuțite, se împleticesc și cad unul peste altul; moșnegi cu barba de-un veac se păstrăvălesc sub muchia toporului, femeile cu părul despletit și cu pruncii la sân, cad în genuchi, când năvălitorii le încolțesc, dar firul ascuțit se repede trecând deodată și prin trupul crud și prin sânul doldora de lapte.

O mânie cerească este de la o margine la alta a cetății. Securile lovesc cu putere, bolovanii plouă din toate părțile, ușile și ferestrele cad în țăndări, pereții se dărâmă, toată bogăția și strălucirea cetății zob se face sub furia norodului, sătul de îndurare grea și mânat de credința stăpânitoare. Când mormane de trupuri omenești, asini, cămile, oi, zăceau pe uliți, când tot ce avusese sufltet, stins de viață era acum și în movile se prefăcuseră lăcașurile cetății, când aurul, argintul, toate vasele de aramă și de fier fură scoase afară, împreună cu întreaga casă a femeii *Rahab*, atunci de șapte părți i se dădu foc *Ierichonului*.

Flăcările se ridicară până în nori, cerul se făcu sânge și câmpurile se păliră.

Israeliții adunându-se cu toții împrejurul *sfântului chivot*, înălțară jertfe lui *Iehova*, închinându-i tot aurul și argintul, precum și vasele ce le luaseră din cetate, căci încolo de nimic ce fusese al păgânilor, n-atinseseră degetul lor.

Iosua ridicând amândouă mâinile și înălțând ochii spre cer, spuse:

— Stăpâne, astfel fost-a voia ta, astfel făcutu-s-a!

Apoi aruncând cuvânt de jurământ asupra focului, încheie.

— Blestemat să fie înaintea lui *Iehova,* omul, care se va scula și va mai zidi *cetatea Ierichonului!...*

— Amin!, împliniră miile de guri ale norodului și vraja aceasta trimițându-și răsunetul din munte în munte, vui mult timp de-a lungul vâlcelelor.

Astfel răscolea gândul în cartea cea bătrână a *Bibliei,* în vreme ce coboram valea *Ierichonului.* Din vechea cetate a *cananienilor,* azi se mai văd două șiruri de ziduri dărâmate și mormane de lespezi mari, dezgropate în anii din urmă, după multe săpături și cercetări. *Pârâul Ierichonului,* care odată curgea sub zidurile cetății, azi e aproape secat, se numește *Ain-es-Sultan,* iar creștinii îi spun *Râul lui Elizeu.*

Când *romanii* au pus stăpânire pe locurile acestea, au înălțat din nou *Ierichonul,* pe colina de alături, bogată și frumoasă în priveliști, înconjurând cetatea cu grădini ca din basme, unde florile își întreceau mândrețea lor, cu feluritele glasuri ale păsărilor, care cântau aici, ziua și noaptea, în veșnica primăvară. În locurile acestea și-a purtat frumusețea răpitoare și regina Egiptului, *Cleopatra,* căreia împăratul *Antoniu* îi dăruise cetatea, ca o chezășie a arzătoarei lui dragoste, către cea care zăpăcise o lume întreagă.

Ierichonul a mai fost înfrumusețat și de împăratul I*rod,* care a înfăptuit o uriașă arenă pentru alergări de cai, și tot aici a închis ochii și crudul împărat, lăsând cu limbă de moarte, ca odată cu stingerea lui, să fie ucise toate căpeteniile cetății, aceasta drept vestire și cernire generală, precum că *Irod* nu mai este între cei vii.

Ierichonul a fost drumul profeților și al credincioșilor. Aici a trăit și vameșul *Zacheu,* care auzind că mergea *Mântuitorul* pe calea asta și fiind norod mult, iar el mărunt la statură, a dat fuga înainte și urcându-se într-un sicomor, a putut vedea fața sfântului, despre care auzise vorbindu-se atâtea minuni. Și în casa acestui vameș a găsit *Fiul Omului* găzduire, dându-i binecuvântare, iar credinciosul avut, ce până aici fusese un zgârcit, din clipa aceea a împărțit săracilor jumătate din averea sa.

Uite și coasta dealului *Carantania*, unde *Mântuitorul* a postit patruzeci de zile și patruzeci de nopți și unde diavolul l-a ispitit, să se lepede de legea sa, dar *Hristos* i-a răspuns: *„Mergi satană, căci scris este: Domnului Dumnezeului tău te vei închina și numai lui vei sluji"*. Atunci l-a părăsit diavolul și horă de îngeri s-a adunat în jurul *Mântuitorului.*

De pe dâmbul acesta se deschide priveliște frumoasă către *Marea Moartă* și *apa Iordanului.*

În timpul *iudeilor, Ierichonul* se mai numea și *Cetatea Palmierilor,* căci pe vremea aceea creștea din berechet acest arbor. I s-a mai spus *Cetatea Rozelor,* fiindcă în roze erau semănate luncile dimprejur. Creștea mult atunci un fel de tufulițe spinoase, care făceau flori asemănătoare cu ale trandafirilor. O ramură din această plantă, oricâte zile ar fi fost ruptă din tulpină, dacă se punea în apă, înmugurea și înflorea din nou.

Prin veacul al noulea, după *Hristos,* în plaiurile I*erichonului* începuse a se cultiva trestia de zahăr, care da roade din belșug. Și azi stau ruinele unei fabrici de zahăr, urzită din timpul acela.

În anul șaptezeci, după *Iisus* când a fost ars *Ierusalimul,* nici *Ierichonul* n-a scăpat de pârjol și de jaful barbarilor.

L-a ridicat din nou *Adrian* și l-a înfrumusețat, iar *Justinian* a înălțat biserica *„Maica Domnului"* și apoi orașul sfânt și-a deschis larg brațele închinătorilor și credincioșilor legii *Domnului.*

Stavilă însă nu i s-a putut pune gloatei de barbari, căci năvălitori din toate părțile s-au abătut aici, an după an, jefuind, surpând, și arzând tot ce alții făcuseră, cu milostenie și dragoste.

Ierichonul de azi, e satul *El-Riha,* cu o adunătură de colibe și bordeie sărăcăcioase, unde sălășluiesc vreo trei sute de beduini. Privit mai de departe, pare o îngrămădire de ruine, printre care răsar câteva mai bunicele, din care se desprinde hanul *Belle-Vue,* împresurat cu grădini mari, unde cântă păsări și flori multe tămâie văzduhul, cu miresmele lor felurite.

Poposim la *Belle-Vue.* Hanul este curat și bine întreținut. Se găsesc chiar mâncăruri alese și vinuri pe placul inimii.

Când mă văzu în tovărășia unui preot, hangiul, un arab plăcut la înfățișare, îmi spuse, foarte curtenitor:

— Je suis ortodoxe!...

Apa Iordanului

— În iulie e zăpușeală mare aici!, făcu părintele Ioachim. Se usucă toate ierburile, rămân numai pietrele și pulberea!

Și dându-și potcapul pe ceafă, își șterse sudoarea de pe frunte, cu mâneca giubelei:

— Nu vezi dumneata, acum și tot te înăduși!...

Am pornit din *Ierichon* pe un drum umbrit de arbuști deși și palmieri, cu foaia lată. Valea aceasta e cu două sute cincizeci de metri mai coborâtă decât nivelul *Mării Mediterane* și de aceea pare o cetate mare, închisă în ziduri. În decembrie și ianuarie, când se deschide vremea ploilor și către sfârșitul lui februarie, când pornesc zăpezile din văgăunile *Libanului*, atunci ce umflă mai mult *pârâul Ierichonului* și multe alte izvoare, care țâșnesc spre valea *Iordanului* și apele *Mării Moarte*, și-n timpul acesta câmpul înviorează, plantele cresc groase și păsările cântă.

Lăsând în urmă *Ierichonul*, din care nu se mai zărește decât turnul ridicat de cruciați, pe locul unde a fost casa vameșului *Zacheu*, iar drumul ne trece pe lângă ospiciul rusesc unde sute de pelerini ruși, găzduiesc în calea lor, sprea apa cea sfântă. Coboară șoseluța tot la vale, cotind când într-o parte, când în alta și-și face loc printre dealuri, pe sub râpe și printre stânci înalte. Hățișuri dese văd ochii, și cât zarea cuprinde, sunt semănați numai spini și scaieți de tot felul. Uite *Ziziphus Spina Christi*, cu crăci ghimpoase; din acest mărăcine s-a pus pe fruntea lui *Iisus* cununa cea de batjocură. Uite și *Zakkum*, arbust ce face roade cam la fel cu porumbul nostru, și din care se stoarce și un fel de ulei.

Se deschide zarea din ce în ce și pustiul își lărgește tot mai mult brațele. Pe aici nimic n-a semănat mâna omului. Câte un beduin stă alături cu drumul, trântit la umbra palmierului și privește ca un lup flămând, petrecând cu ochii pe cei care trec și luându-le cu de-amănuntul seama. Noi porniserăm tot în tovărășia celor doi englezi, care băuseră bine la han și acum începuseră a cânta.

Vizitiul învârtește biciul când și când și catârii se năpustesc în cotitura cărării, pe pustiul înverzit și semănat cu movile de stânci albe ca laptele, unde rătăcesc fără nici un rost, cârduri de beduini, cu femei și copii, mutându-și corturile din loc în loc.

Rămâne departe, pe mâna stângă, mănăstirea sfântului *Ioan Botezătorul,* apoi o boare răcoroasă începe să ne piște fața și un zăvoi des ne taie calea. De la *Ierichon* la *apa Iordanului* sunt vreo zece kilometri.

Sării din trăsură și dădui fuga spre stuful plopilor și al sălciilor. Un vad mic se deschise înaintea ochilor. Zării două capete bărboase după un stuf și mă trăsei înapoi.

— Ce e?, făcu părintele Ioachim.

— E cineva acolo!, îngânai eu, încet.

— Aici e scăldătoarea credincioșilor!, lămuri călugărul, pășind fără teamă.

Englezii dăduseră o raită în largul pustiului și acum veneau în trapul catârilor. Mă îndemnai mai mult și mă apropiai de vadul încins de plante cu frunzele verzi, galbene, rumene. Câțiva ruși voinici își îmbracă mantalele crețe, iar într-un colț al apei, un grup de bărbați, în cămăși albe, stau neclintiți, cu ochii ridicați spre cer, iar buzele groase le tremură în grai de rugăciune. Apoi, toți într-un glas începură a cânta: *În Iordan botezându-te, tu Doamne*".

E un cor în toată regula, al cărui grai evlavios, umple văzduhul, picurând ca o vrajă sfântă. Potop de lumină revarsă aici soarele și chipurile scăldătorilor în cununi de raze sunt încinse, primind botezul *Domnului,* cu frunțile senine.

Sufletul credincioșilor se curăță acum de păcate și apa cea binecuvântată le înnoiește trupurile.

— Acum două săptămâni să fi fost aici, să fi văzut norod!, începu călugărul. De bobotează când se sărbătorește sfințirea apelor, vin cu miile, să se scalde!

— Văd că e adâncă și repede!, întrerupsei eu. Nu se întâmplă să se înece?!

— Ba pe mulți îi ia șuvoiul! Dar nu le pare rău, că se duc de-a dreptul în rai!, făcu sfinția sa, și scăpă un zâmbet pe sub mustața căzută pe gură.

Apoi arătând spre scăldători, urmă:

— Ăștia mai cu seamă vin mulți!... Oriunde te-oi duce, în locurile sfinte, dai numai de ruși!... Și sunt tare credincioși!

Furișându-mi o aruncătură de ochi, dădu din cap:

— Ce-o fi pe lumea cealaltă, nu știe nimeni! Noi însă suntem datori să credem, cum am pomenit de la bătrâni!

Părintele Ioachim se dezbrăcă și sări, bâldâcâind ca un bolovan. Eu mi-am vârât picioarele până la genuchi. Englezii se căznesc să împuște din păsările mari, sălbatice, ce rotesc deasupra zăvoiului, croncănind în felurite graiuri.

Apa e tulbure din cauza malurilor humoase, prin care trece. În luna lui cuptor, *Iordanul* ar seca poate de tot, dacă n-ar fi îndestulat cu apă din topirea zăpezilor, de pe muntele *Hermon,* de unde râul își ia cale. Curge după acea pe sub poalele *Anti-Libanului,* prin pământ stâncos, prin hățișuri și văgăuni adânci. În dreptul *Caanei* din *Galileia,* unde *Hristos* a prefăcut apa în vin, *Iordanul* taie în două lacul *Genezaret*, sau *Tibriade,* se furișează pe sub muntele *Tabor,* unde primește mai multe pârâie, din plaiurile răsăritului, și apoi își croiește drum mai larg spre miazăzi, ducându-și apele repezi în *Marea Moartă.* Cu cât coboară însă, cu atât vegetația se rărește și pustiul nisipos îmbracă țărmurile sfintei ape. *Iordanul* călătorește aproape șapte sute de kilometri, ducându-și calea sa întortocheată după stânci și piscuri înalte.

Ca un zid închide apa deoparte și de alta zăvoiul îngrădit din *sittimi* ghimpoși, finici cu foaia lată, plopi lucioși în soare și câte alte plante colorate, înfăptuind toate la un loc doi pereți de mozaic, printre care se aruncă nebunaticele talazuri ale *Iordanului.*

Mahadet-Hadjle se cheamă pe arăbește locul unde se scaldă credincioșii întru Domnul. Aici, unde țin eu picioarele, în undele răcoroase și puțin sărate, ce-mi fac atât de bine, la cuvântul lui *Iehova,* s-au despicat *apele Iordanului* și ridicându-se în zid de vaduri, *Iosua*, cu cei patruzeci de mii iudei, au trecut fără să li se ude tălpile picioarelor. Pe aici a pribegit și *Ioan*, îmbrăcat cu veștmânt de piei de cămilă și cingătoare de curea cu pielea goală, propovăduind venirea unei lumi noi. Și tot aici, *Înainte Mergătorul*, hrănindu-se cu lăcuste și miere sălbatică, a botezat în apa rece pe cel care, mai târziu, avea să boteze în spirit sfânt. Din apa de aici, iau și eu cu pumnul, îmi pun la frunte, mă spăl pe față și o înviorare nouă parcă îmi pornește prin toate mădularele...

Rușii au plecat în șir lung, purtând în mâini bețe sfinte de finic, rupte de pe malul *Iordanului*, iar la șold duce fiecare sticla cu apă bună de leac. Cu toate cizmele grele și mantalele lungi, ce le bat genunchii, credincioșii *Domnului* pășesc vioi, drepți de mijloc, cu frunțile senine și chipurile luminate de mulțumirea sufletească, iar ochii le lucesc plini de revărsarea unui har dumnezeiesc. Acum sunt alții, apa sfântului râu le-a întinerit trupurile și le-a primenit sufletele. Toată povara grea a spatelui încovoiat de nevoi, s-a scuturat și gândurile urâte s-au dus pe apă.

Astfel se văd acum credincioșii legii dumnezeiești. Iar eu, urmaș al datinei strămoșești atât de frumoasă, înălțătoare și plină de cinstită pace între oameni, ridic ochii spre mărirea cerească și cu fața bătută de răcoreala *Iordanului*, îngân în cugetul meu:

— Mărire ție stăpânire fără margini; în fața ta se cade să îngenunchem. Mărire ție şi închinare credinței, ce datu-ne-ai, căci ea ne abate răutatea din cale şi-n premeneală nouă îmbracă sufletele noastre... Mărire ție!

Marea Moartă

Cu cât înaintăm spre miază-zi, cu atât se răresc arbuștii și pustiul își deschide zarea. Ici-colo întâlnim pete mari de păcură și rar de tot se mai zărește câte un coif de verdeață, înfipt în câmpul de nisip. E gura vreunui izvor, ce cu greu își face drum spre mare. În pustiul acesta întins, unde nu se mai văd nici palmele deschise spre cer, ale finicului, nici trestia cu trupul înalt și subțirel și nici salcia plecată de șale; aici, unde bate vânt puternic către sfârșitul lui februarie, înălțând suluri de pulbere până-n slava cerului, în locurile acestea stă singuratică mănăstirea *Sfântului Gherasim*, împresurată cu ziduri și străjuită de turnuri înalte.

Câțiva călugări pustnicesc în sfântul lăcaș, departe de lume și de faptele ei, dedați, cu trup și suflet, evlaviei și închinăciunilor. De câte ori, părinții aceștia nu se luptă cu cetele flămânde de beduini, care atunci când văd că nu pot pune mâna în gât, cerșesc milă și de pomană. Dar brâul de piatră al mănăstirii e zdravăn și straja din turn vede până departe, în plaiul pustiului, vestind tovarășii, când haitele sălbatice năvălesc.

După un ceas de drum, și mergând încet, ajunserăm în fața *Mării Moarte.* Malul e înalt ca un zid și galben șofran. Țărmul dinspre soare-răsare, îmi spune părintele Ioachim, căci el a fost de partea cealaltă, e stâncos și roșu ca jăratecul, când bate soarele în el, crezi că s-a revărsat vălvoare peste pietre.

Cobor pe un pârleaz jos la apă. Pun pe vârful limbii: sărată, murugă și amară, e de șase ori mai sărată decât apa oceanului; iar când se deschid izvoarele asfaltite, *Marea Moartă* e atât de sărată, că trupul omului nu se poate scufunda, plutește ca un lemn ușor.

Aici nu trăiește nici o viețuitoare și nu crește nici o plantă. Câți pești, mințiți de talazurile *Iordanului,* ori prinși în jocul sprinten al izvoarelor, ce gonesc printre stânci, nu se pomenesc în apa morții! Câte pasări, rătăcite în ceața groasă, ce se adună uneori deasupra mării, nu pică jos, zăpăcite, iar valurile cele învârtoșate le scot la liman, cu trupurile împetrite de sare!...

Apă, ce porți moartea în sân, câte suflete n-a stins otrava ta, revărsată între cele două maluri înalte și stâncoase! Mare, blestemată de-a pururea, pe locul unde zaci tu astăzi, avuție, lume, plăceri și desfrâu mare fost-a odată, dar mânia cerească s-a năpustit peste toate. În locul tău se înălțau, în vremurile de demult, frumoasele cetăți *Sodoma* și *Gomora*, aici erau palate, curți întinse, temple bogate, grădini cu flori multe, cântau păsări, era viață, dragoste, dar era și uitare de cel Atotputernic. Din tot norodul celor două cetăți, sărac și bogat, tânăr și bătrân, singur *Lot*, cu femeia sa și cele două fiice ale sale, călcau pe căile *Domnului* și cinsteau poruncile lui. Și când *Iehova* n-a mai putut răbda fărădelegile fiilor, a trimis doi îngeri la casa lui *Lot,* spunându-i: *„Mare este strigarea păcatelor de aici, scoală-te, ia-ți femeia și fiicele tale și fugi departe, căci Iehova amar pedepsi-va cetățile! Înapoi să nu vă uitați, că cel care va călca voia Domnului, bine nu-i va fi!"*

Abia se depărtă *Lot,* cu neamul său, și deodată cerul se deschise, o trâmbă de vălvoare pâlpâi și din văzduhul mâniat începu să plouă pucioasă cu foc amestecată. Patruzeci de zile și patruzeci de nopți curse așa, prefăcând *Sodoma* și *Gomora* într-un morman uriaș de jăratec. Iar femeia lui *Lot* neputându-se stăpâni, ca să nu-și arunce ochii la potopul dinapoi, în stâlp de sare a prefăcut-o neascultarea ei.

Potolindu-se jarul, o movilă de cenușă a rămas în locul cetăților, apoi scufundându-se cu toate împrejurimile, un lac mare a ieșit deasupra cu apă otrăvită, căci izvorul lui din păcătoșenie și răutate fusese zămislit, din mânie dumnezeiască.

Astfel ne spune vechea scriptură despre facerea *Mării Moarte;* iar, calea *Iordanului* s-a tăiat atunci, și sfântul râu, care-și ducea apele tocmai în *Marea Roșie,* răcorind cu undele sale o vale mândră și bogată în roade pe vremea aceea, azi își stăvilește călătoria aici, vărsându-și izvoarele în marea cea blestemată și purtătoare de moarte.

Mai spre miază-zi de aici, pârâul *Cedronului*, ce curge pe lângă *Ierusalim*, își cară apele printr-o coamă verzuie, aducându-le în iadul cel sărat. De jur-împrejur nu se vede decât nisip pustiu, presărat cu stânci măcinate de vreme și peșteri fioroase, scobite în maluri, unde odinioară locuiau pustnici, iar azi sunt culcușuri de beduini.

Plimb privirile pe cercul, unde atinge cerul pământul, și aducându-le apoi spre mine, mi se pare că toate ținuturile, cu munți, văi și dealuri, cu pustiuri, holde și păduri se păstrăvălesc aici, peste ochiul albăstrui, lung de 76 kilometri și larg de 16. Cu drept cuvânt trebuie să se pară așa, căci *Marea Moartă* este cu cinci sute de metri mai joasă decât nivelul *Mediteranei.*

Își scutură văzduhul pleava de raze și în solzi de argint joacă cristalele de sare, zvârlite de valurile ce se zbat în suflarea vântului de miază-zi. Dincolo de *Marea Moartă*, în sprânceana neagră, ce hotărnicește cerul înspre soare-răsare, e țara *Moabiților.* Acolo a viețuit multă vreme, într-o peșteră singuratică, *Lot* cu fiicele sale, după ploaia cea cu foc. Dar când seminția credinciosului din *Sodoma* era să se stingă prin bătrânețea lui, atunci dezlegare de la *Iehova* a venit și din păcatul tatălui cu al fiicei, prunc nou s-a zămislit, numindu-se *Moab*, adică din părinte început. Și din ramul acesta a ieșit neamul botezat al *Moabiților*, care a stăpânit meleagurile acelea veacuri întregi, până târziu, când *Moise*, cu poporul său cel ales a scăpat de sub robia *Faraonilor* și a pornit spre *Pământul Făgăduinței.*

Acolo, în sprânceană fumurie, e muntele *Nebo*, cu vârful *Pisga*, unde *Moisie*, după patruzeci de ani de drum greu și zbucium sufletesc, și-a stăvilit calea, iar *Iehova* arătându-i țara cea dorită de fii lui *Israel*, unde curge lapte și miere, i-a spus: *„Te-am făcut a o vedea ca ochii tăi, dar într-însa nu vei intra."* Acolo și-a încheiat viața *Moise*, iar poporul, după datină, l-a plâns treizeci de zile.

Unde o fi însă înmormântat marele profet, nici până-n ziua de azi nu se știe! Totuși mormântul lui *Moise* este pus într-o mulțime de locuri.

Sfârșit

CUPRINS

PALESTINA